U0466721

刘先平大自然文学文集典藏
大 熊 猫 传 奇

时代出版传媒股份有限公司
安徽文艺出版社

刘先平◎著

刘先平大自然文学文集典藏

1998年和李老师在塔克拉玛干大沙漠。

刘先平，1938年11月生于安徽省肥东县长临河西边湖村。父母早逝。12岁离家到三河镇当学徒，后在大哥刘先紫的帮助下脱离学徒生活。求学道路坎坷，依靠人民助学金完成学业。1957年毕业于合肥一中。1961年毕业于浙江大学中文系。在合肥师专、合肥六中等校任教师。1972年之后，在安徽省文联任文学刊物编辑、主编。

1957年开始发表作品，先是诗歌、散文，后涉足美学。1963年，因一篇评论再次受到批判，停笔。20世纪70年代中期，跟随野生动物科学考察队野外考察数年。1978年，响应大自然召唤，重新拾起笔来，致力于大自然文学创作与思考……

他被誉为我国"当代大自然文学之父"。

他曾经两次横穿中国，从南北两线走进帕米尔高原。

他曾经三次穿越塔克拉玛干大沙漠，四次探险怒江大峡谷。

他曾经六上青藏高原，多年跋涉在横断山脉。

他曾经两赴西沙群岛，在大自然中凿空探险40多年。

他的代表作有四部描写在野生动物世界探险的长篇小说和几十部大自然探险奇遇故事。

他的作品共荣获国家奖九项（次）。其中有三届中宣部精神文明建设"五个一工程"奖、三届全国优秀儿童文学奖……

2010年，安徽省人民政府建立并授牌"刘先平大自然文学工作室"。

他2010年获国际安徒生奖提名。

他2011年、2012年连续两年被列为林格伦文学奖候选人。

他2018年获首届中国自然好书奖。

他2019年获第三届比安基国际文学奖。

他历任安徽省人民政府参事、安徽省政协常委和人口与资源环境委员会副主任、安徽省作家协会常务副主席、中国野生动物保护协会理事。现为中国作家协会名誉委员。1992年，国务院授予其"突出贡献专家"称号。享受国务院政府津贴。

刘先平大自然文学文集典藏

大熊猫传奇

刘先平 ○ 著

时代出版传媒股份有限公司
安徽文艺出版社

图书在版编目（CIP）数据

大熊猫传奇/刘先平著.--合肥：安徽文艺出版社,2021.6
（刘先平大自然文学文集典藏）
ISBN 978-7-5396-7155-0

Ⅰ.①大… Ⅱ.①刘… Ⅲ.①长篇小说－中国－当代 Ⅳ.①I247.5

中国版本图书馆CIP数据核字(2021)第023360号

出 版 人：段晓静
策　　划：朱寒冬　姚巍　　统　筹：宋晓津　张妍妍
责任编辑：姚爱云　刘姗姗　　装帧设计：张诚鑫

出版发行：时代出版传媒股份有限公司　　www.press-mart.com
　　　　　安徽文艺出版社　　www.awpub.com
地　　址：合肥市翡翠路1118号　　邮政编码：230071
营 销 部：(0551)63533889
印　　制：三河市华东印刷有限公司　(010)61594404

开本：700×1000　1/16　印张：23.5　字数：360千字
版次：2021年6月第1版
印次：2022年1月第1次印刷
定价：1200.00(精装，全15册)

(如发现印装质量问题，影响阅读，请与出版社联系调换)

版权所有，侵权必究

卷首语

我在大自然中跋涉四十多年,写了几十部作品,其实只是在做一件事:呼唤生态道德——在面临生态危机的世界,展现大自然和生命的壮美。因为只有生态道德才是维系人与自然血脉相连的纽带。我坚信,只有人们以生态道德修身济国,人与自然和谐之花才会遍地开放。

——刘先平

序

呼唤生态道德

生态道德的缺失，造成了我们生存环境的危机。

感谢大自然！在山野跋涉的三十多年中，大自然给予了我最生动、深刻的生态道德教育，因而无论是我的描写在大熊猫、相思鸟世界探险的长篇小说，还是在野生动植物世界探险的奇遇，都是努力宣扬生态道德的伟大，呼唤生态道德在人们心间生根、发芽。

环境危机重压着世界已是不争的事实，人们都在纷纷追究其原因，并寻找济世的良方。环境危机实际上是生态危机。

建设生态文明，中国为世界树立了榜样，具有划时代的意义。生态文明的建设，必然呼唤生态法律的完善、生态道德的树立，从根本上消解环境危机，保护、营造良好的生态。

法律和道德是一切文明的两大支柱，也是人类文明的标志。几千年来，我们已有了处理人与人之间、人与社会之间关系的行为规范、法律法规、道德准则，却根本没有处理人与自然关系的行为规范。按《辞海》(1979年版)中"道德"的释文："道德是一定社会调节人们之间以及个人和社会之间的关系的行为规范的总和。"这足以证明：人与自然之间的关系根本未被纳入"道德"的范畴，缺失了生态道德；或者说，生态道德在这之前，根本没有进入我们的观念。这是认识的失误。

"生态"一词的出现，至今不过二百来年的历史，而生态与人、与生存环境的紧密关联，在时间上则是更近的事情。这也从另一个侧面反映了人类在认识自然、认识人与自然、认识人与环境方面的重大失误，更加说明了树立生态道德的紧迫和重要！如果不能在全社会牢固地树立生态道德的观念，就无法建设生态文明和人与自然和谐的社会。

正是生态道德的缺失，成了产生环境危机的重要原因。长期以来，我们在处理人与自然关系方面，根本没有建立系统的行为规范、树立道德，法律也严重滞后；因而对大自然进行了无情的掠夺，无视其他生命的权利，任意倾倒垃圾，没有预后评估、监测地滥用科技，造成了环境污染、资源枯竭、生态失去平衡，以致受到大自然的严厉惩罚，直到危及人类本身的生存，才迫使人类重新审视与自然的关系，规范人与自然关系的法律和生态道德才得以突显。强调生态道德，在于强调、突出它比之于其他道德的鲜明特点——人与自然的关系。我们急需建立对于自然应具有的行为规范，以调节人与自然之间的关系，消解环境危机，建设人与自然的和谐。这是时代向我们提出的重大命题。

比较而言，树立生态道德比制定、完善生态法律，有着更为艰巨的一面。法律是"由立法机关或国家机关制定，国家政权保证执行的行为规则的总和"，而道德是公民应具有的修养、品质，带有自觉或自我的约束。当然，对法律的遵守，也是修养和道德的表现。法律可以明令从哪一天开始执行或终止，但同样的方法并不适用于道德。比如某一行为并不违背法律，但违背了道德。这大约也就是媒体纷纷设立"道德法庭"的原因。生态道德在全社会的树立，是个艰难而长期的任务，需要启蒙和培养的过程，对一个人说来甚至是终生的，需要全体公民的参与和努力。

三十多年来在大自然的考察，七十多年的人生经历，使我逐渐深刻地认识到树立生态道德的重要、紧迫。三十多年前我所描写的青山绿水，现在已有不少面目全非。大片原始森林被砍伐了，很多小溪小河都已退化或干涸，有些物种消亡了……

记得1981年第一次到西部去,云南的滇池,四川的岷江、大渡河、若尔盖湿地……美丽而壮阔的景象,使我心潮澎湃。滇池早已污染、水臭。2007年10月,再去川西,所经岷江、大渡河流域,到处在建水电站,层层拦江垒坝。在一个山村水电站工地,村民忧心忡忡地诉说:大坝建成后,村前的小河将干涸,到哪去找吃的水啊?!这种只顾眼前的利益,无序、愚蠢的"改造自然",对整个生态系统的破坏已有显示。我国最大的高寒泥炭沼泽湿地若尔盖,泥炭层最深达9米,它在雨季吸水,干季溢水,1千克干泥炭可吸蓄8—12千克的水。它是黄河上游的蓄水库,蓄水量相当于三个葛洲坝。枯水季节,黄河水的30%(一说40%)是由这里补给的。但在20世纪曾挖沟沥水采掘泥炭。现在湿地已大面积退化为草原,沙化、鼠害严重。最发人深省的是,在这里拍摄红军战士过草地时,竟然无法找到深陷的沼泽,只好人工制造。黄河屡屡断流,当然不足为怪了!

水是生命的源泉。水的污染给整个生物链带来的是灾难性的影响,使人类的健康、生命处于极不安全的状态。中国五大淡水湖是长江中下游湖泊群的代表,是中国人口最为密集地区的生命线,号称"鱼米之乡"。但只经历了短短的二十多年,其中的太湖、巢湖,已是一湖臭水,根本无法饮用。其他的也都面临着湖面缩小、污染等生态恶化。在经济发达的长三角、珠三角,水污染更是触目惊心。

大自然养育了人类,可我们缺失了感恩,缺失了对其他生命的尊重,妄自尊大,胡作非为。当人类对自然缺失了道德时,自然也会还之以十倍的惩罚!

我曾立志要为祖国秀丽的山河谱写壮美的诗篇,但只是短短的二三十年,我所描写的山川河流不少都已是"历史""老照片"。

我曾冒着种种的危险和艰难,在野生动植物世界探险,无论是描写滇金丝猴、梅花鹿、黑叶猴还是红树林、大树杜鹃,都是为了歌颂生命的美丽,但是总也避免不了生命的悲壮——它们在人类的猎杀、砍伐、压迫下苦苦挣扎。即如每年要进行一次宏伟生育大迁徙的藏羚羊，或是给人类带来福祉的麝，或是山野中呼唤爱的黑麂……都无可避免地遭受着厄运。它们生存的空间，正被人类蚕食、掠夺。

这使我无限忧伤、愤怒，更加努力地呼唤生态道德的树立，也更寄希望于孩子。

正是大自然的生存状态，激起了我决心在一些作品之后写下后记，为过去，为未来，立此存照。

三十多年来，大自然以真挚、纯朴、无比的热情，接纳了我这个跋涉者，倾诉、抚慰……结下了深厚的友谊。

热爱生命，尊重生命，热爱自然，保护自然，保护环境，应是生态道德最基本的范畴。

我们来自自然，与自然有着血肉相联的关系。人类初期对自然是顶礼膜拜的。很多的部落，将动物的形象作为图腾。我们的祖先，对人和自然关系的认识，曾有过很多智慧的表述，如"天人合一"、盘古开天地的创世纪之说等等，至今仍是经典。

从世界教育史考察，对自然的认识，一直是教育的最基本、最经典的内容，讲述天体气象、山川河流、森林、环境和资源等等。以人类生存的环境、人类在自然中的位置作为人生的启蒙，在孩子们幼小的心灵中培植对生命的热爱、对自然的感恩。但这种优良的传统，随着人类社会、经济，尤其是科学技术的发展，逐渐淡化或消失。城市钢筋水泥的建筑，活生生地切断了孩子们与自然的联系。现在城里的孩子不知稻、麦为何物已不是怪事，甚至连看到蚂蚁也发出了惊呼。缺失生态道德的社会、科学技术的发展，不仅使自然失去了自然，更为可怕的是使孩子们失去了自然。

我希望用大自然探险奇遇，还给孩子一个真实的大自然世界，激活人类曾有的记忆，接通与大自然相连的血脉，接受生态道德的洗礼、启蒙，同时，启迪智慧的成长。大自然是人类的母亲，请千万不要忘记，大自然也是知识之源，正是在人类不断探索自然的奥秘中，科学技术才发展到辉煌灿烂。即使到今天，生命起源仍是最艰难的课题。

  道德是一个人的品质、修养、不朽的精神。道德力量的伟大，犹如日月星辰。我一直坚信，只有人们以生态道德修身济国，人与自然和谐之花才会遍地开放。

2008 年 4 月 2 日

目　录

卷首语 / 001
序　呼唤生态道德 / 002

一　雪山有声有色的风 / 001
二　溪耳洞尕 / 012
三　女神 / 032
四　有食铁的怪兽 / 049
五　独眼豹 / 071
六　埋藏的蜜矿 / 085
七　五花海 / 099
八　真真假假 / 112
九　鄂尔斯姆的珠宝 / 127
十　强盗大胡子 / 148
十一　一掌，又一掌！ / 166
十二　洞尕，你在哪里？ / 185
十三　半个蹄印 / 204
十四　雪山倩影 / 223
十五　森林刁客 / 235
十六　恐怖的高山草甸 / 255

十七　突破重围 / 277

十八　火烧亚郎山口 / 295

十九　恶魔岭 / 317

二十　雪原蹄疾 / 338

后记 / 361

附录　刘先平四十多年大自然考察、探险主要经历 / 362

一　雪山有声有色的风

这儿,
是雪的故乡;
山的母亲;
江河湖海的摇篮。

天,蓝得滴水。云,白得耀眼。太阳多情,纯净辉煌。鲜花,妖艳得炫目。

连空气也像是彩色的,弥漫着紫色,飘逸着苍绿,喷溢着虹晕,而日光却恣意纵横……

巍巍大雪山雄踞霄汉,银峰群立蓝天,周天寒光迸射。峡谷跌落,冰川浩荡。无垠的山野,漫漫的荒漠……犹如地球两端的极地。这儿是威严和壮美的集萃!

冰雪的底层,却汩汩地流动着大山的乳汁,激情澎湃,一泻千里。江河从这儿起步,谱写一部无尽的中华史诗!

雪线下,苍苍莽莽的森林追随着群山掀浪,跳动着蓬勃灿烂的绿的生命浪花。

一匹乌油油、黑亮亮的骏马,低脊紧腹,扬鬃奋蹄,剽悍得如一弯强弓,铁蹄击石,直射高山!

骑手紧贴马背,时而趁它起跃的瞬间,抬头瞭一眼青色山脊,雪亮冰坝,这才露出一张黧黑却不失秀媚的女人脸庞。

她已融入了山原。

前面是最后的一道陡崖,阴森森的巨石狰狞,龇牙咧嘴。她用掌心轻叩马颈:"黑娃子,上山不跑,非马!上!"

马通灵犀,长啸一声,猛蹬后蹄……英气长贯的嘶鸣还在山谷回荡,它已跃上了山脊,踏着碎步,喷起响鼻,陶醉在奋进后的轻松欢快中。

女骑士翻身下马,顾不得擦拭满脸的汗水,左手挽住湿漉漉的马颈,右手将糖果塞进马嘴:"够格!够格!"

黑骏马将颈高傲地一挺,挣脱主人的手臂,又是摇头,又是扬鬃——摆脱这种爱抚。逗得骑手哈哈大笑。

只有这时,她满腹的焦愁才暂时扫除,透出心灵深处的喜悦。刚才似乎不是黑马驰骋,倒像她在飞步登山,使出了浑身蛮劲,累得热汗蒸腾。培育惯走川西山道、吃苦耐劳的特型马,是她十多年的辛勤,也可说是事业上的慰勉。说准确一点,是"业余爱好"。她选定黑娃执行这次特殊旅行任务,也有意要它在长途跋涉中自我鉴定。

远山滚起隆隆轰鸣。大雪山腾起雪泡,迷迷蒙蒙,峡谷中涌满了飞旋的云流。顷刻,蹿出一股彩色的雪雾。是的,简直是五彩缤纷,如巨大的彗星,在艳阳下闪动飞旋的彩色光斑,拖着长长的尾翼,向山脊这边扑来。

冷秀峻急忙将黑娃牵到山脊下避风。还未在马边站稳,狂风已挟持雪粒,啸声裂帛,万炮轰鸣,掠过山脊……等她睁开眼来,风尾又反卷过来,急追风头,向西边黑魆魆的鬼谷席卷。

这儿的风也如雷霆,电光石火,有声有色,顷刻即来,能任性刮个十天半月,也能倏忽消逝。

雪山有声有色的风,极富感染力。乍到高原山野的人,只要经受雪山寒风的一天吹打,脸上就留下了荒原的褐色,两颊印上红圆的印记,红艳得像桃花。有了这两块红的印记,山原才热情地接待你,请你享受粗犷的爱抚,梦幻般的奇境……

冰坝已堵在前面。一个漫长冬季风吹石打,加上炸药爆破的烟熏火燎,已使它灰黑油亮,若不是刀削般平滑陡立,很容易混为山口兀立的巨石。溪耳掉在谷底,只有这条两旁深渊拱起的山口通向外界,但它也是暴风雪的通道。连6月大暑都能冻结成高耸的冰坝。年年都要几十次的爆破,才能打开一个豁口。

冷秀峻见冰坝又把山口垒砌得只剩一线羊肠,她利索地用牦牛毡子包好马蹄,牵住缰绳,谨慎却快步地踏上冰岩。黑娃挺自信地跟着主人,但当它瞥到身旁黑口巨张的深渊时,畏葸打愣了。冷秀峻急黑了眼。在这样冰岩狭道上,容不得半点失神,只要马蹄一个歪趔,后果就不堪想象。但这时强拉硬拽吆喝,会惊动马匹。

"黑娃子!"

低沉呼唤中透出无限威严和亲切,神奇地唤起了骏马心中的高傲,它迈开了坚定的步伐……

走完了冰岩,冷秀峻才发现内衣都汗湿了。她翻身上马,一磕镫子,黑娃沿着山脊,跑起一溜小快步。蹄声格外清脆,敲响了寂静的山野。

蜀道自古艰难,李白曾将它视为天途。一千多年后的今天,青天已有路,然而蜀道之难,仍令人谈虎色变。它山旋水回,河流切割,纠结盘错成谷深山高。相对高差常在一两千米。暴戾的大风雪,肆意侵袭一折九回的山道。在这样的地方,现代化的交通工具还不能发挥作用,牧民们还只能"跨马走天下"!

下山,比上山更难。纵马下山,容不得一毫杂念、半点犹疑,只要一个恍惚,就会马坠人亡。

如果说刚才跃马上山,黑娃够格称得上骏马,那么前面一段下山路,就要看冷秀峻的意志能否驾驭黑娃了!

其实,对这事,她倒没多少思绪。她的心挂在遥远的果城,那里有人在召唤——一个男人和一个孩子。

男人不是她丈夫,孩子不是她女儿,却都需要她的手臂。她必须去,迅速去。于是,安置了儿子,收拾了行装,牵出黑娃,在冷雾悬浮的晨曦中出发了。

眼下,她也没想到为了预防万一马失前蹄,稳妥的办法是放缰任马跋涉,而只是动手紧了紧马肚,拴牢容易颠掉的物品,就再次翻身上马了。

说她是骑手,不如说她在"导航"恰当。她先让黑娃小快步颠着。等到感觉出马背上有股特殊的韵律,向她身上传来,知道它的腿走热了,这才叫它改为快步;直到觉出那马已是她意志的执行者,才纵马奔驰……

听着耳边呼呼的山风,马蹄快速的节律,她的心,充满劈波斩浪的快意。她是船长,让船挥洒自如地在陡峭的山崖巨石中航行。头顶有只雄鹰紧跟,多像追逐桅尖的海鸥。她要驾驭命运,就像任意驱使骏马前进……

直到高高的云杉林迎接,她才让黑娃放慢脚步。不是让它喘息,是自己要在林下考察。

这时她感到燥热,脱下了厚厚的皮大衣。这儿的气候就是怪,垂直高差大,科学测定,每下降一百米,气温要升高零点六摄氏度。山上还未从严冬中苏醒过来,山下已萌动了春意。

蓝马鸡在左侧山坡,一声高似一声鸣叫。几只小鸟急匆匆飞去。松鼠在头顶红杉上跳动。雪还成片滞留在林间,报春花却迫不及待地绽露花蕾。

但是,冷秀峻无意去探询这些春的消息,牵动她那双明亮眼睛的,是和小灌木挤在一起,铺在林下苔藓上的竹丛……

竹子。对了,信息是它首先发出的。形状奇特的方竹,大肚罗汉竹,婆娑多姿的凤尾竹,异色奇彩的紫竹、金竹,亚热带荒漠中的刺竹,雨林中的藤竹……我国有一百多种,还是两百多种竹?仅这岷山、邛崃山系的森林中,就繁衍了慈竹、斑竹、桂竹、簝竹、箭竹、冷箭竹、华橘竹等几十种高山竹类。

那天,从马尔康开会回来,途经大雪山北坡,她在森林中看到枯黄的竹子;一片、两片,第三片枯竹,似是突然变成通红的烙条抽过来……她翻身下马,在森林中急匆匆查看:它是这片广袤大山的优势竹种,在一些小地理环境,还是唯一竹种。学名叫华橘竹,牧民们称其为拐棍竹——它在主干上端分叉,砍倒剔枝后刚好是根合手的拐杖。

她找到了牧马人。

牧马人告诉她:去年拐棍竹5月开花,8月结了籽,主妇们到林子采竹米煮饭,羊吃得不出林子,猪贪得不归圈,成了在山野流窜的野物。

一场大风雪还未到,竹子尽数枯焦,像在开水里煮过一样。山沟里已发现两只饿死的大熊猫……

大熊猫,国宝大熊猫。竹子是它的主食,高山拐棍竹尽数开花、枯死,断绝了大熊猫的食物来源。饥饿导致大熊猫死亡——国宝消失……

冷秀峻失神地呆立,思绪纷杂得使脑子模糊一片……她隐约听到了一种奇异的召唤。或许只是一阵山野游荡的清风,森林中神秘的回声……不,它充满了焦急、悲愤,那是颗纯洁、刚强心灵的颤抖!

——她从老同学来信中知道胡蜀锦又在挨批。事端起于去年他写了份报告,报告看到小片拐棍竹开花,这预示将席卷整个大熊猫故乡,危及大熊猫生存的一场严重灾难!

当时正是"文化大革命"好得很、夺权夺得眼红的时候,有人得到这样的报告,真是如获至宝——这是送上门的靶子嘛!居然有人敢说即将发生一场严重的灾难,岂不是阴谋变天吗?于是科学的预测成了"蛊惑人心"的、配合"复辟资本主义"的谣言。

大自然却不理睬"反潮流"英雄好汉们的狂叫,事实,不幸被胡蜀锦言中了……

冷秀峻打马走遍了大雪山下的森林。她虽然学的是畜牧兽医,但还是对华橘竹开花、死亡做了尽可能详尽的考察……

　　这边生长占优势的仍是华橘竹,但也都和大雪山那边一样,像被开水煮过了,烫过了。只要脚一碰,都嚓嚓地折断,一根火柴,就能燃起席地大火。只有偶尔见到的箭竹,虽然未摆脱严冬投下的阴影,却顽强地吐出绿色……冷秀峻的心被烧灼得更焦急——灾情在蔓延、扩大……

　　经过长途跋涉,冷秀峻终于骑马到了果城。她贪婪地呼吸着柑橘园散发的清香,芬芳中浮现了温暖、甜蜜的回忆。别看现在枝头只有绿叶,待到秋风送爽,瞧吧,黄澄澄、金灿灿的甜橙、柠檬、蜜橘、鹅蛋柑、脐橙……压弯枝条,香透大地,连轻风、淡雾都是冲鼻的酸甜酸甜。

　　篓里装的,街上堆的,河里淌的,全是水果。正如柑橘有辛辣的皮,苦涩的籽,冷秀峻甜蜜温暖的回忆中,也有苦涩、艰辛……

　　她去找一位和她书信不断的老同学。不巧得很,铁将军把门。邻居说她出差了,她的丈夫在机关未下班。

　　虽然十几年没来过果城,好在也没大的变化。她走到学院,径直向教师宿舍区走去,找到了那幢已经很破败的楼房。

　　见到房间小门外,又安了扇用粗圆钢焊接的铁门,一股寒气逼到心上,她眼前浮起了监狱的铁窗。木门关着,铁门也上了把大锁。

　　她紧张的心轻松了,可以避免见到他;然而又有点失望,见不到他了。怔怔地站了一会儿,她毫不犹豫地在门上轻轻敲了两下。

　　房内没有回应。

　　又敲了两声。

　　沉默。

　　她突然想起了曾经熟悉的敲门节奏,心也怦怦跳动起来。她用手掌搓了搓发烫的脸,再用手指合着心里回荡的节奏轻叩。

奇迹发生了,木门上方无声地露出一个小孔。

"晓青!"

沉静得叫人难耐。

冷秀峻想将脸凑到门上看个明白,中间却横隔了铁门。木门孔小,里面光线很暗。她又喊了声:"晓青,我看见你了。你的小眼珠子正瞅着我哩!"

语气亲切、兴奋,还有股焦急。

"你找谁?"似乎是从荒漠中传来一个女孩胆怯的试探。

冷秀峻高兴了:"你不是晓青吗?找你呀!把钥匙给我开门。"

传来头发和门板的摩挲声,像是竭力向外仔细打量,端详的时间很长。

"你骗人,我不认识……没见过你。"

"我的的确确是找你,也从来没骗过人。"

"骗人,骗人!你刚才就骗人!学着我爸爸敲门。"

冷秀峻刚才还在得意,但没想到给自己造成了尴尬。她急忙又像掩饰又像解释地说:"我认识你爸爸。他叫胡蜀锦,教动物学,专门研究大熊猫。去年,他发现竹子开花,预报大熊猫将面临灾难,呼吁赶快抢救。对不对?赵诗英医生是你妈妈……"

"大字报贴在学校,大街上也有。谁不晓得这些事?"

冷秀峻为难了,她想起了被追赶躲到角落里的小麻雀,任凭你怎样哄,怎样吆喝,它都只是将头插在翅膀里不出来。她只得无可奈何地说:"晓青,我想你,想看看你。把门打开,你就晓得我是谁了。"

"不,爸爸说不要开门,不要我出去。"

"一个人整天待在黑房里,不把你憋坏啦?"

"我……我一点儿也不想出去……"

"吃饭也不出来?"

"爸爸给我买了菜,我会烧饭……"

冷秀峻对这一家三口的命运太清楚了,否则,她为什么要千里迢迢赶到这里?

赵诗英在这小小的果城算得上是位有名的外科大夫,人称"赵一刀"。有天,她在外科值夜班时,五官科的大夫突然来求援,说是一个患喉头急症的孩子,急需切开喉管急救。

那时医院的大批医生都被赶到了农村,五官科能主刀的,一位正在受审查,另一位当了医院头子,却四处找不到他。

孩子的父母是工人,也跑来向赵诗英苦苦哀求:"死马当着活马医吧!"眼看孩子呼吸艰难,脸已被窒息得发青,赵诗英当机立断,进行了力所能及的抢救。

然而,终因延误久了,孩子停止了呼吸……医院头头那晚正为夺卫生局的权去"闹革命"了,为开脱自己的责任,于是制造了一顶"阶级报复"的帽子,套到了赵诗英的头上。明明是见义勇为的救死扶伤的好医生,却被一副手铐铐进了监狱。当时的风尚使他们唯一的孩子也成了"小反革命"……

冷秀峻心里一股酸辛直往上涌,喃喃地说:"那我只好等你爸爸回来了。"她看了一眼门口堆的砖头,准备坐下。她感到十分累了。

"爸爸还要三天才回来。"孩子委屈、凄楚地抛出一句话。

"知道。他为抢救大熊猫奔波去了。"

"大熊猫,你也知道他是为大熊猫出去的?你看见过大熊猫吗?"像是个黑夜独行的人,碰到了同伴,孩子的语气变得亲切。

冷秀峻的心弦被碰击了一下,说:"我亲眼看见过喝得烂醉、走路摇摇摆摆的大熊猫,还……"

"你又骗人了。我爸爸才喜欢喝辣子酒呢!喝一大瓶都不醉。没听讲过大熊猫喝酒,它到哪找到酒?"

"大熊猫喝的酒,不辣嘴,它清凉凉,甜丝丝,哗哗响地流哩!"

"那是水,不是酒!"

"大熊猫把它当酒啊!前年秋天,我到西山钱家磨沟采木耳。忽然,前面竹林飒飒响。这下,把我吓惨了,以为碰到了马熊。那家伙走起路来沉沉的,是傻乎乎的大力士,一掌能打断人的脊骨。我没带枪,只好趴在那里,大气不敢出。没一会儿,有个野兽从竹林里伸了头来,雪白的脸上两个黑眼圈又大又亮,竖起的耳朵黑得冒油、闪亮。"

"是大熊猫!"

"你真聪明。真是头漂亮的大熊猫。它眼都不斜,径直往溪里走。我以为它要洗澡,可水刚淹了腿弯,它就停下,把嘴插到水里,吸溜溜、咕噜噜地像是喷水玩。再一看,它的肚子吹气似的胀了起来。是在喝水哩!这不成了抽水机吗?

"我正想着,只见一道黑影子从天上往下扑,哗地泼了个大水花。大熊猫不情愿地抬起头,看到是只斑鱼狗飞走了,它脚都不挪印子,又低下头去喝水,活脱脱酒鬼的馋相。

"直喝得肚子圆鼓鼓像个大气球,它才上了岸,往山沟里走,摇摇晃晃,踉踉跄跄,哼哼唧唧,晕乎乎,昏沉沉,走三步停两步。

"我想起牧民们说的故事,看来准是碰上了醉熊猫。醉熊猫,出名地憨,只顾贪嘴,不顾醉了后的危险,别说碰到豹子、豺狗群,就是一只蜜狗也能把它对付掉……"

"哎呀!它是我们的国宝,要保护呀!"

"我也是这样想呀,可又想不出好法子。要在这里看着,天晓得它多会儿醒来?再说,来了其他凶残的野兽,我也没法。只好折根棍子,壮壮胆。

"先是可着喉咙咳两声,它像聋子,不理不睬。我又踢打得树枝哗哗响,它也只偏头望了眼。我胆子大了,走到它跟前,它也没龇牙咧嘴,更没跑,只是醉醺醺地哼哼哈哈,比羊都温驯。对付牲畜,我有办法。你猜,最后怎么着?"

"你把它扛起来了?"

"我没那么大的劲,也不敢。它发起脾气来,豹子都怕……你想不到吧?我把它当羊一直赶到牧民的家里,要他们等它醒了,再将它放到山上去。"

刚传出一声笑,又立即被只手捂住。虽然隔着一道门,但冷秀峻还是感到孩子对醉熊猫的结局满意,提着的心放下了。

"你在哪儿工作?"

"离这里很远、很远的溪耳呀!"

"溪……耳?"停顿了很长时间,孩子才接着问,"那儿有森林,有牦牛,有马群,有大熊猫……"

孩子像是在挖掘记忆,这触动了冷秀峻:"你爸爸没说过,你在溪耳有亲戚?"

"我没有奶奶、爷爷、外公、外婆,连舅舅、伯伯都没有。要不,怎会把我锁在屋里?"

"你爸爸从来没说过,在大雪山下的溪耳,有你的一个姑姑?"

"姑姑!……啊,姑姑?你别急,等等。"

疾速的、很响的脚步声,再也掩饰不了孩子的喜悦。只听里面一阵翻动抽屉、橱柜的声音:大概是在拿钥匙吧?

"你站远一点!"孩子像下命令。

冷秀峻愕然!

"唔,你站得太靠门了,看不清你的脸——你别生气。"孩子是乖巧的,明显的歉意都在语气中。

冷秀峻松了口气,但还是不知孩子闷葫芦里卖的什么药!这时晓青说话了:"这上面,她的脸要比你的长一点,又瘦又小。和我一样,也扎两条辫子。她像是看到一条大蛇,吓得躲在我爸爸的身后。"

冷秀峻只觉得浑身的热血,呼地一下都涌到脸上……蓝天,白云,潺潺的香溪,笼烟的柳条,河滩上茵茵草地,喧闹的团日活动,"淘气鬼"的恶作剧,偎依在胡蜀锦身边的甜美……这一切都被摄入那张照片里。

那时,他俩是同班同学,然而,他们的友谊又超过了同学,是纯真的初恋。任何时候想起,都禁不住心头怦怦颤动。

那时,她是那样娇弱、胆怯,一条毛毛虫也会吓得她泪花直转。当教师的爸爸,在"冷秀"的名字后面特意加了个"峻"字。可是,这个"峻"字开始真正注入了血液,却远非是爸爸当日的意愿。她和胡蜀锦的爱情之舟也在险滩暗礁中倾覆了……她虽然清楚,又懵懂自己判若两人的变化……

"你干吗脸红了?"

小女孩挺认真的话,才把冷秀峻的思绪拉回铁门前,让她想到了此行的目的。在欺骗、冷漠、怀疑氛围中成长的孩子,对人世间是难以置信的审慎。孩子一切疑团没解开之前别说要把她带走,连重重的门扉也永远向冷秀峻关闭。况且,等到下班时间,难免不会撞见别人,引来节外生枝的麻烦。

"照片上我才十六岁。我不能老是不长大呀!你也要长大的,和你爸爸一样高,或许也将有他的力气大。二十多年了,大雪山的风,还不把我吹老?你要还是不信,就把照片翻过来,背面上一定有我写的字:'热爱祖国的每一片绿叶,每一条小溪,每一座山峰。'你的名字,就是从它化出来的呀!"

屋内一阵手忙脚乱的、翻动相册的瑟瑟声……

"真的,你就是我姑姑。姑姑,我的姑姑!"

在透不过气来的喜悦、兴奋、激动的喊叫中,孩子把钥匙交给她了。冷秀峻怎么努力,也抑制不住闪着金光的钥匙在手上跳动,她感受到了它千钧的分量——纯洁的信任……

房内,是急切地打开一道道铁闩的声音。

若一个人的心灵外面,是重重大锁;里面,是一道道门闩,那多可怕!

二　溪耳洞众

蓝蓝的小溪,从雪山上流下,一路欢蹦乱跳,喧哗嬉笑。银白雪亮的水花,在山谷奔涌旋转,在蓝色的水流上纵跃腾挪。这在牧民的眼里多像草场上奔驰的骏马,他们爱马如命啊!

白马溪的水,滋润着达布人豪放、热辣辣的歌声。

白马溪踏得山岩秀丽,催得草场百花怒放,染绿山坡、莽莽森林。白马奔到亚郎山的山腰腰,撒蹄拐了个弧形大弯。从山下往上看,亚郎山长出个马耳朵。这儿草肥水美。

牧民说:这是白马给达布人的祝福。牧民们从森林里伐下云杉,打了板墙,盖上板瓦,扎根溪耳部落。改称溪耳大队,这是四十来岁的人都还记得的事。

在溪耳壳廓石崖上建了幢青砖青瓦平房。站在门前,能把下面的兽医站和部落的木屋子看得清清楚楚。优越的位置,表达了牧民们对兽医冷秀峻的敬意。多年来,这个只有母子两人的家庭,像山上的云杉林,端庄、宁静、葱郁。一个多月前来了一位新客,带来了欢声笑语,拌嘴磕牙。生活响起了新的乐符,转起新的旋律。

吼了一夜的狂风,在黎明前停止了愤怒。晨雾刚从山下木屋顶升起,石崖上已响起了男女童声二重唱。你听:

"晓青,你这个懒羊!蓝马鸡叫得蓝天扯霞,雪山顶上披红,你还赖在被筒里！快起来,看看昨晚你干的好事！"

气势汹汹的果杉,站在后院厨房前,左手叉腰,右手挥舞,板起脸,对着屋里嚷开了。他很满意语气中的威严——做哥哥的派头。要知道,并不是所有像他这样大的男孩子,都有做哥哥的份儿。一个多月前,他就没有支使妹妹的权利,那时,这个小表妹还没来哩!

果杉不能以一般人的"漂亮""不漂亮"来评价。他有副被牧民们评为"过得去",但和城里孩子比,却十足魁梧的身材。仿佛一株壮实的紫果云杉的幼树。脸孔也不是秀气,高鼻梁、大眼睛之类,但像这里的山,看一眼就让人忘不掉——富有荒漠的坦荡,雪山的纯真,马驹、牛犊、羊羔的稚嫩、野性……总之,是会对电影、戏剧导演产生魅力的形象。

"没听到牦牛叫,老天敢发亮?牦牛吼得炸耳底——唉!天亮了,想做个好梦都不成!"

慢条斯理的话中,散发着慵倦、惺忪和一股对热被窝的眷恋。

然而话音刚落,小门吱呀一声,清新得像支报春花的晓青,已站在瞪着眼、张着嘴的果杉面前。

若说晓青喜欢睡懒觉,那也冤枉。她喜爱溪耳蓝莹莹、紫微微的晨光,牛群的哞叫,鸟的啼鸣;总是早早起身,眺望朝霞在山原的踪迹。

昨夜,她有些古怪的感觉,恍惚中觉得后院有些响动,努力分清是梦还是……却醒了,再也没有睡熟。

果杉粗重的起床、下地、开门声,她都听得清清楚楚,正在想主意淘气时,他却递了个话把子。

她看到果杉那副吃惊、懊恼的模样,开心得像吃了蜜糖——有了哥哥,妹妹就取得了撒娇、淘气的权利。在果城,屈辱的阴影,重重地裹着她,只能躲在屋里对着四面掉泥、塌灰的墙壁发愣,哪来这种惬意——她觉得刚才的话还不够味儿,又添了把花椒辣子粉:"我干了什么好事?夜里听到有人挥拳踢脚。趴在门缝一瞅,哎呀呀,是你这位大哥哥把被子、床帮当老虎打!"

真是又麻又辣。

若是冷秀峻在家,看到方头大耳、壮实得像头花牦牛的儿子,和舒眉秀眼、高高的鼻梁、有着两个甜甜酒窝的晓青对阵,会静静地在一旁欣赏,看得心花怒放,默默笑得挂起泪珠儿。她觉得这是一种智慧的较量,是孩子们心情愉快的表现。

特别是晓青,刚从果城重重门锁的房间走出时,简直是棵蒲包里掏出的绿豆芽,面黄肌瘦。两只小眼睛像耗子似的,恐惧、多疑地打量着她,打量着世界的一切。惶惶不安,寡言少语,哪里还会斗嘴!

来这儿才一个多月,高原的雪山风,牧场的奶汁,已在她瘦黄的脸蛋两旁,印上鲜艳的苹果红,抹上了一层淡淡的,却已显出粗犷、强悍的色彩。在举止言行上,也已恢复和她年龄相称的纯真。闷黄的豆瓣,已成了两片厚实的绿叶——是健康成长的标志。

冷秀峻对他们的斗嘴很少干预,只是在争执快要超越界线时,才适当干涉。

往常,像这时会显得嘴笨舌短的果杉,只有用"唉!你是妈妈的心尖子,肝巴子"招架。可今天,虽然出师不利,还是气嘟嘟,嘴儿噘得能挂住奶桶:"瞧瞧,你的功劳!"

屋檐下的柴垛倒了一个角。双耳携锅掉下,滚得老远。鸡食盆翻了。牛羊肉的骨头撒得满地都是。厨房门口透湿,低处还汪着水……

果杉见晓青也傻了眼,又一声不吭,更是理直气壮:"我是牦牛,我只会吼!你能,只昨晚上叫你抱回柴,你就弄成满地狗舞的。"

晓青没有搭理,定神瞅瞅潴留的水、湿地,转身蹓进厨房,看看碗橱、灶台、米、面都没遭害,这才转身出来:"你的宝贝雪狮呢?"

果杉用眼角从侧面狠狠盯住晓青的脸:"你去内查外调,再搬档案来看看,雪狮有过干这样坏事的历史?它哪晚不睡在前门自己房里?"

晓青一指湿地上的蹄印子,鼻翼一鼓:"你也睁大眼看看,这是啥子?"

的确是蹄子践踏的。尽管只瞥了一眼,果杉已吼开了:"雪狮有这大码子的蹄?能穿四十码的鞋?"

晓青早有准备,用脚尖一点:"怎不看这小的?"

那边确实有个小得多的蹄印子,清楚地印在湿地上。

"你没听牧民说过?狗在雪地上踩一脚,就刻下一朵梅花;所以它不怕冷,敢在冰雪上跑。地上这个蹄印子,像梅花吗?杜鹃、野菊、雪莲、沙棘?都不像!"

果杉像位演说家,一连串的诘问后,才将手从空中劈下,雄辩地做出结论:"大的也好,小的也好,它有脚后跟。是野兽留下的,不是雪狮的脚印。"

碰到牵涉雪狮的事,理总在他那儿!是他亲手喂大的,谁能比它更知己?雪狮凛然具有绅士风度,从不偷食,从不到厨房乱窜,即使在草场捕了只兔子,在森林里抓了只松鸡,也要叼回家来,得到主人夸奖和认可后,才正儿八经地进食。晓青也想起,姑姑每次去放牧点巡回,总是带着雪狮警卫……

她突然发现了新情况:"水桶呢?谁把水倒掉,拿走了桶?"

在果杉听来,这话又是冲他来的,昨晚是他拿桶提的水。于是,他急急忙忙地在四周寻找。

浩瀚的山原,养育了牧民的高贵心地,至今还是守着淳厚的民风——没有偷窃的事。果杉也没往这上面想。

果杉记得真真切切,从后面白马溪提回水后,桶就放在厨房门口,地下的一摊水也能做证。么事一夜长出翅膀飞了?他见晓青只顾低头在地上东瞅西瞧,更是纳闷,嘟囔了句:"出鬼,山大王把桶叼走了?"

这句随口吐怨的话,却在晓青心扉扣了一记。她凝神思索,竭力想印证什么……又看了看满地的印痕,提着脚步向院后石崖上走去。

果杉见她那副认真寻找的劲儿，气得又要吼了。蓝色的白马溪流到后面石崖下这一段，十分湍急，两岸石崖将溪面挤窄了，深沟高垒，成了阻隔野兽侵袭的天然屏障。晓青这不是装腔作势挑刺吗？

晓青快步跑下石崖，沿着斜斜石级下溪。果杉两只脚也不由自主往那边走去。还未等他下到崖边，已传来了晓青惊乍乍的喊声："水桶在这儿！"

真的，不远处，在河心大石头拦起的水湾中，躺着半沉半浮的水桶。果杉揉了揉眼，再睁开，在水流中晃荡的不是水桶，还能是鸭子？他像岩羊蹦跳，眨眼工夫已拦在晓青前头："你给我站在这里。水冰了骨头，你长到老，也还只是这样矮、这样瘦！"

说着，也不顾晓青的拦阻，脱了鞋袜就下到水里。刺骨的水冰得他打了个大大的寒战。溪水从雪山流来，三伏天都凉得蹚水过河的人敲牙打鼓，更别说现在刚进5月。

捞回了水桶，两人再也没有精神拌嘴磕牙，各想各的心思：

对果杉说来，案情已经大白；在后院捣乱的事，与晓青无关；纵使抽木柴碰倒了柴垛，肉骨头不会撒了满地。罪魁祸首是野兽，明明白白是错怪了晓青，心里充满了歉意。

如果说是他有意找晓青的茬儿，那也冤枉。多年来，母子二人生活在宁静中，有时不免感到寂寞。突然妈妈给他带来了个晓青妹，他美滋滋的，打心底已把她当作亲妹妹，处处时时想方设法保护妹妹。但作为一个男孩子，他有他的表达方式。

晓青此时已把拌嘴的事丢到脑壳后了。只是想着夜里曾模模糊糊听到的响动。在爸爸身边时，一点响动都能将她惊醒。那是让人提心吊胆的日子。到了溪耳后，她紧张的心逐渐放下了。

这里有好心的姑姑，大力士似的哥哥，热情善良的牧民。她受到爱护，甚至受到尊敬——她是大城市来的女娃，见过世面，能说出很多牧民们不知道的事情。她陶醉在家庭的爱抚、人世的温暖中。但现在,却冒出了一个令她不安的事:野兽的侵扰!

水桶怎能从低处滚到高坡的石崖上?溪岸陡,全是黑脸尖牙的石头,水桶掉到崖下,怎会没有砸碎?

这是什么样的怪兽,会提水桶走路?爸爸是专门研究野兽的,从来没听他说过有这样的怪兽!

它从哪里来到了后院?有湍急的溪水隔断,它能从天上飞下来?

晚上,她一个人常从后院到厨房,进进出出好多次,要是碰到了它,怎么办?她的心境,一下又跌进了果城那间又暗又狭、充满惊悸不安的小屋。

它能进到后院,也就能闯到房里,哎呀!……她越想,心里越虚,越是想把事情搞清楚。

"哥哥,你说野兽会提桶吗?"

那副既惶惑又认真的样子,使果杉怎么也忍不住,扑哧一下笑出了声。用手指点着她:"你们城里人的脑壳子,怪东西装多了。啊喷喷!野兽会提桶?它有鼎锅?它怕水里有细菌,提水烧开喝?它要煮米饭、烤羊肉?"

"猴子呢?我就见过会拉车——车上还坐着小羊——的猴子!"

"猴子?我们这儿只有金丝猴。全世界闻名的金丝猴!它在山上森林里,吃饭、撒尿、打哈欠都在大树上。别说见,听也没听说它到人家屋里。要是你能把它喊来,我放挂三丈三尺长的鞭炮欢迎!牧民们也会喝干十桶酒,啃完十只羊来庆祝!"

"那,水桶长了腿,自个儿跑到白马溪?"

果杉头一昂,手一挥,滔滔不绝:"这还不简单?野兽撞翻了桶,大风把它刮到溪水里。我们这儿的风力气大。你还没见过冬天的风,能吼得你睡不安逸,把雪刮得团团转;发起狠,呜呜叫地把大石头当乒乓球吹着跑!"

晓青噘起嘴,一把抓住他的胳膊,又拉又拽:"你看看地下!真是瞎编胡造的大专家。"

地上,这里那里,都有水桶铁箍留下的痕迹。湿地上的好几道最明显。从西到东,从屋檐滴水处直到石崖下都有。

果杉拍了拍脑壳,恍然大悟:晓青就是凭这才到溪边找水桶的。鬼精灵!自己粗心得像头牛。嗯!——事情真还不简单哩!它也像雪狮,淘起气来,叼去他的靴子,耍猴似的东奔西突?是哪种野兽呢?他只听说过棕色的马熊好耍人,寻开心。对了,马熊就是这样的蹄印子。

他背起了双手,瞪大眼睛东瞅西瞧,还不时仰起头像是在思索,在院里又走了两圈,站住,郑重地宣布:"看样子,马熊捣了鬼,昨晚它来过!"

晓青眯起眼,皱起眉——在脑里一页一页翻起爸爸给她看的《动物图谱》。那个长着棕毛的家伙,又叫罴,她曾为难认的"罴"字问过爸爸。爸爸说:野兽王国要开运动会,它一定是出色的重量级摔跤运动员。体重四五百斤。折断一根碗口粗的树,比折根火柴棒还轻松……她心里怦怦跳了:"它吃人?好往人家里跑?"

"当然啰!"果杉得意起来了,"有一晚,草瓦老爹躺在床上,听到有人推门。他以为是卷毛查修来瞎胡混,没吭声。一会儿,窗闩嘎嚓一声被推断了。草瓦老爹跳下来一看,漆黑的夜,窗口伸过一个黑脑壳,两只毛烘烘的手抓住窗台,正想进屋。草瓦老爹顺手摸根棒子,对着它眼睛一捣。谁知那家伙抬手接住,轻轻一拽,棒子已到了它的手,咔吧一下,又咔吧一下,再咔吧一下,把棒子折成一段段。等它再站起趴到窗口,嗨!又伸来根棍子,它伸手抓住,却没按动。它的手太大了,棍子细,使不上劲。丢下得了呗,它还不干。再说,那棍子还总往它下巴上敲。两三个来回,把它惹火了,张开大嘴一口就咬住棍子。等它咬个正着,只听一声响……"

果杉突然闸住话头,盯着听得眼也不眨的晓青。

"棍子又断了!"晓青被他活灵活现的叙述吸引,脱口而出。

"哈哈哈！"果杉笑得很快活，"马熊像雪崩，倒下了。"

"是枪！那不是根棍子？"

"你这就聪明了。草瓦老爹是有名的猎人，他能像你这样傻？先给根棒子，是逗它。趁它拿棍子出气，一节节折断时，拿来了猎枪。"

"干吗不马上开枪？你又编瞎话骗人了！"

"受伤的马熊比老虎凶。你这脑壳子就是不转筋。想想吧，要是一枪打不死，它三拳两脚，还不把草瓦老爹的木板房子呼啦掉？草瓦老爹故意撩它，一直等到它自己帮助瞄准得万无一失——咬住枪管。牧民把这故事说神了，编成歌子唱。卷毛查修有次也碰到马熊，也想学草瓦老爹。嘿嘿，他把扳机一扣，哈哈哈，枪管打炸了……"

"哎呀！他要挨马熊整了！"

果杉的手指都快点到晓青的额头："你这个小脑壳子，怎么老磨不开？这轰隆一炸，像炸弹那样惊天动地，还不吓得马熊和他都跑得比兔子还快！第二天，牧民捡回他的枪给草瓦老爹检查。枪管弯成马鞍子，子弹还不炸？那是马熊一口咬的……"

果杉发现晓青的脸苍白，眼里有着恐怖，知道又引起了她的害怕。刚来时，她只有螨虫胆，到了晚上，连厨房也不敢去，别说正眼看看夜空下的黑黝黝的群山了。他连忙说："有我哩！你怕啥？我才不会像卷毛查修，到了阵上心慌意乱！草瓦老爹对我说过：千万别和它硬挣，心要定得和大山一样沉稳，机会到了就开枪……"

晓青还是禁不住左一眼、右一眼地瞅着窗户，她的床就在窗下……那毛烘烘的手，黑乎乎的脑壳，锋利的牙齿，大力士的躯体……她不敢再往下想了，可越是不敢想，那可怕的家伙越是往眼前跳……

果杉晓得闯了祸——妈妈一再叮嘱过他，不准吓唬妹妹。她从小就被抄家、武斗、辱骂、揪打吓坏了——可一时又想不出合适的话，更不敢挑破了说她胆小,于是讨好地说:"妹妹,你去屋里歇歇,我来把柴堆再码好。"

晓青不搭话,失神而又茫然,但没回屋里,也帮着收拾起来。当她去提双耳携锅时,却像碰到了蛇,猛地缩回了手:"哥哥……你来!"

声音很低,吓得果杉一跳。携锅厚实,有三只腿支架,两个方便手端的耳子,像只鼎,有人又叫鼎锅。既可吊到篝火上煮,也可挖个地坑烧,放到地下很平稳,方便牧民们野外炊事。携锅没有摔碎,但耳子少了一只,锅边有好几个新豁口。显然是马熊咬的。好锋利的牙齿!

"咬下的铁呢?它还能吃铁?"晓青自言自语。

果杉像听到天外来客的消息,但又怕是听错了:"什么什么?你说什么?"

晓青被眼下的情况闹蒙了,不禁说得谨慎:"我没找到咬下的碎锅铁,你看到了?"

果杉伸手提起锅,底下有三四块碎片,但都很小,明显地还缺几大块。他在后院转着瞅着,也没找到。他的心怦怦跳,禁不住冲动,那又粗又响的喉咙,突然之间变细了,透出一股神秘:"是它来了?"

"谁?"

"别急,我们再看看骨头。"他马上意识到这句话不明确,"找找地上的牛羊肉骨头,有没有被啃过的、咬过的?"

这并不难,不大一会儿,他俩就找到了好几根被野兽啃咬过的、吃剩的羊骨。看样子,它吃了不少。晓青见果杉那副又惊奇、又激动的神情,忍不住问:"到底是谁来了?"

"食铁兽。专偷携锅啃铁,吃骨头像咬豆腐。"

"你是在说机器,不是说野兽吧?"

"野兽!喜欢吃铁的野兽。正经话,不跟你讲着玩。"他的脸色蒙上了莫测的神秘,像是被大雪泡遮住了雪山。

"你骗人!我爸爸专门研究动物,我没听他说过有专门吃铁的野兽!《动物图谱》上也没有这种野兽。雪狮也喜欢啃骨头。"晓青生气了,然而又受新奇的吸引,对马熊的畏惧已经无影无踪。

指责和有力的证据,没使果杉气馁,反而激起他更大的冲动。他指了指在蓝天中耸立的雪山,起伏的峰峦,幽深的林海,闪光的牧场,从从容容展开了雄辩:"《动物图谱》上写了草瓦老爹打马熊?你们城里的天能蓝得像这样,捏一把要滴水?有一年四季被雪裹住的山?有大得无边的森林?有草地?有高山上的海子?有吗?没有!根本没有!可这儿,一出门,它们就堵在你眼前,连你想不看都不行!妈妈常对我讲,在这世界少有的神秘的山谷里,有丰富得科学家都认不出的动物、植物、矿物……只是这里太荒凉了,大山把它和世界隔开了,要有勇敢的人来探索。妈妈就是为这来的……"

晓青觉得果杉的眼神,像蓝天那样深、白马溪那样悠远,还有小火苗在跳动;不觉中,自己的心也飘上了蓝天,广阔、深远……

"啊啊!"

一只雄鹰在高空中发出了震荡天宇的呼喊。它一折翅,箭似的向白云追去。

静穆了好长时间,果杉的思绪才从遥远的天空旅行回来:"牧民们传说:食铁兽是神兽,它力大无比,只要它在哪儿,一切魔鬼都躲得远远的。它保护着草场、羊群,它给牧民带来吉祥。它有个特别神奇的肚子。谁要是不小心把顶针、铁钉吞下了,骨头卡了喉咙,只要找到它的尿,喝一口,就能把它们通通化成水。它拉下的粪团,能铸造出最锋利的宝剑……"

"他们见过?"

"我也这样问过。牧民们说,它都是趁人们睡熟了的黑夜才来。神兽,会随随便便让人看见?"

晓青思索着,然后一偏头:"你也相信?"

果杉笑了,把诡秘挂在嘴角上,把得意挤满眼角:"牧民们个个都是讲故事的能手。要是全信那些神话,我不是早该长出翅膀飞了?妈妈说,是因为高山深谷太神秘。大自然的奇异,连科学家们都还难以解释清楚,更别说牧民们又是那样心地善良,对生活充满了美好的希望。"

"可是,神话中也有真理。你说,这携锅上被咬下的铁哪里去了?"

"像这样的事,部落里有过。是你先说野兽把铁吃掉的。"停了停,果杉才接着说,"还是那回听了故事,回来就问过妈妈。妈妈讲,她曾经看过一本古代的书,那上面也说过有种吃铁的野兽,我还问了很多问题。妈妈说,要我长大了自己去寻找这种野兽,寻找答案。"

这些话,对晓青产生了奇妙的影响。家庭中,父母从事的事业,有种特殊的气氛,熏陶着儿女们的思想、感情,甚至于志向,形成了社会中常有的"医生世家""数学世家""文学世家"。

还在她三四岁时,胡蜀锦就将《动物图谱》当小画书给她看。她从那里开始认识动物世界,结识了朋友。随着年龄的增长,动物世界在她眼里起了变化,动物并非全部可爱,也有凶狠邪恶、吃人的野兽。再加上父母的遭遇,使她对动物有了种特殊、复杂的感情。

果杉说的食铁兽,新鲜、奇特。晓青好奇心逐渐战胜了恐惧,但也有着怀疑。

果杉为了给刚才的话增添分量,又讲了个故事。

经历几年高山荒原风的熏染,草场上牧民们的教导,果杉在不知不觉中学会了说故事的本领。夸张、生动、具有吸引力,又融进了演说的姿态、鼓动性,和他那个年龄所能掌握的逻辑。此刻,他瞥了一眼正聚精会神地等待他开口的晓青,又故作庄重地侧着个脑壳静穆,像个经验十足的演员在培养感情。正当晓青等得不耐烦要抗议时,他恰到好处开了讲:

去年春天,草瓦老爹收到一封信。这太突然了,他一生都未收到过信。也想不起有哪个朋友、亲戚会给他写信。他拿来请教妈妈。妈妈帮他读了信,信写得很热情。

原来是一位科学家,感谢草瓦老爹帮助他发现了世界上还没有人报道过的一种老鼠,为老鼠家族增添了新的成员。这对研究它的进化,也有重要价值。为了纪念老人的发现,科学家给这种老鼠起的名字中用了个"瓦"字。

草瓦老爹听了,气得直吐唾沫:还嫌尖嘴耗子少了?屋里、草场被糟蹋得大洞小眼,不让人安逸。再说怎么能把自己这个在牧场上受到尊敬的名字和耗子连在一起哩!

妈妈只好耐心地向他解释,终于说得草瓦老爹眉开眼笑。

那是秋天在惹尔瓦森林打猎,追赶飞鼠——一种肉嫩得到嘴就化的会飞的老鼠,无意中看到树上有窝刚睁眼的小老鼠。那窝架在树枝上,像鸟巢一样。草瓦老爹好生奇怪:只见穿墙打洞的老鼠,还没见过在树上盖楼房的老鼠!他顺手抓了下来。偏巧碰到了一帮子进山的工作队,有个白头发的老头把一窝老鼠要了去,又拉着他问了许多老鼠的事。还拿着照相机把那棵树、那座森林照了又照。

为了这封信,草瓦老爹高兴得请牧民们喝了三桶酒,把他打来的两只肥岩羊吃得精光。

这个故事,对晓青更有吸引力。这几年虽然爸爸搞科研成了"罪人",但爸爸和他的好朋友们还是研究动物。谈得最多的是大熊猫,也谈到川西特殊的地理位置。有天,半夜时晓青被敲门声惊醒,进来的是矮墩墩的余叔叔。迷迷糊糊中,听他说,是位在贡嘎山下教书的学生给他寄来一些蝴蝶标本。鉴定后,认为有两个是新种。晓青虽然不知道发现一个新种对科学的意义,但知道那是很重要的事,是使爸爸和余叔叔激动、兴奋的事!

说不定真有食铁兽呢?要不,携锅上的铁哪里去了?

她把想法一说,正合了果杉的心思。两人立即行动起来,重新考察了食铁兽昨晚在院里留下的踪迹,讨论起了食铁兽的古怪活动。果杉毕竟大几

岁,居然总结出几条食铁兽的神奇:

一、它吃铁,吃牛羊肉骨头。打翻的鸡食——青稞,还未发现被明显地吃过。说明它对锅铁、牛羊肉的兴趣更大。

二、它的前脚小,后脚大,所以院里留下大小两种足迹。后脚约有四十码,前脚要买童鞋。"狼狈为奸"的故事里不是说狈的两条前腿比后腿短,要搭在狼身上才能一道出去干坏事么?食铁兽也是前腿短,前脚小,但不结伴也能活动。

三、它会游水,是从白马溪那边过来的。

四、水桶是它推到溪水里的。是因为碍它的事,还是想把水桶当小船,乘着它去旅行一番?这是个伤脑筋的谜。

两人越说越有趣味,越感到食铁兽神秘。一定要设法找到这个食铁兽!它比草瓦老爹发现的小老鼠、贡嘎山下的蝴蝶新种更有意义!

决定一经做出,果杉就以哥哥的身份下达了命令:"赶快吃饭,做完作业,然后上山,去寻找食铁兽!"

果杉早已该上初中了,可是溪耳只有小学,中学还在四五十里外的牧区;现在又正是"政治冲击一切"的时候。冷秀峻决定将他留在家里,找了套旧的初中课本,由自己充当教师。晓青来了后,又因为语言交流方面的问题,也将她留在家里。冷秀峻每天或早或晚给他们上课,布置作业。她要出外时,果杉成了小先生。兄妹俩倒也有了伴。

果杉给晓青找来一副绑腿,是用牦牛毛编织的。晓青不明白做啥,果杉只好先在自己腿上打起绑腿。晓青还是嫌麻烦,说来溪耳后也到山上去过,没绑它也没折了腿。

果杉耐着性子跟她讲:那几次只能算"散步",真进山,不把腿护好,裤脚挂烂不说,路也走不成!别看牦牛毡子不好看,但它能挡住露水潮气往里钻,能挡住毒蛇、小虫咬,能挡住刺戳枝挂……

溪耳的春天来得晚,又短暂。三千米以上的山岭,还断不了三天两头地飘雪。就是到了5月底6月初,高山上还常有暴风雪袭击。但春天毕竟是来了,在绿茵茵的草场上,早发的花已顶着紫的、黄的、红的、白的花朵。强烈的紫外线,使花朵的色彩妖冶俏丽。远远看去,斑斓得像一条彩色的铺向大山的巨幅地毯。衬得黑的、花的牦牛,雪白的羊群,枣红、骊黄的骏马,也都成了印在地毯上的图案。

晓青奇怪,这里的牧场,为啥不像书上说的那样一望无际、白云悠悠、蓝天辽阔?

果杉说,那是草原,在内蒙古。听妈妈说,红军过草地的草地,也有这个味儿,有山、有沼泽。这儿的牧场都夹在森林中,有的占一面山坡,也有只占一个山垄,所以只叫"草场"或"牧场",从来没人叫它草原。

兄妹俩沿着白马溪,在山道上走着。白马溪唱着清亮的歌,陪伴着。太阳照在身上,刺痛脸,又晒得浑身暖烘烘的。晓青是第一次走了这么远的路,进入苍苍莽莽的森林,对一切都感到新鲜。

她从果城到川西的崇山峻岭来到了一个新的天地。进入森林,是一个更奇妙的世界,一草一木,都新奇、可爱。

她看河滩上有块晶莹的石头,连忙跑去拾起,那上面现出了鲜红的花纹,兴奋得她的小脸也红润润的:"哥哥,这是玉石?"

果杉正眼都不看一看,撇撇嘴:"玉石?你真会想。听草瓦老爹讲,那产在雪山上。要到夏天,融化的冰雪在山岩里钻来窜去、冲冲刷刷才能将它冲到河溪。有透亮的羊脂玉,有绿澄澄的宝石,有红得像是一摸就要染红指头的红玉,有比天空还要深翠的蓝宝石……跟你讲吧!都是顶呱呱的宝贝。他的爷爷去采过。采玉人全凭一双眼,那双眼要识宝,分得清哪块是玉,哪块是石头。像你呀,把这种烂石头当成宝。要多少?怕你背不动呢!"

路边一溜金灿灿的黄花,逗得晓青趴上去闻。果杉一把将她拉回来:"刺笼棵有啥子好？给刺戳了，你别哭鼻子！"

晓青一句也不顶。大森林一步一重天的景色，绿叶的清香，花的浓艳……已涨满心胸，卷起旋涡，让她冲动得想爱抚金黄、翠蓝的小花，嫩黄舒展的新叶，摆动腰肢的小草……她感到耳边痒痒的，似有一支无比美妙的音乐，挟持着她游荡、飞旋。

晓青站住了，侧着个耳朵："哥，你听！"

果杉浑身一震，猛然将肩上猎枪端到手上，瞪起了大眼。可是，除了风在森林和山原上一阵阵吹过，什么异常的声音也没有！更别说野兽的吼叫，或是它们蹄子踏在枯叶上的吱咏声、踩断残枝的咔嚓声。然而，晓青听得那么专注，连两个酒窝都盛满了甜美的笑。果杉糊涂了，刚想张开嘴吼……

"哥！你听嘛——"晓青只顾沉浸在大自然的音响中，"风多神奇！它吹到白桦树上，叶儿拍着手哗哗哗，脆亮亮的。它吹到花上，黄花扭腰，紫花摆手，白花打着转转，步儿轻盈。它吹到云杉上，呼呼地掀浪，就像月亮下江水在沙滩上拍……风在指挥着这支大乐队，风在指挥它们歌唱，跳舞……"

"唉！"果杉无可奈何地重重叹了口气。他原想狠狠地挖苦晓青几句，发泄一下使他虚惊一场的怨气。这一切，他都听过无数遍了，若是像她这样来评价大森林，那么，哪一棵草儿、树呀不可以说个半天？猎人还能进得了林子？牧民们还能赶着畜群转移牧场？

女娃子的脑壳就是怪！可是，又不忍心扫了这样欣喜的晓青的兴。再说，刚才，她说这些话时，是那样的美，她的脸也从来没有这样发亮！

晓青哪有闲暇在意果杉的情绪，她的耳边充盈了各种声音，它们都在争着和她说话：风的细语，草丛中小虫的鸣叫，流水的叮咚，蜜蜂的振翼，蝴蝶的翩翩……连林中浮起的地气，也是那样温暖，亲昵地在脸上摩挲……

果杉觉得浑身的力气没处使，搬起大石头，往河里砸去，溅得满脸水花也不揩，要不是肩上的猎枪碍事，他真能一连翻上十个跟头，来驱除烧得他不安的焦躁。

他既不能随心快步向前,又不能吆吆喝喝地催促晓青。

这附近的林子,他都来过,其实,溪耳也是夹在大森林中的。

他一点也没受到晓青的感染,食铁兽占据了他的心。他恨不能像雄鹰鼓动翅膀,飞旋在森林上空寻找,在山谷里追踪!只有转遍了森林的拐拐角角,只有登到伸手就能摸到雪山肩膀的高山,才有可能一睹那个神奇怪兽。

还有件使他不得劲的事,身边缺少了雪狮。妈妈曾给他在森林、山野划了个活动范围的界限——妈妈一喊,他就要答应。

过去,他没有逾越过这条界线,就多亏了雪狮的功劳。它耳朵特灵,在果杉玩得出神时,它能及时用吠声警告、通知小主人。它还能撵出野雉,能发现獾子的洞穴并帮他猎获;为他警戒凶猛的野兽,领他避离危险。但现在,他却要保护妹妹的安全。他要靠自己强壮的身体和肩上的猎枪,更难的是要靠耐心,不能得罪她,要哄得她按计划行事。

果杉脱掉一件毛衣,把它挂到树上,准备回来时再取。他按捺又按捺,斟词又酌句,才说:"妹妹,要照你这样子磨蹭,太阳落山了,我们连小窝凼都到不了,别说上斯姆梁了!"

话刚出口,他又慌了,怎么还是硬得像牦牛角?出乎意料,晓青却爽爽快快、脆亮亮地答应了一声:"好!我们走快点!"

但没一小会儿,她又瞅起路旁刚出现的竹丛,看到青翠翠的竿子上抹了层浓淡不一的紫色,在阳光下盈盈闪闪,她说:"我们果城的罗汉竹,挺着个大肚子,长得也高。哥哥,这儿的竹,为啥子这样又细又矮?"

"你见过古代用的箭吗?箭杆要挺个大肚子,能射得远?它是箭竹!"

"箭竹!它是箭竹?你怎么不早对我讲?你爱吼,成天吼得人耳朵嗡嗡响。今天一进沟口就看到了竹子,你偏不吼,不知道我早想认识箭竹!"

晓青扑到箭竹旁,又是摸它叶子,又是抚着竿子,还用力抽动鼻子,闻闻香不香。

果杉被闹得晕头转向,箭竹有什么稀罕！只听晓青又说:"大熊猫,可怜的大熊猫！你快到这儿来,这儿有箭竹,保管你把肚子胀得圆圆的。"

果杉这才明白:原来她是想到了饥饿的大熊猫！箭竹是大熊猫的粮食。她爸爸是研究大熊猫的,也为这惹了祸,所以妈妈才把她接到溪耳……想到这里,他觉得应该解释一下:"溪耳这边箭竹很少,只小片小片的。路上看到的,是拐棍竹。拐棍竹在这边也不多,大片大片的在那边一个山沟里。想在白马溪看见大熊猫,那跟过年过节一样稀罕。"

晓青才不信这一套哩:"我说的,有箭竹就有大熊猫,有大熊猫就一定能见到！"

尽管果杉善于滔滔不绝地雄辩,但对这时表现自信又蛮横的晓青,简直束手无策。

森林好像有意帮果杉的忙,他们走了老长一段路,再不见箭竹影子。连拐棍竹也只偶尔见到东一丛,西一丛。晓青的脚也走得疼了,腿也酸了,这才顾不上说话。

真的进入原始森林,那又是另一种景色:粗壮的大树,一棵挨着一棵,紧紧地拥在你的四周。阳光也只从树冠缝隙中筛进斑斑点点,飘忽不定,反衬得林中绿荫更浓。厚厚的泥炭藓铺在地下,踩上去软绵绵的有弹性。

这倒很合晓青的味儿。但还未等她享受够踩在这种地毯上的惬意,前面的果杉猛然一伸胳膊,向后退一步,已把她又拦又拽地拉到了树后。刚趴下来,果杉就把枪栓拉开了,子弹装上了,紧张、神秘立即笼罩在森林中。

霎时,脸色苍白的晓青,像是怕冷,总是往果杉身边挤。急得他只好指指枪,又低声说:"野兽！"意思是他要开枪,别碰他。

"食铁兽？"

"别讲话！盯着那边小路！"

远处,两只黄鸟忽高忽低地叫着:一个尖喉咙,一个沙嗓子;一个多音节,一个单短音。仿佛是在争论不休。风在林子里轻轻拂过,几只蜜蜂穿梭般地往来。

盯得眼发酸,晓青还只是看到拂动的小草,倒是灌木丛中一簇鲜红的嫩叶十分耀眼。那里没有出现怪兽,连松鼠也没有,晓青苍白的脸上才又浮起了红晕。

正当她想问句话时,两声响动把她吓了一跳——是两只鸟起飞蹬动了树叶。还未等她缓过气来,左前方瑟瑟两下。然后又是很长一段时间的寂静。

她的左胳膊被压得发麻,刚想舒展一下——还是刚才响动的地方,树动了,枝摇了,出现一只野兽。它走了几步,站在大树下,褐色的皮毛上披了几点树冠洒下的阳光,亮得像生满了花。

刚好有丛小树挡住,果杉急得抓耳挠腮。想调个位置,又想等它再向前或退后两步,可它的两只眼睛正盯着这边,既不前,又不后的,只是偏头凝视,两只耳朵却一刻也不安生,动个不停。

极度紧张、兴奋的冲动刚过,晓青挤向果杉,一把抓住了枪。急得果杉眼里喷火,拧起脖子。晓青更急:"小鹿,小鹿!"

果杉气急败坏,一用劲,扑的一声,枪托碰到了石头。

枪是夺下了,野兽也一耸肩跃起,越过灌木丛,消逝在森林中……

"你!你……"果杉气得说不出话,脸色铁青,紧攥猎枪。

晓青也是脸红脖梗硬,一点儿也不让:"你为啥子要打小鹿?"

鹿在她心中一直是美丽、善良、智慧的,她听过、看过的故事都是这样说的。

"哎呀呀,那是鹿?你把驴子当成马!瞎逞能!"果杉简直哭笑不得。

晓青蒙了,但眼一眨,又放开炮了,冲得似乎带着尖啸:"你骗人!它就是小鹿!我在画子上看到过:细脖子、长脸、尖耳朵。后半身子像个瓜……"

突然——

"哈哈！我当森林里闯来了雪豹！鸟飞了，野兽跑了，连太阳也藏进羊奶云。嗨嗨！是两只抵角的小牦牛！"

好洪亮的嗓子！真像从蓝天抖落下来，整个森林都在回应！

一位身穿白袍、头戴卷边白毡帽，帽上插着一根不短不长、洁白中现出铁线花纹的羽翎，肩背猎枪、银须拂动、脸色黝黑的老人，神不知鬼不觉地出现在前面的路上。

晓青像头小鹿，又跳又蹦，扬手张臂跑了过去："草瓦老爹！"

"嗬嗬！连你这朵城里开的小花也闯林子啦！"看到后面还在生闷气的果杉，对他一扬下巴，"蓝天的小雏鹰，你是翅膀不够坚强，还是目光没练锐利？嫌我老草瓦送你的獐子肥，也该留给我，啥子要轰走我的猎物？"

果杉明白了：一定是草瓦老爹早就看到了他们，为了让他们高兴，才有意将獐子撵到他的枪口。要不，哪能碰到这样的好运气！谁知……他气得肚子一鼓一鼓的，可在草瓦老爹面前又不好发脾气。

晓青一听，感到不好意思了，蛮横得快，温顺也是眨眼间的事："是我。草瓦老爹，是我把它当成了小鹿……"

草瓦老爹鹰一样犀利的目光，突然柔和了，满是皱纹的脸上绽开了笑容，像盛开的菊花瓣："金子，好一颗金子般的心！森林和草场到了严冬就要变色，再美的花也有凋谢的时刻，只有金子永远闪光！就凭这，我要送你一支长长的花翎子。你插到头上，叫姑娘们看了都要羡慕！"

这一说，晓青反而不好意思地低下了头。果杉也突然开了窍，似乎明白了什么。几只鸟又在附近枝头叫了起来，欢畅的、快速的鸣唱在森林中回荡。

草瓦老爹问两个孩子到森林做啥子。兄妹俩你一言我一语，把怪兽夜访后院的事详详细细地说了一遍。最后，急切地问："那是神奇的食铁兽吗？"

草瓦老爹的笑容消失了，眺望着银亮的雪山，雕塑般的庄严，语气中充满了荒原中的神秘:"洞尕!你们说的那是洞尕!给溪耳带来吉祥的洞尕!"

"洞尕?洞尕是什么?"晓青问。

果杉也问。

三　女神

在果杉心目中,草瓦老爹是溪耳的猎神,他掌管着高山、深谷、草场、森林的野兽。他又是牧神,调皮的马,往往又咬又踢,搅得马炸群,但只要草瓦老爹一声呼哨,这马立即落鬃低头;再一声呼哨,惊散的马匹,会闻声而动,从四面八方回到草场。

外人称溪耳部落为藏族,溪耳牧民却自称是达布人。他们有自己的语言,和藏语有明显的区别。

达布人穿长袍,也和藏袍截然不同。

藏袍一般多取色彩明丽的翠蓝、猩红,姑娘们嵌绿镶红缀黄,鲜艳夺目。达布人的长袍,男女老少都只有青、白两色。秋深,着青色长袍;春暖,则改穿白色长袍。

穿衣时,两只袍袖都套,也有别于藏族留下一只空袖。自有一种素雅、端庄的风度。他们追求单纯,而单纯往往是丰富的升华。

他们不戴皮帽,不分男女老幼,都戴一种浅口卷边的毡帽,帽上插有一根或两根白色的翎毛——它和一切的装饰品表达的价值观相同。同时,又多少带有"大自然之子"的意思。翎毛有白腹锦鸡、灰斑角雉(星星鸡)、蓝马鸡、绿尾虹雉(是母鸡)的花翎,华贵而艳丽。普通的,则是一般的白鸡毛。

跨马飞驰时,帽上临风飒飒的羽翎,衬出了他们的矫健、剽悍。

姑娘和女人们多一饰物——鱼骨项链。达布人的居室,也不像藏族的那样,喜欢用碎石垒成碉堡式的高房,而多是土木结构。分上下两层,楼上做卧室,楼下用于贮藏物品。也有木屋——木板做墙,或圆木埋下,一根紧挨一根做墙,又称"木垛子"。而瓦,一律都是取高大、粗壮、直纹的云杉,用锛子锛成一片一片的。

达布人以放牧为主,兼做少量的农事。他们具有一种特殊的本领,善于选择土地,兴种出闻名全国的中药材——当归、党参。至于在高山、草丛、荆棘中寻找、挖取贝母、虫草、雪茶……那更是别具慧眼。享有盛名的高级保健食品贝母鸭子、虫草鸡,据说就是从这儿流传出去的。

草瓦老爹是达布人的骄傲。他今年已六十多岁了,肩不扳、背不驼,骑马漫步时,坐得端端正正。得意时,亮开嗓子,悠扬的歌声像云朵一般飘荡在草场的上空。下山时,还能紧贴马背,箭一样飞驰。白袍白毡帽,配上那匹银鬃白马,活脱脱是从雪山银岭中飞出的勇猛雪雕。黧黑中微微透出铜红光彩的脸上,虽然布满了皱纹,饱含着生活的艰辛、曲折,那双眼却仍如鹰隼的眼,炯炯有神,锐利得似要穿云破雾。

老人们都说,他年轻时是草场上一匹骏马,只要在山坡上一亮嗓子,姑娘们都会发疯般地奔来,他却爱上了一个跛脚姑娘。这个姑娘有一颗难得的善良的心。草瓦说:漂亮的姑娘,在草场上一眼就能找到;一颗美丽的心,却不是随便哪个人都能认出。后来,病魔夺去了她的生命,草瓦再也无心恋爱。

关于他的奇闻逸事,歌手们能唱个三天三夜。他成天背着锃亮的猎枪在森林里转悠,只要够生活了,就从来不多打一只野物。

他赤手空拳从山上抓来一只牛马羊,能驯服得它每天给老奶奶们推磨。这种怪里怪气的野兽,生有羊的两只角,披着马的鬣毛,脚却是牛蹄子,还长了副驴脸,牧民们叫它"牛马羊",也有喊它"山驴子"的。牛马羊生在高山,专走悬崖峭壁。那股蛮劲能一蹄子踢飞磨盘大的石头。

年轻的草瓦看到老奶奶们推磨难,特意在山上等了三天,把一只牛马羊堵在一个岩洞里,然后双手抓住它的角,生拉活拽带回部落。

今天,草瓦老爹听完了果杉、晓青家里发生的事,一口咬定了是洞尕从高山来到了部落。他说这话时庄严、虔诚的神情,使果杉、晓青对"洞尕"陡生了一种莫名的神圣感,他们急着问清洞尕是怎么回事。

可是,草瓦老爹只是面向雪山,像只雪雕,在荒原冰川的上空遨游,追踪着已逝的青春,寻觅着有关洞尕的传说……

森林的深处卷起了苍苍莽莽的林涛,它从高山上滚下,一路呼啸跌落峡谷……

草瓦老爹终于开口了,那低沉的嗓音,就像是已穿过了无边的森林,才回荡到小兄妹俩的耳边:"我的爷爷说:有人叫它貔貅,叫它挚兽,叫它玄獏。我们达布人,叫它洞尕。在我爷爷的爷爷的时候,洞尕有众多的子孙,都生活在森林里。那时的森林比现在的还要大,一直连到雪山。那时的牧草,高得看不见吃草的羊群。那时,天气也比现在暖和。后来……"

"说洞尕,草瓦老爹!"

草瓦老爹像是没有听到果杉的话,也根本没看见他们堆在脸上的焦急,只管自个儿说下去:

"后来,人,万物之灵的人,可怕的人,真是不可思议的东西!他们会爱、会仇恨。对爱的要夺到手,对仇敌要消灭,这和有白天、黑夜一样合理。他们爱森林,爱美丽的姑娘,爱英俊的青年,爱金子、银子,爱宝石……

"爱也可怕,它比火还要炽烈,比神还要聪明,只要陷进了爱的海,被爱包围,就要用尽世间智谋,夺来爱,锁进自己的木屋子。连我老草瓦也一样,爱森林中的水鹿,爱麝,爱美丽的花翎子,它们都有生命,神给了它们生活的权利,爱驱使我们用猎枪去猎杀它们……人,人啊……"

"草瓦老爹,你快说洞尕!洞尕!"果杉急得站起来了。

老草瓦的滚滚思绪像是被石坝拦住的水流,一旦冲开了闸口,怎么也堵不住。讲到动情处,用的是达布语,要表达他想了大半辈子的事,他的汉语不够用了。纷杂的念头,也只有达布话才说得清楚,想必原来他们就是歌唱,一旦用口语表达,就显得零乱、疙瘩。而他又常常陷入忘情的境地,这使急得像热锅上的蚂蚁的兄妹俩更是听得懵懵懂懂。

"我是在说洞尕,说神兽洞尕。"草瓦老爹毫无歉意,甚至隐隐地对果杉的无知、急躁含着一丝愠怒,"洞尕是神的化身,有一张神示意人间的太极图。人崇拜它,又想得到它,挂在自己的家里驱除邪恶。我们达布人,就有个洞尕部落,一面崇拜洞尕,祈求洞尕保护,一面又将洞尕的皮子剥下……"

这个玄而又玄的故事,使果杉、晓青两个的小脑壳迷糊得像是沼泽地被一群牦牛翻搅过。

"太极图,太极?"

"小马驹子,你这就听清了。不错,是太极图,白天和黑夜,混沌和纯洁在它身上交替,白天是光明、是幸福,黑夜是无边无底的黑暗,带来一切的罪恶。我见过洞尕。洞尕身上只有黑、白两色,黑乎乎的鼻端,黑黑的眼圈,两个大眼圈漂漂亮亮。耳朵黑,又披一领黑肩。肩膀和前腿黑成一气,后腿黑……白亮亮的圆头,白亮亮的颈子,白亮亮的背,白亮亮的肚子……"

"你说洞尕是黑眼圈,黑耳朵,黑披肩,黑腿……"

晓青惊得跳起来了,声音大得连自己都吃惊,哪里还有一丝一毫平时那种温顺、胆怯的样子!因为草瓦老爹所描绘的洞尕,在她心目中也有神圣的地位。她的惊讶,震惊得草瓦老爹也睁大了眼,把她从上到下打量了一遍,说:"是呀,是呀!你嚷什么?"

"那不是大熊猫吗?大熊猫就是这副模样!"

轮到草瓦老爹懵懂了。

"猫?不对!是洞尕!不是山猫!山猫长胡子,身上有一圈圈黑的、黄的、土黄的花。"

晓青挺起了胸,郑重地声明:"不是猫。你说的洞尕,就是大——熊——猫!"她认定的事,是不想退让的。

"不对!也不是熊!"草瓦老爹气愤得用手一推毡帽,然后紧握拳头,使劲摇,"是洞尕!你这小女娃子,听懂了吗?"

这股强悍的倔劲,把晓青震慑住了,她茫然而又不自觉地向后退了两步。

森林里立刻沉静了下来。过了会儿,果杉才试探地说:"洞尕恐怕是你们达布话吧?"

这一说,草瓦老爹也起了疑心,但又不相信像晓青这个还跟在母羊后头的小羔羊,也知道洞尕。不过自己刚才的话语太硬了。于是,他伸手搭在晓青的后背,轻轻地说:"洞尕喜欢一切圆的东西。你们家的水桶是洞尕耍的。它把桶推着滚,扒着踩,当它是车子驾着耍哩!不信,你们回家看看,桶上一定有它的爪印,地上一定有它推桶滚来翻去的印子。要不是它推着,桶掉到白马溪,还能落个整囫囵?你说的大熊猫,它也喜欢圆的桶、圆的锅吗?"

晓青又点头,又摇头;那对清亮亮的眼睛中,一会儿火苗跳动,一会儿黯淡无神。草瓦老爹说的,就像他亲眼看到过,可她却不晓得大熊猫的喜怒哀乐,更不知道它喜欢方的、还是圆的。

草瓦老爹忍不住心里的得意,乘胜"追击":"你说的大熊猫喜欢吃铁吗?能把携锅吃掉?"

见晓青又摇了摇头,他笑了。

"哈哈!那还是洞尕了,只有洞尕才有神牙!洞尕的肚里有神火,能把吃的铁都熔化……"

果杉又是跺脚,又是晃膀子,再也忍不住了:"食铁兽!洞尕就是我们要找的食铁兽!"

"真有食铁兽?"晓青从气馁中惊醒,眼前闪起新的光彩。

草瓦老爹高兴得抚摸着果杉的头,银色的胡须抖动,嗓音也是甜甜的:"对了。白马溪的水没有白喂你,我的马驹子!这可让你问到人了。达布人中只有老草瓦晓得洞尕就是食铁兽。吃了你们家的携锅的,就是洞尕。熊能吃铁?猫能吃铁?不行,一点点也不行!马驹子,那要割破它们的肠子,划开它们的肚子的。"

"嘿!真有食铁兽。妹妹,哥哥说得不假吧!"

晓青为真的有食铁兽惊异,高兴。但草瓦老爹的语气,特别是果杉手脚乱舞的得意模样,话中还有隐隐的刺……可是,且不说《动物图谱》了,就是在果城的家里,也挂了好几张大熊猫的画、照片。爸爸还说过,它黑白相间,搭配得当的毛色,在动物界是极为罕见的。其他动物,和它没有任何相似之处,这也是它成为稀世珍宝的原因之一。

草瓦老爹说的洞尕却长得与大熊猫一点不差……她知道大熊猫爱吃竹子,以竹为生。爸爸还曾戏谑地叫它"竹林隐士",为这,大字报上说这是句"黑话",要爸爸"深挖三线,狠斗私字"。那么憨态十足,圆头圆脸、圆眼、圆肚子——对了,是因为它身上有那么多的圆,也就特别喜欢圆的桶,圆的锅了吗?

——蹒跚走路的大熊猫,怎么会喜欢吃铁呢?她想不通,也没有把握。她想起从果城带来的,属于她自己的全部"财产",那里面有一件宝贝,能帮助她弄清问题。

"草瓦老爹,你领我们去找。找到了洞尕,你会收到一张大奖状,比那封感谢信还重要——那只是小老鼠,这可是洞尕,科学家都还不知道的食铁兽!连晓青爸爸,专门研究动物的大学老师,都不知道有食铁兽!更别说晓青会相信!"

若要在平时,晓青一定要对付果杉这一大串放肆的话;现在,她却能忍受。眼前,关于食铁兽——洞尕——大熊猫,这问题更重要,至于有什么意义，她也说不清，只是感觉。"感觉"原来就是很难说得清的。她决定采取一些"策略"，因而暂时放下肚里要说的话，也连忙说："对！草瓦老爹，快领我们去找。我一定不叫腿疼！走到雪山的顶尖尖子都行！"

谁知，晴晴朗朗的草瓦老爹的脸上立刻蒙上了一片乌云。刚刚老草瓦一心要证明：洞尕不是晓青说的大熊猫，节节胜利使他兴奋。他和一切的老人一样，容易丢前落后。现在，经两个孩子一提，他才想起了开头就让他担忧的事："老草瓦开头就说了，因为人的残害，洞尕少了。它退到了高山，退到人走不到的深谷。洞尕早就忘了溪耳。当年挂满果子的树，已老得不开花了，溪耳还是见不到它。它离开高山，突然下到部落，那是有了不寻常的事，或许是它碰到了灾难……"

"灾难？什么灾难？"果杉不相信，但他还是克制住了，没有把"是山崩还是地陷"说出。

草瓦老爹当然听出他的话音，倒是非常宽容："小马驹子，老人的话，是多年的经历，你要好好听着。有一年，洞尕突然来到了溪耳，没出三天，草场上有两头牛被豹子咬死，还拖走了一只肥羊！原来洞尕是来驱赶豹子的，可惜豹子还是钻了空子。又一年，大地愤怒了，抖了又抖，摇了又摇，折断了雪山的半条膀子，推倒了部落的房子，平地喷起冲天的水柱——那是洞尕来了不到半个月，牧民没有相信它的报信……"

正说着话，草瓦老爹突然扭过头去，大喝一声："谁？"

严声厉色的一声喊，把小兄妹俩吓一跳。

果杉一步跨到晓青身边，铜墙铁壁般挡在她面前。

森林里静得出奇，连一丝风也没有，树叶动也不动。草瓦老爹呵斥的方向，更是死一般的寂静，又像闪着无数野兽贼绿贼绿的凶狠目光。紧紧抓住果杉后腰的晓青汗毛都竖起了。

草瓦老爹哗地端起了猎枪对准那个方向，又啪的一声打开了保险："出来！再不出来,我要开枪了！"

话音还未落,树丛后面响起了沙哑的嗓音:"嘻嘻,是我,小查修。草瓦老爹!"树枝动了,响起哗哗声,脚的踢踏声。

"人说天上的雄鹰有双锐利的眼,我说草瓦老爹连背上都长了眼！我小查修刚想开个心,寻个乐,就像兔子一样被轰出来了。"

那人说话时,枝叶使他一会儿露出左面,一会儿露出右面。是达布人的服饰,只是帽子歪在脑壳上,露出像刚冒出土的蕨菜似的卷毛。插在帽边的松鸡翎子,俏皮地随着脚步摆动,为他漂亮的脸上增添了潇洒。

查修常和果杉逗乐,果杉也喜欢听他说草场上的故事;可现在,果杉对他的装神弄鬼吓了晓青很生气。卷毛查修却一点不在意,还是笑容满面地说:"嗬嗬！草瓦老爹偏心眼,我小查修求了多少次,都不愿收下这个徒弟,今天倒一下收了两个接班人。"说着,又转身拍拍果杉的肩膀,"果杉兄弟,再过一年,查修就要做你的徒弟了！"

要在往常,果杉一定会听得心里甜滋滋的,今天却一拧膀子,气嘟嘟地说:"你瞎说啥子！"

尽管他很喜欢、羡慕查修一头的卷发,甚至希望自己的头发也能在哪一夜突然卷起。但现在,他还是不能原谅查修的恶作剧。

一直用眼直视查修,一点也不客气的草瓦老爹,这时才问:"查修,你这小卷毛,是啥子引得你像虼蝇跟在后面嗡嗡？人不做,偏装鬼,躲在林子后面偷听？"

查修一听,没生气,反倒乐了:"嘻嘻,我就等老爹问这话。老爹心里还不明白？狼跟豹子后脚,总是想得到一点它丢下的骨头。"

草瓦老爹想着查修今天做的、说的……试探了一句:"你知我是寻熊,还是找野猪？"

查修用枪筒一顶帽边,又抓了两下耳背沟,像个谦恭的小学生:"你是考我了,老爹。老熊在树洞睡了长长一冬天,才出窝,瘦得皮包骨,掌不肥,胆囊囊不大,它就这两样金贵,哪个猎人会在这时找它?野猪正在起草配种,也是瘦!水鹿的茸正发叉,养茸哩!猎人更不会蠢到去打它。眼下还有啥子值钱货?"

他诡秘地一眨眼,异常得意地一晃脑壳。

"麝香!老爹,你别瞒我了,小查修可一向是把老爹顶在头上当太阳。黄连开花了,朱雀叫了,雄獐溢香的季节到了!老爹,我查修也是猎人,没有你的号令,我的枪膛生了草,也不会在这季节开枪打獐子。只想,大块的麝香由你拣,只要留下一点碎渣,也就够我单根小查修饱肚子了!老爹!"

小兄妹俩听得觉得又有趣,又糊涂。果杉在溪耳时间长,知道麝香是珍贵的药材,是从香獐子也叫麝的身上取下的,卖价很高,和金子一样值钱。麝和鹿是一家子,难怪晓青把它当成小鹿。可怎么猎麝,又还拣香块,他就不晓得了。晓青只从图画上知道獐子,其他都是头次听到。

查修这些话,说得也在理,他曾为这事明明白白求过草瓦老爹——

麝香以芳香开窍、通经活络、活血止痛、消炎解毒的药用价值,在中药材中享有极高的声誉,是治很多疑难杂症的特效药。

同时,麝香又是高级芳香物,甚至与古文化的保存都有极重要的关系。历史上很多珍贵字画,能保留至今,一方面是宣纸——又称千年寿纸——的防腐性,再是墨有杀菌防蛀的作用。墨之所以能有如此功效,就因高档墨中掺入了麝香。

川西是我国麝香的重要产地,主要有林麝和马麝。马麝栖息在草地,林麝栖息在森林。但猎麝可不是寻常猎人可从事的。

在溪耳一带,主要是林麝,林麝在森林中是弱小的生灵,它要躲避各种凶残的食肉动物。连天空的雕、鹫也常对它下手。尤其是公麝,更因它有至贵的麝香,成了猎人追逐的对象。它没有强有力的防卫武器,只能依靠灵敏的感觉和机智,这也使很多猎人望林兴叹!

一般说来,雄林麝每年有两次溢香——深秋和五六月。这时,长在肚脐和肾之间的香囊肿胀,长香。香囊满了,流水。同时有白色块状或粉状的"生香"流出,猎人称之为"涨水"。在达布人中,出于一种朴素的资源保护观,在猎人中有条不成文的规定:只准在深秋和冬天猎取公麝。那时已过了繁殖季节,它的行踪也有了一定的规律。

但是,猎人们也不放过公麝在春夏之交的溢香,因为收获也相当可观。然而,要在森林中寻找公麝溢出掉下,或擦在树干上的香块,那可比大海捞针还要困难!一个完整而丰满的香囊也只不过一钱多重,溢出的白块块之小,可想而知,要在浩瀚的森林中寻找它们,无异于大海寻针。

不过,尽管在这季节,公麝特别诡诈,足迹散漫,但也还是有规律可循的,这就要看猎人有无丰富的经验了。草瓦老爹似乎有特异功能,总是能在草丛、树干上找到那金子般的白色香块。说穿了,道理很简单。但要明了这简单的道理,却非常不简单。这其中的绝招,就是草瓦家"猎人世家"几代摸索积累出来的。

卷毛查修求草瓦老爹的正是想要得到这个"家传秘方",但得到的回答是:我老草瓦凭的是副尖鼻子,几里路外的香块子,只要顺风,我就能闻到。

这话也对,麝香的特殊芳香,总是散发在附近,捡香的猎人也确实要依靠这一条,然而绝不是几里路外能闻到的;更何况,五六月正是森林里各种花信勃发的时节,要能在飘散着浓淡不一、香型各异的馨香中区分出麝香的气息,谈何容易!这是草瓦老爹婉言拒绝,查修心里明白。

猎人对行猎的经验有种本能的保守,这是维护他的利益和在猎人中的地位。草瓦老爹不肯吐露真经,可以理解。但重要的还在于查修前有"卷毛"二字。虽然也因他头发鬈曲,确也不无贬义的谐音。

他在外面闯荡了几年,去年才回到了部落,但断不了还有些生人到草场上来找他,他也常到外面一混十天半月,淳朴的牧民们对这些行为总是带有种不自觉的疑虑。

就以今天来说,他已不是第一次像个幽灵似的跟在草瓦老爹身后,想从老人行动中窃取一点真经。这使老人更反感。

猎人非凡的本领,还在于行猎中能"看"到前后左右。今天也像前几次一样,草瓦老爹上山进林子不久,就发现了查修鬼鬼祟祟躲在身后。他很恼火,转而一想,有了个新主意,他要让查修得到点教训。小窝凼右边灌木林中,有头野公猪发了情。这个时候,它又凶又狠,特别是那两根长獠牙,简直所向无敌。草瓦老爹追着一头未带仔的老母獐,逼着它向野公猪栖息的那片灌木丛走去。他要引得卷毛查修跟上母獐,再撞到野猪的屁股上。

眼看就快到小窝凼了,老人突然发现了果杉和晓青。这两个小马驹子,还在愣头愣脑地往前闯哩!他赶紧像阵风似的往前蹿去,把老母獐拦到果杉的枪口。能打到一头獐子,两个小马驹子还不高兴得往回走,这样就避开了危险。谁知果杉不但不领情,反而和晓青吵起来了,老草瓦不能不出面了。

但是,卷毛查修今天这样爽快地坦白,反而使老猎人心里犯了疑。他又打量起查修,紧紧地盯住他那双眼。

——和野兽不期而遇时,就要这样。老草瓦锐利的目光,能盯得野兽不敢动,因为它也在探索猎人的行动。只要猎人这时眨一下眼,猛兽能一下扑上来。这就是所谓两强相遇,勇者为胜吧!小兽会不等你举枪,就冲着你跑过来,在你手忙脚乱时,趁机逃之夭夭。

查修倒是坦坦然,眼也不眨。但草瓦觉得那眼里总有一丝邪火在浮动……他镇静得反常。查修肚里弯弯绕是什么,草瓦老爹毕竟看不清,于是说:"你有这心思,我也不怪你。狐狸总要偷鸡,老鼠离不了打洞。你为啥子要躲在林子后边偷听话?"

"这你就冤屈小查修了。我是怕露了面,惹得老爹气恼。你不是在为两个孩子调解吗?有啥子好偷听的?你们还说了啥子好话?果杉兄弟,你学给我听听,也让我乐乐。"查修急得连忙辩白。

果杉哪有心思和他磨嘴?

老草瓦心里明白,再问也问不出个名堂,转身对两个孩子说:"小马驹,太阳大偏西了,跟草瓦回家。路上拣两只蓝马鸡,烧出来又香又肥!"

果杉急了:"那食……"

草瓦老爹连忙把话岔开:"要10只鸡做啥子?小东西,别太贪啦!"见果杉又要开口,立即做了个不容分说的表情,不给他插嘴的机会,"蓝马鸡这时一只就四五斤,肥得滴油,有两只,你们一家三口要吃三四天哩!"

倒是晓青乖巧,对刚才的一切,似乎都稀里糊涂,茫茫然,可他们神色的一丝一毫的变化,都未逃过她的眼睛。这时,她连忙暗暗地捏了捏哥哥的手,这才使丈二和尚摸不着头脑的果杉不吭声。

卷毛查修也说:"快去吧!老爹是宠上你们了。我小查修没这样的福分,只好属小鸡的,自掏自啄了。"

他边说边蹽开了大步,轻轻快快地走了。他为刚才的以攻为守、对答如流而高兴。他相信自己的舌头是灵巧的,在被老草瓦用枪逼出来,当场抓住的狼狈时刻也能转动得这样自如。

刚才无意中的新发现,比喝了两大碗的酒更令他兴奋。没想到结局居然是丢了芝麻抱了个大西瓜。比较起来,那小香块根本不算什么。他有了新的计划,更大的追求,连美丽的姑娘波塔都会对他笑……

哈哈,老草瓦想蒙别人,结果把牛皮大鼓套到了自己的头上。

查修的影子刚在森林里消失,果杉就迫不及待地问:"草瓦老爹,你刚才……"

草瓦老爹当然知道他要问什么。他怕晓青也开口,如果不回答城里来的客人——小女娃的话,那要失了主人和长辈的尊严。于是,立即不客气地打断了果杉的话。为了不使他感到难堪,老人先淡淡地笑了笑:"高原上的风,把果杉的心吹大啦!它也会把你的翅膀吹硬。你念了许多的书,将来一定会比老草瓦有出息。现在就管森林的事,年纪还太小,就像不能叫小马驹子驮着盐巴翻山越岭一样。不要向老人打听他不愿讲的事,该你知道的,到时候会摆上烤肉,端起大碗酒,请你来商量。"

听得果杉既委屈,又吃惊,草瓦老爹还从来没拿这样重的话说过他。但他知道,草瓦老爹的固执也是有名的,再也掏不出半句话了,只好抱着个闷葫芦。

晓青当然更没插嘴的份儿,但生活已过早地教给她默默思索。她已从察言观色中敏锐感觉到了这中间的蹊跷。对老人和查修,她都不了解,还识不透其中纠葛,但她一下子就感觉到这一定与"洞尕"有关。要不,这样重要的事,草瓦老爹为什么不对他说?查修也根本没提"洞尕"……果杉已经撞到墙上,她更要眼不眨地瞧着,多想着。

猎人在山野中,从来是缄口的,连走路都要像在冰上滑行,一点声息也不发出,才能躲过野兽的耳朵,突然给它一枪。

现在跟在后面的果杉和晓青也只是闷声走路,他们毕竟不是猎人,这使老草瓦感到不安。他不禁回头一看,是两张心事重重的面孔。不把他俩逗得开笑脸,怎好去见把心都给了牧民的冷医生?

"花朵般的晓青,你见过蓝马鸡下的蛋吗?一头大,一头小,像个陀螺。"

晓青摇了摇头。草瓦高兴了:"嘿嘿!老爹今天要让你开开眼界。"

走了一小段路,草瓦老爹站住,压低了声音:"我要变个戏法给你看。啰!看着,你见到那个小山窝,开了簇蓝莹莹的花?对,你眼尖。看清了。去,像小鹿一样跑过去,那后面有一窝蛋,蓝马鸡的……快呀!"

要是没从林子里冒出个卷毛查修,还用得着草瓦老爹动员?这样新奇有趣的事,她会把辫子跑直的!可现在,她却犹犹豫豫地挪不开步,只是拿眼瞅着果杉。果杉嘟噜着嘴,厚唇上像撮着个沙棘果,一副捉摸不透的神色。

老草瓦急得一拍果杉的背,用下巴一点晓青,使了个讨好而又狡黠的眼色。

果杉想起了哥哥的责任,这才一手拉着晓青,一手指着去那边的路:"你从这边,我从那面。"他看到草瓦老爹是满意的,晓青也提起了兴致。"当心,别摔跟头!跑!看谁先找到!"

看到果杉留给自己一条难走的路,看看晓青飞跑的身影,老草瓦的心轻松起来,他悠闲地向前走着。要不是为了让孩子们高兴起来,他才舍不得将快出鸡的一窝蛋残害!猎人对正在产仔、哺幼的野物,有种特殊的护惜之情。

晓青先跑到蓝花丛,喘着气,寻找着鸡窝。果杉配合着又重又响的脚步声,老远就问:"找到了?"

"没……"

下面的话还未出口,晓青只觉脚下冲出了一团花绒绒,随着两声"咯——哇",就向她脸扑来。慌得、吓得她又是仰身,又是伸手抓,又要护脸。脚下一滑,扑通跌倒。这才见一只大鸟,拖着长长如马尾一般蓝色的尾巴,腾上了天空。正当她的目光跟随着它潇洒地飞翔,在心里赞叹它优美的姿态时,耳边骤然响起:"砰!"

华丽的大鸟猛地一抖,翅膀无力地耷下,栽到树头……

她的心突然空了。

果杉是怎样擦着她的身子跑过,她没看见。他们喊了些什么,她没听见。直到果杉把大鸟向她身边一丢,大喊大叫:"别动,鸡蛋就在你脚边!嗨!这么多!比家鸡生的蛋还大!"

晓青这才茫然地看到,一个浅浅的草窝窝里,躺着七八个蛋,青绿绿的,光亮亮的,十分惹目。自己刚才正踩在窝边,差一点点就踩到了窝。难怪老鸡扑出。它也够沉着会隐蔽的。她那样仔细找都未发现,在它身边走,也不飞,要不是踩住它的窝,大约它还不挪身。

她见果杉的手在窝里拨拉,也忍不住伸出手去。哎呀!还热乎乎的,她感到蛋壳里有个生命蹭了一下,抖得心怦怦跳,连忙缩回了手,结结巴巴地说:"别……动,别动……快,让老鸡来孵它,它在里面冷得打战了。"

话语中那种难以名状的感情,搔动了果杉的心窝,他看了她大半天,才默默地将蛋放回去了,又把它挪整齐。晓青抓了两把草,盖到窝上。

"带回家吧!草瓦老了,糊涂了,不该放这枪。让家鸡把小蓝马鸡孵出来!"草瓦老爹已站在他们身后,黧黑的脸上蒙了层羞报。他放下猎篓,颤巍巍地连窝带蛋和蓝马鸡,都搬到篓里,取下毡帽,盖在篓上。这才郑重地举起一只手,平放在晓青的头上:"神将降给你吉祥,善良的姑娘!"

小兄妹俩,肃穆地看着满头银丝的草瓦老爹:那布满深沟浅壑般皱纹的脸上溢满了庄严、虔诚,而且是那样的开朗。果杉觉得心里多了一点东西。

草瓦老爹说这话时,已将纠缠在心头的烦恼解脱,做出了一个重要的决定。

从小兄妹俩口中得知洞尕下山,老草瓦就感到了事态的严峻。若不是事关洞尕,他也不会用枪逼着卷毛查修露丑。喜欢遮头隐尾的查修把心底摆得那么明白,使他觉得事情复杂,就像牧场上两只牛顶角,横冲里又闯来了一头。他最后的试探,查修自以为聪明的答话,正证明他已听到了不少有关洞尕的谈话。凭着猎人的敏锐,草瓦老爹担心查修生出邪念——算计洞尕。

本来,他不愿向孩子们说这些,担心他们嘴不牢。草瓦虽老,对付个小查修还不在话下,但在经历了蓝马鸡的一幕,他感动了……

草瓦老爹招呼小兄妹俩拐过山坡,指着蓝天下比肩挨背的四座雪山银峰:"你们知道那叫什么山吗?"

"不是姑娘山吗?"果杉说。

"是姑娘山,又叫洛桑姐妹山。你们知道这名字怎么来的吗?"

果杉和晓青都摇了摇头。

"神也有灾难。小马驹们,记住,神也会有灾难!"草瓦老爹不像是在说他脑壳里的神的世界,倒像是在说他的生活经历,悟出的生活哲理,"我要给你们说她们的故事。"

他默了默神,像是跋涉到那遥远的年代——

大雪山长得只比斯姆梁高一头,还摸不到蓝天的时候,洞尕本来浑身雪白,没有一点黑色,就像雪山一模一样。它和一位洛桑姑娘亲如姐妹。洛桑没有花一样的容貌,洞尕看重的是她心肠善良。白天,她们一同在竹林里扳笋,采药,放羊,玩耍。夜晚,一同守护着羊群。

那一年,洞尕生了个小洞尕。小洞尕美丽得像银子铸出的,它聪明,但淘气,常常独自溜到森林里玩。

森林里住着一只豹子,它凶恶残暴,早就对白白胖胖的小洞尕打了主意。

传说洞尕是保卫牧场山林的和平之神,豹子却是恶棍、强盗。洞尕能击退豹子向羊群进攻,更不容许豹子对小洞尕下毒手。豹子想呀想,终于想出了个坏主意:单等小洞尕离开了妈妈,就扑杀它!

这只豹子天天躲在幽深的森林里,偷偷地等待着时机。这天,小洞尕又淘气了,躲开了妈妈,自个儿钻进了羊群,看小羊们顶角。恶豹一看时机已到,从树上跳下,张牙舞爪扑向小洞尕。

放羊的洛桑看见了,不顾一切冲向豹子,甩起牧羊鞭,狠狠抽在豹子眼睛上,疼得它大吼一声。小洞尕从它嘴里掉下。豹子一见小洞尕乘机跑掉,火冒三丈,腾地跳起三丈高,扑向洛桑……

等到洞尕闻声赶来,洛桑姑娘已经倒在血泊里。

洛桑的三个妹妹,在森林安葬洛桑。山野中所有的洞尕都披着黑纱赶来参加葬礼。

它们号啕大哭,悲伤失去了保护人洛桑。直哭得大山震动,天地变色。突然,天空中闪出万道霞光,升起一朵五彩云。洛桑站在五彩云上,大声叮嘱妹妹,要她们永远保护洞尕,永远为洞尕除害。

三个妹妹含着眼泪,齐声答应。

话音刚落,晴天扯起了闪电,响起了霹雳。地动了,山摇了……洛桑的墓地,和她三位妹妹站立的地方,耸起了四座高插云天的雪峰……

从此,洞尕永远披着黑纱——那是对洛桑的怀念。它的眼圈也黑了——那是为洛桑哭的。

"在山野里,豹子、豺狗是洞尕的灾难。它们专肆抢夺它的娃子。贪婪的人,比豹子、豺狗更可怕,是洞尕的大灾星!"

草瓦老爹用这句话结束了他的故事。

山野肃静,林海在深沉中更加苍绿。一只云雀,从草场冲天而起,将一串脆亮的歌声快速撒向蓝天。

蓝天和白云之间,屹立着峻峭的洛桑山,银装素裹的四姐妹,面向细浪般的山峦,无际的森林,或俯首,或注目,或振臂,或呼喊……日日夜夜守卫着广袤的山原。西去的太阳,将一袭淡淡的红纱披在她们肩上。

"女神,啊,你是护卫大熊猫的女神!"晓青注目洛桑山,心里默默地呼喊。

四　有食铁的怪兽

　　太阳沉入了雪山的背后,辐射出四五束绛色的云霞,在天幕上分出一条条宽阔的蓝河,衬得银峰无比嵯峨。逆光的一面,山廓莹莹,如银线勾勒,红玉镶嵌,笔触刚劲、雄健。

　　不久,淡淡的雾霭渐渐地往下蔓延。远山,笼罩起一片迷离。

　　金翅闪光的绿雀,白腰的十姐妹,红头长尾的山雀,越过草场,沿着溪边的河谷,一声不响地急急向林间飞去。

　　刚走出林,晓青就高兴地叫着,小步跑起:"姑姑回来了!"

　　石崖上青砖瓦屋,袅袅的炊烟,像一条纱带,柔软、飘忽,在微风中拂动,频频招手。

　　雪狮扯开洪亮的嗓门,在崖上高叫了两声——既是通知厨房里的女主人,也是向小主人呼喊——放开四蹄,欢腾地迎去。

　　听到脚步声,冷秀峻系着围裙站到门口,笑嘻嘻地说:"我当两个孩子被鹰叼走了,谁知真让我说上了,是溪耳的老鹰领着打野去了。草瓦老爹,快进屋喝茶!"

　　她刚来溪耳,是喊他草瓦大叔的,后来,果杉长大了,她也按家乡的风俗,跟着孩子喊,犹如北方人喊"他大叔"。这样称呼,既是表明自己升了一辈,也显得亲切。

　　"冷医生,今天是老鹰折了翅……"

还未等草瓦老爹说完话,果杉和晓青已像两条鱼擦着他们的身子游过,一头钻进屋。

草瓦老爹和冷秀峻前脚抵后脚跟了进来。

果杉把满满一桶水倒掉,放翻木桶,转动,察看,扯起嗓门吼:"真的,桶上全是爪印!是它推着、滚着玩的!草瓦老爹,你昨晚起来转悠,亲眼看到的吧?"

冷秀峻莫名其妙,不知他们在山野里碰上了什么精灵。目光从果杉身上移向草瓦,探询究竟发生了什么事情。

"洞尕。洞尕昨夜下山,到你家吃了一口鼎锅。"草瓦老爹神秘地悄悄对冷秀峻说着。这时晓青已不动声色地将一张照片递到他面前:"草瓦老爹,你说的洞尕,是这个样子吗?"

草瓦老爹接过照片,果杉和冷秀峻也凑了过来。他眯缝起双眼,仔细地端详着照片。

一只黑白兽,正从茂密的竹丛中走出。看样子是右前方有了惊动,惹得它偏过头来探视,这就难能可贵地留下了整个面部极清晰的肖像。两只炯炯有神的眼睛,警惕的目光,从两块玉石般的黑眼圈中射出。微昂起的圆脸上,黑鼻头如颗硕大黑葡萄那样可爱。乌黑的耳朵,像是一位艺术大师,精心地将两个漫圆装卜它的头顶……黑的前肩连着前肢,黑的后肢……

是因为雪山后夕阳映照,和森林、山原产生了奇异的光彩效应,还是因为草瓦老爹那猎人打量猎物入木三分聚精会神的端详?冷秀峻突然感到这幅照片,简直是一幅充分运用空白、浓淡渲染、具有典型中华民族风格的水墨画!倏忽之间,她似乎有些明白:不管孩子或老人,男人或女人,中国人或外国人,何以一眼见到它,就喜爱上了的原因。

草瓦老爹却是怀着另一种心情,在仔仔细细地审视这张照片。他还把照片翻过来,像是想看到它的另一个侧面。直到发现那是白纸,果杉将照片拿过去,他才抬起头,以异样的眼光看着晓青:"你是从哪里……"

冷秀峻似乎明白了一点。

"不!你先跟我讲,它是不是你说的洞尕?"晓青虽然已从草瓦老爹的神态中得到了答案,但她还是要他亲口证实。这是她小小策略中的一部分。

草瓦老爹又将果杉手上照片拿去,翻过来转过去地看。

"草瓦老爹,你说呀!"果杉沉不住气了。

"就不知这纸上的,它吃不吃铁?"

晓青笑了,笑得舒心畅意,但又不过分。果杉可不管这些,用露骨的得意的笑来支持妹妹。

"你说的洞尕,就是大熊猫!草瓦老爹,它不是纸,是照片。"

晓青用手比画了一下,右手食指一按:"咔嚓一响,就照下了大熊猫,把它留在这张纸上。我爸爸为了拍这张照片,在竹林里等了它两天,脸被黑虫咬得红包堆水泡。余叔叔说,平均每平方厘米有十一个,身上给马……"

"马蜂!"果杉提醒。

"是马虱子。爸爸说,它咬起人来,翘起屁股死命叮。只能拍打,不能硬拽,嘴留在肉里要烂个洞。我亲眼看见爸爸腿上有两块大疤,背上有三块大疤。他在山里拍这张照片时还没有我。报上登过,外国人看了,马上发来电报,问全世界都喜欢的大熊猫还有多少?还说好久都没听到来自大熊猫故乡——中国的消息。跟你讲吧,我爸爸是专门研究大熊猫的,为这事,被贴了好多好多大字报……"

"外国人问?不好!他们都贪得像狼,比红狐还狡猾、耍奸!"草瓦老爹插了一句。

这一冷枪,使晓青一下涨红了脸,气愤地说:"不对……"

她突然想起了果城那些骂爸爸"里通外国"的凶恶面孔,立即闸住话头。

草瓦老爹一见晓青的脸发青,慌了手脚:"我的小花儿,是老草瓦没把话说清。老草瓦说的外国人,是红头发蓝眼睛!你说的外国人,一定是和老草瓦长得一样,和你爸爸长得一样,和洞尕,和大熊猫一样,黑头发,黑眼睛……"

说得冷秀峻、果杉都笑了。晓青也带着泪花忍不住咧开了嘴。

冷秀峻终于有了机会来问清是怎么回事了。果杉和晓青兴奋地说了一切。冷秀峻听完后,却紧皱眉头:"草瓦老爹,你能断定是大熊猫——洞尕来了?"

眼见冷兽医郑重、关切的神态,草瓦老爹没有马上回答,倒是用他那双猎人的眼睛,按照猎人的习惯在院子里慎重地搜索它留下的各种痕迹。果杉在旁指指点点。最后晓青将携锅提来,他看了又看,还放到鼻子上深深地闻了两下,大声说:"是洞尕!一定是洞尕!还是一头带仔的洞尕!小洞尕淘气,搬弄水桶耍,老洞尕啃了鼎锅。"

这个意外的宣布,大大震惊了其他三人!晓青和果杉互相看了一眼,同时啊了一声。

"我还当食铁兽是前脚小,后脚大哩!"

果杉的喃喃低语,一下触发了冷秀峻,她冲着晓青和果杉就问:"食铁兽?草瓦老爹说它是食铁兽?是吗?草瓦老爹?"

果杉拦住正要开口的晓青,说:"它把鼎锅的一个耳朵吃掉,还咬缺了锅边。我随口说的,草瓦老爹……"

"知道食铁兽就是洞尕,在溪耳,只有我老草瓦了。牧民们都把它们分开叫的。

"在部落还只有十来座小木屋时,那也是一天夜里,我爷爷没睡,他看见一头野兽到了羊圈,以为它要背羊。这个膘肥圆墩的家伙只在羊群中走了几步,嗅了嗅,慢慢转身出了圈。这才看清是黑白兽。只见它抬身抓住木屋门口鸡笼上的玩意,送到嘴里咬得咔巴咔巴响。爷爷也是出了名的猎人,这下可好,吓得他摔了枪。

"第二天早上,爷爷看到放在鸡笼上的那只铜盆,被它吃掉了半个。"

"它还吃铜?"果杉不相信了。

"没经历过的事,就别随便去疑它。它的胆是钢的,肾是金的,能化铁,铜到它肚里,还能把金子戳个洞?"

冷秀峻想起,有次翻一本古书,记叙四川出产"食铁兽"。说这种怪兽"专食铜铁","须臾,便数十斤"。其粪可造宝剑,雄的为干将,雌的为莫邪。又说"不伤人,且近佛,其性慈,然食虎豹,殆仁以锄暴"。这是说它温驯善良,但对凶恶的虎豹决不留情。大约这也就是人们敬它为神兽的原因了。

冷秀峻学的虽然是畜牧兽医,但在牧区的实际工作中,不可能分得那么清楚,尤其是专业人员少,每个人都需担当多面手。譬如,在生产中,对牲畜的选种繁殖,也有她的一份责任,甚至有时还要为牧民们看些小灾小病的。这是牧民们称她"冷医生"的原因。

另外,就说牛、马、猪、羊,也只不过是由野兽驯养成了家畜。所以,她对动物学并非"隔行如隔山"。当时,她以为古书上的记载是荒诞的,既是血肉之躯的野兽,哪能"专食铜铁"?也就看过丢手,未加深究。谁知来溪耳后,却在牧民中听到食铁兽的传说,惊奇之余,引起了她极大的兴趣,但传说大都又神又奇,也就一直未抓住要领。没想到食铁兽居然和大熊猫挂起了钩!

晓青已用照片证明了草瓦老爹说的洞尕,就是大熊猫。但老人说它吃了半个铜盆,恐怕有些夸大……果杉,虽是哥哥,但总是个孩子,教她难以相信。于是,她用商量的口吻问果杉:"锅挂在墙上,会不会是掉下地摔碎的?"

果杉脖子一扭:"摔碎了该有碎片吧?是摔的,还是啃的,我们都分不出?"

晓青转身进屋,拿出一个小纸包,打开,是几块锅铁的碎片:"能找到的,我都捡起了。铁锅的碎片哪止这一点点?"

不仅冷秀峻,连果杉也佩服她的细心,不知她何时收起它们的。这真正是受动物学家耳濡目染的结果了。

冷秀峻虽然看到了实物,还是认为晓青收得不全,总觉得大熊猫吃铁是不可思议的事情,在未用实践验证前,只好存疑。她现在特别担心的是草瓦老爹的"灾难"之说……

黄昏已悄悄地降临,晒了一天的森林,向冷寂的山野散发出温馨的气息,一缕缕的轻雾在树冠上浮动着,在山谷里飘荡着,将夕阳弥漫的山野抹上了轻盈、梦幻般的风韵。

冷秀峻留下草瓦老爹吃晚饭。饭后,她问:"草瓦老爹,溪耳已好多年不见大熊猫了,钱家磨沟那边才有它们的踪迹,离这儿最近的也要到魔鬼谷才找到它们。按理,这季节它也下不到溪耳,这是……"

她有意把下面的话留给草瓦说。老人没有再搬出和两个娃子讲的那一套,医生从来不信神。他思默了一会儿,才说:"这是不寻常。鹰不会无缘无故在木屋上空盘旋,不是危急,水鹿不会钻进牦牛群。定是钱家磨沟、魔鬼谷那边发生了事情,洞尕被逼才走到这边。"

"近两月你去过那边打猎?"

"草瓦老了,又是獐子溢香季节,只近处捡捡就够老草瓦的生活了。"

"你没见到森林下的竹子开花?"

溪耳这边箭竹少,不成片,牧民只称它们为竹子,所以冷秀峻这样问。

"这边的竹子还是青翠翠的……唔,你让我想想,竹丛倒是翠……怎么没看到它冒笋?对,只稀罕地见到一两个顶出土的僵笋尖。红嘴鸟都飞回来唱歌了,它该冒笋呀!"

冷秀峻的眼猛然亮了,同时心也向下一沉。她相信猎人敏锐的眼睛,常年行猎,使他们非常注意和动物世界有密切关系的各种植物。两个多月前,她去接晓青时,看到大雪山北坡的竹子大片枯死,而这边的竹子还未开花。

难道虽然没有开花,但其营养状况已发生了变化?

竹子常年是用笋繁殖,只是到了一个生命周期,才开花结籽。老竹枯死,竹籽落地出芽。新竹五六年后才抽笋。不出笋或出很少的笋,应是即将开花的前兆……她想到了已去参加抢救大熊猫工作的胡蜀锦,想到了他的嘱托,又问:"草瓦老爹,你见过竹子开花,那是多少年前?"

草瓦为难地搔了搔满头的银发,不明白她要问这些做啥子,但还是努力去记忆里挖掘:"那年,头人家来了贵客,客人点名要吃烤竹鼠。我到林子里找了三天,一只也没打到。头人说,去年还多得绊脚,今年一只都没有?我对头人说,竹子开花枯死了,哪儿能打到竹鼠?头人硬是把我掀翻打了一顿……该有四十多个年头了。"

早就听得心急火燎的晓青,这时再也忍不住了:"姑姑,你是说竹子开花,大熊猫挨饿,跑到了溪耳?"

冷秀峻想宽她的心:"我只是在了解,还不晓得真情哩!"

草瓦老爹却说:"唔,像是这个理儿。"

"我们喂它。煮一锅饭,炕一篮饼放后院,让它天天来吃!"晓青说。

草瓦老爹看了看焦急的晓青、果杉,以及怀着希望目光的冷秀峻,说:"它不会天天到部落,在这时候……"

他不自觉地用眼扫了一下屋里的角角落落,和窗口门外的夜色,虽然什么也没引起他的注意,但还是没有再说下去。

晓青提出新的措施:"我们去溪边守着。等大熊猫喝醉了,就像姑姑那样,把它赶回来,放到羊圈关住养!"

果杉听晓青提出这个好主意,兴奋得一下子跳了起来。突然,咚的一声,吓得他一跳,原来是踢翻了猎篓。这才使他想起猎篓中的一窝蓝马鸡的蛋。坏事,蛋要被砸碎了!他急忙伸手,晓青已走过来蹲下,但篓里却空空的,只有鸡窝草。还未等晓青开口,他冲着草瓦老爹就吼:"鸡蛋呢?蓝马鸡的蛋呢?"

草瓦老爹也站起身:"不是放在篓里吗?"

果杉一看他的神色,又吼开了:"是你藏起来了?"

"我老草瓦进门就没离你们半步,馋得能一口把十个蛋吞下?你们也没给我留出这个空儿!"

晓青看草瓦老爹满脸皱纹里藏着狡黠和掩不住的得意,就四处找起来。果杉一歪头,一拍脑壳,立刻往门外蹿——准是进门时,他已将蓝马鸡蛋放到鸡窝里了。

他跑得又猛又快,刚到门廊,只听有人哎哟一声叫,接着是沉重的摔倒声。

屋里人都惊得慌张向外跑。

没有窜逃的脚步声,也没有见到什么异常,只有浓重的沉沉的黑夜。冷秀峻拿来了电筒,光柱下,一个人趴在地下。等到这人抬起头来,果杉和晓青同声惊呼:"查修!"

"哎哟,我的腿摔断了。"查修坐在地下不起来,只是嚷着,"你这个小果杉,冲得像头惊马,举着蹄子跑……"

果杉连忙一边去拉他,一边说:"是我碰到你了?离八丈远哩!谁叫你往外跑?你做啥子,见我就跑?"

冷秀峻对着果杉,说:"还不快把你查修大哥扶起来?净是你有理!"说着,也搀起查修的一只胳膊。

查修反倒不急于起来,只是抓耳挠腮,满脸苦相:"我是来报紧急消息的,草场上牧民们传来话:'独眼'下山了!要大家当心。"

"啊!真是没有乌云不打雷,'独眼'下山了?"冷秀峻吃惊得倒抽一口冷气,果杉也惊愕得僵在那里!

"真的是'独眼'来了?"

这无疑是晴空霹雳般的紧急警报!

晓青不知"独眼"为何物,无从引起恐惧和惊慌,只是用两只精明的眼,在人们身上探询。

草瓦对"独眼"的凶残可太了解了,一提起它,往事就在心里如潮涌,辛酸苦辣都有,更多的是一位猎人所感到的屈辱。自从在林子里听果杉说到洞尕降临溪耳,他就敏感到心里几十年的垒块在隐隐作胀——会不会与"独眼"的出没有关?但他有猎人的深沉,没有说。

现在,果然是它来了,老人心里既感到一种对渴望的满足,又感到搏击前的紧张,心里塞满了该怎样对付它的盘算,没有急着搭话。

说话间,冷秀峻母子已经又拉又拽地扶起查修。看到查修龇牙咧嘴地哎哟连声,果杉忍不住说:"我又不是'独眼',你要跑得那样凶?"

查修苦歪歪地说:"除了送信,还顺便找我的'反毛'。我怕它碰到'独眼'。它倒逍遥,两天都没回家——这混账东西,饿了才找我。它要有你家雪狮的一半能耐,我也可以成天躺在草场上打呼噜了。我刚到你家门口,只见一个影子往外冲,我还以为是你家威武凶猛的雪狮,吓得我转身就跑。"

"你骂人!"果杉不理解他话中明显地讨好,气得肩膀一低,让开了查修扶在他肩上的手,冲到门外,对着旷野吼起,"雪狮!雪——狮!"

查修一只手落空,一个歪趔:"哎哟!"

幸而有冷秀峻扶着,才没跌倒。查修连忙辩白:"果杉小兄弟把话听走了样,我怎会骂他!"

查修养了只草狗,长了满背古里古怪、乱七八糟、灰不灰、土不土的毛,梳也梳不顺。说是丑八怪,一点也没委屈它。血红血红又还泛着黏黏糊糊白沫的舌头,总是拖得老长老长的。嘴却短得像是被刀斩去了一截,眼角成天堆起灰碜碜的眼粪,一副肮脏猥琐相。查修却说它不同寻常,起了个名字叫"反毛"。牧民们背地也叫它"卷毛狗",不仅是谐谑,还因为它确实和主人有不少相似之处。

反毛实在是赖，草场上兔子多得牦牛能踩死，它却追不上。查修把兔子撵到绝壁前，心想这下是万无一失了，怎料兔子反转身，龇牙咧嘴举爪对着反毛，吓得它直往后退。兔子却一溜烟跑了。

但它有两样本事：喜欢叫，张口出声就像破锣摔到地下，阴阳怪气，吓人一跳，使人腻歪得浑身起疙瘩。见到生人或野兽，老远就扯起喉咙叫，但真是到了近前，它却只有缄口筛糠的份了。再一样本事是，春秋两季能散发出一种特殊的气息，把部落里大大小小的公狗都引走。

雪狮却是无比高贵的，有人来到门口，它会用轻轻的喷鼻声通知主人。不知为何今晚未尽职守？所以，查修的话提醒了果杉，他急忙寻起雪狮。

喊了两声，还不见雪狮的踪影，气得果杉将右手食指往嘴一塞，猛吸了一口气——长长的尖厉的呼哨，立即响彻寂静的山原。只一会儿工夫，已隐隐约约听到狗喘声，一只黄毛壮狗，像匹小马跑来。雪狮也有弱点，常常经不住美味、反毛的诱惑，忘记了职守，沉溺在贪婪、享受中。但它毕竟有良种的气质，只要得到提示，想起职责，能立即摆脱诱惑的陷阱，响应主人的召唤。

"谁叫你乱跑？"

果杉对兴奋地跑来的雪狮当头一掌，打得它委屈中又带着谄媚——像羊一样哼了两声。

经过冷秀峻的检查，查修的伤并不严重，只是膝盖和小腿跌破了皮，擦点红药水就行了。

老草瓦一直没有吭声，慢悠悠地吸着烟。当烟火带着滋滋的声响闪亮时，他闭起了深藏在皱纹中的眼，烟火刚暗，他却将犀利的目光射到查修的脸上，扫来描去。等冷秀峻将一切做完了，他才说："小查修，你跌跤子也会找地方——在冷医生家门口，近乎又方便！在别处可得当心。人总应拣正道走，在明处做事，尽在暗处往邪路上跑，不摔你摔谁？"

说到这,他把话音一变,戏谑的味儿没有了,充满了威严:"你平时从来不喂狗,反毛都成了野物。今天黑灯瞎火的,你做啥子又风风火火找它?"

这一席话,说得查修脸上一阵红,一阵白,但只一刹那,想到"伟大的计划",他立即镇静了下来。

"老爹,再野的羊,总是记得有水给它喝的小溪。乡亲们的情意,我不是不知好歹,我小查修身上流的也是达布人的血。俗话说:再好的骏马,也有失蹄的时候。我不再瞎混了。放羊、牧马、调理牧群,我从小没学过,只好靠根火棍找山讨吃。我想把狗驯驯,好帮着我撵鸡捡兔子……"

"草场上从来不嫌花多,你长进了,牧民们家家的门都会向你敞开。"草瓦语气一转,"洞尕的事,你也听到了……"

查修如被马虻子蜇了一口,忘记腿疼,跳了起来:"没有,没有!我什么也没听到。洞尕关我小查修什么事?我从小就不迷信,也不相信它是神兽。我才不想理会老鹰在天上翻不翻跟头哩!你也别讲,我根本不想知道!"

"不想听?更要对你讲!"草瓦猛地站起来了,气得胡子直抖,但是想到老人在晚辈前的尊严,还是硬压住了火气,"牧民们说,不知有神的人,神也难以怪罪他。今天我老草瓦要跟你讲明:不准伤害洞尕一根毫毛!你要是不听,别人饶得了你,我老草瓦可要拧断你的胳膊。"

查修怎么也没想到他把话挑得这样明,这倒让他完全打乱了计划,一时心慌意乱,嘴舌的伶俐也不知跑哪里去了,只是"我、我"地半天,未"我"出名堂。

开头,冷秀峻虽然从草瓦和查修的神态感到了蹊跷,但没有急着问。她相信草瓦老爹,也怕插一杠子,反而把事弄僵了。这时终于都明白了,特别是"不知有神的人,神也难以怪罪他"的这句话提醒了她。

大熊猫虽然早已列入国家一类保护的动物,林业部做出了极大的努力,但多少年来的陋习,猎人们并不把国家颁布的保护条例放在心上。尤其是在交通闭塞、人烟稀少的深山，还有很多人并不知道何为"保护动物"。说来令人难以相信，连草瓦这样的老猎人，都还不知道"洞尕"即是大熊猫。祖辈传下：大熊猫皮张很贵重，历史上它曾是进贡给皇上的贡品，是皇上给大臣的赏赐，可见身价之高。在某些少数民族，甚至以家中悬挂大熊猫的皮张、头骨显示勇敢，同时以其辟邪。达布人中就有人这样做，更别说还有冒险的偷猎者，因而滥杀大熊猫的事件还屡屡发生——

冷秀峻认为，是到了该说话的时候了："查修，你在外面混了这么多年，也该知道大熊猫是国家规定保护的动物，被称为活化石，在科学研究上有重大意义。它又是人们喜爱的珍稀动物，只出产在我国，是国宝。新中国成立后，一直作为极珍贵的礼物，和世界人民交往。全世界人民都关注它的命运。谁猎杀它，都要被判刑坐牢的。查修，你不仅不能糊涂，而且还要向别人宣传，在森林里碰到什么情况要给我们说一声。"

查修不自觉地擦了一下脑壳上沁出的汗星，苦歪歪的脸上显出极其复杂的表情："我……我……唉！不说了……"

冷秀峻有女人纤细的心，生活虽然曾极不公平地待过她，她那颗极能体谅别人的心却未变："查修兄弟，有话慢慢说，别急。"

查修激动得嘴唇哆哆嗦嗦。看得出，脑壳里正在打架。突然，他猛地站起，虽然那条疼腿使他打了个顿，但还是挺住了："冷医生、草瓦老爹，你们这样瞧得起小查修，不把我当外人，把这样的大事说得明明白白，查修的心也不是拴马桩，不是河边的风吹石，也是血肉做的。有春风，就该有秋雨，我再不说真心话，和草场上牧群还有两个样？

"实话说，草瓦老爹在林子里，和你们说的关于洞尕的事，我听到了。光听画眉叫，还摸不透它斗架的本事，我想暗暗地去把洞尕找到，向你们报个信儿，护住它，也算是我的心意。

"到时候，你老爹高兴了，看出了查修毕竟是达布人的后代，你会收下我做徒弟的。部落里的人,也会看得起我……"

查修痛苦地低下了头,将扭歪的漂亮的脸埋在一双大手里:"我太自私了,私心太重。只想到自己,比起你草瓦老爹、冷医生,我渺小得像草场上的螨虫,卑微……"

冷秀峻被感动了,生怕他再说出什么自贱的话,急忙拦住他的话头:"查修兄弟,可别这样说,你的心……"

"不！不！冷医生,你别安慰我……"

草瓦老爹也被说动了心,但他对山林的世故,经历得毕竟要多,于是,冷冷地甩过去一句:"你就不怕'独眼'？"

"怎不怕？查修是个既渺小又胆怯的人。一听'独眼'下山,可吓惨了。但我想到洞尕,想到你老爹对洞尕的关切,想到你天不怕、地不怕的勇敢,我身上达布人的血也是红的、热的,么事不能像你老爹一样勇敢起来？这给我狠斗'私'字添了劲。我来找反毛,就是要带着它上山,进林子,让它助助威风,壮壮胆！"

真情,假话,草瓦老爹一听就能明白,他那双锐利的眼中,闪烁起火焰:"查修,你真心,我高兴。果子青的,你强摘下来,满嘴都是酸味;等到熟了,会自个儿掉下来的。到时候不要你求,我会找到门上,草瓦不想把打猎的窍门带到天国。做一天好人不难,难在一生一世。本领、智慧,能给纯正的人力量,为他添上翅膀。心术不正的人,也能用它干坏事,那是助纣为虐。"

容光焕发的查修,响起洪亮亮的嗓子,激昂地举起一只拳头:"老人们讲,说千道万,不如一干！是不是骏马,要放到山道上走走。草瓦老爹、冷医生,你们就看我查修今后的行动吧！"

果杉和晓青乐得拍起了响巴掌。还未等掌声落,查修已用那只松开拳头的手顶了顶毡帽檐,一甩手,潇潇洒洒地出了门。

草瓦在查修身后喊了一句:"别带'反毛'上山,它会惊了洞尕！"

晓青目送查修，直到他在朦胧的月色中成了个灰色的影子，才回过头轻松而又兴奋地向着姑姑、草瓦老爹说："我在林子里错怪了他，一直疑心他。可他是好人，他不是想偷大熊猫！"

这句充满天真、稚气的话，反映了她在这短短的半天多时间，对查修认识的起伏。与其说"认识"，倒不如说是"感觉"。她是从草瓦老爹对查修的细微变化中感觉到查修在人们心目中的地位。别的她可以不管，但查修对大熊猫的态度却是至关紧要。然而，她却不知道无意中带出的"偷"字，很是刺痛了草瓦老爹，达布人的乡风民俗容不了："这个字不能乱说，我们达布人，对偷东西的人要剁手腕子。你们小娃子，嘴上可要戴个马嚼子！"

他阴沉的脸，吓得晓青不敢再吱声了。

冷秀峻的思绪异常纷杂，她虽然不知道查修在山林中和草瓦老爹的相遇，但从达布人珍藏大熊猫的皮张，从查修的过去及草瓦老爹今天和他的对话中，已意识到一些问题。大熊猫在溪耳的出现，本身就不平常，查修、"独眼"……似乎有着内在的某种联系……但没想到查修的态度出乎意料地好，她心里有种去掉隐患的轻松，也就说："查修有这个态度就好，只是'独眼'也下山了……"

这句话，像把草瓦老爹刺了一下。他猛地抬起头来，脸上残留着沉思和严峻，双眼直勾勾地盯着冷秀峻："'独眼'狡诈、凶狠，不早不迟地在洞尕来了后下山，来者不善。说不准就是它把洞尕逼到部落的。带驹的马跑不快，洞尕有拖累，它带了个仔。单对单，'独眼'倒不一定是它的对手。"

山野中传来了一只夜鸟凄凄凉凉的叫声，一会儿远，一会儿近……终于，消失在无边无际的冷涩中。

"再残暴的'独眼'也不可怕，最可怕的是人。人，最古怪。老草瓦在人世间活了六十多个年头，怀里揣块石头也焐熟了，可还没能把人估摸透。牧民们敬神，洞尕是神兽，从不伤人，倒是专和老虎、豹子作对，保卫牧场的牛羊。而人却要去猎杀它,取它的皮张。说'是洞尕撞到我枪口上了',逃避神的责罚……"他呷了一口桌上的冷茶,似是要压一压心中的火焰,"洞尕警觉,向来是躲着人走。除了瞎眼、寻死的,洞尕哪会撞到枪口上?是人用尽了心思去猎杀它!"

这大大出乎冷秀峻的意料,也大大地震撼了她的心灵。她想起曾听来的一段故事:某国,自然保护区内,参观者在观赏了各种珍禽异兽后,来到最后一个陈列室。那里展览了各种破坏自然保护的事例。出口处展览着"最可怕的动物"。谁都想掀开遮盖窗口的纸,窥视一下"最可怕的动物"。谁知每个掀开纸的人,都默默地掩上,沉默地走出去——原来那纸后是一面镜子!这是多么机智而深刻的解说!

这倒提醒了她很多事,她连忙丢下其他的话题,问:"老爹,你见多识广,在森林里讨了一辈子生活,你说牧民们用尽心思猎杀大熊猫,他们究竟用的是什么办法?"

"洞尕不怕豹子、老虎,不知怎的生来怕狗,见狗就躲。带仔的洞尕更要护仔,闻到狗的气息都逃。那时,洞尕还没有嫌弃溪耳,在一条山沟里,碰巧能见到三四只,猎人先用狗群将它轰出来,围住,再放枪……"

"昨夜,雪狮就睡在前门,洞尕不是到后院了?"果杉提出了疑问。

"娃子,你忘了昨晚大风从哪里刮来?从山上,刚好横吹,隔断了前门后院的气味!"草瓦老爹早已思默过这事,"不晓天文、地理,算不上个好猎人!"

冷秀峻看了一眼果杉,示意不要打断他的话:"我听说还有人会捉活的洞尕……"

老人一怔,立即用锐利的目光审视冷秀峻的脸——那是一张坦率的脸,没有一丝一毫的隐藏。他的目光也随着柔和下来,又默了默神,站了起来,兴奋地说:"溪耳会捉洞尕的猎人没有了。往年,在钱家磨沟有人捉过,听说是先架木笼,再放东西诱它。等哄得它进去,机关发动,闸门叭的一声关住。"

说完,他就用眼瞟着冷秀峻。是的,冷秀峻若是细心一点,就可听出话语中的自豪和得意,以及在这自豪和得意的背后是什么。可惜,冷秀峻却只顾沉思。

"狗……"她只说出这个字。

草瓦老爹松了口气。他刚才就担心她再问捉洞尕的事,譬如说,木笼啥子样?放哪里?怎么诱?如何哄……如若捉大熊猫是他刚才说的那样简单,那不早就被捉完了?但她总算是往别的上面想去了,而这只吐出一个字的话,他是懂得的。

他已做了应该做的事。现在,却不知道该怎样把这句话茬接住,说清,因为他不知道山野将怎样去安排下面的事。

风一阵阵地带着森林的涛声,从山原上吹来,偶尔还送来两三声牛的哞叫。草瓦老爹不接话茬,冷秀峻只好说:"草瓦老爹,看样子洞尕到溪耳,是不寻常,想必是饥饿迫使它转移到这边,它还带着仔。'独眼'也下山了,你说得对,可能是跟着它来的。不管怎么说,我们都要多长一个心眼,留意洞尕,不让它遭灾害。这边竹子它吃不吃,要到森林里看了才知道。你说得对,最怕的,还是有人打它坏主意。你要有啥子好办法,请教教我。"

老草瓦被感动了。可是有什么万无一失的好法子?他思默了好一会儿,才说:"相信老草瓦不会看着洞尕受残害不管,眼下只有在森林里多睁几只眼!"

他把话头闸住,顿了顿,看了晓青看果杉,似乎是在犹豫,但双眉往上一耸,还是把心里的话说了出来:"不过,你这个小牦牛,明天不能再领着妹妹到森林乱闯瞎摸!'独眼'可不问谁是果城来的客人……"

草瓦不管小兄妹俩嘴噘得多高,背起猎篓,拿起猎枪要走了。老冤家对头"独眼"下山,使他有很多的事要筹划。

晓青用手指着他的白袍子:"草瓦老爹,蓝马鸡……"

这句话使他打了个愣,拨动了他的心。他放下猎枪,满目的慈爱都倾泻在她身上,细细地审视。他要重新认识她,原来印象中那个受过太多的惊吓、委屈,喝过太多苦涩咸水,柔和、顺从、多疑、胆怯的女娃子,被今天发生的一切冲淡了内心的惊恐与多疑。

那身骨虽然还是单薄,神情却已染上了山原的坦荡、古朴,心底的善良,正金光灿烂地放射光芒。当疑虑从明亮的眼中恍惚飘出时,已明显地表达了探询和观察。这是一颗玲珑的心。

是的,在草瓦老爹看来:她小巧的身子,正被溪耳的森林、白马溪的奶汁、高原的阳光、冰山吹来的风雕琢,将会焕发出豪放、强悍……

他摇了摇头,似乎是在嘲笑自己想得太多、太远,于是慈祥地用指头敲了敲她光滑柔亮的额,像是在对冷秀峻和果杉说:这里蕴藏了多少的聪明、智慧!

"就是瞒不了你!"他舒开了满脸皱纹,像是一朵千瓣菊绽放,"不过,先要考考你:你拿它们咋办?"

"巧得很,我们家有只母鸡在咕咕,姑姑说它要占窝孵鸡了。"

草瓦这才将手伸进怀里,果杉立即凑了过来,老人冲他说:"你这个呆鹅!还放篓里,不早就冻死了!"

看他玩魔术似的,从怀里掏出了一个又一个热乎乎的蓝马鸡蛋,果杉乐得只顾咧嘴笑,这才想起,难怪达布人要在袍子外系根腰带哩,能派上大用场……

"哈哈哈!草瓦老爹当鸡婆了!"

在这寂静的山野里,笑声是那样欢畅、热烈。

草瓦老爹走了,笑声沉寂了下来,连山原、森林一时都陷入了沉思。

对晓青来说,这一天发生的事情太多了。说来奇怪,从刚记事,第一次看到大熊猫的照片,她就喜欢上了它。是因为它胖墩墩、圆乎乎的憨相,还是因为它黑白相间,布局奇特,洋溢着一种纯朴的大自然美的图案闪耀出的美感?别说她说不清,就连一些富有卓见的美学家们,也未能把大熊猫的美感阐述清楚。

以后,她的遭遇,爸爸的灾难,是由大熊猫所引起的;姑姑把她接来,也是由于岷山山系竹子开花,引起大熊猫的死亡,为了使爸爸能安心奔赴山野……总之,在她小小的心灵中,已和大熊猫结下了不解之缘。

到了溪耳,她渴望到山野去探望大熊猫,可是姑姑说,这事急不得,这边的山沟已没有了它们的踪影。要等太阳移到北边,夏天来临,她学会了骑马,才带她去钱家磨沟那边拜访大熊猫。

现在却自天而降,来了一对母子熊猫。它们昨晚来拜访后院,就像是来向她伸手,请求帮助解决厄难……它们饿了,饿的滋味她尝过,那是爸爸忘了锁在家中的宝贝女儿,饿得她肚里像有好多好多老鼠在抓。饿得像是有团火在肚里烧,烤得嘴干,浑身燥热,一气喝了两碗水,也只能压一小会儿。饿了的大熊猫肚里也一定是这样难受……

查修,对,先是有个查修让她费脑子。可他变了,变成和她一样,要去保护大熊猫;但又来了个"独眼",这个"独眼"是什么?好像是专和大熊猫作对的家伙……她想问,又怕隐隐猜到的是真的……

这个可恨的"独眼",偏偏在这个时候来,在她要到森林去找大熊猫时来了。草瓦老爷的告诫……

晓青感到,她要帮助这对母子大熊猫,要保护它们。她暗暗决定:一定要想出各种各样的办法保护它们!

她推着沉思的冷秀峻的胳膊,晃了两晃,轻声地说:"姑姑,你们要帮大熊猫的忙,是吧?"

冷秀峻把她挽到身边,理了理搭到她前额的乱发。一个多月来,她把心血都花在她身上,有时甚至忘了果杉。那双明亮的眼睛,多像二十多年前的胡蜀锦！有她在身边就像是胡蜀锦在这屋子,充实、活跃着生气,使她内疚的心感到慰藉。晓青已和果杉一样,成了她生活的一部分。

她刚刚也是在思索有关大熊猫的事情。几天前,她接到了胡蜀锦的来信。自打他们的爱情之舟被倾覆之后,她幻想把屈辱、悲伤通通留给果城,无声无息地到荒原,在雪山冰川下开拓新的生活。似乎只有严酷的气候、荒凉的土地才能平复心灵的创伤,然而,无疑是生活本身最有权威。她最想忘掉的偏偏刻骨铭心。胡蜀锦这些年来生活中的大事,没有一件她不知道。她决定将晓青接来,同时也决定不再回避历史,关键是要写好新的一章。因而隔了这么多年后的这封信,是她意料中的。

但他的信中却无只字谈到过去,甚至连"谢谢"两字也没有,只是说知道她接走晓青后,他无后顾之忧,就赶到拐棍竹大片枯死的大雪山北坡,对饥荒引起大熊猫的死亡情况做了调查。损失是惨重的,对于世界瞩目的国宝,在我们手里遭到如此巨大的不幸,将来我们怎样向子孙后代交代？他们会横眉怒目,指我们为历史的罪人！

必须火速抢救！

虽然晚了点,但毫无疑问,还可以救出一部分濒临饿死绝境的大熊猫。

现在只发现拐棍竹开花,作为大熊猫主食的箭竹、方竹……其他竹种,是否也有开花的迹象？若再发展下去,岂不是要蔓延到全部的大熊猫产区？因此当前的工作非常重要,还能取得抢救大熊猫的经验,经验也是无价之宝……

胡蜀锦找到了省林业厅的老铁。刚巧,国家林业部不久前看到了他去年写的有关大熊猫的报告,十分重视。那里有个老建同志正在大声疾呼,并着手团结一批生物学家,计划投入自然保护事业。这次又看到新的调查材料,更焦急地询问胡蜀锦现在的情况。

林业部明确指示:不管他现在处境怎样,也要支持他再去现场调查,迅速报告。这样,两下一碰头,老铁八方奔走,组织起了拯救大熊猫的救灾小组。现在他们已到了重灾区。胡蜀锦请冷秀峻随时注意这边的情况,随时将情况告诉他……

冷秀峻将晓青的话细细想了一遍,说:"当然,这两头大熊猫要归我们管!"然后,试探性地询问,"果杉,你说呢?"

"这还用问,没说的,明天我就到山上去找大熊猫!"

果然是她担心的回答。

确实,果杉没那么多复杂的事要想,由于妈妈和晓青的关系,他当然要帮有了困难的大熊猫的忙!怎么帮?只有上山去森林,找到它看着。谁要想对大熊猫使坏点子,就对他不客气!包括"独眼"在内。再说,背支猎枪,像草瓦老爹那样成天在森林中出没,和各种野兽打交道的生活,早已使他羡慕。至于其他,他没有多想。

晓青转动起小眼珠,探询地问:"姑姑,怎么一说到'独眼'下山,你的脸就变了颜色?草瓦老爹眼里都冒火星?'独眼'是谁?"

冷秀峻不自觉打了个寒战——晓青的话,使她想到他们将可能和"独眼"相遇,陡生一种不祥的恐怖之感。但她的心已被雪原高山的风吹了这么多年,受过牧民们勇敢精神的熏染;大山给她的气质,使她即刻驱走了刚才刹那间的寒气,一把抓住晓青的手,将它放在自己滚热的手掌中,沉稳地说:"它是一只豹,一只奸诈、凶恶的野兽。要警惕,要注意,但它毕竟只剩下了一只眼睛,没有什么可怕的!"

"我们还能去森林找大熊猫,是吧?"草瓦老爹的告诫,使晓青丧气,以为姑妈不会再同意他们到五光十色的森林去找大熊猫。没想到姑妈现在说的是这样的话,她想趁势得到姑妈的同意。

"不!"她的语气很坚决,"你们还小,在溪耳的山林中要找到昨晚来的大熊猫,不是三加二等于五。有很多的麻烦和危险,是果杉也没本事解决的。

'独眼'下山,更不寻常,你们还不晓得它的凶残……"

果杉霍地站起,倔头倔脑的:"我有枪!"

从心里说,冷秀峻喜欢儿子这种性格。溪耳山水、荒原的熏染,彪悍气概正在他身上形成。但现在,她把脸往下一沉,加强了语气中的威严:"它不是一杆枪就能对付得了的野兽!要是这样容易,草瓦老爹还用和它斗几十年?我也不想碰上它!找大熊猫,对付'独眼',只能靠在各个草场放牧的牧民,靠草瓦老爹。明天,我就向牧民们说,求他们帮忙!"

她看到果杉的委屈模样,很不满地瞪了他一眼。可是,对眼圈涨满泪水、已抽抽泣泣的晓青,就觉得为难了。母亲的柔情,使她不觉将手放在晓青的背上,轻轻抚摸着:"晓青,我要送给你爸爸的,是草瓦老爹说的——花朵般的女儿……"

晓青擤了擤鼻涕,哽哽噎噎:"那我们要是帮不上大熊猫的忙……它要饿死的……爸爸也是去救……救大熊猫……"

冷秀峻原来也是个爱哭鼻子的小姑娘,非常理解在满肚子委屈、焦急、难受……说不出时,心被扭成几道弯,憋得泪水涨满的滋味。她希望晓青愉快、幸福、健康地成长……冷秀峻的心软了:"这样吧,等草瓦老爹、牧民们找到了大熊猫,再派你们的任务。"

见晓青把头埋得更低,冷秀峻又想了想,只好说:"这两天,你可以跟着哥哥在近处走走,千万不要跑远了!"

晓青的抽泣声明显放慢了节奏,挂满泪珠的脸,也微微抬起。

冷秀峻心疼地托起晓青的下巴,语气充满了欢快:"哟!成了个泪人儿了!"她故意向窗外后院一望,煞有介事地说,"来呀!大熊猫,快呀!快来给你们这位大姐姐擦擦鼻涕呀……"

咻一声,晓青笑了,两只小手在姑姑身上乱捶:"不干了,不干了!你哄人!"

这副撒娇相,使果杉再也绷不住脸,咧个大嘴只顾笑。谁知,冷秀峻一变神态,似乎是一字一顿:"果杉,我跟你讲清楚,只能在近处走走,别乱跑。我这几天还要在牧场上忙。你当心,跑远了,吓着妹妹,我不饶你!听到了没有?"

果杉气嘟嘟、沉闷闷地说:"听到了!"

五　独眼豹

红嘴玉的对鸣,在寂静的森林中显得格外清脆。雄鸟叫声婉转多变,音节丰富圆润,雌鸟叩节合拍,单声和韵,格外撩人,难怪人称"相思鸟"。微风轻轻地在林间游荡,浓密的树冠把艳阳遮完了,却把林子里晒得温暖。

要是往常,纵然是在追踪一头水鹿,草瓦老爹也会停住脚步,舒开纠巴成结的皱纹,仰脸与喙红宝石般闪光的相思鸟,默默地说上一段话。这种美丽可爱的小鸟,能使他想起已逝去的青春、爱情、欢乐……可现在,它们没能逗起他的兴致。他的心里燃烧着另一种激情,燎得苍老的心又焦又渴。

天边的寒星还在畏缩地眨眼时,他已踏着冰碴碴进了森林,闪动着鹰隼般的眼,四处搜索,八方寻觅,渴望着发现"独眼"的踪迹,希冀着不期而遇,然后公正、合理、英雄地来解决他和它之间几十年来的冤仇,就像牧民歌唱中武士对武士决斗那样。

在这茫茫的森林、山原中,要保护住洞尕,也只有这样。

当他一听到查修报告"独眼"下山的消息,就像是草场上苍莽雄浑的号角迎面扑来,热血潮水般冲上心头。

他已度过近七十个年头,虽然还能把牛羊肉骨头上削下的筋条嚼得咔吧响,也自感筋骨还像铁铸的一般,但这两年,骨缝中常常被酸痛胀满。该死的泪水也常不知不觉地模糊视线,他不得不承认自己老了。愈是这样,他愈是盼望着"独眼"来到的消息。一想到神召唤他的日期不远,很可能再也不能与

"独眼"做最后的较量；或者"独眼"已老死于山林,他强悍的心就像被猫揪抓。

现在,它终于来了！查修报告这消息之后,牧民们又来告诉他,"独眼"在众目睽睽之下张口就叼走了一只肥羊,而且是只凶猛的头羊。别说头羊未及哼一声,连牧民们的猎枪保险还未打开,它已像一道黑色闪电似的消失在草场,遁入了森林。

说羊温顺,那只能是根本未放牧过羊群的人的误解。草瓦老爹虽然不知道司马迁早就在《史记》中写过"猛如虎,狠如羊,贪如狼",但他确实知道羊在拼命时的狠劲。它能用角把狼顶下悬崖,能立起后腿,举起铁锤般的前蹄敲碎豺狗的脑壳,至于羊群中的大王——头羊的凶猛,那更是可以想象。但它遭殃了！

是它,千真万确是"独眼"。只有它这个家伙才能干出这样令人赞叹,也令人战栗的漂亮的一手！已用不着半点怀疑、一丝犹豫！

老草瓦在山沟、岩脊走了一遍,已清楚了"独眼"是追觅洞尕母子来的,这未免使人感到有些不快——因为不是冲着他老草瓦来的——然而洞尕母子,它们和冷医生、晓青的关系,这其中的种种因果多少又消除了他的一些不快,增添了新的喜悦和自豪,只要能为她们消忧、解愁,脸上永远映照着彩霞,那也是老草瓦的光荣,也是老草瓦献给牧民们的一点心意。

冷医生已经把一个女人的青春、心血都给了牧民、草场,她理应得到牧民们的补偿。

老草瓦站住了,眼里闪着发现的喜悦:三团小白薯样的、长腰腰圆兜兜的粪团,摊在陡壁下的石头上,褐色油亮的外层包着一团团羊毛。一看,就能断定是"独眼"留下的。

猎人有本事通过野兽的粪便、足迹,判断出它们的体质、年龄、情绪等。草瓦看到粪团外汪着层油的乌亮,就能想见"独眼"发亮的容颜、光泽闪耀的毛色和尖利的牙齿。

它吃了一头肥羊,才拉了三团粪,证明它的消化能力还是很强的。

红狼的粪便虽然和豹的容易混淆,但它毕竟没有豹的那副肝肠,它的粪便永远包不住被食者的毛,而只能像马粪那样,把兽毛乱七八糟地裹成丑陋的一团。

草瓦用靴底踏住一团粪,用劲一搓,摊开:嘿!连骨碴碴也被消化干净!他心里不禁赞叹了一句:"好家伙,它的矫健不减当年!"

草瓦高兴起来:是的,岁月对他、对"独眼"都是极公平的。他老了,它也老了。但他和它还是那样健壮,都还保留着当年的威武。

如果"独眼"现在又老、又瞎,老草瓦还能和它交手吗?不能,一万个不能!因为那只会给他带来嘲笑、讥讽、耻辱。

格斗的双方在天平上是相等的,才能称之为决斗!否则只能称为猎杀!这是猎人该具有的气概!

虽然"独眼"的脚上有块又厚又软的垫子,在岩石、林地留不下明显的足迹,但草瓦还是很快找到被它踩过的草。他循着这只有他才能认出的足迹向前。

爬崖了,老草瓦差点踩到流石滑下。严寒和暴风,将巨大的岩石冻松、风蚀,碎成一个个小块子,像瀑布似的流下,这山体斜坡成了一个个扇面流石坡。他唾了一口唾沫,发泄心中的不平——"独眼"只需纵身一跃,可他却要一步步艰难攀登!

到了崖上,他检查了猎枪,滑膛霰弹,用袍袖又拭了拭乌黑锃亮的枪管,乌红乌红的枪柄,深情的目光似是在说:老兄弟,临阵可得使劲!年轻人早就劝他换支快枪,可他只报以轻蔑的一笑。那些毛头小伙子,只知它有精密的瞄准器、长距离的有效射程、威力强大的子弹——这都是优点,而且是置野兽于死地的优点。可是,他们忘记,也根本不懂更重要的一条:那样一来,草瓦的勇敢、剽悍、丰富的经验往哪放？用得上？一点不冒风险的打猎,没有恐怖的战栗、紧张得浑身沁出冷汗的狩猎,还有什么味？还能称上老猎人？

没走出多远一段路,"独眼"的踪迹突然消失了。任凭老草瓦怎样寻找,比找根掉在草场上的钢针还细心,踏得这片林子都显出路影子,还是没有它的一丝痕迹。

只有一只匆忙地吐丝的大肚子蜘蛛,在小树上无声无息地结网,四五只黑甲虫趴在树干上,就着透过林冠洒下的一小块阳光懒洋洋地晒着……

这个"独眼",它硬是有这样的本事,明明刚刚还显山显水,却马上能让足迹消失得干干净净,似乎是突然腾上了云端,或者是遁入了土中。但是,只要它愿意,又能以迅雷不及掩耳之势出现在你面前,还未等你回过神来,已给了你致命的一击,或者是潇潇洒洒地离去!

"好家伙!你还能把这绝招玩得这样漂亮!"

老草瓦在心里赞美着它,却更细心地将猎刀往顺手处挪了挪,然后把每棵树从上到下搜索得清清楚楚,又把方圆五十步内的所有灌木丛、陡岩……可隐藏住一只豹子的地方,统统检查了一遍。之后,才坐下稍稍休息,为的是下一步更艰苦的追踪。

所有这些都显出他对"独眼"的了解。"独眼"常常这样出奇制胜——你以为它消失了,一点踪迹也没有了,其实,它就伏在你的身边,瞪着眼睛,冷静沉着地注视,你的一举一动都没有逃过它的目光。等到你以为平安无事,低下了枪口,神经松弛,它却骤然出现在你面前。或者,由于饥饿疲倦,它不愿和你纠缠,打个照面就走。它就是这样真真假假地神出鬼没。

几十年前"独眼"的活动浮到了眼前:

它第一次袭击、扫荡溪耳的草场时,并不叫"独眼"。

是哪个年代？老人们已记不清了。但也正是草场上鲜花簇簇、畜群长膘的季节。

头一天,它就在畜群中扑杀了一头大花牛,同时咬伤了一头黑牛,还掏走了一头黄牛的左眼。那是在它拖动花牛时,那两头牛却不识相地挡住了去路。等到牧民们赶来放枪、开铳时,这个不足一百斤的豹子,竟将五六百斤重的花牛拖到林边,从容地用利牙切割下一条大腿带走。

时值傍晚,按理,豹子这时正在困末梢觉,可"独眼"却反常地出动了。牧民们只远远地看到一头豹,它剽悍的身段,奔跑时能将脊背拱成弓样弹射出去,斑斑斓斓的缎子般光滑、闪亮的皮毛,映得草场上一片灿烂。

在这带雪原山野中,生活着好几种豹,虽都是一个家族的,脾气却很不相同。

最为漂亮的是雪豹,拖着一条又长又蓬松的尾巴,常年在雪山银谷中奔驰,它似乎从不进入森林。

森林是云豹和金钱豹的乐园。云豹身上是成片带状的花纹,很像暮色苍茫中无际的云天。这或者是因为它常年生活在大树上,在树上觅食、睡觉,甚至生儿育女。它往那棵树枝上一伏,竟能和黛色的树干混为一体。

金钱豹也有爬树的本领,但更多的是在林下、灌木丛中自由驰骋。

它们似乎是经过了协商,各占一片生活的空间。

牧民们看清了袭击草场的是头金钱豹。

损失了三头牛,牧民们心里难受。为了复仇,牧民们未挪动花牛的残体,依旧让它躺在那里,散发着血腥;四周却埋伏下三支猎枪。牧民们说,豹子是个刻薄鬼,吃剩下的肉,绝不丢掉,定会回来吃完。

第一夜,等来的只是一轮清辉,漫坡的微风。

牧民们清楚豹子是夜行客。他们找到草场避风处休息躺下,悠闲地闭上了眼,享受着暖烘烘的阳光,准备夜间再去守候。

中午,草场上一片喧哗嬉笑,畜群中羊咩、牛哞,妇女们燃起篝火,煮茶烧奶。牧民们围着沸腾的鼎锅,不时露出雪白的牙齿……

突然,谁惊呼了一声:"看那大黑点!"

正在吃饭的人,多数没有理会这句不明不白的话,但接着有人紧张喊叫:"豹子!"

短暂忙乱的拿枪、放碗、惊叫嘈杂声过后,草场上陷入了一片死的沉静。

一只豹正离开绿幽幽的森林,向阳光灿烂的草场走来。金色底毛上缀满黑色金钱花点,粗壮的长尾如条钢鞭甩后,两耳紧竖。不知哪种鬼斧神工,竟在它迎面额头正中印上一块金钱黑斑。金钱又大又圆,黑得耀眼夺目。印度妇女眉间点痣,显得妖冶妩媚;而这颗黑斑,给豹增添的是威武,衬得铜铃似的大眼更为有神。它将两道青光扫射过草场上的牧民、畜群,但没再停留,就射向它留在那里的一堆牛肉。

它微微抬起头,高傲极了。短粗的四肢,迈着充满自信的步子向目标走去。

它剽悍的身段,雍容华贵、神圣不可侵犯的一迈步,一投足,顿使草场生辉。

它就在牧民赞美、惊讶、惶惑、恐怖中开始了进餐。首先是撕下一块牛排,悠闲地细嚼慢咽,享受着大自然赐予它的一份美餐!连那姿势,也是无可挑剔的——舒舒坦坦地端坐,没有一丝一毫的张牙舞爪,极容易错觉为一只豢养的家猫在进食。

是谁首先放响了第一枪?谁也没有注意,死一样的寂静既已被尖啸的枪弹声打破,牧民们手中的枪都响了。

怪事,它既未为突然的枪响皱皱眉头,也未对牧民的愤怒撩起眼皮,就像一位神圣不可侵犯的大王,习惯在轰鸣的礼炮中进餐,依然是极有教养地微微锉动牙床。

牧民们心虚了——雨点般射去的子弹,不知是因为瞄准时手抖,抑或是它刀枪不入？竟未伤它一根毫毛。

妇女们向马背退去，男人们紧张地装填子弹。

一个低沉的声音下达了命令："端枪，上！"

是黑塔第一个清醒过来，发现射程太远，只是在浪费子弹。

牧民们叫他黑塔。那时他膀粗腰圆，强壮得像顶天立地的云杉。他有蛮力，曾在林子里和马熊遭遇，是脸碰脸遇上的。他正要开枪，马熊一掌将他手中的枪打断。

他气得往后一退，就势嚓地一下撕碎袍子，迎头摔到举起前腿、站着向他扑来的马熊脸上。等到马熊气急败坏地扯撩遮头盖脸的袍子，他已箭步上前，左右开弓，兜胸给了它两拳。

马熊倒下了，像团软棉花。剖腹取胆时，才发现马熊的心果子淤满了紫血。从此，人人都承认黑塔的勇武。

黑塔端枪走在最前面，向着在上坡上的豹子，身后是牧民兄弟的散兵线。他盘算着快到射程了："再接近！听我的命令开枪！"

他希望更接近豹子，射击才有十足的把握。不说别的，仅五颗霰弹的射击面积，也使它不死即伤。但距离的缩短，遭到反击的危险也越大。他并不把危险放在心上。

直到这时，豹子才抬起眼皮，淡淡地扫了一眼正在接近的、黑黑的枪口。枪口在野兽的眼中，是张深渊般的黑洞洞的嘴巴，它能闪电般伸出火红火红的舌头，这条长舌头能舐穿一切，送来死亡。

残酷的生存竞争教训了它们：对黑洞洞的嘴巴，要提防！

然而，这只豹子，却满不在乎，根本没有停止津津有味地进餐。

距离只有四十步了，五条好汉的脚步，似乎连草场也微微颤动。

只有三十步了。

黑塔端正了枪，两眼盯住毫无反应的豹子，心里已做出决定，到只剩二十步时,就发出射击命令。

只差最后一步了,到了!

"开……"

"枪"字尚未出口,只见豹子坐地的后腿一蹬,弓身弹射跃起,一道黑光迎着枪口扑来……

黑塔的枪砰然轰响。

豹子似乎早已料到这着,肩一摆,已偏离原来的运行方向。

就在这瞬间的"时间差"、"错位"中,它已扑到黑塔跟前,还在空中,已张开口……等到它前足落地,黑塔的身子已经歪斜,它再一跃,已如流星飞逝……枪声四起,一片震耳轰鸣。

等到硝烟散去,草场上已无豹子踪影,只有倒在血泊中的黑塔。那血流得真可怕,从他颈脖的两侧涌泉般喷出,用袍襟都堵不住,动脉血管被极其准确地深深地切开了……

从此,它成了"黑点"。

"黑点"成了牧场上的灾星!

只要灾星降临,牧场上的畜群就要遭殃,牧民们就要遭害。它不食人肉,但每次都准确地啮开人颈脖上的动脉血管。幸而,它并不时常光顾,数月、两三年不等。

它的怒吼也别具一格——雷鸣山崩的洪亮。那股摄魂夺魄的气势,在山原银峰中震荡!

牧民们来找年轻的草瓦,请求在猎人中已小有名气的他,除掉草场上的灾星。

其实,还用得着请吗?血气方刚的草瓦,已暗中察访过"黑点"每次作恶的现场,做出一个叫自己吃惊而又痛心的结论:"黑点"的奸猾、狡诈,是一些愚蠢的猎人教的。

它比其他的豹难对付,正是拜了猎人做老师!

它在猎人枪口下一次次逃生,使它在生与死的严峻考验中得到了丰富的经验。

老草瓦觉得休息够了,站起来,精神抖擞地开始新的追踪。他和独眼毕竟是老朋友,他已判断出它的去向,大致的路线,但在这种足迹得而复失的追踪中,特别危险,需要格外小心、谨慎……

是的,那次他也是在这样的追踪中。

头天,刚跨下马鞍、气喘吁吁的牧民报告了"黑点"又作恶的消息。他二话没说,带上特别的子弹就出发了。

一个矮个子的牧民,脸白得像张纸。殷红的血在草丛中汪成了小凼,是"黑点"的罪行。

开始追踪就不顺利,没留下一点蛛丝马迹。草瓦靠着猎人的耐心,又有了积累起来的对它的了解,终于发现了它的踪迹,不禁一阵悚心的战栗!这家伙兜了个大圈子,制造了一连串的假象,其实却未离开放牧的草场。这种兜圈子绝不是无缘无故,很清楚:它还要继续发泄仇恨。

草瓦慌得救火般地跑向草场。迟了,仅仅晚了一支烟的工夫,妇女们的哭泣声,牧民们悲愤的脸,利剑般刺痛着他的心。

等到他走进人圈,看到躺在草地上的波雅痛苦得扭歪了的脸,他惊讶、悲愤得半天未能说出一句话。她是四五个爱慕他的姑娘中的一个,虽是平平常常的一个,既没有鲜花般的面容,也没有殷勤的邀请,但他感到她眼里闪烁着爱的火焰的热。

原来,"黑点"这次的猎获对象是黑塔留下的五岁男娃。当"黑点"对他攻击时,他的妈妈吓昏了,在旁整理羊皮的波雅,举着明晃晃的割刀,不顾一切向"黑点"冲去。"黑点"开始没看到被羊皮堆遮住的波雅,这意外的冲击惊吓到了它。

男娃被救下了,可波雅受伤了,左腿血肉模糊。

草瓦每天在波雅家进出,高傲的鹰落下了翅膀,他看重一颗金子般的心。波雅的伤好了,腿上留下了残疾。波雅的爱情鲜花却盛开了,她得到了草瓦的爱。

为了牧民不再无辜受害,为了草场上的和平、宁静,为了波雅的爱,草瓦没日没夜地在森林里搜索,周密地策划和"黑点"决战。

他终于找到了"黑点"。

他和它在山原上周旋了三夜三天,不让它安生地休息,不让它肆意掠取食物。而自己,却靠着揣在白袍中的牛肉干,嚼得美美的,吃得饱饱的。

"黑点"也知道被猎人盯上了,从自己被逼得走个不停,它感到对手的分量。

它对他的气味是熟悉的,热汗中有着一种使它不安的辛辣。它耍过的种种奸猾,都不能逃脱他的穷追不舍。

它开始感到从没有过的饥饿、焦躁,极想用猎人的血肉来平息躁动。它开始了新的行动。

草瓦逼得它从沟谷的灌木丛中走出。一露面,"黑点"就把它的致命的左侧暴露在他面前,距离不过三十多步,在射程中。它似是漫不经心,根本没有发现有人跟踪,草瓦完全可以开枪。

但枪声没有响,这是草瓦的精明。"黑点"若无其事的神态正好提醒了他,只要一举枪,"黑点"就可以充分利用猎人射击前专注于枪口而放松了对它行动判断的瞬息,矫健地在腾跃中躲过呼啸的枪弹,或骤然扑到猎人的身上。黑塔和其他受害猎人就吃亏在这一点上。

草瓦不开枪,只是快速地前进,尽力接近"黑点"。

"黑点"打了个难以发觉的愣怔,一撇身子,利用灌木丛的掩护,飞快地遁入了森林。

草瓦猛然刹住脚步,虽然让它逃脱了,但却是个胜利——挫败它引诱自己上当的奸计。于是,他也像闪电似的,找了个隐藏地,潜伏下来。

果然不出所料,在百步以外,从林间突兀而起的,长满苔藓的崖头,出现了那斑斓如锦的身影。它只是满不在乎地瞅了这边一眼,就别过头去,注视着苍莽幽深的森林。

那是挑衅的一瞥,连额上那个黑点,也耀武扬威地熠熠发光。

"黑点"走下石崖,草瓦潜行到刚才追踪的路上,然后直起身子,大摇大摆地追寻着它刚走过的路。

一路上随处可见它在树上留下的爪印,把花踩烂,把幼树踩断,把石头踢翻……简直用不着烦神搜索,它留下了一个个路标。

但"黑点"的踪迹却突然消失了,就像蓝天上的一朵羊奶云,看着看着,瞬息溶入天际,天蓝得汪着水。

草瓦的心却定下了,默了默神,准备着决战的到来。猎人身上的东西本来就不多,但他还是再缩减一次,把火药、铅弹都藏到石下,只留下枪膛里那颗特意为"黑点"制造的子弹。然后将枪扛在肩上,悠闲地进入了前面的云杉林。

这片林子特别茂密,云杉又粗又高,把林子遮得黑幽幽的。灌木丛也将地面铺得严严实实,一脚踩下去,厚厚的泥炭藓、枯枝落叶,就咕叽一声,冒出水泡,泛着霉腐臭味。平时,猎人很少进这样阴森的林子,因为难以隐蔽自己,倒是过早地通告了对手。

可此刻草瓦在林间走得自如,走得坦然。

林子像死一样沉静,没有鸟鸣,没有松鼠在枝头跳动……突然,树枝有了轻微的响动。草瓦听到了,在右前方的上空。

他努力抑制住想抬头看一眼的欲望,在这样茂密的林间,想看清那响动的地方也是枉然。他照样走着,若无其事地走着。

在他脑壳后的上方,响起蹬动树皮的噌的一声。他头也不回,但立刻站住,双脚钉牢。枝叶飒声又起,紧跟着是嗖的一声,铁柱般屹立的草瓦,在心里轻轻地说了声:"时候到了!"

"砰!"

随着枪响,林子里爆起一声山摇地动的吼叫。

草瓦早已摔掉枪,一个急转身,同时举起明晃晃的猎刀,面对着向他扑来的"黑点"。

好一个"黑点"!张牙舞爪,鲜血淋漓,狰狞凶恶地向草瓦扑去。

但当它看到草瓦手中明亮亮的猎刀和他喷着火焰的双眼,它犹豫了,肆意作恶的信心动摇了;愣了一下,全身向后一挫,瞪着血红的眼睛,盯视着对手,等待时机袭击。

草瓦面对着五步开外的"黑点",像尊雕像,连眉尖都不跳动一下。他在心里已盘算过几百遍:和"黑点"短兵相接,进行决斗。只有这样,才有获胜的可能。

他不相信,作为一个猎人,会战胜不了一头野兽?

无论它怎样凶恶,如何狡猾,毕竟只是只野兽!

这是场智慧、意志的决斗。

一停下来,"黑点"的威武、凶悍就黯然失色了,腾跃、奔驰、攻击……只有在运动中才能爆发出来。继之,伤口的灼痛、喷涌的鲜血,使"黑点"不自觉地打了个寒战。

就在这战栗的一瞬,草瓦拼尽全身力气,啊的一声,举刀扑向可怕的"黑点"。

意外,真是太意外了!"黑点"居然掉头就跑,而且是慌不择路,一声不响地逃窜!

这个卑下的家伙!

气得草瓦又是吐唾沫,又是跺脚!他从未想到过"黑点"会在他面前逃跑!它在他心中的英雄地位随之跌落……

草瓦在林子里又追踪了一天。它确实跑了,离开了这片森林,翻过大山,逃窜到很远的地方去,躲起来养伤了。

草瓦懊丧极了,责骂自己是"愚蠢的猎人",竟未能将它结果掉。一方面是把它估计得过高,没想到它会逃跑;另一方面,那一枪该是致命的,但"黑点"居然在扑跃运行中躲开了,只是受了重伤。

山林里,牧场上,部落中,到处传诵着草瓦的英雄气概——

是天神教给草瓦的智慧,他判定"黑点"躲在大树上,会从大树上向他袭击。

"黑点"没想到草瓦的背上也长着眼睛,能把枪扛在肩上,用拇指叩击扳机,向后射击,射瞎了它的右眼。

草瓦的双眼能喷火,"黑点"见他就匍匐在地,看两眼就打战,第三眼,吓破了胆,咻溜一声逃走了……

从此,"黑点"失去了右眼,得了个新名字——"独眼"。

"独眼"给草瓦带来光荣,它也夺去了草瓦的爱——波雅受伤后,身体一直未能复原,疾病终于夺去了她花朵般的生命。

又是多少年后,"独眼"才再次出现在溪耳,但它只敢在牧场上咬牛,叼羊,再也未敢伤人。

而且只要草瓦一出现,它总是匆匆忙忙销声匿迹,真像一只夹着尾巴的狗!

再也没有听到它震撼山林、摄人心魄的叫声了。

……

前方头顶发出急速的擦动树皮声,老草瓦只是撩眼看着,他已从响动判断出是两只小动物。猎人的耳朵异常灵敏,他熟悉各种蹄爪在树枝上走动时发出声响的细微区别。那次挫败"黑点"偷袭,是因为它要在粗枝上将百来斤重的身体弹射出,那掌上的肉垫虽然能消声,但在树枝上,就不能单靠掌上肉垫,而非要用角质的爪不可,从而使草瓦准确地判断出是"黑点"而开了枪。

眼下呢,果然,是只青鼬追击松鼠发出的响动。松鼠灵活得像玩杂耍似的,从这个枝上跳到那棵树上,但没等老草瓦走两步,就传来了松鼠凄惨的尖叫。

这个小小的插曲刚过,对面的山梁子上传来一声野兽的吼叫。老草瓦猛然站住了。

那是一种威震森林的吼叫。叫声在山谷中、在雪山银峰中回荡!

老草瓦心头激荡。多少年没有听到这样威武的吼叫声了,还是那样洪亮,还是那样雄浑,就像一记霹雳在云端轰响。

虽然,洪亮中已有了苍老,雄浑中已有了混浊——这也只有老草瓦才能听出。

这的确是它的吼叫,是"独眼"发威了!

这家伙,在这边布下迷魂阵,却抽身溜到那里!要不是这声吼叫,老草瓦还要多搜寻个半天!

它为什么要在属于溪耳的山野吼叫?是通告溪耳"我'独眼'还健在",抑或是召唤老草瓦前去应战?

啊!洞尕,一对母子洞尕,牦牛犊般的果杉,虽然单薄但开得灿烂的花朵般的晓青——这些,全都一下子涌到了老草瓦的眼前。

初生的牛犊不怕虎,救洞尕心切的两个娃儿会不会偷偷地冒险闯进林子里……

老草瓦心神慌乱了,急得冒冷汗。他迈开大步,向"独眼"吼叫的方向奔去……

六　埋藏的蜜矿

"哥哥,快看,你看天上!"

晓青紧跑两步,拽住果杉的胳膊。果杉顺着她的手指看了一眼,关切地说:"是只大黑蜂。当心,别惹它,蜇你一口,脑壳肿得有鼎锅大。"

"谁惹它啦?我是要你看它,看它的脚……"

冷秀峻的话,无疑是有权威的。他俩这几天就未敢跑远,只在近处,可是,心却被大熊猫系在森林中。

有了几天的经验,晓青虽不像第一次进林子,把石头当宝玉,但今天一路上的"新发现"还是很多。这些"新发现"常常弄得果杉哭笑不得。譬如说,刚上路她就吓得又跳又叫:"蛇!"其实不过是条小蜥蜴。后来她高兴地宣布采了一大捧蘑菇,要带回家炖羊肉,原来却是一堆鬼菌。就像现在吧,居然又要他看大黑蜂的脚,气得他一拧脖子:"我不是鞋匠,你要喜欢,给它做双绣花鞋吧!"

"嘻嘻!你捉来,我就做!"晓青乐得咯咯笑,"是叫你看它脚下抓的东西!"

果杉再抬头认真注视。这一看,连他也跟着它后面跑起来了。这只黑蜂大得像屎壳郎,圆盘般黑黑的身子下有个长形的银色生命正在摇头摆尾,竭力想挣脱抓住它的细长的脚。他奇怪地回头看看晓青。

"是小鱼!"晓青说。

"它对你讲了?"

"是我们刚刚逮到放在石头上的斑鱼。我亲眼看见这大黑蜂嗡嗡地飞来,往下一点,就飞上了天。再看小鱼,不见了。"

刚才,他们在小溪边逮鱼。晓青看到石缝里躲着一种小鱼,身上长了一道道黑色横斑,活似斑马的条纹,她就一定要逮一条"斑鱼"做标本,果杉只好依了她。

别看它在石缝里像睡着了,真要逮住它,可没那么容易,果杉弄得满身都是水,才逮了一条;又费了好大劲,才说服晓青不要装在衣袋里,放在石头上晒干,照样可做标本。谁知却被黑蜂偷去了。

蜂子居然吃鱼,这是连他果杉也从来没见过、听过的事。一肚子山野经的草瓦老爹也没说过。这不成了鱼蜂?虽然它不是专司采花酿蜜的蜜蜂,但它毕竟是蜂。它采鱼去酿造什么?

"快!快追!"反过来是果杉催晓青。晓青跑得上气不接下气,但还是撵不上他。

"找到它的窝,快!看它拿鱼怎么办?是喂小蜂,还是做……""做"什么?他说不出。总之,他想用最诱人的话鼓动晓青跑快一点。

开头,他还记住不要跑得离家太远。晓青要到溪边,他犹豫过;现在,将这一切都忘到九霄云外了,反而只怕晓青跑不快!

忽然,黑蜂拐过弯来向回飞,翅膀发出很响的嗡嗡声,眼看到了晓青的头顶,又降低高度。吓得果杉大喊:"躲开它,抱住头,别让它蜇了!"

晓青手脚快,早已脱下罩褂,拿在手里,见它飞来,腾地跳起用衣扑。她想夺回标本"斑鱼",还要连这个可恶的大黑蜂也抓住做标本,那就可以让爸爸去研究。

"别惹它!"果杉急得调门都变了。

是因为要回头侦察这两个不速之客,还是怕丢了小鱼或被扑中?黑蜂一下升高了,盘旋了两圈又对直不打弯,笔直地沿刚才的路线飞行,速度也快多了。那薄薄的翼振得更响。

果杉紧跟着它跑,晓青在后面撵着。只见果杉一歪趄,脚踩空,两只手臂乱舞,枪在身上晃荡,扑通一声跌倒了。

"站住!别来!"传来跌在灌木丛中果杉的喊叫声。

哥哥跌倒了,又是那副惊慌失措的形象,晓青哪能不管?她把吃奶的劲都使出了,飞快地跑来。

"蜂!蜂!快跑!"

果杉已挣扎着爬起来,往另一方向跑去,还大声喊着。他知道惹了祸,别的一时也管不了,只是要把蜂群引开。

晓青见到追他的蜂群稀稀落落;而他只跑了一节,就又是打滚,又是翻跟头的;这才绕开原路,慢慢向他身边靠去。

果杉并未跌到哪里,枪也完好无损,只是脸上、手背上被蜇了好几个包。晓青又用手抚摸,又用嘴吹,那副模样,比自己挨了蜇还难受:"疼吗?小包还会肿好大,还能爬山找大熊猫吗?"

"没事!一点也碍不着找大熊猫的事。我搞清了,它不是黑蜂,也不是大马蜂,是小蜜蜂。"

对他来说,蜜蜂蜇两口并不算回事;倒是在晓青面前,摔了个大跟头,出了洋相,怕让她笑掉牙。

"这里有养蜂场?"

晓青这句话把他问住了,想起跌倒后的情景,脑壳子亮开一道缝。他为自己的蠢笨懊恼得不得了,一个劲地唠叨着:"对呀!对呀!"

他看了看刚才跌跤的地方,已恢复平静,拉着晓青就向那边走去。

野花野草被他跌压成个窝,这才露出下面的石坎坎。很多蜜蜂穿梭般飞来飞去,嗡嗡响成一团,那模样儿和图画书上的不尽相同。果杉看得仔细,脚步走得又轻又慢。

晓青被他闹蒙了,几次想问,但他直摇手,那股严肃认真的劲儿,使她直想笑。

看着看着,她多少看出了点门道:从山坡上飞去的蜜蜂,出了这里篱笆样的灌木丛,就升高向四面飞去;往这边飞来的,不管是从前后,或两侧来的,都逐渐降低高度,擦着篱笆样的灌木丛尖子,飞到里面就不见了。

果杉跟在逐渐降低高度的蜜蜂后面,轻轻拨开小灌木:"轻!一定要轻!心要定定的。小蜜蜂儿,只要你不惹它,它绝不伤你。爬到你鼻尖,也别动手打,撮着嘴唇把它吹跑!"

晓青点了点头。其实,果杉多虑了:归来的蜜蜂都绕过他们,急急向前飞去;倒是迎着他们飞出的蜂儿,扇得晓青脸颊儿痒痒的。

他俩走过了灌木丛,山坡刚好和灌木丛形成了一条曲折的通道。蜜蜂成群结队穿梭,有的还互相碰一下,再匆匆向前。

奇迹出现了:一块岩石伸出来,下面成了一个洞,不,是好几个小洞儿,有酒杯口大小,都光光滑滑的。蜜蜂就飞进那些小洞,也有的从小洞爬出、起飞!

"哟!蜜蜂窝儿!"晓青乐得轻轻地拍手。

果杉不满地瞪了一眼:"你站远点!"

他自个儿绕了点路,爬到坡上,在那块伸出的岩石后,提腿连跺两脚。

沉闷中夹着空洞的嗡嗡声。

"蜜矿!我发现了大蜜矿!"

被扰的蜂群,急急地往洞外飞,气势汹汹,直往晓青脸上扑。晓青急中生智,连忙把手中的衣服顶到头上,一下蹲倒。坡上的果杉,眼见蜂儿折转向他扑来,撒开脚丫子拼命跑。

"脱褂子!快脱下褂子。"晓青提醒他。

他这才连忙脱下衣服,顶到头上,裹得像个阿拉伯人,慢慢地走到晓青这边:"跟你讲,我发现了一个大蜜矿!"

"你又胡编瞎造,唬人蒙人!有金矿、煤矿、铁矿……还从来没听讲过蜜矿!"

晓青连连摇头,顶在头上的衣服像个小木偶似的直动。

果杉却宽宏大量,脸上像蓝天一样纯净:"这,你就少见多怪了。你看,这蜂儿和蜜蜂不一样吧?比蜜蜂要黑一些。跟你讲吧,这叫岩蜜蜂。它们专在岩洞里营窝,蜜也酿在里面。"

"你骗人!你瞎讲!书上从来没讲过它要在岩洞里酿蜜。它找干干净净的地方做巢、酿蜜不好?非要找这黑咕隆咚不见日月的洞?"

"哼!你晓得什么?你晓得山野多的是偷蜜贼吗?进山的人不割它的蜜,老熊也要去掏!知道老熊顶喜欢吃蜜吗?鼻子被蜇,肿得像水泡,眼睛睁不开,它都不松手!馋起来,能把空树一块块扳下;又扳又撞,把大树推倒,拼命也要把蜜吃个够!……"

他得意地掀起衣服,摇头晃脑,挥手扬臂。谁知蜂儿却乘机给了他一下,疼得他一吸溜。晓青看得咯咯笑:"谁叫你吹牛?"

"吹牛?你不晓得这些常识,吹牛也不会。你还没见过一种长着青毛的黄鼠狼,草瓦老爹叫它蜜狗。它也专往树洞、岩洞钻,偷蜜,吃蜜蛹。岩蜂聪明,它的蜜矿只有小小的口儿,里面倒是大大的洞,再刁的蜜狗对小口大肚子的洞,也只能叹气!"

"那也不能叫矿呀!既称'矿',就该是石头样,又坚又硬,煤矿、铁矿都是。能流能淌的,就不叫矿。石油就叫油田,不叫油矿!你当我什么知识都不晓得?"

谁知果杉没被难倒,反而得意地大笑,笑得很舒畅:"哈哈!你这个城里人的脑壳,聪明倒是聪明,就是有点认死理。跟你讲吧!这下让你讲对了,把这洞口石头打开,里面的蜜就像石头,黄亮亮、金闪闪,是又坚又硬的大块块!要用锤子敲,钎子凿,才开得出来!一个矿里,几十斤,几百斤的都有!这种矿蜜,甜得腌心不说,还能治好多种病!"

这倒叫晓青没话说了,但理屈词穷时也有招儿:"你开出来我看看,神吹谁不会!"

这却正中果杉下怀:"我刚才用脚跺,是试试它的洞有多大。洞不小哩!颤脚底板。蜂也多,像暗河轰隆隆。我马上就想办法开矿,你等着看热闹吧!"

说着,他就慢慢退出猎枪带子,将枪交给晓青拿着。他拔出了猎刀,用刀往洞口捅捅。这次倒是接受了教训,忘不了要用衣服护住头脸。虽然没挨蜇,但试了几个洞口,刀都捅不进去。看样子,岩蜂挑的这些洞,都是拐弯儿的。急得他又往坡上爬。

突然,有个火花在晓青脑子里一闪,刚才听果杉说老熊不要命地掏蜜时,心里顿了一下的模糊意识,现在被这个小火花闪得亮亮的。那些原本不清晰的感觉、思绪全部连成了一个整体,就像是从幽暗的森林中陡然来到了山顶,来路的一切都清清楚楚地呈现在前面。她按捺住怦怦跳动的心,问:"哥,洞孥为啥叫大熊猫?"

果杉忙得头都顾不得抬:"你么事叫晓青……"

大约是意识到她问的不是这码事,但她问的这也叫问题吗?于是不耐烦地信口说:"它又像熊,又像猫呗!你爸爸没说过?"

晓青的心跳得更快了,是的,依稀记得是爸爸、还是余叔叔也说过意思相同的话。她的猜想被着上色彩了,忙在四周寻找起来,像是在寻一个五光十色的梦……不!不是梦!真不是梦?她揉了揉眼睛,捏捏耳垂子,又看看不远处的果杉,使她确认不是梦,这才按捺住激动,有意要平平稳稳地张口:"哥,来,快来!"她毕竟还是控制不住又喜悦又紧张的情绪。

果杉以为她发现新的洞口,就从山坡上三蹦两跳到了这边。刚要往下蹦,晓青拦住了,要他从几步外的地方下来。

她指着那片被压伏的草丛叫果杉看,草上有五团粪,粪团像纺锤模样。

"野兽的。"果杉说得很肯定。

晓青又发现:草向两边倒伏的兽径,从这边,一直蜿蜒越过那边的小路,向另一边森林伸去。

果杉这时已掀掉罩在头上的衣服,用树枝正拨拉粪团:"有竹子!"

声调压得很低,加重了惊异、神秘、紧张的气氛。

晓青简直不敢相信,还真是踏破铁鞋无觅处,得来全不费功夫!在离家不远处,兜了几天,别说大熊猫,连只像样的野兽都没见到。只有那些形形色色的鸟,老在眼前飞,头顶叫。一肚子问题,一肚子的焦急,憋得胸口都胀。

今天,想跑远些,使了个心眼,要果杉到溪边逮鱼,未料到引来了"鱼蜂",无形中助了她一臂之力,这才步步伸远。姑姑知道也不会责怪的。

"你没看错?真是竹子?"

"你自己看嘛!一节一节的,没消化掉!"

确实是竹节,长短大致相等。与其说是它吃到肚子后拉出来的,倒不如说是像被锤子砸扁的。

"那是什么?"

竹子不多,还有好多筋筋绊绊的东西,都是未消化掉的。

"草。"

"爸爸说,大熊猫只吃竹子,从来不吃草。"

果杉不相信了:"哪有这样的事,大熊猫还能一点别的东西都不吃?"

"它要是吃草,竹子开花、枯死有什么了不起?哪怕全世界的竹子都死光了,也不会饿着大熊猫呀!"

这话,果杉无法反驳,从妈妈把晓青接来,到大熊猫在后院出现的一连串事,都是因为竹子该死的开花、结籽而引起的……他烦躁得站不住。

"粪里有鼎锅的铁吗?我们再看看。"

果杉明白她的意思,真的又去拨拉粪团,还用鞋子踩踩,但连个铁渣子也没见到。他忽有所悟:"你真想得好!它把铁吞到肚子,还不消化掉?吃铁拉铁,还算食铁兽?"

不等她回答,他就径自走了。刚往边上走了几步,又是一个新发现:"看看,这里还有两坨小的!"

晓青赶快跑过去了。这两坨粪比那边的粪团要小得多,旁边压伏的草窝也小。

果杉扬起胳膊,把手往下一劈,肯定地说:"这还用得着再瞎猜?一个大的,一个小的;一个老的,一个少的;一个妈妈,一个儿子!"

"是它们两个?"

"不是它们,是谁?我还没听说过,有哪个野兽专吃竹子!又偏偏巧,是个老的带个小的。我再问你:谁能走出这样宽的兽径?草呀、树呀都向两边倒去!只有腿短、又肥又胖的它才会这样。

"或者,是野牛、豹子?可野牛的腿长,身子高,走不出这样的道;豹子只吃荤,不吃素。要是吃素的,草瓦老爹也不会和'独眼'斗了几十年!你那脑壳子别再转来绕去了,我说,这就是老熊猫带着小熊猫!"

其实,晓青早就觉得这是大熊猫拉的粪,只是还有些怀疑,故意生出问题。果杉回答愈有力,愈能驳倒她,她也就愈高兴:"我们真的找到了?"

"一点没错!"

"它们么子时辰从这儿走的?"

果杉卡壳了,歪着个脑袋,左瞅右瞧,说不出。别看他背支猎枪,挺像个猎人,可是单独行猎的时间实在太短,多是跟在牧民们的后面,或是跟着草瓦老爹。好心的牧民为了让他高兴——说穿了,是为了让冷医生高兴——常常有意将猎物撵到他枪口。

果杉并不蠢,见识多了,也渐渐懂得了一些山野的世故,譬如到哪里才能找到兔子,是追后或侧面开枪容易射中,或者河麂喜欢在哪儿饮水……他都能知道一些皮毛,但对于大熊猫还真缺乏常识。由它的粪便颜色判定它来去的时间,他还没这个本事。

晓青不再追问,改口说:"哥哥,我们往哪去寻它们?"

"对!你说得对!反正这些粪团也不是化石。大熊猫来溪耳只不过几天的事,管他是今早拉的,还是前几天晚上的;我们顺着它们留下的影子追击。不,不是追击,是跟踪!"

说着,提腿就走。顺着那条蜿蜒的兽径,到了路口,他抽出猎刀,在树上砍了两个箭头样的大口子。晓青不明白,他得意地咧开了嘴:"这上面一道又粗又长的,代表我。这下面一道又细又短的,代表你。它指的是蜜矿的方向。"

晓青乐得跳起来,拍着手:"好极了!我差点忘了这事……那,这记号,不是也告诉别人了……"

果杉把大手一挥、一劈,豪放、潇洒:"嗨!你这个城里人的脑壳!这个标志是向山林里所有人宣告:是我们俩发现这个大蜜矿的,这个大蜜矿,有主儿了!只是为了大熊猫,我们没有时间来!这儿所有的人都不会去碰它的,这是规矩。懂吗?"

这副男子汉的气概,使晓青心里产生一种异样情绪。是什么?她说不清。果杉已蹽开大步,也不容她有工夫去想。

兽径在森林中曲曲折折,像是谁在这绿色的世界中开出了一条小溪。它向前流淌,虽然没有潺潺的歌唱,但它有无数不知名的小花,在两边欢畅地开放,在偶尔洒下的阳光中,鲜艳,亮得耀眼……

"晓青,你看出这兽径中的奥妙了吧?"

"我看出来了。你没瞎吹,好像确实是大熊猫走过的路,那个小家伙淘气不安生,调皮哩!横着膀子跑一会儿,又溜到树棵里藏猫猫。跑过了头,再蹦蹦跳跳折转回到妈妈的身边……"

果杉停住脚,仔细看看她指的地方,笑容挂到脸上,他拍拍后脑壳:"你这城里人的脑壳,现在派上用场了。会想,想得和真的一样,就像让我见到了它们母子俩!好妹妹,你么事想起能在蜜矿那边找到大熊猫?"

果杉这粗中有细的问话,倒叫晓青为难了,么事想起的呢?她笑了笑,说:"是你对我讲的。"

"我?你别给我戴高帽,哄我。"

"不是你说大熊猫又像熊,又像猫吗?"

果杉傻了:"那只是我呆想的。"

"蜜矿是你发现的不假吧?爸爸说过,找食物吃是动物的本能。你说老熊喜欢偷蜜吃,我就想饿得肚子咕咕叫的大熊猫,不也要找蜜吃吗?"

"哈哈!我说嘛,你这个城里人的脑壳子眼眼子多,我这个脑壳子里大山、石头装得多,又重又板又呆。你呢?会想,想得巧哩!行,给你记上一大功!我也要把石头多甩掉一些,让脑壳子里活动活动。"

晓青还受用不了他这奇特的赞赏,臊得脸上绯红绯红的,说:"不讲了,不讲了!我们快用脑壳子想找大熊猫的主意吧!"

在晓青的眼前,时不时有两个大熊猫在她眼前浮现:它们黑白相间的身影,黑黑的眼圈,毛茸茸的黑耳朵,雪白的背……那是她从爸爸讲过的无数大熊猫故事中得到的,是《动物图谱》上画的。也是这无声的小溪一样的兽径,触发了她的想象力……特别是那个小仔,踏出的不平常的小径,真像它活生生地在眼前跳动、嬉闹……

这样一来,她也更为它们的命运担忧,更急切地想早点见到它们。

她一路都注意小片小片的竹丛,看看有没有被吃过的痕迹。倘若有片竹子被吃掉,那她将会多高兴。可是,走过的是失望,迎来的还是失望!这儿竹子长得不赖呀!

灌木丛突然断头了,消失在陡壁前。兽径也从这儿没影了。小兄妹俩从这边走到那边,兜来兜去,还是回到了原来的路上……

果杉很自然又想到了雪狮。雪狮有灵敏的鼻子,能解主人的心意,只要他手指指,脚点点,它就晓得应该追踪哪种气味……可是,妈妈像是有意似的,一早就把它带在身边,去牧场巡回了……

七转八转,果杉发现引起的狂热、喜悦的浪潮,都在逐渐消退。

他开始清醒:打量了一下周围,才知道远远超过了妈妈给他们划定的活动范围。离家很远了,再继续追下去,还不晓得要跑到哪里。他估猜不到大熊猫的心思,但对妈妈的脾气,倒清清楚楚。

"妹妹,我们离家太远了。这是我的错,忘了妈妈的话。赶快回家告诉草瓦老爹,让他来找大熊猫!"

果杉提出了晓青最担心的问题。要是没有发现这条兽径,她很可能听进这个意见。她也爱姑姑,惹姑姑生气?从没想过。可现在,大熊猫似乎就在前面招手,十二条牦牛也拉不了她回头。但她知道,硬来不行,于是,灵气的小眼睛转开了,转着转着,她把嘴一歪,从鼻子里狠狠哼出一声,作为冲锋陷阵的号角:"说得多好听!啧啧,找草瓦老爹来?你以为我不晓得他在山林转了几天,大熊猫的影子也没见到!说穿了吧,你要是找不到路,走不动路,就明说:我,猎人果杉,男子汉果杉,现在找不到大熊猫走过的路了,也走不动了,回家睡觉吧!只要你讲,我马上就回家!幸亏你是哥哥,我要是姐姐,还驮你回家哩!"

果杉没想到招来这样扑头打脸的雨、噎人的风,也还没见过晓青这样蛮横,这样挖苦人,不由脸憋得通红,脖子涨得老粗,就像要斗架的公牛。然而,他压着火,只说了句:"妈妈,她交代过的……"

"你以为她只是你妈妈?她是我的姑姑!是对你疼,还是对我更亲?她是怕我一个女娃,碰到了'独眼'!你那天不是说得响亮亮,'我有枪'吗?为了抢救大熊猫,我是什么都不怕!真怕'独眼'的人嘛,那就不晓得是谁了!"

一腔热血,全涌到头上,涨得太阳穴一跳一耸的,果杉张了几次口,一个字也吐不出。他生自己的气,气极了!最后,狠狠跺了一脚,说:"好吧!看谁孬熊!走吧!"

他指着一块陡壁。晓青多了心眼:"往哪走?"

"追大熊猫呀!"

晓青心里暗暗乐了,激将法果然奏效。现在轮到他出难题了,想难住我,哼,做梦!

"你又生着方子,唬我?"

果杉气得像一头咆哮的牦牛,吼得炸耳底:"要找大熊猫的是你,说我胆小的是你!我怎么唬你?跟你讲,我看出来了,大熊猫上陡壁了,不可能走别的路!"

说着,就伸手来拉晓青,准备爬陡壁。晓青虽然看出他还憋了一肚子气,可是也看出他说的是实话,可是……

"这样陡的壁,大熊猫爬得上去?"

"它不像我们人。野兽长了四条腿,能纵善跳,在林子里的本事比我们大!"

最后一团疑云也消散了。晓青心里笑得打战。这个一根肠子到底的果杉,还不明白她的鬼点子,他把一肚子气都使在爬壁上,直到听不到后面的动静,才想起回头。

他看到晓青远远落在后面,正为一块直立的光板岩发愁。他心里多少涌起了一丝报复的快意,坐了下来,等着看笑话,等她来求做哥哥的帮忙。

晓青一连三次都未爬上岩,滑跌在下面直喘气……但是,她没喊没叫,爬起来再上。果杉心软了,忙滑溜下来,将手伸给她。

晓青又回过头去,看了看隐藏在森林中的兽径,勉勉强强地把手伸给了他。爬壁攀岩的本事,果杉有。为了照顾晓青,他重新选了条比较好走的斜斜的路,就这样,晓青还滑了两跤。

陡壁难爬,长满苔藓的石头滑溜溜的,说不定啥时叫你磕头。光裸裸的石头没鼻没眼,让你找不到下脚的地方。流石坡看样子好走,一踩下去,它就哗啦啦地淌。晓青挣脱了果杉的手,硬是在坡上爬。果杉心疼,见她又一次趴在岩上喘气,就安慰她,给她鼓劲,说:"看情况,大熊猫要往五花海那边去!那可是片你见也没见过的美丽、奇妙的地方……嗯,有竹子,竹林长得好!"

晓青抬起沁满汗水的脸,两颊红红的、油亮亮的:"嗨!高山上有大海?你又瞎编胡造哄人了!"

果杉更来劲了,说话的灵感和天才,又来到了舌尖上:"跟你说吧,就是五花海!你这城里人的脑壳子又不够用了。一定要问:'么子叫五花?'"

他学晓青讲话时,眼波流动,鼻尖一耸的模样,逗得晓青止不住笑。

"五花么,咳!咳……不跟你讲了。讲了,你会跑得连我也撵不上。你别笑,说故事的人就得卖关子;草瓦老爹是这样,牧场上的牧民也是这样。

"别以为你的脑壳里装了很多的书,以为一望无际、汹涌澎湃的大海,总在天边地角,不会躺在深山窝里,不会在雪山的脚下,那你就错了!"

晓青也被闹蒙了。这绵绵不断的山原,白皑皑雪山的怀抱,莽莽森林深处,奇事、怪事多得她说不清。她脑壳里原来装的知识,不够用了,需要充实。

再说,果杉眼下正在劲头上,辩也白搭,理总在他那儿。是"五花"、是"海",就够吸引人的,何况还有大熊猫吃的竹子!魅力之大,足以使她从岩石上抬起身子,再开始艰难的攀登。

他们终于登上了陡壁。脚下的森林,如一片广袤海洋,苍苍绿绿,深沉幽静。在沟谷中,高踞于树冠之上的嫩绿,在阳光中闪亮发光!

不久,他们果然又发现了灌木丛中有宽宽的兽径,和岩下一样。那个淘气的小家伙仍是时不时要岔到路边,或是跑到妈妈的前头。

他俩一直爬坡,坡上乱石嶙峋。

森林消失了,没有一棵大树,枯黄的草趴在石缝里,只冒出几片翠绿的嫩叶。

一眼望不尽的山坡上,没有一只牛羊。

风,时时带着尖厉的哨声,从山梁上往下刮来,四下显得死沉沉的无际荒凉!

兽径也随之消失了。

七　五花海

晓青从未置身在这样的荒凉中,她的心也被荒凉侵袭,感觉寒气直扑,风像刀子似的刮在脸上。她怀念起不久前离开的森林,怀念它的温暖、芬芳,怀念那儿的鸟鸣蜂嘤,但她没有一丝埋怨,也不气馁,山原已开始教给她忍耐,教给她坚忍。只有一步步地向前,才能越过荒凉和死一样的沉静,到达生机盎然的境地,才能听到鸟语,闻到花香!

"你等着瞧吧,翻过这个山梁,那边就是另一个世界!"果杉不断地鼓励晓青,"再加把劲,你就能见到洛桑姐妹山的顶顶了!"

果然,晓青已看到从山梁子上露出来的雪山顶尖。在蔚蓝天空的底盘上,是那样白,那样亮,比太阳还要耀眼,看得她目眩。

女神洛桑严峻的侧面正对着晓青。她看到女神微微俯下的头、凝视的眼神,是关切而焦急的。

是的,女神一定知道有个大熊猫妈妈和她的孩子正在遭难。

又爬了一段山坡,晓青一抬头,心头一颤——洛桑姐妹同时将脸偏转,正看着她,看着果杉。那是信任,那是鼓励! 她们一定知道,晓青和果杉是来帮大熊猫忙的。这给了她勇气,给了她力量!

她的脚步轻快了。雪山女神在她的脚步声中,不断将有力的肩头、微举的手臂,呈现在她面前。

他们终于到达山梁,同时仰望着耸立在天际的女神——保护大熊猫的洛桑姐妹——久久地望着。直到山谷中响起一串银铃般的鸟鸣,震碎了肃穆的沉静;响彻生命的歌唱,在荒凉的山原跳动着欢乐的音符。

"看那边,北面,就是这边坡下的森林,到那边山谷……"

"你说错了吧?这是北坡?"

"你东西南北都分不清了?是在山里转晕了?你看看太阳的影子,我们刚爬的这面坡,太阳全照着了。看那边,太阳照不到了,阴着脸。"

"书上从来是说山的南边长森林……"

"又是书!书上没讲全的事多哩!书上没讲我们这片大山吧?没讲一年到头都戴白帽子的大雪山吧?这儿干旱、寒冷,南坡太阳成天晒,水都蒸发完了,能长树?北坡雪堆得多,太阳晒得少,留下的水分多,森林才茂盛……

"还不信?你这边脚下的森林就是最好的证明。我妈也会这样对你说。"

森林就在脚下不远的地方,坡也显得平缓。莽莽林海中,有片明亮的光在浮动。晓青想看到全貌,但它只露出一角;想看清它的面容,但它只在苍绿的林海中飘忽。仿佛是水气飘荡,又还泛着紫莹莹的色彩。她越是想看个究竟,那明亮的一角越是飘忽不定,像是那天进林子看到的充满色彩的空气一样……她无法把感受到的一切看清:"那……那是……"

"海!海子!明白吗?海!"

"是五花海?"

"别急,心急喝不成热奶子。"

下坡时,他俩一溜小跑。现在,森林是那样亲切、温暖。成天在森林里转悠时,晓青总想看一眼无垠的蓝天;经历了荒凉的山原,心目中又对森林有了无限的依恋。

一进入森林,绿色的世界就拥抱了她,仿佛是徜徉在一幅图画中。耳边又充满了各种美妙的歌曲。一朵紫色的小花,一片翠嫩的树叶,一条潺潺的小溪……都在震动她的心灵,它们汇成一股甜蜜、欢畅、叮咚作响的清泉……

可是,他们没有发现大熊猫的踪迹。

果杉在左,晓青在右,他们并排走着,像拉网一样,在森林里穿梭,但仍然没有找到他们要找的兽径。

"要是雪狮在,那就好了!"

这话出自晓青的口,使果杉大为感动。不知什么原因,她来到溪耳后,虽然也和雪狮玩,可总有着隔膜,不像自己和雪狮亲密无间。而且,对它的本领,晓青也常常采取怀疑的态度。

现在,在他们千觅万寻大熊猫踪迹失败、心烦意乱时,晓青才想到了雪狮的不凡。果杉能无动于衷?他没坚决要带雪狮,主要原因是要它保护单身在各个牧场中穿行的妈妈。再是草瓦老爹说过,别让狗惊了大熊猫。

可现在,越是找不到大熊猫的踪迹,他就越是想起了雪狮……

连当年将小狗从草地上捡回的冷秀峻,也没想到两年之后,它竟养成如虎如狼般的凶悍威武。

那是她一次远距离跋涉发现的雪狮。

早晨,穿过了城门,她不禁勒马回头,注目厚厚城墙环绕、冷雾弥漫的松潘,似乎想探索一番它在历史长河中的色彩——这儿自古以来是兵家必争之地,哺育过英雄豪杰,传说中唐代女英雄樊梨花的故乡,就在这里。但薄雾中既未扬起金戈铁马的尘土,也没有盔甲长剑进击出的火花。只有几缕袅袅的炊烟,两三辆马车的轧辙……她扫兴地一磕马镫,在大道上奔驰起来。

直到过了呷里台,进入茫茫无垠的草地,心头才顿觉开朗。荒原很亲切地迎接了她,几只云雀冲天而起,清清脆脆地亮开了歌喉,远处洁白的羊奶云,也在向她飘来……荒原、山野在她心中住久了,哪怕是个小的城镇,也使她感到压抑、局促。

几声尖厉的叫声,惊得马陡抬前蹄,跳了起来,差点把她掀翻在地。路上躺着一条小狗,差点儿做了蹄下的牺牲者。

小狗拼尽力气,凄凉地叫着。冷秀峻的心动了,翻身下马,抱起了它。

是只不到两月龄的小狗,瘦得皮包骨头。除了胸前一块白点,全身都是乳黄色的干涩软毛。显然,它自己走不到这样的荒野,肯定是主人抛弃了它。

冷秀峻把它带到溪耳。孤独中的果杉,一下子就和它交上了朋友,给它洗澡、梳毛……它也成天像个尾巴,跟在果杉的后面。晚上,果杉上床了,它也要往上爬。这下,果杉却不干了,说什么也不让它到自己的床上。冷秀峻只好为小狗做了个窝。

有天,草瓦老爹看到它,连夸是条好狗,真正的松潘狗!

冷秀峻心里动了一下,像是想起了什么事,连忙要草瓦老爹说出缘由。

草瓦老爹有枝有节地说出了它的种种长处:

这种狗骨架大,腰粗臀肥;但后胛收紧,并不松开。腿的长短适中,善于奔跑。在荒漠地区的狗,必须有较多的肌肉,才能积蓄更大的能量,才能有足够的耐力,进行长途跋涉、奔跑。这是松潘狗不同于其他猎狗,包括狼狗在内的最大特点,是雪山草地长期选择的结果。

草瓦老爹又抓住小狗的腿,要他们看它的蹄子。说是蒜头蹄,肉垫却很厚,仿佛是块橡皮做的,本身就是个消音器,跑起来速度快,还无声无息,且不易受石棱、树桩刺伤,在冰原雪野上跑,又防滑。

接着他又评它的头,说是"铜葫芦",头颅大,聪明,善于在荆棘中开路。嘴巴大,尖利的犬齿是拼刺、切割的锐器,好斗。别看它耳朵小,耳壳子肉厚地竖着,一两里路外的响动也听得清。

还说它是"瓦筒鼻子,旗杆尾"。鼻孔大,是某些动物的缺陷,但在狗,却成了难得的优点。优点之绝,还在于鼻孔湿润,嗅觉特别灵,又有利于奔跑时呼吸。但如果湿润到淌鼻涕,那就是个烂脓包了!至于"旗杆尾",是说它尾细,肉多,被毛稀疏;平时微微上翘,却不竖直,爆发式的奔跑时,立即甩直……

"你们看看,这小东西,两个眼膛陷在里面,像两道闪电直射,有神有威。等着吧,不出三个月,它要不长成骏马一样雄壮,狼一样凶狠,狐狸一样聪明的狗,你们来找我老草瓦算账。我老草瓦认不得狗,不成了天上乱飞的一只瞎鹰了!

"这是一条松潘狗中的头等货色!再等等瞧吧!前胸这块白斑,若是能长成人字牙儿,像黑熊一样,那就是头等货色中的尖子了!"

草瓦老爹的一席话,顿开冷秀峻茅塞,她恍然大悟:松潘是有名的产狗区啊!在呷里台的草地上,怎么没想到这一点!

小狗不负草瓦老爹厚望,不久,前胸白斑真的长成了"人"字形的牙儿,出脱成一条威风凛凛、强悍机警的狗。果杉给它取名"雪狮"。

它曾不止一次吓走了马熊,撵走了狼,保护了穿梭于各个牧场的冷秀峻……

"它们大概没有到这边来……"

怎么兜圈子、拉网,也没有找到大熊猫的踪迹,失望引起了怀疑。果杉被晓青的话从回溯雪狮身世中拉回到现实的森林,但也没有好主意,他毕竟还缺少猎人的丰富经验。就说那几团粪吧,若是猎人,就能从其中得知很多信息。可是,他连新旧的程度都分不清,哪里知道大熊猫是向哪边走的?如果有雪狮英武的身影在前蹚路,他们哪还会像寻魂样地乱转?往这边走,也只是他的想象,根据不足。

两人都愣愣地站在一棵槭树下,不知道下一步是该回家,还是继续找大熊猫。找,又往哪边找?

"妹妹,我们往五花海那边去。反正是找嘛!大熊猫要是告诉我俩它在哪儿,还要我俩野跑?我们还能为保护大熊猫出上力?"

这倒也是实话。果杉不是说五花海的竹丛长得好吗,大熊猫有可能到那里啃竹子了。

水的亮光总是从树隙忽左忽右、忽上忽下地在绿叶上闪耀,眼看就要见到五花海了。

然而,她累了,也饿了,想歇歇,想回家,只是还不好意思开口。果杉也有细心的时候,见晓青唇边起了层锅巴,头发也乱蓬蓬的,一副又累又乏的可怜相。他想了想,说:"你歇一下,我们今天的任务就算完成了。明天一早,径直往这边来!"

晓青向他露出了感激的微笑。他们找了块干地,坐了下来。

忽然,风带来了一声吼叫,他俩对视了一眼。

又是一声,就在他们对面左上方。

他俩惊得瞪起了眼,屏声息气,竖起了耳朵。

又是一声。

"是老虎?"

"不!豹子!这儿没有老虎!"

果杉已将胳膊撑在地下,侧转了身子。

"吼啊……"

平地一声炸雷,震得他俩唰地站起。

这声撕心裂魄的怒吼,卷来一股野性的狂风,兽的血腥。森林中催起呼啸,滚起隆隆的涛鸣!

山谷轰响,声浪撞击这边山岩,弹到那边崖壁;像是一颗巨大的钢珠,在铁筒里滚来撞去,最后连成一片隆隆嗡嗡……

比起这一声吼叫,前面那三声,只不过是小小的序曲。

晓青回过神来,似是禁不住寒气的袭击,小腿肚抖个不停。她想止住,但只是枉然。有种她难以抵御的恐惧,使她感到呼吸困难。

"是'独……眼'吧……"

"'独眼',一定是它!"

这个"独眼",即使是在查修来报告它下山消息时,它的威风对果杉来说也是抽象的。现在,这一声震慑群山的吼叫,才使他真正地感受到了。当然,也就连带把它那些残暴、奸诈,点化成了鲜血淋漓……从事理上说很像围棋中那关键的一个子儿,点上它,全盘生龙活虎;未点之前,却只是一片杂乱无章的黑白子儿。

果杉忘记了肩头还有支猎枪。或者不如说,是他直觉地感到,在"独眼"面前,猎枪已失去"猎枪"的意义。

现在,为了安慰脸色蜡黄的晓青,果杉像个男子汉那样说话:"别怕!妹妹,我们有枪,是真正的猎枪!专为野兽准备的。"

有股温暖,流进了晓青的心田。在她身边有哥哥,哥哥手里有猎枪。

"再说,它也离得挺远的,还在山谷对面。"果杉又补充说。

晓青懂事地勉强点了点头。

话虽这么说,果杉心里却直发怵。他想了想,果断地下达命令:"今天任务算完成了,赶快回去向草瓦老爹报告,已侦察到'独眼'在五花海北边。请他赶快来!"

这是个很体面的理由,他能正大光明说出口,晓青也能接受。

他们往回走了,谁也没说什么,虽然很累,但脚步都很快。晓青在前,果杉端着枪,俨然是担当断后的任务。

走着,走着,晓青的脚步发腻了,有些沉重,回头问了句:"'独眼'是追着大熊猫下山的吧?"

"草瓦老爹是这样说的!"

"我们是找大熊猫,才到山上的。"

"当然。"

"大熊猫怕'独眼'吧？它还带着孩子。"

"'独眼'很凶！"

她站住了，转过身来，对着果杉，一双原是灵秀的眼里，跳动起了火苗："现在，大熊猫碰到了危险……"

果杉也停下来了，禁不住回头眺望"独眼"发出吼叫的山冈，很久，才又回过头来："你不怕'独眼'？"

"你说，它是真正的猎枪，'独眼'不怕它？你不会像查修见到熊心就慌了吧？"

若是平时，果杉一定要手臂一挥，大手往下一劈……但现在，他只是注视着晓青，注视着她情绪的变化。

"我们，是为帮大熊猫的忙来的……"她说得声音很低，但透出一股坚决。

"我俩讲好条件：要是碰到了'独眼'，你得听我指挥，坚决服从命令！"果杉说得威严、郑重，丝毫没有商量的余地，一副男子汉的气概。

"行！"晓青答得干脆。

"要是你到时候不听呢？"

晓青想了想："你就不让我喊你哥哥，你也别要我这个妹妹！"

"一言为定！"

说完，果杉一转身，成了前哨。他俩又是一溜小跑，顺原路跑去。现在目标清楚：向着传来"独眼"吼叫的对面山冈。

刚走出森林，晓青惊呼了一声："啊——"

碧蓝碧蓝的水。真蓝啊！蓝得耀眼，蓝得目眩。

如一颗硕大的蓝宝石躺在山谷的怀抱中，绿的云杉，红的繁花，鹅黄的树叶，天上的飞鸟……统统映在蓝色的水中。

清澈、湛蓝的水，洗却了残留在晓青心头的恐惧、焦急、不安……洗得她心田晶亮晶亮。

她简直抑制不住想跳到这闪光流彩的蓝色的水中洗个痛快。

"这就是海……"果杉忘不了要证明自己的话。

是的,是海!有海的颜色,海的气魄,海的丰富——晓青在心里默默地说着。

碧蓝的海子,在山谷里一级级地向下、向上。向上直到雪山的脚下;向下,一直融进苍绿的林海。仿佛是一块块蓝宝石铺就的阶梯!无尽的险峻,无尽的峰峦,无尽的蓝天,无尽的悠悠白云……全都揽进它坦荡的胸怀里。

"高山的杜鹃花开了。"

果杉看到晓青盯着水中映出的簇簇花云,忙做说明。经他这一说,晓青看到自己就站在一棵杜鹃花下。它长得比她还高大,顶着无数的花蕾,有三两朵,已绽开了粉红的嘴,像是正要唱支灿烂的歌……

她忘了眼前的任务和危险,忍不住跳起,想用手抚摸一下光滑、柔嫩、饱满的花蕾,树枝哗哗一响,惊飞了两只小鸟。

"啁啾唧!"

它们把短曲留下,在银色的山峰上,扑着朱红的翅膀,摆动朱红的身子,向对面山谷飞去。晓青不觉抬头看了看屹立在蓝天中的女神——洛桑姐妹。她们正面对着她,殷切地注视着她。她心头一颤,说:"哥哥,我们往哪边走?"

"沿着海子边往前走。到了上面,有个坝子过得去!"

在果杉的想象中,大熊猫也一定在那边,在传来"独眼"吼叫的地方。

海子边的路很难走,又陡又险,稍不当心,就会滚到海子里。水虽然清澈、晶莹,但深不见底。果杉告诉晓青,越是蓝得发靛,那水越深。往边缘的林子里走,要略微安全些,但枝枝叶叶又挡住了视线。晓青摆脱了海子边奇特景色的诱惑,专心选路、奔走。

横穿海子横坝时,晓青感到路面松软,砂子般的颗粒,都有着小孔,但她也无意细心研究。踏上对面山谷,没走几步,山谷来了个大拐弯。原来,山体向海子伸出了肩膀,隐藏了这边一个更为广阔的海子。

"花岛!"晓青怎么也抑制不住发现的喜悦。在海子上,浮着一个长形的小岛。岛上五颜六色的鲜花,簇拥成花团。海子,这蓝色宝石的巨盘托着它,更显着花的艳丽。

"除了这儿,你在全世界也找不到这样的岛!"

晓青未敢贸然说他是胡编瞎造,但果杉懂得她眼神中的怀疑,忙解释说:"它没有根脚。不是海子底冒出的一个石峰,也不是造海的大神留下的土堆。是一棵大云杉树,被雷劈断,滚落到海子里。"

"就算云杉树没死,它会开出那么多的小花?长出的叶子像草?它长的是针叶!"

"云杉要是能长出这样的草叶,开出这么多的花,花又这么五颜六色,全世界的植物学家都要跑来了!高山海子就有这么神:它能把泥土样的东西——你刚才从坝上走过,看到的那种长满洞洞眼眼的砂土——不断往树干上涂,一层又一层,直到堆得能长草,开花……"

"它漂在海子里,草儿、花儿是谁种上去的呢?"

"我没那个能耐。是鸟儿在那上面歇息,把粪拉到上面,肥了土,播了种。"

晓青只有惊奇张嘴的份儿。果杉胸有成竹:"你别急,我会拿出证据给你看,还有座珍珠塔哩!来,往那边走几步。"他把她引到一块突兀的岩石上,"你看那边……不对,不是那棵伸出手臂样枝丫的铁杉下,顺着我的手指,往那边……"

晓青急得伸手打下他的手臂:"哥哥,你看,你看!那片像是竹子的下边,快看!"

语气的急切、欣喜,使正要发火的果杉,连忙顺着她的手指方向看去。除了一片稀稀落落的像是竹子,又像是小灌木的绿丛,什么也未看到。

"你往海子里看。看海子里的倒影!"

海子水面平滑如镜,在那清晰、明亮的倒影中,有着一个活动的影子,在竹丛中……

"像是野兽!一个。"

"对吧!叫你看清嘛!好像不止一个……你别往岸上看,看海子里的倒影,清楚极了!"

"我只看到一个……"

"别急,沉住气,会看得到的。可惜,我没把爸爸的望远镜带来……不要紧,海子太好了,它是一面大镜子,我们要感谢它,照得这样清楚……你别急,前面有块空地,它要往那边走,我们就能把它们看个一清二楚!"

果杉感觉要出现一件意想不到的大事,他已从她的话音、语气中得到很多的信息。他把眼瞪得大大的,眨也不敢眨一下。

"对呀!对呀!就往前,你走呀,笔直地走,不要打弯,不要打弯!"

她小声地说着,像是在祈祷,又像是在指挥。

可是,那个像是仰面朝天躺在海子里的影子,竟然不动了,似乎是在蹭痒痒,头往左摆摆,又往右摆,它在闻什么东西吧?真是个讨厌鬼!

好不容易盼到它又活动起来了。它似乎没长腿,像是用脊背在蓝宝石上滑动……

它终于按照晓青的愿望,笔直地走出了竹丛……

"黑的、白的。它的毛有黑的,有白的,腿是黑的……你再看它的头……简直是朵花!"这是晓青心花怒放的声音。

果杉跳了起来:"是大熊猫……"

急得晓青又拉又拽,又要捂住他的嘴:"快趴下!它会看见我们的。"

海子里的那朵花,真的偏过头来,似是听到了果杉的话。

在雪山的头上,两只毛茸茸的半圆似的耳朵,黑眼斑清楚极了。

"大熊猫,终于让我们找到了!"晓青喃喃自语。

"真找到了……真的,真的!我看到了,还有个小的在后面!"

"是呀!是呀!它是妈妈,它要先出来看看有没有危险,再喊它的孩子出来!"

"我说得不错吧!'独眼'在这边,它们也一定在这边!"停了会儿,他又说,"我们两人都把它们周围瞅瞅,仔细搜索,看看有没有'独眼'的踪迹!"

晓青猛然从喜悦中醒悟——凶残的"独眼"!它是大熊猫的天敌。

当确定它们周围真的没有可怀疑的威胁,果杉一把拉住晓青,站起,先跳下石岩,放开脚步跑了起来:"跟上,我们从前面那条近路插过去,撵上它们!"

他们为大熊猫母子焦心了这么多天,走了这么多路,经历了这么多的危险……现在,突然见到了它们,那股喜悦,那种兴奋,是怎么形容也不过分的!而所有的兴奋都化作了向前奔跑的动力。至于撵上它们后怎么办,怎样打败"独眼",挫败"独眼"的阴谋,他们没有想,也无法想……

不知哪里来的力量,晓青觉得轻快极了,那哗哗作响的溪沟,一跳,就过去了。在陡险的海边,一溜小跑也不感到害怕。树枝刮破了脸,她没有感到疼;摔了几跤,她也没哼一声。快了,已从小路,插过山弯。

跑啊!快跑!

和大熊猫赛跑!

不!是和"独眼"赛跑!它是大熊猫的仇敌!

突然,果杉一摆手,又刹住脚步,枪已端到手上;再将上身往后一仰。

他们头顶的山坡,传来了一阵异样的声音:飒飒的树叶,踢动的石头。

接着是沉静。

晓青迈了脚步,正要张口和果杉说话时,树叶哗啦啦,碎石滚动,泥沙飞溅,还夹着喘息……一股脑儿,疾风似的响起。

是谁能在森林里造成这样大的骚动?如此肆无忌惮?

果杉急黑了脸:"不好!"又小声命令晓青,"躲到大树后,趴下!"

晓青吓愣了,但比前不久要镇静些。

果杉返身,猛地将她按倒在地,只来得及说一句:"我要打不过'独眼',你就和它在树丛中兜圈。"

他端着枪,猫着腰,雄赳赳地冲上去,一丝一毫的害怕恐惧都没有了。

形势的紧迫,妹妹的安全,都不容许他有半点犹豫!

八 真真假假

破天荒第一遭,查修起了个绝早,背着猎枪,走出低矮的木屋,上山了。懒狗反毛也不寻常,紧跟他的屁股出了门。

"回去!滚回去!往日太阳不把草场晒暖和,赶你也不出门。今天不要你咬耗子瞎逞能,你倒腿快。别坏了我的事!"

反毛遭到主人踢来的一脚,还有训斥,屈辱得哼出了怪声——像快被大风吹断的树,刺耳膜的嘶哑。查修耸了耸乌黑、俊美的眉,"呸呸"啐了两口:"倒霉星!"

一转身,盘算了整夜的种种美好幻想,已将这短暂的不快抹掉。他顶着寒风,轻快地往山上剪影列阵的森林走去。

年老的牧民都说人受"命运"支配。查修这回信了。老天确实给了他一个好机会,事情又是那样巧!

洞尕到溪耳了!这是多少年来没听到的事。偏偏让他在森林里偷听到,而且是鼎鼎大名的老草瓦说的,那是绝对错不了的。

他走出过溪耳的崇山峻岭,见过山外的世面,知道洞尕就是大熊猫。听人邪吹过它的金贵、稀罕。外国百万富翁,多的是钱,尽管堆得有山样高的钞票,能买飞机、汽车、轮船、火车,可就是买不到大熊猫!他们能乘火箭去月亮上走走,会造出机器人,可就是造不出大熊猫!连美国总统尼克松都非常非常欢喜它,特意要了两只,养在美国的动物园里!

小牦牛果杉要救它,女娃子晓青要救它。这没有什么了不起,孩子能耐不大。事情重要在老草瓦要护它。他可是草场上的重要人物。还有更更重要的人——冷医生。她简直是牧民们心里的神!又是政府派来的人,她把大熊猫看得那样贵重,为保护它,那样操心,这下,就把事情的意义,陡然拔得很高很高了。

这事儿,很像他小时和孩子们玩跷跷板一样:那头重了,这头也重,才能把人跷得悠悠的,直上蓝天。

他在盘算,总有个金色的太阳悬在头顶:草场上的牧民为他牵来最出色的骏马,让他骑上,向他欢呼;美丽的波塔躲在人群中……不,她那时不会像现在总是躲着他,用雪山一样冷的眼光扫他。她会高兴得脸上绽开鲜花,不顾一切奔向他。

而他小查修呢?一定不要急于张开手臂……大家都会称他为英雄,草场上的雄鹰!

草瓦老爹会亲自找上门,收下他这个徒弟!还有冷医生、果杉、晓青,都要夸他、赞他,因为是他,是查修保护了大熊猫!而且是一对母子大熊猫,还是从残暴的"独眼"口中救下来的!对了,一点不错,是从草场上灾星"独眼"的口中救下的。不管他是不是将要碰到"独眼",但,飘荡在篝火映照的草场上的歌声,是应该这样唱的……

一想到"独眼",查修感到有股凉气从脚板心往上蹿动,它制造的种种血腥事件都涌到面前……要是它没有来草场,不是跟着大熊猫,多好!但它来了……

起初,他想带着反毛到森林,它虽然无能,可有个灵敏的鼻子,总能比他先发现"独眼"。然而,草瓦老爹说洞尕怕狗,反毛要是惊走了洞尕,岂不一场空欢喜!他想来想去,决定不带反毛,也不去碰"独眼"……

他要先找到大熊猫。只要是他第一个找到了那对大熊猫,留下谁也推翻不了的证据,不管下面会发生什么事,他都是第一位大功臣!"独眼"嘛,可以让老草瓦去对付……

橙黄的太阳,顶破稀乳般的雾,在查修脚下的山原中升起来了。山坡上,蓝马鸡叫着,在清晨,声音显得格外洪亮。牧场上的畜群,也开始活动,把各种色彩,洒到绿色的草滩。

他走热了,松了松达布人白袍子的腰带,站了一会儿,歇歇气。

一群麻色的竹鸡,咕咕咕地从他面前走过。从容不迫,肆无忌惮。查修的手痒得直搓,几次端起枪又放下——往日有意找它们,它们全都躲着他。今天不能随便开枪,它们竟如此胆大妄为,在他查修眼皮下示威!

他有些烦躁了。从草瓦老爹、冷医生处听说大熊猫和竹子的关系,他就竭力回忆森林中有哪几处竹子多,哪几处的还青翠。从那天一大早上山进林子,几天来,已找了好几处,那里倒确实长着青青的竹子,但就是没有大熊猫的踪迹,幸而也未碰到"独眼"。

现在只剩下一处——鄂尔斯姆。围着山冈有一串珠宝,珠宝是蓝色的海子,神为它们镶了翡翠——竹丛。今天,他要去那边。

那是一个有着无数岔沟的山谷。山陡崖险,森林茂密,地形复杂,使它成了一处俊美的地方,也是充满神秘、恐怖的地方。

他给自己鼓了鼓劲,又用那些美好的盘算提了提神,终于踏上了鄂尔斯姆的山冈,那一串蓝宝石——连绵不断躺在山谷中的海子,正在他脚下闪闪发光。

他直扑靠海子边山坡,竹丛虽零星分散,但确实还很青翠。走着,走着,他的眼睛放光了:"啊!感谢你,鄂尔斯姆!你把幸运给了我!"

喜悦,给他冲动;感激,使他虔诚。迎面,在竹丛中,一条闪光的兽径,蜿蜒穿行于森林。他虽然没捕猎过大熊猫,不知因为它腿短,身体肥胖,在丛林中,特别是竹丛中,要留下一条特殊的兽径,但山林里的经验,多少还是有的,他凭着直感,连猜带估认定这该是它走过的路。

发现的喜悦冲动刚过,他发愁了:该往兽径的哪头追呢?这儿是中间,既看不到头,也见不到尾。他缺少从兽径的形状、草和竹子披伏的细枝末节判断大熊猫走向的经验。

"管他哩!这头不通,那头通。它飞不上天,入不了地!"

他自言自语做了决定,沿着兽径,向左边走去。心里一乐,脚步特别轻快,他确实没想到今天进入森林就能发现大熊猫的踪迹。他曾计划再花费个三四天的。

"人的好运气一到,山都挡不住!"

这时他看出了宽大兽径旁常常有一条小径岔出,更有把握认定是那对饥饿的母子大熊猫,不久前从这里走过,他乐得在心里甜滋滋地说。

可是兽径断头了,一条深沟挡在眼前。他急得四处寻找。

沟对面左下方,有个缺口发亮,他连忙走过去。嘿!兽径在那里出现了。妙在沟上横躺着一棵大树,黄绿绿的苔藓,在树面上厚厚铺了一层。不知是哪个年代,哪位向山林讨生活的人,砍倒沟边的一棵大树,搭起这座独木桥。

他明白这条兽径发亮的原因了:大熊猫用它厚厚的皮毛,把竹子挤向两边,同时也就把箭竹泛紫的干、翠绿的叶摩擦了一遍,擦得耀眼亮……

从脚下的海子上传来隐隐约约的异样声音,他立即靠到一棵粗云杉后,屏声息气。云杉临着海子。

鸟还在叫,没有野兽踩踏的声音,连风也不迈动脚步;只有一只蝴蝶,小小的身躯扇动着两张大大的彩色斑翅,在他眼前逍遥。

"留心点,小查修,'独眼'也在这一带森林里。黑蒙瞎撞到它跟前,要流血的。"他在心里告诫自己,劝说自己暂且不要离开大树一步,耐心使他有了收获——

从海子边传来了声音。海子空旷平滑,能把声波传得很远,还有山谷的回应。查修听清了,是人的说话声。再听,分辨出了是稚气的童音。他一惊:还是一个男娃,一个女娃。嘿!娃儿们到这险绝的山谷干什么事?眼下不是挖贝母、虫草的季节;采蘑菇、香菇,也不要跑这样远!

查修瞅得眼疼,不仅没有看到人影,连声音也没有了。当他快要失去耐心时,又传来了娃们的说话声。他听得心儿一紧,脑壳里顿时涌出各种念头……

他又有些不相信耳朵,因为部落离这儿很远,这条路连他查修也走得冒汗,两个娃儿哪有这样心劲?

但确确实实是娃们的说话声,那声音很像小牦牛果杉,不用说,那女娃是晓青。他们不是为了大熊猫还能是为了看景、采花?海子边的杜鹃还未怒放,鱼也藏在水底,瀑布也未到水丰势大的时光。

他们发现了大熊猫走过的路?很可能。这种特殊的兽径,在林子里很显眼,只要见到,就会沿着它走下去。老草瓦不会不向他们讲——譬如,大熊猫吃竹,该到有竹子的地方找它们;它走过的路,竹子发亮……

一想到这里,他心慌意乱。果杉、晓青的发现,很可能使他成不了第一个找到大熊猫的人。只要他当不成"第一个",他想象的一切好运气,都会给一阵大风吹跑。他立不成功,也当不了英雄……

怎么办?

大声告诉他们:"快回去,我查修已发现了大熊猫!"

"在哪?你快指给我们看看!"

——他们一定会这样说。

不行,这样说不行!

跑过去对他们说:"快回去吧!我已在这里找了一天,连大熊猫的一根毛也未见到!"

"哈哈！查修大哥,我们可找到了它走过的路。来！我们一道顺着这条路找下去！"

——他们要是这样说呢？

不行！这个办法太蠢！

对他们说:"快回去！危险,'独眼'在这里！"

"你为什么不开枪打死它？你肩上的猎枪是当爆竹用的？"

——那个果杉专会挖苦人,说起俏皮话来,会像白马溪滔滔不绝！

不行,要被牧民耻笑！

"行！行！"查修脑壳突然跳出个主意,乐得咯咯笑出了声。

在这中间,他已看清了对面山谷,沿着海子边晃动的两个小人影。人影时不时被森林掩去,偶尔才露出了全身。那的确是果杉和晓青。

查修向后面退了几步,估计两个娃子绝对看不到他,才将两只手当喇叭,拢到嘴边,深深吸了口气。

"吼——！"

猛然喊叫,惊得他自己也一跳:没想到自己能吼出这样大的声音！

"好像还少了点儿威猛。'独眼'的叫声我小时听过,学过,不是吹的,我小查修在草场的林边叫一声,能吓得娃子们喊爹叫娘,呜呜哭。嘿嘿,这叫'张飞一声吼,吓得曹操百万雄兵抖',再来一声更厉害的……"

他是个喜欢讲话的人。爹妈既给了一张嘴,除了吃肉、喝奶子,就是讲话用的。半天不讲话多难受？难受得嘴里溢酸水。可是,他常常是一个人生活,和谁说话？久而久之,习惯了自己和自己说。今天,在深山老林自言自语也自有乐趣。

"吼——"

森林中回荡着豹吼！吼声直愣愣的,像根马鞭柄把,刺得他自己汗毛都竖起来了。

他赶快向海子那边走去,直到那蓝色的水光在眼前闪耀。

"好!两个娃子的影子也不见了……是吓走了,还是躲了起来?世事真难讲,谁想到娃子时淘气学来的本事,在这时还能派上大用场……晓青要吓得哭,小牦牛果杉也会吓得抖的……

"要是真吓跑了,该看到影儿。那个小果杉,有股犟牛脾气,他也能一倔脖子硬撑大头!不是他胆大,能领着个小女娃到了这里……对!还得叫一声,要是他们没走,催他们快动身;要是走了,撵他们跑快点!太阳已斜到雪山顶了,我也还要紧着点去找洞尕。

"还叫一声,学得和'独眼'更像一点,要有股野劲,野得能吓破人胆……"

"吼——!"

听着山谷的回音,他满意地笑了;得意使他漂亮的面孔,更加动人。他像欣赏一件珍宝那样,品咂着,体味着这最后一声吼叫。又像个口技艺术家,细细地和记忆中"独眼"的吼声比较……正当他心中无比甜美的时候……

"啊吼——!"

突如其来的一声怒吼,像颗重磅炮弹在他头顶爆炸,震慑得查修紧紧地抱住大树。

这吼声威武凶猛,犹如带着火球的雷电,在山谷中疾奔猛驰!

"我的妈呀!'独眼','独眼',这是真正的'独眼'的吼叫!就在我头顶。它来了,会像对付个蚱蜢那样,扑死我……"

查修觉得五脏六腑都一下给震飞了,连脑壳也震空了,只剩下乱糟糟的嗡嗡响……

他抱住树,盘起两条腿往上爬。边爬边瞄了一眼,上方山坡的小树枝叶子猛然活动起来,起起伏伏:"来了!'独眼'来了!"

手脚一软,哧溜一声,他滑了下来。定神看看,"独眼"还未出现。

他又开始爬树,平日他爬树的本领还不赖,但到了生命攸关时刻,手脚却没有劲。

"哎……"他的头上挨了一下。

"我怎么没想到'独眼'藏在这上面,它会上树呀!"

他赶忙一松手,让自己滑下。

"就是一头羊羔,在临死时也要伸下腿呀!查修不能就这样完了。"

一转脑子,查修在双脚刚一落地时,已把枪端在手,仰面把黑黝黝的枪口对准树上。

树上没有豹子!没有!只有黛色的树干、深沉的绿叶。倒是有根断枝,被树皮扯着,吊在树干上……

他长长地舒了口气,摸了摸脑壳顶,帽子没有了,卷发中黏糊糊,缩回手一看,是鲜红的血!这场虚惊过后,思维又回到他的脑壳,而且转得很快,很快……

是因为他学豹子叫,学得太像,引起"独眼"的回应?或者是"独眼"发现,竟有个同类争雄,怒不可遏?

查修一时无法正确判断。

但大森林的动物世界,确有法则:雄松鸡有自己的领土、臣民,别的雄鸡只要在它领土叫一声,决斗立即发生。一群水鹿中的头领,也绝不允许外来雄鹿的挑衅!野牛的占山为王,更是凶猛可怕,常常斗得血肉横飞……

查修胆战心惊,他做梦也没想到,这样一个小小的玩笑,竟把真的"独眼"激怒!假的引来了真的!

真的"独眼",可不是只吼吼吓娃们,它是食人的魔鬼,是灾难!

怎么办?他小查修可不是"独眼"的对手,连见也不愿见到它!躲还躲不及哩!但现在是他自己把它招来的,这能怨谁?

"是神降下的惩罚?是凶猛的'独眼'为了报复学它吼叫的人?"他自问,

却不能自答。

查修拾起帽子,蹑手蹑脚走到旁边的水凼,捧起冰凉的水往脸上扑……

这阵心慌意乱、恐怖的浪潮稍稍过去之后,查修终于明白了,只有赶快逃跑,才是免遭"独眼"攻击的最好办法。说唱的老人常讲:三十六计,走为上计。

决心既下,他将帽子拿到手平放,看着翎毛的飘动,不禁叫好。微风从山上拂来,也就是说,是从"独眼"占据的方向吹来的。他逃走的路线只要不超过现在的等高线,独眼就很难嗅到他的气味。

虽然他还不具备猎人的气质,但仍懂得猎人注重行止突然性的道理。他早已猫起腰,像猴子,在森林中快速地跑动,那真是两耳生风,腿快如轮!

复杂得如一张蛛网的事,他不想了,只希望快快离开这危险地带。

路边倒毙的树旁,麝粪一小堆、一小堆,圈成了筛盘大。他懂得,要是在这里埋伏一个傍晚,或一个早晨,准能等到它。但现在,这头麝只在它跟前一闪。

长满肥厚木耳的树干,他擦肩而过,连想也没想到要停脚去采摘。他的眼,只注意有无"独眼"花斑皮毛;他的耳,只搜寻异样的声音……

忽然,一丝异常的声波,使急奔中的脚步刹住。同时,一双机警的眼已追随声波,搜寻右上方。这一看不打紧,惊得他在心里叫苦不迭:"我的妈也!躲着躲着,还偏偏碰上迎头撞!"

树丛中的缝隙,已露出野兽满身的斑斑点点,一个个圆溜溜的金钱黑块。微卷的粗壮尾梢,上下颠了两颠。显然,它也站住了,正在侦察、分辨已嗅到的丝微气息。

它的头,刚拨开树丛,向这边张望,查修像被它眼光一下盯住:这狰狞的魔鬼,虽只有一只左眼,但炯炯有神,寒光逼人。右边剩下的是个黑洞,但更是阴森可怕。额上的那块黑斑,闪光发亮,阴险,神秘莫测……它龇起牙,露出尖利的门齿……

查修再也受不了它的逼视，转身就跑。一个踉跄趔趄，跌得他眼冒金花。他停不了，止不住，那股冲力使他在山坡上翻滚。危急中，他双手抱起了头。只要没有悬崖，摔不死；即使栽到海子里，也还有救……

像一颗放山溜子的石头，他从山上往下，愈滚愈快。森林中的大树小树，霎时都长了眼，让开他，一棵也没把他挡住。

查修也不是不想停下来，也不是没闪过照这样滚下去定要粉身碎骨的念头，但是"独眼"就在上面，它更可怕……

一记震耳欲聋的枪声，雨点般霰弹的扑噜声，使他感到有柄灼热的刀从腿上划过。他再也不能只顾头了，又急又慌，手忙脚乱。

天知道是怎么回事，一阵手脚乱动，竟使他停止了滚动。当他看清了眼前有个黑黑的枪口对着他，硝烟正在上方一圈一圈地转，他开始清醒了。

对面那个僵立的人，瞪着恐慌的大眼，鼻泡鼓得圆胀胀，嘴张得老大："冒失鬼，乱踢蹄子的野牛，你怎么向我开起枪！"

"我……我……"

"你、你、你怎么啦？灵魂给狐狸掏去啦！"

"我、我以为……"

"你以为天塌啦！雪崩啦！该把我一枪打成一摊稀牛屎！"

"我以为是'独眼'来了……"

"独眼"两字有神奇的效应，查修连忙回头看了一下，眼珠一转，再一挺身站起，猛扑下来，拉住他就跑："要你说吗？我早就看到了它。晓得'独眼'来了，还不快跑！"

那股劲，差点拖得果杉摔个大跟头。跑了一段，果杉一拧身子，挣脱了手。

查修回头一看，又冒出了个人。他又气又急地说："你这个胆大妄为的女娃!"

接着,他又硬邦邦地说了句:"往坝埂上去!"

查修放慢了脚步。眼前这两个娃子已使他从一连串的恐怖中彻底清醒,达布人的英雄气概开始复苏,他感到了肩上的责任:"别急慌慌的,摔了碰了,可不是玩的。有我断后,怕么子?"

话虽这么说,他们还是像阵风似的,冲过了横卧在海子上的坝埂,到达对面森林。这时三个人才不约而同地停下,坐到地上。他们实在累坏了。查修连忙下达命令:"把子弹装上。注意,只要'独眼'一上坝埂,我们两支枪都对准它!打不死,也吓它个屁滚尿流!"

三个人粗重的喘息声,像压起三个羊皮风袋。

"血!查修大哥,你腿在流血!"

晓青眼尖,说着,已探过身子。查修这时才感到小腿肚火辣辣地疼,稍平息的心跳,又像个兔子撞动。他三两下解开牦牛毡子裹腿,捋起裤脚;小腿肚上都是血,不过伤口很浅,只是一粒铁砂子擦过。他也放了心:"达布人不怕流血,只要值得。"他用手点了点惶惑不安的果杉,"还真得感谢你的枪法不准。兄弟,要不,我查修就革命成功了!"

果杉想笑笑不成,要哭哭不得,脸上一阵红,一阵白,像是林间一块斑斑驳驳的草甸子,只是讷讷地说:"你在山上,早就看到我们了?"

查修友好地笑笑:"你们两个,像是两只闹腾的山雀,十里外都听到。这可不像个猎人!猎人在森林中,从来是不言不语,脚步轻得像在冰川上滑动。"

"那你,怎么跑得哗啦啦,往下冲?"果杉见他伤势很轻,又听他这样说,胀得肚子鼓鼓的委屈,找到了缺口。

那一枪,确实不能怨果杉。想想当时那情况吧:

他们是顺着"独眼"的叫声来找大熊猫的。明明知道可能遇到"独眼",

正好从山上有个活物勇猛冲下,果杉身后是晓青,他能眼看"独眼"扑上来不开枪吗?怎能想到,一枪放过,冒出的竟是这个一声不吭、只顾往下冲的查修?这倒很像魔术师,一枪射向魔术箱,老母鸡变鸭了!

查修听了这话,往山上一扬脖子:"我看到了'独眼',和它迎面撞上了!"

晓青抬手拦住正要说话的果杉:"哥,别说了,查修大哥是为了救我们。"见果杉低下了眉,她才问查修,"'独眼'没抓住大熊猫吧?"

查修在她的背上亲切地拍了两下:"能吗?我查修就是专门来找大熊猫的,我发现了它。"他叭叭两声拍拍手里的枪,"它又不是吃素的。"

"是一个,还是两个?"

"当然是一老一小。"

果杉神色一变,大手一挥:"别说话,听!"

紧张的神色,立即将晓青舒开的脸又拉阴了。

宁静的山谷中有声鸣叫,沿着一串蓝宝石海子,拐了个弯子,流淌到这边的海子。

"呦——!呦呦——!"

查修的黑眼珠直转悠。

又是两三声,声源变换了角度,像是在飞动。倾听的人,谁也没说话,都在思索这叫声是凶是吉。

"是只大鸟?"晓青对着果杉的耳朵轻轻地问。

"像是水鹿叫!"果杉听出了味儿。

查修定了定神,扑哧一笑,笑得喉咙打咯咯:"水鹿?嘿嘿嘿。是头掉完牙的老鹿!你碰到了,冲着它说吧!果杉兄弟,我劝你护住耳朵,留心被揪下,喝青稞酒当菜!"

晓青和果杉,先是大眼瞪小眼,接着是不知所以的茫然,再是愣怔。后来,晓青竟露出了一丝笑容。

不知哪来的一股劲,晓青像头小鹿,立蹄子就跑,迎着果杉说的水鹿鸣声。

还未跑出一段路,身后已响起果杉粗莽的喊声:"草瓦老爹!"

海子上空、对面的森林,都响起了洪亮的大山回音:"哎——!"

刚才,晓青是那样想念草瓦老爹。他是照耀在头顶的一颗吉星。这颗吉星也照耀着大熊猫和它的孩子。

她想赶快告诉他,今天在山林里经历的一切,让她胆战心惊的"独眼"的吼叫,对它的莫名恐惧……她已感到这不丢脸,倒是有种她还说不清的特殊体验。还要细细问问,她想知道更多更多。

听到呦呦鸣声,琢磨查修的话,她立刻想到爸爸对她说过,猎人在森林、山野,全用鸟鸣兽叫互相联系,所以她飞快地跑去了。

草瓦老爹毡帽上花翎子,刚在树丛中出现,她就扑到他身边。草瓦老爹嘴上喊着"小花儿",身子却向后退了两步,把她从头到脚、从前到后打量一遍,才宽慰地拉起她,向果杉他们走来。

原来想说的话一句也吐不出了,晓青感到草瓦老爹有点不对劲,像是生气,怏怏不乐,也不主动问话嘛!直到看见果杉也完好无损,查修满脸愉快,这才用拖着长长银须的下巴,点着他们:"听到枪声,老草瓦就知道是你们!"

"你早就在这边山头上了?"果杉找到了话茬。草瓦老爹神不知鬼不觉地出现,使他很敬佩。

"'独眼'引来的。"

"你看到它了?"

"没哩!"

"查修大哥跟它迎头撞!"

老草瓦直勾勾地注视查修,那意思是复杂的。

"我先看到了在山下的两个娃子。'独眼'在我上面。"查修回答得简短,很有分寸,目光一刻也未离开草瓦老爹的脸。

老草瓦移过目光,对着果杉:"么事使你放枪?"

果杉好奇了:"谁跟你讲是我开的枪?"

搁往时,老草瓦一定会得意地眯起眼,胡子打战。现在,只是指了指果杉的枪口:"它跟我说的!"

枪口有一抹烟痕。滑膛枪,和草瓦老爹的独火铳子,装的火药都多。果杉更敬佩草瓦老爹那双猎人的眼睛了。

"他把跑来救我们的查修大哥当成'独眼'了!"原来很可怕的事情,晓青现在倒觉得有些滑稽。

"啊——!"

草瓦老爹的惊叹,引出了晓青的满肚子话。不过,对发现蜜矿等说得很简短,倒是详详细细说了看到大熊猫母子,最后又大大夸耀了查修的勇敢,直说得查修不安,用脚底板来回碾动地皮。

等到她讲完了,草瓦老爹也未插一句,倒是又看了看查修,眼神已有了明显的满意,然后说:"回去吧!"

"大熊猫呢?"晓青觉得意思未表达清楚,"它们怎么办?"

草瓦老爹满脸皱纹没有绽开,但晓青确实看到他嘴角有了笑容:"小花儿!你把心吞到肚里吧!洞尕安安稳稳。海子边有吃的,这种箭竹不太合它的口味,它吃拐棍竹惯了,但总比饿着强!"

他见晓青正要张嘴、又说:"你要问'独眼'? 它跑了,跑得不近,今天不会再去追洞尕!"

晓青笑了,笑得舒心惬意,就像海子里一汪蓝水。她和哥哥看到了大熊猫,查修大哥碰到了"独眼",草瓦老爹虽然既没有说看到大熊猫,也没说看到"独眼",可他能管住它们。

她那挺灵秀的心,已猜到草瓦老爹是专为对付"独眼"来的。查修和他俩一样,是专为找大熊猫来的。她没有发现这中间有什么不同,倒觉得都是在帮大熊猫的忙,它的日子会好过多了。

果杉心里的一块石头也放下了,只顾咧嘴笑。谁想草瓦老爹却用指节敲他头:"乱踢蹄子、乱摆角的小牦牛!有你这样冲人放枪的猎人?记住:猎人从来是不看清皮毛,分不出哪种野物时,绝不开枪!要是值钱的皮张,会全打烂;是个野鸡,你放轰野牛的火枪,杀鸡要用牛刀?今天,小查修算是得到了神的护佑,才没被钻出大洞小眼。"

果杉红着脸,却深深地点了两下头。

其实,老草瓦还有话,只是怕太伤了果杉、晓青,才留到肚里。

回去的路上,有说有笑。只是晓青老感到两条腿像是被石头拖住,重得很,但她咬着牙关挺住。草瓦老爹常常放慢脚步,不时看看她,有鼓励,有期望——雏鹰练膀子时,老鹰不能心疼它折翅。他相信溪耳的雪山、森林,会使这朵柔弱的花苞壮成长、经得住风吹雨打!

老草瓦的心情已转轻快。除了不久前,为孩子又急、又气、又心疼的时候,都是让他高兴、自豪的事!

和"独眼"较量的第一个回合,赶走了它,胜利了!

胜利的光辉,照耀着洞尕,保护了洞尕。

而这些山野中奇妙的搏斗,他却一句未提……

九 鄂尔斯姆的珠宝

溪耳的晚霞变幻多姿。太阳沉入雪山,天穹涨满玫瑰红,丰满、厚实、纯净。没有一丝云飘忽,没有漏出一线蓝天。

已经跋涉一天的老草瓦,还是忍不住站在山脊,久久凝望,将视线缓缓移过紫莹莹的森林、淡蓝的草场、水红轻纱披肩的山原……他的左右,是沉浸在肃穆中的晓青、果杉、查修。

最后,他把目光停在洛桑姐妹山。依偎四位晶莹女神肩下的还有一座银峰,那是他心中的女神。温柔的眼,高高的鼻梁,微张正欲启口的唇……活似他的波雅!

洛桑姐妹是牧民的女儿,她也是牧民的女儿。洛桑姐妹保护洞尕和草场上的安宁、美好,她也护卫牧民和草场上的幸福,她当然也是位女神。"姐妹"不是一个人,包含了很多很多人。波雅是姐妹中的一个,是众神中的一个。

她是当之无愧的女神。

只有在这漫天涨满玫瑰红,只有这样的傍晚,只有站在这个山脊,这个红色山崖边,那位女神,才是他的波雅。这是他一次偶然的发现。

他向她诉说烦恼、痛苦、喜悦、忧愁、欢乐……她的脉脉温情,总像一股清泉,滋润他枯焦的心。

今天,他想说的话很多,很多:"独眼"来了,将有决战。他要为她复仇,为牧民们除害。不过,他要请她原谅,这次主要目的是保护洞尕!他想,她会同意的。她会赞赏一切纯洁的善举。把洞尕母子护好后,她将和洛桑姐妹依偎得更紧!

他还要告诉她:开头吉利,在今天第一个回合中,它临阵逃脱了⋯⋯是下贱的胆怯,还是阴险的奸诈?

草瓦已不是能几天几夜、昼夜不停地和"独眼"周旋的草瓦了。猎人有三能:能饿,能胀,能跑。年轻时,他还比一般猎人多一条,追击野兽时,能三天三夜不睡。而这,在对付猛兽时,是必要的。

但现在,草瓦老了,再也不能风餐露宿,马不停蹄,追得"独眼"吃不成、歇不了,只能和它比智慧、比耐心。"独眼"跑了,该不至于因为老草瓦还健在,竟然一去不复返吧?他最担心"独眼"的这一着⋯⋯

当他听到从对面山梁方向传来"独眼"的吼叫,想到冒失的果杉,救洞尕心切的晓青,可能也闯到那里时,他心急火燎地赶去。距离太远了,又还隔着架山梁,他没听到查修的三声叫。

猎人在行猎中,异常讲究行止,"静若处子,动若脱兔"。老草瓦撩起白袍,迈开健步,像阵窜山风,穿林过岩,攒劲向前。

——若是果杉见到他这种神行法,会惊得伸出舌头半天也缩不回去。

——挑选捷径,树碰不到,藤葛挂不住。上崖蹦,下崖蹦⋯⋯手、脚、身段配合和谐,没有一个多余的动作,不走半步迂回的路。这是山野对他多年的锻炼。

他走得很得意,好多年都未这样真正走过!证明他老草瓦只要需要,还能像山鹰,抖翅疾飞,一气滑过半片天!

这道山梁,在鄂尔斯姆的另一边,刚好和果杉他们走的方向相反。他在山梁上,在快速的行进中,已看清了地形,判定"独眼"所在的大致方向,毫不迟疑地奔去!

他闻到一股异味。猎人的鼻子,不比耳朵迟钝。寻到一棵树下,看到树丫卡住一块沾血的獐子肉,老草瓦笑了:"这家伙,算小的脾气,到老也未改掉!"

深深的爪痕,嵌在树干上。地上还有它掏抓的新土,那是洗擦掌垫、爪上的血污。它的高贵的洁癖,也依然保留。

种种迹象——只有老草瓦能判读——构成它的宣言:是我!

是的,只会是"独眼",不可能是别的豹子!

现场表明:它已饱食。但么事要猛地一吼?

对美食的称赞?耍威风?愤怒?……

老草瓦判断不出。想到晓青、果杉,他心头悸动不安,又撩开健步追踪。

老草瓦深信,和"独眼"的距离,正一步步缩短。心头阵阵的冲动中,又有点隐约的遗憾:没想到这样快就交手。没有起伏跌宕的周旋,似乎要使这场搏斗失色。就像一幕戏剧,缺少曲折,也就失去更大魅力……

怪,"独眼"兜起圈子了。这个圈子开始向鄂尔斯姆的一串珠宝那边绕。

这是它在使点子,在思考。那圈子很像问号。

森林中,传来一声沉闷的枪声。在山峦起伏中,由于森林疏密的间隔,有时很难判定枪声的方位、距离。他急如星火地追赶。幸而,这一路,都还未发现"独眼"猎食、扑杀或格斗的任何痕迹。

当老草瓦循着它快兜完一圈时,他惊讶极了:那家伙竟然转过身来,追踪起他的气息了。

这说明"独眼"发现了他!而且,早就嗅出了他的气息。

"独眼"本可以返身猛扑,但它没有这样做,却隐忍下来,耐心地去兜圈子,其中包含了明显的犹疑。

难道,嗅出了是老草瓦的气息,又不放心,再去核对?

老草瓦乐了:"独眼"会丢下一切不管不问,专门对付他的。那倒好,不管是两个娃子,或洞尕,若在这一带,也就安全了。

"这家伙,它还认得我老草瓦!真是老知己。"

他不想让它从背后扑来,因而迎着它走去。按计算,眼看就要撞上,老草瓦已做好一切准备。可是,它没有来。他决定再向前迎迎。

怪,怪呀!"独眼"一撇身子,斜刺里走了。

很像空战中两架迎头相撞的飞机,在意志、坚强决斗的刹那,有一方突然拉动操纵杆,偏转方向,避开了肉搏。这是懦弱,还是狡猾?

老草瓦紧跟追击。它确实是为了避开他,跑了。

是飞速地奔跑。

跑得很远、很远!

狗也有这种恶行,多少年后,见到交过手的胜者,也是立即夹着尾巴逃之夭夭。

这使老草瓦沾沾自喜,又夹杂着气馁。他渴望和"独眼"决斗。最后,又自诫:当心它的狡诈。

他折回头,取下"独眼"架在树丫上的獐子肉,啐了几口,抛得很远——告诉它,他对它的鄙视!

从山上往海子边走时,他发现了洞尕的通道,查清了它们的情况。同时,也发现了果杉他们……

向女神波雅倾诉了心思,老草瓦心里透亮了。他像位统帅,领着这支小小的队伍,回到了溪耳部落。

冷秀峻一边给查修包扎伤口,一边不停地代儿子道歉、感谢。晓青虽然累了,还是忙着屋前倒茶,屋后打水,请查修、草瓦老爹洗脸。

机警的查修,反而很少说话。只是在冷医生、晓青的一再夸赞下,才用短句"没什么""那是应该的"作答。

草瓦老爹只顾吧嗒烟嘴,喝着浓茶,享受着茶叶、烟草解乏后的舒畅。

只有果杉闷闷不语,坐在灯光的阴影处,虽然妈妈还未开口批评,但严峻、不满的眼神,是清清楚楚的。事前,他只向她说在近处走走,谁知跑了那样远,差点闯了大祸。虽然有发现了大熊猫的功劳,但也抵消不了犯的错误。

妈妈从来赏是赏,罚是罚,绝不混淆。相依为命的母子之间有着神妙的感应,妈妈的欢乐,就是他的欢乐;妈妈的忧愁,当然也是他的烦闷。

晓青伶俐,当然看到了这一切。她用特别动听的嗓音,百般检讨自己的不是,坦白自己的"阴谋诡计",为哥哥开脱。对查修那样热情,也是想使他不好开口埋怨果杉。小小的狡猾,使草瓦老爹笑得不断咳嗽。

冷秀峻虽然对晓青的特别表现没有加以赞许,但果然没有当着客人面数说果杉的不对。

这一晚,五个人倒是为了大熊猫母子热烈地讨论了很久。最后,形成了一个新的方案——保护大熊猫的稳妥方案。

查修相帮着,草瓦老爹连夜宰了只羊。草瓦老爹快刀利手的技术,让晓青大开眼界。最多不过两盏茶的工夫吧,他已将羊皮剥下,内脏扒出,斩头、剁腿,分成了五份……

客人们都走了。一直心思不定的晓青,一次次用忐忑不安、探询的眼睛,在姑姑脸上扫来描去,等着她说话。不知是有意,还是根本未把这事放在心上,姑姑就是不开腔。

晓青只好加倍地殷勤,没话找话,一会儿问她今天牧场上产了几头羊羔,一会儿又问明天她去哪个牧场……冷秀峻不一一答复,直催晓青去睡觉。晓青忍不住了,甜甜地叫了声:"姑姑……"

冷秀峻做出一副根本不想接话的姿态,晓青没法了,只好摊牌:"明天谁给大熊猫送粮?"

方才的议论中,有个明显的漏洞:草瓦老爹和查修去对付"独眼"。可是,给大熊猫送粮度荒的人,却没定。现在羊都宰了,客人也走了,明早就要出发送粮,莫测高深的姑姑,还是给她个闷葫芦。

冷秀峻当然早就胸有成竹,但观察晓青也是一种乐趣。儿子的性格就没这样细腻、灵巧,他一直满腹心思地待在一旁。

"这还用问我?"

果杉已往这边靠来。

晓青简直不敢相信自己的耳朵。虽然一直巴望着那送粮的任务派给她和果杉,但今天,他们毕竟让姑姑生了气。可是,姑妈的黧黑也掩盖不住清秀的脸上,有神采的眼睛,都明明是鼓励。她心里反而卷起另一种波澜:"凭哪条该是我们?"

这真出乎冷秀峻的意料。原以为她会笑着、跳着、蹦着欢呼,愣不愣,她却问出了这句话,表情庄重、诚挚。冷秀峻被孩子水晶般的心灵感动了:"凭你们自己的表现,你们够条件!凭你刚才这句话,更说明你们能把这件事做好!"

晓青一下子扑到她的怀里,紧紧偎依,激动得声音都变了:"姑姑!你真好,真好!我今天做了错事,不听话,一个劲拽哥哥走……"

冷秀峻端详着她的脸,给她揩掉了泪珠:"你不是都检讨过了吗?"

果杉又是乐,又是急,不知该怎样说才好,憋到最后,却是这样一句话:"快睡觉,明天早起上路!"

那副憨相,逗得冷秀峻又好气,又好笑。

果杉、晓青香甜地进入了梦乡,冷秀峻才松了口气。她静了静后,提笔写信,将这边的新情况告诉胡蜀锦,或许会对他全面掌握情况有用处。再是询问即将采取的措施,有无不妥之处。在发现饥饿的熊猫母子来到后院的晚上,她已写了信给胡蜀锦。现在盼望胡蜀锦一并复信。

她需要将很多的事细细想想,做个妥善的安排。作为兽医,春天到来时,牧场上有做不完的紧急工作。但她也感到，再也不能让两个孩子去瞎蒙黑闯了。

但约束、压制都不是好办法，很可能要生出其他的事。已发生的事，对她也是教训。

她很乐意承认，原先也确实是小看了他们的作用。现在，关键是引导。用什么？只有知识，知识才是打开一切奥秘的钥匙。至于今天在五花海那边发生的事，她没有草瓦老爹那样乐观，总感到有些不解的微妙……

又是一个灿烂晴朗的早晨。

冷秀峻再次检查两个孩子背的篓，看看绳带够不够牢实，羊肉会不会掉出……直到满意，才又叮嘱："开头上路，缓点，等马的腿都走热了，再快。别由着性子，走不了长路。两人骑一匹马，上坎下坡要当心。草瓦老爹来打过招呼，他先走了。查修腿疼，让他休息两天。"她又特地对着果杉说，"要记住昨天的教训，千万掌握好时间，天黑前一定要回到家！"

晓青乖巧地接上："我一定听哥哥的话，不使心眼，要哥哥跟我野耍！"

冷秀峻强忍住笑，一板脸孔："我只找果杉算账！"

这无疑是说，把一切权威都交给了果杉。

果杉牵来了黑娃子。它一见晓青，就轻轻顿了顿右前蹄。晓青一把抱住它的头："好朋友，从果城来后，我们还没有一起出去哩！"

黑娃子还是不习惯这种亲昵，摆了摆头。晓青又在它头上轻轻拍了三下，它立即摆了摆漂亮的尾巴，打了个响亮的鼻喷！晓青格格笑着，剥了几颗糖，塞到它嘴里。

雪狮跟前跟后忙个不停，一会儿去拽拽背篓的绳子，嗅嗅里面的羊肉，毫不贪心地离开，它明白那不是为它准备的。一会儿和黑娃子调皮，咬拽它的长尾。黑娃子也很凑趣，忽高忽低甩动尾巴，逗得雪狮左跳右蹦。

等到果杉、晓青上马时,雪狮一撒腿像箭样射出。不幸得很,它听到小主人严厉的命令:回去!

它悻悻而归,垂头丧气。直到冷秀峻亲切地吆唤它跟她一道去牧场,它还留恋地看了一眼骑马远去的果杉,才转回头。

果杉和晓青今天是正大光明、合理合法的出征,冷秀峻把他俩整饬得利索、精悍,骑在马上,显得特别精神。果杉把胸挺得高高的,枪背得端端正正,有意告诉牧场上忙碌的大人,和那些淘气的小孩子:我们是去执行任务的!

晓青学着哥哥的样子,挺直了腰,神气得像个老骑手。

目标明确:五花海!

任务明确:送羊肉给大熊猫度饥荒。

路线明确:在山原中它该算是一条大路。没有寻找中的迂回,也没有摸索中的曲折。

两人骑在马上,平缓地段,让黑娃快跑;山路艰险,则由着黑娃的性子。一路行军,途中只休息一次,还是果杉不经商量决定的。

看到草瓦老爹的白马了。这匹白马,一根杂毛没有,真像神话中的银马!它被绊住,在林子边吃草。牧民们都是这样,赶路骑马,路难走,不能骑马了,就将它们绊在附近,回来时再找。果杉兄妹俩也下了马,将黑娃绊起,和草瓦老爹的马做伴,然后钻进了林子。

果杉回头想说什么,但又忍住了。刚拐过山弯,密林前突然透亮了,晓青紧走几步,超到前面,天地顿然开朗。她猛地站住了,脑子里一闪:"难怪耳朵里总是有蜂子嘤啊!"

宽阔透迤的山谷,溢满蓝光紫气。

一道银帘横扯,两边是秀拔翠绿的云杉林,顶上是银峰蓝天,帘下是满布山柳红叶的泽国,升腾着虹带彩雾。

距离尚远,听不到雷鸣般的轰响,但它奏出的是支磅礴、雄浑的歌——震人心胸,激人奋发。

"这是大树瀑布!"

果杉的话,并未使晓青回头,她被眼前的景色迷住了。瀑布左边,一棵高高的云杉,中流砥柱般屹立,激流从它身旁划出两片银翼,纵身飞下,它葱葱郁郁的树冠,像面绿色的旗帜,歌唱着生命——她想:大树瀑布,这名字,既别致,又气派。

"你数数这儿有多少银线。"果杉手指着下面。

蓝色的水溢到崖边,往下一落,全抽成了一根根雪亮银线,迸击飞溅,太阳给它着色,织成了偌大的锦霞。她认真数着,可数不清,眼花缭乱,迷离一片,甚至连它横向的末端也看不到,它伸进了秀丽、挺拔、直得像条线的云杉林……

"你们城里有这样高、这样宽、这样大的瀑布吗?"

"'你们、你们',小气鬼!这是你的?是我们的,是我们中国的!"

这一炮,轰得果杉先是一愣,继之,是得意地哈哈大笑。

在他的笑声中,晓青已沿着山谷边的路,向前飞跑。

啊!又是一汪大海子!近处,几只把翅膀像彩帆挂起的鸟被惊起——她认得,这是鸳鸯,也是她从爸爸很多彩色图谱中结识的朋友。色彩在它身上组成的特殊图案,使人见过后,终生都难以忘怀——它们落下彩帆当飞翼,拍打着,贴着宝石般的海水,在空中划下一道彩线。

远处,蓦然响起嘎嘎声,腾起喧嚣的野鸭,它们一个个都伸直了头和长颈脖,在海面上绕了一圈,才又收翅,滑到宁静的海湾。

这时,晓青才听到瀑布在脚下轰鸣。它像神话中的雷公,立在厚厚的云层上,奋力擂动巨鼓。

她感到有些不解:海水湛蓝湛蓝,平静,似乎是漫不经心地溢出。可是一当滑过高崖,怎么却那样急速?耀眼的钢蓝,陡然成了白雪银亮。落到崖下,堆成了鼓涌的羊奶云——被朝霞映照的羊奶云。

磅礴的气势,垂落的瀑布,水雾织成的迷离锦绣,高高的云彩,蔚蓝的海子,掠翅的鸳鸯、野鸭……都深深地印在她的心田,她感到心里充满了色彩……

"休息一会儿。我们一直要走到五花海上,全是上坡。草瓦老爹说,大熊猫喜欢在沟尾平阔的地方。可能还要往昨天看到它的海子上面走。"

果杉要晓青休息,也是想让她在这里多看一会儿。他虽然无从知道她起伏的感情,但是她爱美,这一点是他深知的。而大自然,正把美都藏在这里。

"路远,我们还是快点走。肚皮饿的大熊猫,等着我们哩!"

——是的,这儿绚丽色彩所组成的各种美,使她久久沉浸,使她激动不已,但又觉得还缺少点什么,因而也就不是十足的美满。缺少什么呢?她眼前闪动起在海子边踯躅的大熊猫母子!对咧,有了它们,那才是最美最美的……

她走得快极了,步态轻盈,手臂摆动有力,简直认不出她就是前两次在森林中蹦跳、迷恋于奇花异草的女娃子。这使果杉很惊异,甚至觉得她长高一大截!

走了好长一段路,她才问了一句话:"哥!草瓦老爹叫它鄂尔斯姆,你么事叫它五花海?"

"咳,咳!"果杉干咳了两声,这是要装模作样的准备,就像男演员要唱女腔似的,"嗯,五花海嘛,你个儿去发现,看到哪个海子,像是五种鲜花放在一起——五种,晓得吗?譬如红的黄的蓝的白的……它就是五花海。么事叫它鄂尔斯姆吗?草瓦老爹会一手捋着白胡子,一边说:'我的小花儿……'"

"他还会说'我的乱踢蹄子的小牦牛!'"晓青怎么也忍不住格格格地笑起来。

"哎呀!你吓飞了一只蓝马鸡!"

果杉抬脚就追,晓青撵上他:"在哪?在哪?"

"哎哟哟!"果杉以手按着胸口,装老人态,"'我的小花儿……'"

他惟妙惟肖地学草瓦老爹的腔调、神态,逗得晓青笑弯了腰:"哎呀!你骗得我以为真是惊飞了蓝马鸡。"

"光有乱踢蹄子的小牦牛,没有唱歌的蓝马鸡,还像溪耳的草场吗?"

他本来就是要逗她笑的。不声不响地走路,累人!

说起草瓦老爹,他们想起了他。估猜他在哪里追踪"独眼"?能不能追上?会不会发生战斗?老人今天的任务是专门对付"独眼"……

说说笑笑中,不觉到了昨天他们见到大熊猫的地方。想起草瓦老爹的叮嘱:跟踪时,脚步要轻,不能说话。两人立即安静了下来。

由于方位明确,到了现场,就看到了一条宽宽的兽径,和他们在发现蜜蜂处看到的一样。这下可以确定无疑是大熊猫留下的。

竹子不连片,东一小块,西一小块,又都是拐棍竹。从外表看来,长得倒挺好,比果杉都高。他们循着这条路走了一会儿,也没发现有哪根竹子被吃过,兽径的岔道也多。

幸亏听草瓦老爹一再讲过:洞尕还会往上走,一面寻找能吃的竹子,一面找开阔地,好栖身安歇。他们问其中的道理,草瓦老爹说:"洞尕是神兽。神待的地方,那是仙境。不美的场所,能称仙境?你们净往风景美的地方找吧!要是错了,来找我老草瓦!"

他俩在岔道口,也总是转向往上走的兽径。不久,走到一片长满苔藓、稀疏山柳和冒出一排苇丛的地方。兽径也消失了。

晓青抬脚就往厚厚的苔藓上走,果杉一把没拉住,她的脚已陷到烂泥里。多亏果杉第二次用劲拉住,她才一屁股坐到了这边的硬地,背篓里的羊肉往上一蹿……

"你不想要命了?"

声音虽低,语气却很强硬。晓青还愣怔着。

"没看到这块地的特殊,有芦苇,树又稀又矮?净看泥炭藓又黄又厚,你以为也像在别处林子,踩上去软软的,比地毯舒服?是骗人的!尽骗初来乍到的。它下面是沼泽地,陷下人就没了顶,只冒泡泡!"

吓得晓青不言语。她听爸爸说过沼泽地的厉害,是森林中吃人不吐骨头的魔鬼。她总以为那是很丑陋的,乌黑的水,到处咕噜咕噜冒水泡,弥漫着腐臭气。没想到这儿的沼泽地外表这样漂亮,铺了层黄绒毯,还栽了些红山柳,又添了一行苇丛点缀。

"你在这儿坐着,把鞋子、绑腿上的泥巴搞掉,我去前面看看。"

"我们还要往哪走?"她心里有些急了。

果杉话也不答,就沿着这片地的边缘走去。没一会儿,他砍了两根长树棍回来,递给她一根,又叮嘱:"跟着我,踩我的脚印走。一步不要错,万一掉到沼泽里,心也别慌,别乱动。我会救你的。越动,往下陷得越快。"

晓青却步了:"我们人都走不过去,大熊猫比人重得多,它能走?它一定往别处走了!"

"你又瞎逞能了!那边山坡见到了?好远!这边一排芦苇,说明它后面一定藏着小溪。"他指了指刚才待过的地方,"兽径消失在那边。大熊猫一定是从这边找路走的。溪边上很可能有浅水,它饿了,没劲跑,到浅水滩捉鱼充饥,也说不定。"

晓青还僵立着,沼泽地的种种可怕景象都涌到脑子里。再说,往那边山坡转,也不过多跑一点路。走这边万一果杉掉到沼泽地里呢?她没办法救起。两个人都掉下去了呢?送信的也没有。

急得果杉抓耳挠腮,想吼想跳,可又怕惹得她使性子。想了想,只好说:"你站这里看着,我先走,没危险,再回来接你。"

没想晓青跑上来,一把抓住他:"也不让你走!你掉下去了怎么办?"

果杉急得像满身起疹子,一阵燥热过后,想起妈妈昨晚的批评——"为什么你碰到难事,就不多绕几个弯,脑子多想想?"——瞬间心静下了:"你别急,听我讲:看到这些山柳树了吧?稀稀拉拉,东一棵,西一棵,长在沼泽地。只有这边,有排长得密些,弯弯曲曲地往前去,山柳树长得矮蓬蓬的。你看,它立足的地方,地势都高出个小包包,它的根也是这样密,这样多,这在植物课本上叫什么?"

"根系!"

"对了,它根系发达。有这些根在下面铺着,上面的土一定硬,对吧?"

"你么事不早讲?"

"算我讲迟了,现在该走了吧!"

果杉跨上去了。晓青小心翼翼地跟着走了几步,很像踩在一块浮冰上。泥炭藓覆盖的土在脚下颠颠颤颤的,没有冒出水泡,也没有臭气。简直是踏着弹簧,既使人提着心,又有点舒适、惬意。

"你看!这里……"

顺着果杉的手指,她看到前面有块苔藓被擦破,旁边还沾了些稀泥,稀泥印出个蹄印子。

"是那个小家伙,乱踩到边边上,一脚滑了下去,吓得它赶紧提脚……"

晓青乐了,满肚子的疑问也滚落。

"跟你一样不懂事!"果杉埋怨。

她脑子却转到另一处:"大熊猫怎么认得路?么事晓得靠山柳树走,和你一样聪明?"

果杉很宽容:"野兽在森林中,有时比人聪明得多。它们晓得哪里有食,哪里有路,哪里危险。你空身时,水鹿在你跟前跑,跑三步、停两步,回头望望你,逗你追,让你撵。要是你背了枪,老远的,它就一炸尾花跑了……当心,这儿下面有个沟。"

有两尺多宽的泥炭藓,碧绿的,在两旁泛着金色的苔藓中,很显眼。她抓住哥哥伸来的手,跨了一大步。

"猴子在野兽当中顶聪明,你见过金丝猴没有……见过?那一定是不会跳、不会纵,画子上的。我说的是活的,奥林匹克运动会上,体操冠军也不是它的对手。它在树上……"

"看那边,一坨坨!哥哥,看那!"

果杉浓厚的谈兴,猛地被打断,回过神来,一下就跳到五六坨兽粪旁,蹲下了身子。晓青也赶来了。

这种粪团,他们见过,昨天在蜜矿那边。不同的是比较潮润,未消化完的竹节很清楚,还裹杂一些青绿的草。

"像木贼草!"果杉拍拍脑壳,"它长在水边上,一长一大片。我头次看到,以为是么事庄稼。"

"我们拿点带回家……"

"对!妈妈说了,要了解大熊猫眼下吃些什么,才好给它送粮度荒。这粪团中,有我们不认得的草,要带回去。"

说着,两人就动起手来。晓青想折根树枝,把粪团撮到纸里。刚站起来,就吓得她惊乍乍叫:"哎哟!那边冒水了。"

离他们没两尺远的地方,苔藓已裂开一个大口子,黑水向外直冒,脚下的地往下陷,也冒出水。

"快!往那边走!"

果杉边说边赶快用手捡起一团粪,紧走几步。晓青也跟来了。急得果杉一边吼,一边又向前多走了两步:"你别老是傍着我。刚才没看到?两人站一起,分量重,容易陷下去。"

晓青做了个鬼脸,算是抱歉。果杉很满意她今天既温顺又听话。走了一段,果杉纳起闷来:"你站这里,我回去看看。"

丢下这句话,他就一蹦一跳,踏着山柳树的根根,到了发现那些粪坨坨的地方,再斜向长芦苇的那边走去。没一会儿,连人影也不见了。

晓青觉得四周一下空洞起来,静得出奇,好像天地之间就立着她一个人,心有些虚。忍了忍,还是虚得慌:"哥——哥!"

山谷应声。一时间,拖腔拉调的"哥——哥——"声,在头顶上飘荡。

"往这边来——!"

像是从遥远、遥远的地方传来了果杉的声音。晓青不知那边出了什么事,正想走,刚才还觉得很安全的路,陡然危险起来,她不知脚该往哪处落,四处似乎都张着裂口,悄悄地冒黑水……

"哥哥——"

"你么事还站在那?"

苇丛边,突然冒出了果杉。晓青再也忍不住,泪珠儿滴滴答答落了下来。果杉只看她揉了揉眼,却不知道她的满肚子委屈,只是兴高采烈地说:"大熊猫是从这边找路走的,我一点没说错,那边有条小溪。它真聪明,不往前走了。它找到了一座'桥'。这样的'桥',你一定没走过……"

原来有很多问题要问,但晓青还未从委屈中平静过来,张不开口。果杉没等到她的答话,只好自拉自唱:"你晓得吧?野兽精得很,它拉粪的地方,有时讲究得叫你瞪眼……当心,弯下身子钻过去,别往旁边岔。"

苇丛中,果然有条兽径。芦苇长得不高,一直伸向浅水区。淡绿的水,在小溪中无声无息地流淌。他们跟着大熊猫开的路走,既安全又方便。

"你怎晓得它往这边来了?"晓青佩服果杉,好奇地问。

"是那几坨粪跟我讲的。我不是说野兽精么?它拉粪,常常在岔路口,猎人说它下'迷药'。我刚才犯疑,才回来找……"

兽径已把他们领到一棵矮墩墩、粗壮壮、枝繁叶茂的山柳树旁。它平伸一只粗臂,铺着、挂着、裹着各种苔藓、地衣,搭到小溪的那边,上面有明显的踩踏痕迹。

"这'桥'真妙!"不由晓青不赞叹。

走到树桥中间,晓青舍不得再迈步:一弯绿泉,相夹苇丛,跨溪的山柳红叶、蓝天、白云……她觉得自己也成了绿水。

噗啦!

一个黑亮亮的毛背,在水面拱了下,又沉入水底,只留下一圈圈水花。

晓青吓得往后一仰,她没想到在这片被浓重的宁静、和平笼罩的小溪,还有着动物世界的殊死斗争!幸亏果杉手疾眼快,一把紧紧抓住,她才没掉到水里。刚走到岸边,又是噼啪、噗啦几声,一条闪着银光的大鱼,被横顶出水面,接着是咬住它的嘴。钢针样的胡须,小小的乌黑脑壳,一对骨碌碌的眼……

果杉连忙端枪,开保险。它却一拱身入水了,只把个光滑滑、肉滚滚的屁股让他看了看,就消失得不留一丝踪影。

又跺脚,又拍脑壳,懊丧至极的果杉,用了这些话来配合这一连串的动作:"唉!可惜,可惜!草瓦老爹想了一生,要逮个水猫子,到现在也没办成。咂咂咂,我先头怎没想起是它?怎让它就这样跑了?真该打!真该打!"

"有生活在水里的猫?它那样金贵?"晓青被说动了心。

"跟你讲吧:你那小画书上叫水獭,抓鱼的冠军!草瓦老爹晓得我妈在江边长大,喜欢吃鱼。溪耳到哪买到鱼?他早就说要抓个水猫驯好,帮我妈妈抓鱼!"

想到善良的老人总想让这里的人生活得好,费尽心思;现在又为了保护大熊猫,正在和"独眼"周旋……晓青急了,催果杉快走。

大熊猫的足迹,领着他们穿过了这边窄窄的沼泽地,兽径断头了,又是个陡坡。两人也不太着急,全力往上爬。到了坪地上,又是一个海子。

接连爬了三个陡坡,三个坪地上都躺了个海子。海子小了,两岸的山坡却平缓、开阔起来。槭树、白桦、红桦少了,泛着紫色的箭竹多了起来。虽然还是东一片,西一片,像星星在山坡闪耀。

雪山在不远处的蓝天探着身子,一条耀眼的冰川,就像要流到他们面前。依草瓦老爹他们描绘的,大熊猫喜欢在这样的地方生活。

有了山野经验,他们又找到了在竹丛中的大熊猫的兽径。这条路未伸多远,又断头了;低矮的杂草,留不下它的身影。两人只得分头去找。

不多会儿,晓青召来了果杉。她发现一片茂密、长得很高的竹林,竹林边有个洞,她就站在洞口。

果杉蹲下去看,洞幽深,见不到头,也不知道通向何处。从上面看,竹子比他高得多。往旁边走走,还是竹林。这片竹林不小。

"是野兽钻过去的。它硬将竹子挤到两边。竹子密,分不开,又有让劲,也没断,成了隧洞。"果杉说出了他的判断。

"这还用说,当然不会是人钻的。不信,你从旁边钻钻看。"

果杉真的从另一处钻。可是费了九牛二虎之力,竹林才让开一条缝。走了几步,就退回来了。一看旁边,也有个豁口,竹子被拉开:"你已试过,还要我当次笨牛?"

晓青只是抿嘴笑,又说:"刀呢?砍根竹子。"

晓青用竹子量了洞的高度和宽度,说:"你看洞里的竹竿发亮。"

洞中两旁、顶上的竹竿,像有无数的眼在眨。果杉站起来,手臂一扬,大手往下一劈:"是大熊猫走过的路!我敢肯定。"

"野猪呢?不也能钻出这样的洞?还有'独眼'呢?"晓青把顾虑都说了出来,希望果杉能够驳倒她。

"'独眼'到了这边,草瓦老爹早就过来了。盯住'独眼'是他的任务。野猪才不钻竹林哩!它不吃竹子。它是个懒货,专喜欢灌木丛,找落下的树果子,啃草根……这样吧,你留在外面,我先进去侦察侦察。"

"不干!"蛮横劲又上来了。她已有孤零零站在沼泽地上的体验,"跟在你后面,我也不怕。"

"要是别的野兽呢?跑都跑不掉,在这个洞里。"

"枪呢?"

果杉一时被噎住,但他脑壳子转开了:"要是大熊猫呢?它和我们迎头撞!草瓦老爹说过,它凶起来,狠得要命,带着小的,更是凶猛无比。豹子、马熊见到,都不敢轻举妄动!他要我们躲着它,千万别惹它!"

"我们是来救它的呀!"

"它接到你写的信,还是收到通知?"

"我们有羊肉。把羊肉送到它嘴边,它正饿得慌,吞都来不及,还能对我们凶?"

果杉一想,也有些道理。查修的那条狗不就是这样吗?叫得挺凶,拖着血红的舌头,但只要丢块肉,它就会老实。不对,大熊猫恐怕不会这样,野物野性。对不明白的事儿,对道理明显地在他那边的事儿,晓青会温顺得一切听他的,然而,只要她认准的事,蛮横得要命,他果杉是没办法的,总不能在这斗嘴斗到黑呀!

他检查了一遍枪,端在手里,然后说:"你得离我一段路,这总该行吧!"

看到晓青点了头,他才一猫腰,钻进洞里。这个洞可不好钻,它矮得果杉都快趴到地下。背上的篓子又老是碰得竹子哗哗响,刚把头往下低点,一块软软的东西又扣到脑壳上。

"不行,不行!快往回退!"

跟在后面的晓青连忙掉头,可洞窄,转不过身,只好气急败坏地倒着往回退。越急,退得越慢,竹根又扯扯绊绊……等到他俩出了洞口,都已满头大汗。

"哎哟……"果杉只顾喘着粗气,竟像个老人精,用手背在腰上捶了几下。

在这时候,晓青才不讨冲哩!只是用眼神把询问一次次送给他。

"嗨!学次大熊猫也难,不低头,不行;低下头,脑壳上长了个大肉瘤——啧啧!背筐的羊肉扣到脑壳上。"

原来是这回事,虽然知道他是故作轻松,晓青还是舒心地笑了:"是你馋得想吞下羊肉!"

两人商量后,把背上的羊肉筐解下来。果杉背了三条腿,只分给晓青一条腿和羊头。

他们要对付可能出现的野兽,只好将篓子放在洞外。又想到可能和大熊猫迎面,晓青坚持要将羊腿提在手里。忙乱了一阵,又商量一些应急的办法,两人又一前一后钻进洞里。

行动方便了,也渐渐习惯低头弓腰前进,心情轻松起来。

"像是地道战!"果杉回头轻轻说。

即使是巧手篾匠有意来编,也未必能编得这样好的"竹篷"。被挤开的竹子弯向两边,可上面还是架着,形成穹窿。阳光虽然射不进来,竹子也还未密得挡住光线。这里,除了闪亮的竹竿,还有奔波的蚂蚁,伏着不动的花甲虫,黄澄澄的菌子,刚顶出地面的笋尖——这里也有一个世界!

果杉简直像个大麻虾,走着弯弯曲曲的绿莹莹的通道,累得热汗蒸腾:"要是再高点就好了,这洞。爬山也没费这大劲。"

身材瘦小的晓青钻洞要比果杉轻松得多。她眼睛一亮,发现旁边的竹枝上挂着一小撮兽毛,她小心翼翼地摘下,一面招呼果杉,果杉趁机坐了下来,想歇口气。

她递过那撮深褐色的兽毛,果杉看了看,也断定不了是哪种野兽的毛。他只见过大熊猫的照片,听晓青他们说过,它仅有黑白两色的毛。

他在心里告诫自己:"要当心。麻痹不得,和野兽来个迎头撞,嘴亲嘴,总不是好事!即使是一头不咬人的豪猪,那一身刺也够受的。一只温驯胆小的麂子，若一受惊，只会往前冲，不会往后退，那对獠牙，也会成为两把短刀……"

"你看到有小岔道吗？"晓青说出在心里想的事。

"没有。"

"我也没看到。小家伙呢？跑丢了？"

这和他们看到过的大熊猫兽径很不一样。兽径上，不多远就有个小岔道。那小家伙跑段路又回头，或者兜个小圈子，或者朝前跑，但最后总是回到妈妈的身后。这里，却是一条通道向前，更使果杉多了心眼："追到头才晓得。反正这家伙身大、力大，像一部挖地道的机器……真要发明出这种机器就好了，修铁路、挖地道、穿过山，穿过河底还不用架桥……溪耳也会成为城市……你将来想学哪一行？是指你的理想。"

晓青没想到在这地方，在这时候，他突然问起这事。从来没想过吗？也不是。在果城，家里常有客人，有时一下来了四五个，多是住在同一个院子的。也有从成都、重庆来的。除了关切爸爸，问到妈妈，常常说起的是"理想""专业"，还有什么"自然保护""分子生物学""生物物理学"……往往正说得热闹时，有人忽然长叹一声，接着是大家长时间的不说话。

她慢慢听出了，这些叔叔、阿姨日子过得不舒心，有的挂过黑牌子，有的现在还在养鸡场、养猪场"改造"。"改造"这个词，她还不确切懂得它的含义，妈妈被关在铁窗里，也叫"劳动改造"……他们留给她一个印象：似乎一切的不幸都和"理想""专业"联系在一起。

有一次，她问爸爸。爸爸却说："没有理想的人，他就不知道活着是干什么，也不知道生活的乐趣，只是一个装饭、装菜的皮袋子。因为理想总是为了世界更美好，为了大家更美好，所以要实现它就很难。难才有意义。很容易做得到的事，大概也不是理想。对一个人说来，'专业'——他从事的工作，无论是扫大街的清洁工、炼钢工人、科学家、数学家——都是实现理想的路径。"

从此,晓青开始想这事了。可是,果城的遭遇,想也想不成。到了溪耳,姑姑在牧场上做的,牧民对她的尊敬,都使她有了新的感受……

"说呀!怎么成了哑巴!还怕丑?"

果杉用臂肘碰碰她,她才从沉思中醒来:"你先说。"

"我呀!想当个筑路工人。妈妈说,筑路工程师要修铁路、公路,很多很多的路。通到一切被大山隔断、被荒凉阻绝的地方!"

他的一挥一劈的大手,挥在、劈在竹子上,引来一片哗哗声——青翠翠的竹林,正为他热烈鼓掌。

晓青没有笑,倒是被他散发出的热情、神圣、豪迈冲动,立刻说:"我要和爸爸一样,研究大熊猫,保护大熊猫。送给地球上每个国家一对大熊猫,让全世界的人都看到它。"

果杉笑了,带有男孩子的豪迈、淘气:"你一定得把它开隧道的本领研究清楚。我修路,把它们送去!为了大熊猫,前进!"

他一转身,弓着个腰,在绿色的隧道中像条蛇往前游去。

不知转了几个弯,前面亮堂了。晓青紧走几步,看看快撵上果杉,也可伸伸弯酸的腰,却突然听到他啊的一声,就躺倒地下。

她不知出了什么事,也未得到果杉的停止或后撤的命令,但也只愣了瞬间,就勇敢地往前冲去……

十　强盗大胡子

当果杉兄妹谈理想，引来满腔喜悦，弓身在竹林隧道中追踪大熊猫时，果杉不平常的一声惊呼，急得晓青火燎一般。等她赶到洞口，一见洞外的景象，惊奇得透不过气来：

总有半间屋大的一片地，竹子被压伏，有的倒地，有的竹梢不屈地往上翘着。从树冠上洒下的阳光，将空地上照得金碧辉煌。另一端，有个不知通向哪里的洞口，和他们钻的一样。靠右边，竹林下部被挤压，上部的竹梢还交错在一起，竟出现个像是有意搭的寮棚或半壁窑洞。果杉就仰面躺在那里。

他头也不偏一下，尽管看着头顶的竹子，从缝隙中还能见到星星点点的蓝天。他把手臂垫在腰下，享受着解除腰酸的舒坦。似是忘了一切，大声地喊着："进来呀！你见过这样漂亮的小别墅吗？城里能有吗？嗨！能住家过日子！"

晓青已在洞口坐下。这句话，刚好和她闪过的念头合了拍："你们这里……不，你听说过这里有野人吗？也叫雪人。"

果杉用背蹭蹭几下，一骨碌坐起，瞪着个眼，愣神半天，才说："草瓦老爹说过，他在雪山打猎，见过浑身长着棕毛、头发披到脊梁心，在冰川上走动，又高又大的雪人。吓得他分不清东南西北，迷了向。等等，你把刚才捡来的毛，再给我看看。"

晓青从衣袋掏出已用纸包好的六七根兽毛。在竹洞里看，是深褐色的，在亮处,它还真泛红、沾棕哩!果杉大手一挥:"我说哩!大熊猫哪有这个能耐,把棚子编得这样巧!把这片地做得这样妙!躲在这里,谁也发现不了,安全极了!"

只顾胡猜乱想的晓青,没有搭话茬儿。果杉以为是因钻了半天,结果找到的不是大熊猫通道,她不乐意了,于是说:"发现了雪人也了不起!妈妈说过,科学家对它有争论。你说有,他说不可能有;还组织过很多考察队,结果谁也没捉到又高又大、浑身长毛的雪人……兴许,比大熊猫还重要。"

关于雪人的知识,晓青是从一本书上看到的,这不用他说。雪人"又高又大",倒是和她刚刚想的有关:"这个洞,我们钻,都累得腰酸,雪人那么高——书上写有两米多高,他能钻这样矮的洞?它要钻洞干么事?"

果杉被噎住了,转而一想,开始反击:"雪人,嘿嘿,倒像是我提的,不是你说的?怎么倒问起我了?"

"听你讲了一路野兽的经,你晓得的比我多。我是提个事,让你想:谁能把这片竹子压成这样,又还搭个小棚子?"

晓青并非使了心眼,说的是实话,过沼泽地、水猫子……都给了她深刻印象。果杉听得舒服,想了想,才说:"明摆着,要么是用脚手把竹子捺下去;要么是又翻跟头、又打滚,还要力气大,身体重。这个棚子,我看过,不像是有意搭的,倒像是用身子压的。"

他又侧过身子,把头伸进去。这一看不打紧,竟跳了起来:"有断竹!"

晓青连忙走过去,是两根竹梢,竹根上的印痕像掰断的。竹梢的断痕像刀切的,但怎么也找不到少掉的中间一段。晓青心里乐得怦怦跳,果杉也向她投来会意的一瞥。

"我们再找找。"

晓青说完,就在这块竹林中的小天地走动起来,又发现好多根断竹梢。接着,在半歪半伏的竹子下发现了一坨坨粪,数了数,大的九坨,小的五坨,都是他们已熟悉的那种纺锤形。最有说服力的,是其中未消化完的竹节。

是大熊猫和它孩子留下的。它们把这里做过临时栈房。

他们惊讶大熊猫的聪明,相信草瓦老爹说的:它爱待漂亮的地方。

陡然,话音小了,语气低了,似乎大熊猫母子就在身边,因为粪团比在沼泽地上看到的更新鲜。

商量、讨论的结果,他们归纳成了几条:

一、大熊猫不仅喜欢钻竹林,开洞,还喜欢找块幽静地方休息、戏耍。

二、它们喜欢打滚,压出一块平地——以果杉的话说,"它不仅是钻洞机,还是轧路机"。

三、它们吃了这里的竹子,但可能不喜欢这种箭竹,只吃竹子中间的一段,这点非常重要,说明它们还在饿肚子。捡到的竹梢梢要带回家,请冷秀峻看。

四、不能再钻前面那个洞了。碰到它,吓跑它,都不好。退回去,由果杉上树,看看这片竹林有多大。羊肉就放在这片竹林四周,晓青带来的这只羊腿,就留在它这个窝里。

他们觉得,对这母子大熊猫的脾性渐渐有了了解,感到亲切。

退到外面,果杉仰头寻找能上的树。晓青说:"那棵云杉好爬。"

果杉向那边走去:"它是铁杉,不是云杉。"

"它和云杉长得一样。"

"它枝丫多,结疤多。在林子里争地盘。牧民不用它盖房子。云杉直苗苗往上长,到了顶上,才发枝生杈,叶子织成一片云。"

"你像在写诗。"她感到,只要是果杉熟悉的,他总是说得很动人,好像是谈老朋友。

铁杉虽粗大,但好爬。果杉站在横枝上,向四周打量一会儿,对树下的晓青说:"它骗我们。洞钻得那样长,弯弯曲曲,像迷魂阵。其实竹林不大,比三四个篮球场大不了一点点。"他用手往南边指指,"那边山陡些,竹子长得也不好,山窝窝里还存着没化的雪。"

他又换了根横枝:"嗨!站这里,倒是能看到它做窝的地方。"

他下来了,小兄妹俩绕着竹林的边边走了大半圈,没有再发现可能是大熊猫进出的洞口。南边山势陡的地方,只站高处仔细看了看。在稀疏矮小的竹丛中,没发现明显的兽径,看来,基本上可以认为,大熊猫就藏在这片地方。

"它们要是也像我们一样,从那个洞钻进去,还从那个洞出来了呢?"晓青问。

果杉一想,也有道理:"这样吧!我们先在这边把羊肉放下,再沿着鄂尔斯姆宝石往上走走,看看有没有它走出的路,反正时间还早。"

果杉吩咐晓青捡来枯树枝,他试了试风向,选好个地方,为了防火蔓延,先将边上的杂草除净,再架起篝火。

篝火噼啪噼啪,火苗蹿了起来。他俩忙着将羊肉放上烤。据草瓦老爹说,洞尕最喜欢吃烤过的牛、羊肉。也是他提议,要把送给洞尕的粮食烤一烤。

不一会儿,羊肉的香味溢出,弥漫了山冈,香得果杉直抽鼻子。

按果杉的意见,将烤过的羊腿和羊头,分别放到大熊猫该出来找食的地方。也还是在上风。

"嘿嘿!我要叫风把羊肉香味,一阵阵吹到它鼻子底下,馋得它淌口水。前年,我和妈妈去县城,那里的饭店才鬼哩!大冷的天,开扇窗,热气往外直冒。顺着风,把肉包子香味洒得满街都是。好馋人哩!我是跟他学的。"

他装模作样地左手做出托盆姿势,笑容可掬:"哎!道地的溪耳味,喷香的烤羊肉,刚出火堆的烤羊肉。大熊猫妈妈,带上你的儿子,快来呵!尽吃不要钱!"

逗得晓青笑得扶住篓子,好半天站不起来。

沿着海子上方的谷地,他们又往上走,途中的竹子稀稀拉拉,泛黄的叶子,像个瘦瘠孩子脑壳上的头毛。

又登上一个坪地。晓青一见脚底下的海子,不觉喊了声:"五花海!"

"嘿嘿!"果杉在喉咙里低低笑了声。

"这可是你自己说的,别再找我吹毛求疵了!"

宽阔的海子,平滑如镜。海水的颜色,却一反常态。这里一块是淡黄的,那里一块是茸绿的,紧邻着,又是一块紫的、橙黄的、粉红的、金色的、桃红的、湖蓝的、血紫的……界线分明、水域各异,宛如五彩缤纷的鲜花嵌在一块巨大的水晶中。

点点雪峰,层层绿树,一抹山峦对峙的背景,隐隐约约。微风乍起,花动影随。顿时,山谷溢满五光十色,霞光迸飞,缭乱迷离。

"真怪,同在一个海子里,中间又没筑坝子,红的、黄的、绿的水,怎么不混合,还是各归各呢?"奇异的景色,奥秘莫测的大自然,不能不使她提出疑问。

"光是跟你说,你要不亲眼见,还不和我吼个三天三夜,打死也不信!谁都晓得水是流动的,可这些不同颜色的水,在这个海子里,就是不混合。再大的风吹,再大的浪打,临了,平静下来,还是红归红,绿归绿,像是一块块不同颜色水晶拼起来的。叫你奇怪得找不出形容词。"

"上面还有海子?水是什么颜色?"

"怎没海子?多哩!直到冰川脚下,一天走不到头!那些海子的颜色,和下面的一样,蓝得很深!"

"五花海只一个?"

"还有一个小五花海。那又是另一种模样,更出奇,在上面一条岔沟。"

"你去过?"

"听说的。那边的海子都小,小得别致。比公园里人做出的还漂亮。没人带我去,妈妈也不让我去。说那里太荒凉,多少年没人进去过,净出马熊……"

晓青听出他语调中的忧郁。在这样寂静、幽深，只有山峦、森林，只有两个孩子的地方，她可耐不住他这种情绪。于是，提出个新的主意："我们下去看看水吧！"

果杉慢慢地走起来。晓青久久凝视着色彩斑斓的海子，好像晶莹的海水中，隐伏了无穷的奥秘，蕴藏着数不尽的珍宝……

一块阴影，在海面上飞快移动。阴影笼罩到哪里，哪里泛起点点水花。那是惊慌逃窜的小鱼。晓青连忙抬头——"好大的鸟！"

它从山谷上方来，平展开又宽又长又尖的麻色双翅，如片雨云，闪着灰白的光，向下飘滑。

果杉认出了："大胡子雕！"

淡黄色的头，嘴尖带钩，喙短而粗壮，颏下飘动着一撮黑胡须。

晓青看稀罕了："真像！它还长胡子，漆黑的。一股凶相。"

像是对她的话很不满，大胡子雕把严峻、阴冷的目光往这边转了转，然后用力一鼓翅，传来两声清脆的笛声，斜着膀，往他们的来路滑去……

"你还没见它凶，倒讲它厉害。嘿嘿！我亲眼见过，那次在牧场上，我只觉得脑壳上有道黑影掠过，抬头时，它已抓住一只落单的羊，猛扑两只翅膀，丢下一串笛声飞走了。它喜欢滑翔，只要扇动翅膀，就响，像带哨子。等到猎人拿来枪，它连影子都没了。啧啧！那羊悬空的四条腿，乱蹬乱踢得像打鼓！"

"有那么大力气？你又胡编瞎造！"

"你胆大，愿试试？只要在草场上躺着，半天一动也别动，它以为你没气了，嗖——！一爪子就抓起你！不信问草瓦老爹，牧民们从来不用帽子盖脸躺在牧场上，也不让孩子们这样……"

一道阴影从他们头上掠过，又是那只大胡子雕。它飞高了，向他们来路兜去。

山梁那边传来微弱的笛声,晓青正要说什么,另一只大雕,抖动着胡子,已从树冠后冲过来,也向他们来路绕去。

果杉连忙往旁边跑了几步,那里视野开阔。他发现还有一只大雕,在高空盘旋。他不安了,慌里慌张又往高处爬,只见有几只黑色的鸟,也在往大雕盘旋处飞。

他气急败坏地向她喊了声:"快跑!篓子我来拿。"

晓青以为是大雕要向他们进攻,可它离得远哩!再说,往哪跑?它是天上的飞贼,这里既无防空洞,又无房子。

"往回跑!到竹林!"果杉吼得喉咙都直了。晓青虽然还不明白所以,但往回跑了。果杉已撵上了她,"我先去!"

果杉把两只背篓往肩上一搭,提着枪,野马般撒开蹄子,踢踢哒哒跑走了。没一会儿工夫,森林就掩去了他的身影。

晓青心里七上八下,又忍不住时时看天空:

好家伙,只这一会儿工夫,已有五六只大胡子雕,响着笛声兴奋而又狂热地在上空左冲右闯,纵横飞掠!

她不知出了么事,但从果杉那架势、神色,晓得很严重,可能是这些老雕引起的……她又思索,万一老雕向她攻击怎么办?这东西可不好防备……对了,手里有大熊猫吃剩的竹梢,到时候就用它抽……

她跑跑走走,一点都没有了在沼泽地时那种孤独感。天空的那些大雕,印象中来溪耳几个月总共看到的,也没现在的多,这占去了她主要的精力。从坪地上往下看,又看到了像是乌鸦般的黑鸟,往那片竹林飞,还不时见到果杉在林子里闪现。

突然,传来果杉愤怒的吼叫:"强盗!坏种!"

等她抬头,一只大雕已越过树梢,扇动翅膀,箭似的向山谷上空窜去。爪下,却牢牢抓着一个物件……果杉呢?

她急得大喊,带着哭腔:"哥——哥!"

又一只大雕向下俯冲,尖尖的巨大翅膀,似乎要将那些树冠斩断砍倒。

"你敢!你敢!坏种,我开枪了!"

果杉的声音从竹林那边传出。一块巨石从她心头滚落,她感到浑身发软,但眼里却涨满喜悦的泪花。

喧嚣的鸦噪,也从森林里爆发。它们黑压压一群飞起,又落到附近一棵树上。

竹林那边,简直像是发生了一场战争。

东奔西突的果杉,见到晓青的身影,忙喊:"快来!快把那边的羊肉拿过来!"

晓青跑去。

"注意老雕,别让它往下飞!"

稀疏的树,把这里留下好大一片空间。几只大雕,有的盘旋,有的俯冲。晓青只觉眼前一暗,抬头已见两只黑黑的大翅向她压来,白肚子下的铁爪向她伸来。她恐惧得尖叫一声,掉头就跑。

"咿哟!"

"别怕,我来了!"

那雕,也被突发的尖叫吓得一抖,一昂头,爬高……

"快去拿羊肉!"

迎面跑来的果杉,冷峻、焦急的吼声,使晓青停住了脚步。她定了定神,觉得脸颊发烧,一转身,又往前跑。果杉已快追上她:"你只管拿,我监视天上!"

晓青看到草地上的羊腿,才意识到大雕是来抢送给大熊猫度荒的口粮的。

"敢来！强盗，我崩了你！"

果杉怒吼的同时，她听到了大雕撕裂空气的嘶嘶声，感到它的阴影，那带钩的嘴，巨大的翅膀……她克制住了想抬头看一眼的欲望，只是举着手里的竹梢，盯住草地上的羊肉，扑过去，抓住它，提起来……

她刚到哥哥的身边，又是两三下笛声，就见一只大雕，侧身扑翅，向上飞去，抓走一只篓子。"这些凶恶的强盗，太欺侮人了！"她急了，一操果杉后背："开枪呀！"

果杉只向她瞪了一眼，又猛地向那边奔去。

晓青感到身后有些异样，刚回头，又一只大雕企图从这边向果杉偷袭。

"背后，哥！它从背后来了！"

果杉转身，又是跳，又是骂，又是吼，又举枪，又扬臂；那家伙才未敢下手，一斜膀子，潇潇洒洒地转个弯，飞走了。

一树的鸟儿静静地立在那里，一声不吭，像是群只顾在旁看笑话的闲汉。

幸好，果杉匆忙中罩在篓下的一条羊腿、羊头，都还在。老雕最后抢去的，只是只空背篓。但在先头果杉还未到达时，它已抢去了一条羊腿。

他们把羊肉移到粗壮的铁杉树干下，巨大浓郁的树冠是保护伞，老雕已无法施展攻击了。

真是又累又气，恨不能把它们撕碎才解恨。

"哥！枪出了毛病？"

"我不想开枪？可是大熊猫呢？惊走了大熊猫怎么办？"

他说得对，比自己想得周到。晓青承认。

打仗，是双方的事。你开枪，我还击，好办。可是果杉碰到的，是从天上发动的强盗。

它们凶猛、奸猾、势众，像是商量好的，果杉对付左边的，右边的就来了；顾前面的，后面的又来了。无法还击，只能愤怒、吓唬！

就像赤手空拳没有了武器的步兵,要对付飞机的轮番攻击一样。

"哥哥,幸亏你发现得早……"她想表达对果杉的敬佩。她就不晓得老雕是为羊肉飞来的。果杉机智、勇敢,敢跟它们争夺,跟它们吼叫,自己可吓惨了。

"还早哩?再晚一步,羊肉都要叼光了!"他还在生气,对那些长着黑胡子的家伙,也对自己生气,干吗先没想到?

"老雕,怎的这样快就晓得我们放了羊肉?还会神机妙算?"

"它们眼尖,牧民们叫它'锥子眼'。别看它在天上飞,能把地下看得一清二楚……啊,我想起来了,兴许,是烤羊肉时,香味升到天上了。怎么一乐,就糊涂了哩!"

"那时没看到它们呀!"

"这你就不晓得了。别看它们不在头顶上飞,它们张着膀子在高空飘,像个悠悠闲闲的懒汉;其实,那是在巡山,在侦察。发现有吃的,就扑下来偷,来抢!"

树上的鸟,到近处才看到羽毛并不像乌鸦那样漆黑,倒是透出点棕色的光,尾巴根子是白的,背上及胸口都有白色的斑点,像星星。果杉说,牧民们叫它星鸦。

三三两两的星鸦,正悄无声息地从栖息的大树飞出,往竹林中落去。

"你看住肉,我去!"

经历了刚才一场,晓青已明白是怎么回事了。尽管很累,想到那个洞,还是她钻起来便当,也能让哥哥歇息一会儿。谁知道下面还要发生什么事!

她找到竹林下的洞口,连忙弓起身子,钻进去。

果杉正在和星鸦作战哩!

他吼一声,星鸦往高处飞一点点;他跳脚大骂,星鸦绕几个圈圈。

他恐吓地举枪,星鸦只是看看,似乎清清楚楚知道,那是不会响的玩意。

它们目标不变,一个劲往竹林中飞,徐徐降落……它们没有大雕的凶悍,却是无比狡猾的小偷。气得果杉捡起石头砸,跟着后面追。

等到他想起回头看看,哎呀!已有四五只星鸦,正穷凶极恶地争抢放在树根下的羊肉……

晓青还未出洞口,就吆喝起来。她已听到鸟的撕啄。从竹隙中,看到有两只星鸦,一边狼吞虎咽,噎得直伸脖子,一边贼头贼脑向竹林打量。她气急了,随手捡了块石头,到了洞口,扬手狠砸……

黑压压的一群,哄地飞起,嘎嘎乱叫。地上有只中了石头的星鸦直扑膀子,晓青冲上去,准备狠劲跺它两脚解气,它倒一歪身,蹬了两下腿,不动了。晓青想把它当战利品,和羊肉一同拿回去,有个念头一闪,她不拿了,又缩回洞里,在那里静静观察:有个示众的,看你们还敢下来抢大熊猫的粮食!

果杉见星鸦乱纷纷飞起,知道晓青已赶到,但等了半天,不见她出来,急了:"晓青!"

那羊肉早已被啄得像蜂窝,现在星鸦一个也未敢再飞下来。晓青怕哥哥急,也就退了出来。

"把羊肉吃完了?它们!"果杉一指还立在附近树上的星鸦。

"我砸死了一只,让它示众。"在这场狼狈不堪、气急败坏的战斗中,这算是个小小的胜利,她有些得意。

"它们比鬼都精。牧民们说它会算命,能知未来、过去,能猜到人的心思,总是占到便宜。听说,老猎人考徒弟,就是要他打只乌鸦来。我看,星鸦和乌鸦是一个种!"

"嘻嘻!我及格了,及格了!"

"是它多得成堆,让你这个瞎猫碰上了死老鼠。"

没想到今天败在一大一小的鸟的手里!果杉真是憋得慌。原计划由草瓦老爹看住"独眼",他们仅仅给大熊猫送粮,这还不是牧场上拾牛粪——稳妥又便当！偏偏闯来了强盗，又溜来了小偷！

　　羊肉是送给大熊猫的，它们正受饥饿的煎熬。姑姑说过，眼下是它们最艰难的时刻，只要能吃上送去的羊肉，再逐渐适应新的食物，就能活下来。她和哥哥都说，只要能救下大熊猫，他们不再吃肉，都省给大熊猫吃。可是，大熊猫却吃不上送来的肉。

　　他俩商量，争论，好的办法还没想出，却又看到星鸦离开树，往竹林里飞去、落下。没等果杉说话，晓青已一溜烟跑去了。提着羊腿回头时，她那秀丽的细眉，都愁得攒到了一起。

　　愁闷，使得山野更加寂静。脚下的海子，也变得毫无光彩。那些歌唱的小鸟，不知都飞哪去了，只有星鸦默默高踞树端，贼溜溜的眼却没有一刻离开他们。高空，时时出现盘旋的大雕。

　　突然，鸦声骤起，随着嘎嘎喧嚣，在树冠上空绕飞。

　　"像是有情况！"

　　果杉已经站起，快手快脚，把剩下的羊肉全用背篓罩起；然后用下颏示意，要晓青隐藏到一丛小灌木后："没有我的命令，别动！"

　　他就地伏在树干后，将枪支好，监视山岭上方，准备随时射击。

　　鸦群时聚时散，但就是不落树，也不停止叫，更不远去。只管兜了一个圈子，又一个圈子，飘飘忽忽，但总是对这边恋恋不舍。

　　"牦牛犊子！怎么跟老草瓦藏起猫猫？吓得我以为是老雕把你们抓走了！"

　　果杉一个鹞子翻身，爬了起来，不是草瓦老爹是谁？他正满面笑容，大步从坡下走来。

　　"你怕我胆没吓破？还要有意从身后再来一下？"

　　晓青也走出来了，只顾揉着眼。

　　"嘀嘀！是老草瓦不对。想得不周全，让你们兄妹俩受惊了！阳光有被乌云遮住的时候,草瓦老了,也有糊涂的时候。这不是来将功赎罪了?!"

真神!他不在这里,却像什么都看见了。果杉不接茬,却问了句:"'独眼'到这边了?"

草瓦老爹想让娃子们乐起来,他学着果杉的空调:"能吗?它敢?有我踩它尾巴,它跑得来?你这牦牛脑壳不开缝!是老雕报的信!不识兽迹鸟音,还能称上猎人?"

晓青扑哧一笑,脸上还挂着泪珠儿。他学得真像,连果杉也咧开了嘴,挤窄了眼。

他又一转腔:"连老鸦都知道真正的猎人来了,溪耳的老草瓦到了,老远地就惊群。你没看到,它这边圈子兜得大,是瞅着我;你倒像个呆子趴着盯那边。不信,你再看看现在它们的头朝哪边……"

不知什么时候,鸦群已收翅落到树梢,真一个个都眼巴巴地望着他们。

"它望哪边,是哪边有了事;不过,算你还得了半分,晓得它乍惊惊飞起,是发现了情况。"

草瓦老爹洪亮的声音,充满智慧的话语,说得果杉口服心服,晓青也豁然开朗。她想:山野里的学问还真不少!这大概就是爸爸常说的,动物之间相互的关系,一种动物有一种生态……

兄妹俩把已发生的事情说了一遍,草瓦老爹只是听着,既不点头,也不摇头,沉静得就像身旁的大铁杉。等他们都说完了,才说:"就不知你们这一闹腾,惊走了洞尕没有。娃子,你们坐这儿歇歇,老草瓦去看看。"

草瓦老爹回来后像个山神,说:"你们聪明,洞尕是窝在竹林里,没走。饿得不想走。只有那几团粪,说明它饿得凶。"

晓青当然不放过这样的机会:"草瓦老爹,你从哪看出它饿狠了?"

老草瓦眯起眼,瞅着她,带有点猎人常有的狡黠:"小花儿,你是要考我老草瓦,还是想学本领?洞尕走路时,拉粪没个定数。像在这样窝里过日子,一天该有四十来团粪。它待了顶少有一天,小仔要得压平了竹。

"这儿发紫的竹,它不喜欢吃,吃不顺口。你姑姑说得对,慢慢会顺口的。就像她刚来溪耳时,也不惯这里的糌粑、牛羊肉。现在不是和牧民一样了?只是这片竹林小,要给大熊猫一点好吃的,补养补养身子……"

"我们背来的羊肉,不能放呀!"晓青很急。

"嗬嗬!有老草瓦,老雕、老鸹子,敢来偷,敢来抢?"

"你老也不能日夜守这里!"

这句话,使草瓦老爹很感动:小小的女娃子,就会这样体贴人。

"不要守,不要守!老草瓦做个圈套就行了!"

说着,他们就开始行动起来。

"草瓦老爹,我把星鸦轰走吧!"果杉说。

"不用。"

"它们会看到你做的'圈套'。"

"就是做给它看的。"

草瓦指挥他们架起火来,又把羊肉都在火上烤了一遍,说是要去掉人、鸟沾过的气味;然后,把它们一股脑儿都放到竹林中洞穴栖留过的窝巢,还要晓青把砸死的星鸦也捡开了。出来后,又检查了篝火确已灭尽,一点火星也不剩,就说要回家了。

一直不吭声,一心看窍门的果杉,以为老爹忘了大事:"草瓦老爹,你说的'圈套'呢?"

草瓦老爹只管用粗糙的大手拍打着白袍子上的灰尘、草屑:"我放过啦!在你小牦牛眼皮下放的,没瞒你呀!"

晓青捏住果杉的衣角扯了扯,看他还是茫然的样子,又对着他耳朵,小声说了两句。果杉还是不相信:"你不只是用绳子把羊肉圈起来了吗?"

"这样还不够?"

"嗨！草瓦老爹，你又哄我了。这样简简单单的'圈套'，谁不会做？再讲，你又没打活扣，只是用草绳子把它们围了一下，它能扣住星鸦？"

确实，既称为"圈套"，那总该是有些"机关"的，老猎人对付山野的飞禽走兽，从来有各种巧办法，但也很少传人。现在，却是这样简单，怎能叫果杉服气、不疑心？

"老草瓦要套那个黑老鸹……"他呸呸啐了两口，"能吃，能喝？"

"那……那你……"果杉涨得脸通红，脖子上青筋凸出。

他越急，草瓦老爹越是乐，好像是已把一幕戏顶到高潮了，老人才来解开结："你这个乱踢蹄子、乱摆角的小牦牛！跟你把理讲明了，也不奥妙了：星鸦不是精刁吗？它疑心大！你要是没打它主意，当然坦坦荡荡，它能在你脚前走，头上绕。你要是打它主意，有意没意要躲闪，它一疑心，也惊乍乍。老草瓦有意让他们看，在羊肉外放了一圈绳，就是利用它疑心大、精明的特点。它们在树上一定想：'这是什么玩意？猎人在打我们的主意，当心，不能去'……"

"这叫聪明反被聪明误！"晓青一双小手在胸前轻轻一合，高兴得脱口而出。这句话，在那时的果城是很流行的政治术语。

"对！对！我小花儿说得对。"

草瓦老爹满脸的皱纹都绽开了，像是早霞照耀下的灿烂的草场。他知道晓青很伶俐，什么事都瞒不住她，难在她并不因此刁钻，挑眼挑鼻子放在脸上。就像越是蓝得深沉的海子，越是能不声不响地容纳无数的小溪流进，不显满，不显溢。

就譬如刚才吧，她就只是站在一旁，闪着像草棵上露珠似的眼睛，静静地看着，静静地想着。他喜欢有这样性子的女娃子。但这也并不妨碍他喜欢憨直的果杉，就像他既喜欢蓝色的小花，又喜爱大朵的红花一样。你看，这个小果杉，到现在满脸都还是似信非信的神色。他拍拍果杉的肩说："要是星鸦、大雕再敢来吃羊肉，你明天就跟老草瓦上高山，扛两只岩羊回来！"

果杉心里还是有疙瘩,又问:"大胡子雕,它也和乌鸦一样,疑心大,都不敢吃嘴边的食?"

草瓦老爹冲他笑着,带有些欣赏的味儿。别看他倔头倔脑,可倒是不明白就是不明白,不会糊涂人装聪明。

"你在牧场上见过它们?见过,对了,它啄食牧民甩掉的骨头。它的嘴大、粗,像凿子、锤子,嗒嗒几声,羊骨头就被敲碎了。它吃碎骨、吃骨髓。羊群就在它边上,也不怕它。羊吃草从它身边走过去,它还让羊。你见过它这时抓走羊?"

果杉摇了摇头。

"对了!小牦牛。它要抓羊,一定是从天上冲下来,抓住就走,一刻也不停,快得打闪闪。"

"那条羊腿,它就是这样抓走的。"果杉不觉帮着证实。

"洞尕的窝就那么点大,竹子高,它能……"

果杉一拍脑壳,懊悔得直跺脚:"我怎没想到,对呀!它没了冲力。早晓得,那条羊腿,它就抓不去。"

晓青开心极了,学着果杉批评她的腔调:"你这牦牛脑壳子,就是不开缝!"

踏上归途了。迷人的山谷,奇特的高山湖泊群,展现了一幅幅美丽、壮阔的画卷。

到了大树瀑布,晓青还是恋恋不舍。草瓦看着垂挂的银瀑,喃喃地说:"银链!鄂尔斯姆穿串宝石的银链!"

晓青还能放过这样的机会?急忙问:"草瓦老爹,鄂尔斯姆是谁?"

老人眯缝起双眼,指着瀑布对面的那座雪山,它隐现在遥远的天际:"她是位美丽的女神,原来住在这片山林。遥远的雪山上的扎伊扎嘎爱上了她。鄂尔斯姆留恋家乡美丽的山川,富饶的森林。她爱草场上的羊群,森林中呦呦的水鹿……她爱扎伊扎嘎,更爱自己的故乡。婚期只好一次次推后。最后,老鄂尔斯姆发火了,硬是定下了婚期。鄂尔斯姆不敢违抗父命,流泪、伤心,整天唱着忧伤的歌。

"老鄂尔斯姆为了使女儿高兴,打开了宝库——玛瑙、珊瑚红艳艳,珍珠闪光,金银灿烂……任鄂尔斯姆挑选。她在宝库中挑了九天九夜,最后看中一串蒙了尘土的宝石。鄂尔斯姆擦去灰尘,宝石总共一百二十九颗,全采自她家乡的雪山,是她妈妈用银链亲自串起来的。

"老鄂尔斯姆没想到女儿挑了九天九夜,就挑了这么件不起眼的宝石,责怪她太没眼力,也不识宝。鄂尔斯姆说:只有故乡最宝贵!

"出嫁的日子到了,扎伊扎嘎骑着宝马来接她了,鄂尔斯姆要离开家了。当宝马刚刚扬鬃奋蹄的时候,鄂尔斯姆把那串宝石抛在家乡的土地上……

"鄂尔斯姆到了遥远的扎伊扎嘎家里,但她每天都能在高山上看到故乡——蓝宝石把家乡的每棵树,每朵花,羊群、水鹿、洞尕、獐子、蓝马鸡……都清清楚楚映照出来。她也能看到年老的妈妈。她想念谁,就能从宝石里看到谁。"

草瓦老爹又指着远在天际的雪山说:"鄂尔斯姆心里永远珍藏着故乡,故乡的心里也永远印着美丽的鄂尔斯姆。"

晓青随着草瓦老爹的目光,转身眺望山谷下方的海子:海子中映着晶莹的鄂尔斯姆,她正从森林上方探首,注视故乡。

一群朱雀,唱着嘹亮的歌,从山岭飞到山谷,在海子上留下身影。

"一共有一百二十九个海子,在这条山谷?"

"你去数吧,小花儿。少了一个,老草瓦给你赔上。"

"五海花呢?也是镜子?"

"那是鄂尔斯姆采了故乡五色杜鹃花放上去的。她要鲜花永远开放在故乡的土地上!"

每人心里都有故乡。晓青想到了爸爸,不知他在哪个山岭跋涉。兴许也和她一样,在一条山谷,正在为大熊猫送粮? 她一想到妈妈,那黑黑的窗口、冰冷的铁栅就浮到了面前,使她无法再想下去……

真的,鄂尔斯姆使她非常、非常想念爸爸、想念妈妈……

一阵急促的马蹄声,由远及近,敲在坚硬的冻土上,特别响。它逐渐慢了。

谁在这样的夜里纵马飞奔? 冷秀峻要果杉出门看看。

"小兄弟……"

马用鼻腔尖嘶一声,被缰绳勒得兜了个小圈。

那人等马转回原地,才接上被打断的话:"小兄弟,天黑了,看不清。请问,查修住在哪座木屋?"

果杉看不清骑在马上的人的面孔,只是满脸的大胡子显眼。是个生人,既未穿达布人的白袍,也没有毡帽、花翎。

"你从哪里来?"

那人在马上呵呵笑了两声:"我是问路的,你倒问我了! 莫非是要请我吃羊肉、喝酒?"

果杉不好意思了,指了指部落的依稀灯光:"顺这条路下去,到第二个路口,向左拐。你喊一声,他就能听到!"

"谢谢! 祝小兄弟夜里做个好梦。"

他一磕马肚,留下一串蹄声,朦胧的身影,消失了。

十一　一掌，又一掌！

第二天,到达大树瀑布时,晓青忍不住停下马,将鄂尔斯姆那串宝石的银链多看了几眼。

快要和草瓦老爹分路了,果杉说:"草瓦老爹,再追上'独眼',可得下点劲！我们就想听到你那一枪,你也好早一天和我们一道去会会洞尕！"

这正说到草瓦老爹的疼处,一阵焦躁,在心头乱翻……连续几天山野的奔波,筋骨疼痛,连烈火般的酒也烧不去,常将他从梦中扯醒。一股淡淡的悲哀从心头升起。他毕竟是近七十岁的老人了！然而洞尕、波雅、"独眼",还有冷医生、果杉、晓青……又都在他眼前晃动。冷风带来森林的涛声,涛声中有着对他的呼唤！就像渔民听到了海的波浪……想到面前是两个这样的娃子,他默了默神,说:"那一枪,你们会听到的。草瓦老了,不能撑得它吃不上、歇不成,逼着它交手。但它想糟害洞尕,也没影。马儿不上套,多甩几遍绳。你们就等着吧！"

说完,催马要走。晓青也巴不得今天就把"独眼"除掉,可又觉得果杉的话不大顺耳,还听出草瓦老爹话中有些隐隐的哀愁,于是想用刚才的发现将话岔开:"草瓦老爹,对面那片林子,岭上岭下,么事大不一样？"

岭下,大片大片嫩绿发亮的树冠,依稀见到阔叶,间夹星星点点针叶树的墨绿。越往上,却变成墨绿的林海,嫩绿、油亮的树叶倒成了浪花花似的。它虽然被挤得只露出斑斑点点,然而闪耀着明快、旺盛的生命光彩。

草瓦老爹一昂头,朗声回答:"母子林!"

"嫩的是小树,苍绿的是老树? 它们叶子不一样呀?"晓青奇怪了。

果杉也觉得草瓦老爹信口说出的话有些不妥。听晓青问,就想张口,但还是忍回去了。

"你说颠倒了。绿生生的,是英雄树,先锋树!"草瓦说。

晓青眼睛一亮:在画书上,她看到过粗干繁枝,未长一片绿叶,已满树红花燃烧的英雄树,曾给她很深的感受;没想到生在南国,令人崇敬的英雄树,在这边寒漠冷的山原也能扎根……

"它么时开花?"

"是白桦树!"果杉实在忍不住。

草瓦老爹只是将目光停留在林海,端坐在马上,顺手指着:"森林只在阴坡生长。人们晓得云杉又粗又高,能架梁,能打瓦板,一年四季常青。它刚出土时,娇嫩娇嫩的,在荒坡上,经不起日晒,经不起雪压。很少人晓得这点。桦树的脾性相反,总是先在荒坡上扎根,不管土质贫瘠,泼泼皮皮地长,连皮也是横纹的。等到它撑起树荫,云杉才能在它下面扎根。

"桦树像个奶娘,给云杉遮阳,给云杉保水,给云杉挡风雪,再把叶子落到它根下,做肥料。

"等到云杉能自立了,它使劲和桦树争阳光,枝短叶少拼命往上蹿。你们没看到? 它总是长得细苗苗! 桦树总是给它让路,最后自己枯死,让云杉一直长成参天大树!

"这样的林子,不能叫母子林?"

兄妹俩,都庄重地点了点头。

牧民们,总是用他们的歌声,用他们生动的故事,在牧场上,在部落的篝火旁,对后代进行各种启蒙教育。草瓦老爹,像是面前燃烧着一堆噼啪作响的篝火,继续他动情的演说:"打仗时,先锋的责任,是冲锋陷阵,踏平刀山,滚灭火海,为大军开路。我们达布人的歌中,常唱'十个先锋,九个阵亡'。没有桦树开路,大山是死的、荒的,没有一点绿意。没有桦树开路,云杉哪能长成林?"

兄妹俩又都庄重地摇了摇头。

"这就对了,我的小牦牛、小花儿!英雄,不给牧民带来幸福的人,能称英雄?不把血肉都献给牧民,能称英雄?我们达布人,歌唱先锋——白桦,歌唱英雄——白桦!宿营时,只要找到它,再大的雨雪,也能引着火,燃起熊熊烈焰!"

兄妹俩听得入神,听得心怀激荡。

草瓦老爹骑着白马走了。他挺腰端坐,毡帽上的花翎迎风拂动,白袍、白毡帽、白马融为一体——活似达布人歌唱的白马英雄!

"草瓦老爹,我们在这里等你,一道回家!"果杉追着他的背影,喊得亲亲热热。

按草瓦老爹和冷秀峻的意见,他们今天还可骑马走到沼泽地,把马绊在那边。草瓦老爹也要多骑段路,才下马去追"独眼"。

碧蓝的海子上映着山谷两边的绿树,绿树夹着一弯青天,青天飘浮着点点白云——像是个粗心姑娘,提了满桶牛奶,一路泼泼洒洒——溪耳总是在横扫高山的一场场暴风雪中迎来了真正的春暖花开。低山区的雨水,原来就少,今年比往年更少,还未下过一场像样的雨。高山区的暴风雪也少,气候一反常态。

但这倒是给了果杉他们极好的时机。冷秀峻和草瓦老爹商量,想趁着晴天多给大熊猫送些粮食,希望它们快点恢复元气。谁又能料到天气的反复,山野的无常呢!

他们刚爬完陡坡,上到竹林所在的坪地,迎头一声"嘎嘎!"。

五六只星鸦,从树梢飞起。

"它们舍不得走,又贪嘴,又怕!"晓青说。

"说不定羊肉被吃完了,你别高兴得太早!"果杉总是不太放心那个假圈套。

"不会的。要是敢吃,它们还舍得在这里闲待?"

话也很有理,果杉只是叮嘱:"今天走路一定要轻轻的,说话要低低的。草瓦老爹说,不能再惊动它们了。"

晓青仰头望天,一只雕的影子也没有,她既放了心,也有些奇怪。那五六只星鸦,已落到附近的一棵树上。这些奸猾的小偷,贼眼一刻也没离开他们。小兄妹俩会意,相视一笑。

山野寂静下来了,只有阵阵的风,不甘寂寞,在山野游荡,发出各种音响。

竹林时时响起飒飒声,清脆、悦耳。风过后,又沉入悄悄的静谧。晓青和果杉除了南边陡崖,只站远处看看;其他地方,都巡视了一遍。竹林下大熊猫开出隧道的洞口,没有一点异样。草瓦老爹有意放的"拦路棍",依然跟昨天一样。他俩趴在竹下,希冀能找到一处地方,能透过竹竿的缝隙,看到大熊猫窝,但一切都徒劳。

接受昨天的教训,羊肉已在家里烤好。果杉将两个篓子倒扣,绑紧,吊到一个树丫上。觉得万无一失了,这才来准备上那棵铁杉树。

果杉刚往树上爬两步,躲在一旁的星鸦,有两只竟一唱一和地叫起来。叫了几声,又在树冠间乱飞一气。气得果杉一松腿,下来了。

他俩互相看了一眼,谁都没有说话。等星鸦不吵不闹了,果杉狠劲啐了两口,再往树上猴。谁知它们又瞎起哄,飞呀,叫呀!气得退回到地上的果杉,眼里冒火:"癞皮狗!"

对于勇猛凶悍的大雕,果杉拿它没法,情理上也还说得过去。现在,堂堂的男子汉,猎人果杉,却拿长了白点子的老鸹没治,说到哪也丢脸。他心里像塞了个毛团子。今天定要看看大熊猫吃了羊肉没有。

吃了，还要再送；没吃……没吃嘛，就得再想办法。

可是，他一动，星鸦就叫。这么叫，大熊猫能不躲起来？昨天回去的路上，草瓦老爹说过：在天上巡视的老雕，发现食物后，只要做种特殊的飞翔姿态，各个山头、崖顶的老雕，就会立即起飞。好多野兽不残害老鸦，连狐狸都讨好它，正是因为它是报耳神——给山野一切生物通风报信。

果杉急得团团转："谁给它起这个漂亮名字，就该打！还是什么佩戴星星的鸦哩！"他气得拿起枪，对它们瞄准。鸦群惊起了，可不见枪响，就又落到树上，只不过稍远一点点。果杉无奈了……

"你上树，爬到那根横枝上，再看它怎样？"晓青对他耳朵悄悄说，似是怕它们听到。

果杉上树去了，星鸦们一直没有停止喊叫，只是从这片树冠绕到那片树冠，决心和他泡上了。他心烦意乱，晓青向他招招手，要他下来。

晓青解下扎小辫子的橡皮筋，往手上一绷，成了个弹弓——果城的孩子恶作剧，用纸弹打过她——这可一下触发了果杉，他连连拍着脑壳，高兴得像得了宝，可又有些犹豫："不行！它们飞得高。"

他抽出猎刀，砍了几根竹子，用绳子绑好。晓青乐了："弓！对呀！做张弓，射它！看它还敢贼胆大？"

箭竹有了名副其实的用场。果杉绝没想到，和牧场上孩子在一起淘气的本领，现在竟能派上这样的大用场！虽然没有箭镞，但把箭杆头削尖了，照样锐利。人类祖先起始大概也是如此创造出武器的。

星鸦们异常冷静，只是注意他们的忙碌。

弓箭做好了，果杉试了一下，"箭"只往上蹿了一截，就无力地落下了。他转动起眼珠，一下，两下，主意有了！他把弓绑到一棵树上，以它做发射架，然后要晓青也来帮着拉弓。他从手臂上，感到了绷紧了弓的力量，觉得如意，然后再瞄准："我喊三二一，就放！"

晓青想笑,他还来了个倒数计时,像是要把箭杆发射到月球上似的。她忍住了笑,憋足了劲。

"三——二——一!"

嗖的一声,箭飞出去了。嘎嘎声叫起了。虽然箭尾巴有点摇摆,可它直指高高的树冠上的老鸦……

嘿!还真是强弓怒箭,勇士奋发哩!

"再来一箭!"果杉像个炮兵射手,兴奋得手忙脚乱。

这些多嘴多舌的无赖,终于飞走了。它们听到箭的呼啸,看到箭飞到头顶,只得承认危险的存在。它们绝不想为了几块肉,就愿冒丢掉性命的危险。

你看果杉、晓青乐得吧!好像从昨天到现在,所受的窝囊气统统消散。

"哼!我叫你耍无赖!对付无赖,就是要来硬的!"

现在,他们无忧无虑地往树上爬。晓青衣服扯破了,沾满青苔,脸上也擦破块皮。果杉又拉又拽,她也用尽了力气,最后终于爬上去了。她坐在横枝和主干的树丫上,喘着气,擦着汗水。

横枝很粗,微微下倾,就像铁杉老人伸出的一只手臂。这对果杉说来,可以行走自如。晓青一看下面,就觉得悬在空中,不敢挪步。可只要她一个闪失,两个人都要掉下去。她一咬牙,骑到横枝上,手脚并用,慢慢往前移动……

终于能依稀看到竹林中大熊猫做的窝。他们进去过的洞口,正斜对着他们。靠这边的,被竹林挡住,只是风吹竹动时才能闪现出来。他们想向前去能看得清楚一些,但谁动一下,横枝就颤个不停……

草瓦老爹做的"圈套"看到了一半,露出半截羊腿。这让他俩难坏了:说大熊猫已吃了羊肉,他们没亲眼看到,又还有半截羊腿露在那里;说大熊猫对喷香的烤羊肉一口也没尝,可又没见到全部的羊肉,与事理也说不过去。

果杉想再往前蹭一蹭,刚用劲,横枝就颤悠得像波浪上的小船,晓青的脸色煞白。他又想慢慢站起来,刚屈起一条腿,差点没掉下去……

"哥!我们还是耐着点性子。大熊猫总不能大白天睡懒觉吧?"

他非常懊恼,做一件好事真难!连只鸟儿,啐!还是黑老鸦,都能找他一大堆麻烦。他暗暗发过不止一千次的誓:以后有空,一定要专门对它们放个十枪、二十枪……拿它们的肉喂狗!

呼呼响的风声,灌满了耳朵。它从身旁、头顶的针叶中发出,低沉、厚重。横枝摇荡起来,晓青抱紧了树。

"不要怕,平时想到这上面乘风凉,妈妈也不会让的。你看,这像坐船吧?等天再暖和点,我带你到溪耳不远的长海。那个海子在山弯弯,水蓝得发黑,有十八里路长。牧民带我坐过木筏子。他站筏子头,举个叉子等鱼,见到就掷过去,扑哧一声,响声闷闷的,没一会儿,叉子穿住一条大鱼,漂上来了。要是叉子入水哗一声,准空。那天,他叉的鱼全送给了我家,我和妈妈吃了好久好久……我把他的叉子借来,我们一道去叉鱼,你怕不怕?"

晓青忘了悠悠荡荡的紧张,连忙回答:"不怕。只要我们俩在一起,碰到'独眼'都不怕!"

果杉被感动了,说:"这就行!牧民们都说长海里有水怪。它伸出头,颈子像旗杆,能伸到山上逮水鹿、咬野牛。它腿长,跨一步,能从这边山谷,到那边山谷。我早就想仔细考察考察……"

他们就这样,一会儿小声讲着话,一会儿看看竹林的动静。两个人都怕对方忍不住寂寞,失去耐心,净拣有趣的事说。不知不觉中,太阳已经到顶,肚子也咕咕叫了,他们在树上吃起了干粮。

正嚼着牛肉干的晓青,忽然停住了锉动的牙床,示意果杉注意。

竹林中有了动静!几根竹梢直抖动,还有什么踩在竹上的簌簌声……不一会儿,传来"嚓!嚓!……"的声音。

可是,什么也看不到,急得果杉伸脖子、探腰,真希望变成个长颈鹿,即使是变成长海的水怪,也没什么了不起。只要脖子长,能看到那边发生的事就行。

看不到也罢,风又呼呼响起,连听也听不到了。就像在广播里听篮球赛,没有解说员,只能听到球的拍击声,撞击到篮板上的嘭嘭声……突然,一阵强烈的噪声淹没了一切。心里被抓得、撩得火辣辣的、痒痒的,难耐的焦渴呀!

晓青碰了碰他:"像是它,我看到了!"

奇迹!像被波浪掀起的横枝,颠到浪峰上,透过竹林缝隙,竟然看到了一只野兽大致的轮廓、黑白的毛色……横枝落下,又只有满眼的黄绿,密密一片的竹竿……像是有谁故意引逗,只给那一瞬的机会。

"是大熊猫,是它!"果杉高兴得挥起臂,大手正要往下劈,却慌乱地收回,紧紧抱住树。横枝又剧烈地颠荡起来了。

"再吹得大点,风!再大点!"晓青在对吹过身边的风说话,希望风能吹动横枝,将她送到高处,让她看到大熊猫。她已不害怕了。

风也恶作剧,脚步慢了,停了。她失望了!……沉落的心又猛然直往喉头涌……

有个毛团滚入他们的视线。不是走出来的,一点儿不错,是滚出来的。简直像个黑白相间的足球,没鼻子,没眼……

当它第一个滚动动作正在进行,果杉茫然看了晓青一眼。她还未回答时,那球大约停顿了十分之一秒的光景,仅仅是这短暂的刹那间,滚动又继续下去,停下了。实在是眼花缭乱,怎么使劲也看不清。一对漫圆、毛茸茸的耳朵陡然竖了起来。

"是它!"晓青话音未落,它居然已长出两条前腿,屁股往上一提,两条短短的后腿也长出来了,"大熊猫!"

"嘿!它是抱着头翻跟头!真逗!"

果杉被眼前的千变万化闹糊涂了,像是在马戏团看表演,简直忘了还坐在树枝上。

还未等他脑子转过来,大熊猫已掉转头——圆圆的白脸盘,像个胖娃娃。两块黑眼斑、黑鼻头、黑嘴,都一下涌入了他的眼帘。它举起黑黑的两腿,向前一跳,一扑……哎呀!被拦得翻了个倒跟头,是谁?

"它妈妈!"

是的,晓青说准了。

走进视野的,是它的妈妈!从从容容挪着脚步。它的腿,也是那样短。

那个小家伙,轻轻巧巧倒翻过来,又嬉皮笑脸地往妈妈身上扑。妈妈刚挥嘴,还没触到它,它已往后一仰,又来了个倒翻。

"调皮角色!"

它又想爬到妈妈身上去,费尽力气也够不上。

"是不是该给它起个名字,你说?"

果杉也有细心的时候,不能老叫它"调皮角色"呀!

"叫伟伟!又响亮,又气派!"晓青胸有成竹。

果杉做出一副庄重的神色,望着蓝天上的羊奶云:"伟伟!对!是我们的伟大发现!书上写过它会翻跟头?还抱着头?顺翻、倒翻、横翻、竖翻。还会竖蜻蜓哩!"

"我是说它只生在我们伟大的中国!它妈妈呢?也该有个名字,这次该你了!"

妈妈的嘴,在伟伟屁股上触摸,慢慢向前,到后胛……

这次,果杉不抓脑壳,脱口而出:"洞尕!叫它洞尕。它来到溪耳,就该……"

"就该有个达布人的名字!好极了!真好!"

在竹林中嬉戏的妈妈和孩子,大概没想到它们的命名仪式竟如此简单,连意见也不征求。是同意,还是抗议?

洞尕叼起羊肉，送到伟伟的嘴边。伟伟一扭身，走了。一会儿，它用嘴拱来了羊头，像玩球一样，用前脚盘，用嘴拱，乐得屁股头儿直颤，一副兴高采烈的劲头。洞尕一直叼着羊肉，注视着伟伟，口涎拖得快到地上了。

它们只是为了好玩？伟伟就像个球，它喜欢圆的东西，连羊头都当球来踢。这一点，草瓦老爹说对了。它们根本不喜欢吃羊肉？为什么烤得香喷喷的羊肉只是叼在嘴里？这一点，草瓦老爹也许没有说对。

果杉心里烦躁起来。晓青心急如焚，眼巴巴看着它们只玩不吃，只咬不吃……

它们要是不吃羊肉，这两天的受惊蒙吓、劳累、辛苦，不都白费了？

不，不！这还是小事。主要是该送哪种粮食给它们度荒？去砍拐棍竹背来？到哪去砍？不都开花了？有它喜欢吃的竹子，它还会挨饿，还会危险？

洞尕饿瘦了！晓青看出，它的筋骨都显出来。尤其是屁股，像被骨头撑尖了。照片上的大熊猫，那地方长得圆溜溜的。只有伟伟屁股还算滚圆的。

这能叫人不急不躁吗？不把心儿悬在半空悠吗？

伟伟不玩了，一口咬住羊头。不行，又歪起头，换臼齿，用力，羊头滑落了。洞尕已咬下一块羊肉，丢给了伟伟。伟伟狠狠盯了盯羊头，似是很不情愿地咬起羊肉，开始文雅地嚼了两口。大约是经不住美味的引诱，又狼吞虎咽、大咬大嚼了。

洞尕把一只羊腿咬成了五六块，看着伟伟沉浸在美餐中，自己这才咬起羊头来。

"嘎嘣！"

好响的一声！响声中透发出力量，半个羊头没有了。骨头的碎裂声，粗重的咀嚼声，掩盖了竹林中的一切音响。

"吃了！它们吃羊肉了！"

果杉、晓青几乎是同时欢呼，但又尽量把声音压得低低的，怕惊扰了大熊猫。

　　严格地说,果杉很不喜欢洞尕咀嚼的姿态:像门牙害怕疼,只得拧颈子,歪头,用板牙。晓青对这点也不太满意,但认为那是它的自由,它的习惯,谁能管得着哩!

　　他俩虽然吹毛求疵,可亲眼见到大熊猫吃烤羊肉、羊头,津津有味,不,是馋相巴拉,胸膛不禁滚动起滔滔的喜悦巨浪。这有力证实了他的妈妈、她的姑姑做出的决定,有多么多么正确!她没有草瓦老爹的丰富经验,不晓得食铁兽就是大熊猫。更不晓得把后院羊骨、牛骨掏扒得满地的,是大熊猫。她只知道大熊猫吃竹子……这一切,又有什么关系呢?她懂科学!她占有知识!她就做出了草瓦老爹想也没想到的决定。

　　说实在的,在这之前,他们对前天晚上冷秀峻的决定一直是将信将疑的。

　　那对大熊猫被找到了,晓青和果杉亲眼看到,查修和草瓦老爹也都证实。"独眼"也照面了,有查修和它遭遇,草瓦老爹踩住了它的尾巴。这些,都已明明白白摆在冷秀峻面前。

　　首先,当然是"独眼"。对付它,冷秀峻没有多少发言权。草瓦老爹也不需要她说半句,当仁不让地承担了任务:"草瓦老了,不能跟着太阳、星星转,整天彻夜追它,不过要保住洞尕,不给它沾洞尕的边,这还能做到。"

　　查修也情绪激昂:"小查修不敢跟溪耳的雄鹰比,也没老爹的本领。'独眼'嘛,我算和它对过阵了,能在边边上,为老爹多长两只眼睛,多生双耳朵。"

　　冷秀峻担心:"你的腿……"

　　"这点小伤,抵不上荆条拉个口子。那年冬天,在林子里打水鹿。一枪放倒,我去扛,它忽然站起来,冲上用老角就刺,幸亏我一个闪身让得快,只胳膊被戳个洞。它也吧嗒擂到地下。我的皮袄、几层衣服都穿透,那个血呀!像温泉往外冒。我不管这些,一下骑到它身上,举起拳头就捶……"

"那鹿早死了……"草瓦老爹实在忍不住,但还是把"你在打死鹿,逞英雄"的话留在嘴边没说出来。要是几天前,老爹能为这话啐他两口。

查修猛然警觉讲漏了嘴——

打猎的都知道,一枪打不死水鹿,不算光荣。公鹿只要未断气,还有最后一个"拼死角",又叫"挣命角"。躺在地上,专等捡货的人上前,挺着又尖又硬的老角,冲上来,给你来个冲刺。刺中,能致人命;刺不中,倒下断气。有经验的猎人总是早就防备它这一着,哪里会出事?

若是春夏头上,公鹿长的是茸,猎人更是小心谨慎,选好地点,瞅准时机,能一枪即致命才开枪。因为那时值钱的就是一对茸,若是撞断、跌碎了茸,岂不白辛苦!

由于这些,猎人只是为砍茸才猎公鹿。在其他季节,从不开枪打公鹿。这也算是规矩吧!猎人进到林子,从来是有目的挑挑拣拣,在哪个季节打哪样野物。只有那些半不拉子"猎人"才是见到野兽就打,管他是什么兔子、狐狸……

——在草瓦老爹跟前说打猎,只能是班门弄斧,自找出乖露丑……查修懊恼得要捶自己脑壳。

"我那是气糊涂了。嘿嘿!"他略显羞赧,笑着打哈哈了。

冷秀峻赶紧把话题引到解决大熊猫度荒上。晓青又冒出那天晚上提过的办法:逮回来关在圈里养;或给它们送面饼、羊骨头。

显然,逮回来圈养,最稳妥,也最简单。"独眼"也没有办法害它们了。但是,怎么逮呢?

草瓦老爹一言不发。冷秀峻敏感到,他心里很不平静,眉梢时不时一耸一跳。她比较了解老人,但这里的原因,她无法猜度……是因为太困难?

一群夜鸟飞过屋顶,扇翅声呼呼作响,门口鸡笼扰起嘈杂的骚动。果杉连忙跑出门,直到没发现偷袭的野物,才转回来。冷场了很长时间,草瓦老爹才忧郁地说:"溪耳,已经没有人会逮洞尕了!"

这是无可奈何的叹息,还是别有原因?总之,这个办法是行不通了。

"草瓦老爹,洞尕除了吃竹子,还喜欢吃哪些食物?"冷秀峻想再证实已思索过的一些问题。

这时,晓青说起在"蜜矿"附近见到的粪团。草瓦老爹证实,那是洞尕留下的,它喜欢吃蜜,可蜜不能当主粮。粪团中有草样未消化物,只不过是饥不择食。它最喜欢的当然是竹子,然而也不是所有的竹子。在溪耳,没见它吃过箭竹。它喜欢拐棍竹,对竹笋,抢着吃。至于面饼,也许它吃。羊骨头,特别是烧烤过的,喜欢吃。它到居民家,主要是偷食抛掉的牛、羊骨头、鼎锅。

冷秀峻掠了掠右鬓,又问草瓦老爹:"依你估摸,明天还能在五花海那边找到洞尕?"

"找得到,找得到。没有吃食,只要没大的惊动,跑不远。它往那边去,是为海子边有竹,拐棍竹不多,但都没开花,箭竹有几片,长势也好。估摸它饿慌了,会吃。鄂尔斯姆海子多,沟尾多,洞尕喜欢待沟尾平缓的坡。森林大、树密、安静、危险小。它还会往上面走去——两个娃子看到它的地方。"草瓦老爹说得很肯定。

冷秀峻说:"果杉养了两只羊,杀一只送去吧!果杉,你舍得吗?"

"只要大熊猫喜欢吃,我不吃肉也行!"

那个年月,农牧基层工作人员也实行"割资本主义尾巴",不准养家畜。但粮、油、肉食供应又紧张,相对说来,这样的边远牧区,在肉食方面还要好一些。但为了能带点给年老的父母,冷秀峻不得不节省着点。牧民们看得清清楚楚,当然不愿让他们的冷医生受委屈,时常送点肉来。谁知冷医生总是加倍还情。这使耿直、豪爽的牧民为难了,才想了个办法,送两只羊羔给果杉。果杉天天照应它们,都长得肥嘟嘟的。现在要宰,当然要征求一下他的意见。

对于送羊肉给洞尕,草瓦老爹没想过。砍竹子、做面饼送去,他倒是想过,但牧民们谁做过这样的事？牧畜也只放牧,到冬季才喂干草……他这样的老人,对没见识过的事,很难相信。但冷医生是专管牲畜的,对牲畜那些看不见、藏在肚子里的脾性,她知道的要比自己多。

"试试吧!"草瓦老爹想,无论洞尕吃不吃羊肉,他都要打只岩羊补偿他们的损失。

其实,冷秀峻反复想过了:竹子开花枯死,是去年秋冬的事。大熊猫能挨过万物萧条、暴风雪不断的冬季,该是生存竞争中的强者。溪耳的春天虽然姗姗来迟,但毕竟来了,繁荣的生物世界,将会给它们提供充足的粮食。

"饥不择食"这句话,很有道理。按理,除了拐棍竹,它们还应该能适应吃其他高山竹种。两个孩子见到的粪团中的残留物,很说明问题。由此看来,眼前这十来天应是它们最艰难时期的最后日子,度过这十来天,它们就能恢复强壮。

送什么给大熊猫呢？她很懊恼没有在动物园问问饲养员。但她知道,对牲畜病后、产后要加精饲料,不外乎是提高蛋白质、脂肪的含量。她就曾将碎肉搀在马料中,喂产后的母马,效果极佳。

从大熊猫喜欢吃牛、羊骨,而且是在这个时候,冒着危险来居民点偷食,也能得到启发:既吃牛、羊骨,一定会喜欢牛、羊肉。她曾仔细审视过后院被啃过的牛、羊骨,骨节处的肉渣都被吃干净了。从科学上讲,牛、羊肉的营养价值高,对它们恢复、养壮应该有极大的好处。

她做事向来果断,立即请草瓦老爹宰羊。

果杉、晓青在树上,一边欣赏着洞尕和伟伟的各种姿态,一边低声谈着话。不久,他们却希望这母子俩快快离开,好让他们把带来的羊肉再送去。他们越是想洞尕、伟伟快点走,它们越是在那吃得香、玩得欢。巴它来,不来;巴它走,它偏偏赖着,真是无可奈何!

"你看到它们吃竹子没有?"晓青想起差点忘掉的事。

"有肉还吃竹子?就像我,有鱼不吃肉。"

"嘻嘻,你俩都笨!"

又过了一会儿,洞尕把伟伟拦到竹边,它坐下来了。兄妹俩以为它吃累了,想歇歇。只见洞尕偏过头去,在密密的竹子中嗅着,像在挑选、寻找什么。伟伟想走,洞尕已扳来根竹子……

"嘿!要抽伟伟屁股了!"

果杉话未落音,洞尕已用右手(准确名称,应是右前肢)握住竹子,送到嘴边,"咔!咔!咔!"几声,然后锉动牙床,只那么三两下,就咽掉了。又是"咔!咔!咔!"响,又那么三四下,又咽掉了……竹子渐渐短了,还有一大截梢头,它甩掉了。

晓青惊奇得差点叫出声:"它是这样吃竹子!"

"你见过铡刀吗?用铡刀铡马料,就这样:咔!咔!咔!"

"它的牙,这么凶!"

"不凶,不快,能嚼鼎锅?能咯嘣咯嘣嚼骨头?"

洞尕又挑来根竹子,递给伟伟。伟伟磨过头,不想要。洞尕硬是把竹子塞到它嘴里。伟伟又躲又让,最后只好咔地咬一口,就想往外吐。洞尕用左掌给了它一下,伟伟才委屈地嚼了嚼,咽到肚里。洞尕又往它嘴里塞竹子。伟伟只好坐下,也学妈妈用右手握起竹子吃。

"洞尕硬逼伟伟吃竹子哩!"晓青说。

"谁叫它拣嘴?"

"草瓦老爹说得对,它们不喜欢吃箭竹。"

"我倒想起那粪团。它们吃东西囫囵吞进去,还能够不整的……拉出来!"果杉没想到文雅点的词。

"哥!"晓青陡然紧张起来,"你看树下……"

树下站着两只矮趴趴、似狗似狼的野兽，浑身长着土红土红的毛，不知它们什么时候悄悄来到这里。现在，正伸着血红的舌头，贪婪地望着吊在树丫上的羊肉篓。

"红狼！"果杉一眼就认出了它们。

"只听说过有大灰狼。动物图谱上没它！它比狼小得多。"

"牧民这样叫它。书上没有的东西多哩！别看它比狼小，一来就是好几只，一上都上，马熊都怕被它们围住。草瓦老爹说他年轻时，大冷天，遇到几十只红狼。个个都饿红了眼，向牧场冬营地羊圈攻击。几枝猎枪同时开火，打死的尸体成堆，都打不散它的队伍。它们拼命向前冲，直到四周燃起火堆，它们还围住羊圈，哼着、嗥着、吵吵闹闹，直到天亮才散去……你不要怕，这两只好对付。"

说话间左边那只红狼纵身跳起，想抓羊肉篓够不着，右边那只也跳，但一次次的努力都失败了，红狼只好走了。对这悬在空中可望而不可即的喷喷香的羊肉，它们还是忍不住回了几次头。

晓青松了口气。过去，她只想到、见到森林中参天大树、鲜艳花朵、奇禽异兽……美得像诗一样。这几天，她却亲眼看到了在这首壮美的诗中，还有着凶猛的搏斗、生死的竞争……使她有了新的感受。无知是最可怕的，见识多了，她渐渐从新的角度来看待原来所害怕的野兽。

她见果杉依然瞪着眼，注视着红狼离去的方向，流露着担忧。红狼是向竹林南边去的，这时它们折回头，又瞅了瞅羊肉，才悻悻沿着竹林边缘走。到竹林边嗅了嗅，两只红毛狼对视了一会儿，又不约而同地想往里面钻。结果白费力气，密密的竹竿，比篱笆还坚固。晓青正要笑它们愚蠢，只听果杉说了句："不好！"

情况确实不好，看来它们决心已定，沿着竹林，一路快步小跑。那个洞口，不会不被发现……

"怎么办?"晓青焦急。

果杉浑身冒火:开枪吗?首先要惊吓了大熊猫;下去把它们赶走?这是个办法。

他将枪背好,小声和晓青说了计划。晓青刚开始动作,但是,已经迟了——

竹林中响起大熊猫的吼叫。叫声低沉、有力,充满了愤怒。

兄妹俩僵坐在横枝上,只见洞尕怒目对准洞口。他们看不清洞里情况,但知道红狼已在那里。

伟伟不见了。

红狼有那样神速的动作?他俩简直不敢往下想。

洞口悄无声息,但竹梢在晃动,红狼并未退去。洞尕站在离洞口两三尺处,若是愿意,随时可像个瓶塞子,冲上去,堵住洞口,但它只是站在那里,一声声吼着,发出滚滚沉雷……

僵持的局面,一霎时就被打破了——

一只红狼闪电般冲出洞口,张牙舞爪,向洞尕扑来。洞尕举起右手,往它头上拍了一掌。在果杉看来,那只是轻轻一掌,根本没用力气,但红狼已歪向一边……

就在第一只红狼歪向一旁,让出了迎面空间的瞬息,又是一道红影从洞口射出,洞尕又举手一掌。还是那样随随便便,顺手拍一下似的,但响声却很大,分不清是红狼倒地声,还是洞尕第二掌的击拍声,因为这两件事,几乎发生在同时。这只红狼重重地砸在已倒地的那只红狼身上,正好和它交成"×"字。

两只红狼都躺在那里,一动也不动。

洞尕不哼不叫了,憨憨地立着,像个没事儿人。既不上前咬,也不去撕扯。威风凛凛挺立,俨然一副武士气派,似乎根本没把它们放在眼里。

半天,晓青才倒吸一口冷气,惊叹一声:"好样的!"

果杉头一昂,挥臂劈手,做下了结论:"嗨!它是大力士,力大无穷!"

太出晓青意外。她一直觉得憨态可掬,行动笨拙,是大熊猫逗人喜爱的原因。若不是今天亲眼见到这场面,她怎么也不相信它有这样浑厚的低音,闪电般的反应,有一掌打倒一只红狼的膂力……在无比的温驯谦和中,蕴藏着对仇敌的凶猛、强悍、愤恨……对它,真不可貌相!

这前后不过两三秒钟的一场战斗,果杉看得眼花缭乱,心花怒放!同时,又有种不满足、惋惜的感觉——战斗进行得太快了,红狼太不争气,太不禁打!他还未看过瘾,战斗已经结束了。结束得那样干净,那样彻底,没有曲折、没有跌宕……

嗨嗨!事情并未结束——

红狼腿脚动起来了,像抽筋一样。跌在上面的那只,还抬了抬头,可又无力地耷拉下去。

"它还没死?"又出晓青意料。

"嘿嘿!还能是脑震荡?"

晓青被逗得直笑。果杉很得意,又加了句:"我来数数,到十还起不来,就算完了。红狼,听见了吧?我当你们的拳击裁判。"

说着,他真的数起来了。大熊猫的勇猛,绝对的压倒优势,已完全驱散了他的担心。胜利的情绪,使他淘气,想看热闹:"六、七、八——红狼,快起来——九——只剩下最后——十……哎呀!你那脑壳是豆腐做的?"

"伟伟呢?伟伟哪儿去了?"

果杉的好情绪一下没了:"是呀!怎么还不见它?"

正说着,压在下面的红狼拱掉了上面的那只,晕头晕脑地站起来了。它一看站在面前的洞尕,愣了下,大概没想起是怎么回事。

紧跟着,那只红狼也摇摇晃晃勉强爬起来,它好像已清醒了,一收肩,准备行动——果杉心想,它又要向严阵以待的洞尕扑去。洞尕,你这次可得一下就敲碎它的脑壳!

谁知,这个卑贱的家伙,一转身,夹着尾巴,一头钻进了洞里。另一只,也不甘落后,比来时速度不差,跟着钻洞去了,尾巴夹得很紧、很紧……

洞尕也不追赶,只是冷峻目视。直到两只红影飞快地下坡向远处海子奔去,它才哼了一声。这声和不久前的截然不同,它是清脆的、愉快的,充满了温情。

奇迹发生了。晓青第一个喊了起来:"伟伟!"

"好家伙,伟伟!你这个鬼精灵。"

十二　洞尕，你在哪里？

伟伟！

这个毛团样的小家伙，从隐蔽地走进了他们的视野。用的是小快步，圆屁股颠得像个球直弹，偎依到妈妈的身边。

突然来的巨大喜悦，使小兄妹俩得意忘形，不觉齐声呼唤。刚意识到惹了乱子，立即掩口屏声息气，但已经迟了——

是承认了他们给起的名字，答应了对它们的呼唤？

洞尕和伟伟都抬起了头，往树冠搜索，目光齐刷刷射向小兄妹。

果杉急得往横枝上一伏——往哪躲呢？在既没有蒿草，又无小灌丛的树枝上——晓青倒是端坐着，不知是事到临头，泰然处之，还是惊愕在那里。

母子俩和小兄妹，互相对视着。晓青没听到洞尕哼出声，那目光并不逼人，也不凶狠，似乎和它逗伟伟玩时一样，带有种温和……总之，那目光中传来了一些她说不清的东西，轻轻扣了扣她的心扉。这个伟伟，却不是个老实角色，瞪着新奇的眼也就罢了呗，还想表现表现胆量，逞英雄，居然哼起来了。

哼得果杉提心吊胆：它们会爬树，若是从树下撵来，他和晓青往哪躲，往哪逃？

洞尕收回目光，偏头对着伟伟，在喉咙里咕哝了一声。伟伟立即安静下来，像服了一帖特效镇静剂。洞尕转身走了，似乎已经做完了审查工作，头也不回。伟伟又回过头来瞅了他们一眼，鼻子一歪，像是做了个鬼脸，这才跟着妈妈走了。

"快,快下去!"

果杉失火似的催晓青,晓青有些茫然:"你不想看啦?"

"还看?等到它爬到树上送给你看?它上树的本领比你强得多!"

晓青却留恋起这个曾叫她胆战心惊的横枝。这里居高临下,能看到洞尕,看到伟伟。看到它们啃肉、吃竹;看到它们嬉戏玩耍,还看到洞尕对付仇敌,看到伟伟淘气……

她还不具备动物学的知识,也不知道观察、研究动物行为是门科学。她更不知道,世界上还有些人,愿意花费百万巨资,或冒着生命危险,梦寐以求能在野外——大熊猫的故乡,一睹它的姿容。更别说像今天如此动人、精彩的场面,是有些科学家跋山涉水几十年,也未能亲眼见到的。

但大熊猫母子俩的一举一动,给了她快乐,给了她美的享受,给了她启迪,引起她思索……这是真真切切的,是她身临其境的切身感受。

"你怎么尽发呆?快呀!"果杉又催。

"我看……我觉得,它没露凶相,也没狠叫……"

"哎呀呀!你是它阿姨?它对红狼张牙舞爪了吗?"

晓青的信心有些动摇了。果杉攥她往树干移。常说"上山容易下山难",其实下树可比上树更难。好在大熊猫还没追来,果杉先下,在下面一步步托住她。等到落地,他俩都已满头大汗。

双脚站在大地上,心里踏实多了。洞尕和伟伟的身影都未出现,红狼夹着尾巴跑了……果杉还是警戒着竹林方向,洞尕回击红狼的情景,给他的印象太深刻了。

"竹林对大熊猫有这大用场,没想到。"

"又吃它,又用它当城墙。"

晓青喜欢这话题,她正在思索发生过的战斗。

"长城,是万里长城!懂吧?"对他崇敬的事物,果杉从来不吝惜词汇,"红狼怎钻得进?'独眼'来了,也进不去!"

"要进,只能从洞里钻。嘻嘻,该它倒霉了,洞尕等着哩!真灵,它就晓得红狼来了。"

"跟你讲吧,野兽的鼻子都尖,尤其是对敌人,老远就能闻到气味。"

"那,么事洞尕没发现我们,没发现吊在树上的羊肉?"

"我们在树上。它那儿羊肉多,气味够浓的了,还要闻这边的?"

"昨天,我们一来,老雕、老鸦就盯上了,今天红狼来得也不慢呀!"

"对,野兽找食的本事大!谁都怕饿肚子,小命活不成嘛!洞尕跑了多远的路,你晓得它是从大雪山来的,还是钱家磨沟来的?五花海离那有多远?骑马也要跑几天,洞尕不是照样找到了?"

这倒引起晓青的新顾虑了:"红狼还要来?来很多很多?"

兴奋的光彩,从果杉很有个性的脸上消失了。眼里浮起一缕云翳。不过,这一切都只一会儿,就像来了场大风。

"那两个怕是不敢来了。"他听说过红狼的群居性,"就是它们再喊来一群,也没啥了不起。"

怎么个"没啥了不起呢"?他说不准。晓青也听出他话中的干涩,不禁向红狼遁去的方向看去。

山谷中,鄂尔斯姆的一串珠宝,闪光流彩,千姿百态。每个海子都闪着难以描摹的珠光宝气:湛蓝、粉红、浅蓝、湖蓝、淡黄、血紫、钢蓝……浓淡不一,交相辉映。这幅新的景色,和她见过的都不一样。她抬头看天:太阳又快擦到雪山顶了,斜阳倾泻。原来在不同的时间,站在同一地方,看到的海子也不会一样。站在山上或山下,就是同一时间,海子也一定呈现不同的色彩。

喧嚣的嘎嘎声,从海子苇湾中腾起,接着是水击声、拍翅声。直等到一切重归沉静,也没见到一只水鸟飞起。她这才又想起红狼,在海子边搜寻……

没见到红狼的踪迹,只有两行密密的森林,星星点点的红花、白花,倒映在海子里。

西去的太阳,已提出新的问题。他们在家中,一切的事情都是那样自然,问题都有妈妈管。到了森林、山原,大自然总是提出一个又一个问题,要他们思索、决定、解决。

"哥哥,羊肉怎么办?"

果杉皱起眉头,然后猛地站了起来:"啰!枪给你。这是保险。要是红狼来了,来得及上树,就赶快上。红狼不会爬树。来不及,就这样——"他做了个瞄准姿势,又指了指扳机,"一抠,枪就响了。"

"我不会瞄准呀!"她不止一次帮他拿过枪,但现在要她放枪,手缩回来了。

"不要紧,打不着它,也能吓唬它!"

"你想干什么?你一个人去送羊肉?我不干!不干!"

晓青急得眉毛都快竖起来。

果杉觉得好笑:"我的脑壳是钢铸铁打的?我是上树去看看,看看洞尕、伟伟在不在。它们不在,我们就赶快把羊肉送进洞去!"

晓青心放下了,可嘴嘟得像桃子:"你怎不早讲清楚,要是它们还在呢?"

果杉不耐烦了:"你那个脑壳子……"看到晓青忧虑的脸色,他把下面的话忍住了,"看看再想法子嘛。这样吧,我上树去看,你在树下想办法,反正你心细,脑壳转起来快。"

晓青嘴不噘了,还催他:"快上吧!再磨,太阳就落你嘴唇上了。"

没上一节,果杉又急得吼了,虽然压低了声音:"我又不会偷吃羊肉,要你看着!你望那边,监视四周,要不,红狼来了,你还以为哪条小狗找你耍!"

晓青不好意思地笑了笑,真的端枪环顾。除了果杉蹭树声,四周又成了风的世界,轻轻地拂动一会儿,又呼呼地吹起,像是山野沉睡,起伏呼吸。这种夜一样的寂静,也给她带来了在夜色中的警觉,只要树丛有些异样摆动,总显得有什么在那走动。她立即一惊,久久探视。一声不寻常的响动,也能使她把秀丽的小眼瞪得铜铃一般。

她毕竟不是初入森林,理智也就不断说服自己:不要紧张,不要疑神疑鬼,恐怖总是先偷袭胆小的人……她渐渐镇定了下来,握紧手里的枪,仔细地打量起保险、扳机,考虑应付可能出现的种种情况。

嘭的一声,果杉跳落在她的背后。他笑眯眯地对她眨眨眼,眼角藏着狡黠:"今天任务完成了。回家!"

"你把篓子解下来,我们送去!"

"就让它吊这上面。老雕抢不去,红狼够不到,星鸦也偷不去。"

晓青这才发觉他的神情有点不对劲:"不给它们送羊肉了?"

"谁说不给?"

"那……那……"

巧嘴利舌的晓青,也被饥得说不出话。

"明天再送,还能迟了?"他说得轻轻松松。

"今天么事不能送?"

"洞尕坐在那里,啰!这个样——"他想尽量缓和气氛,做了个怪相:伸腿撂胳膊地坐在地下,使劲挺出个肚子,"伟伟呢,绝了,仰面朝天睡,还伸个手背,盖住眼哩!有妈妈守着,它睡得甜甜的,香香的,美美的,安逸极了!你能去叫醒它,通知它,我们要送烤羊肉,叫它们快走开?"

果杉只要拿出演说家的才能,生动、形象、鼓动性的效果立即产生,撩得晓青心痒痒的。她懊恼刚才没有上树去,甚至想再上去看看。从这点说,果杉是成功的。但他没估计到,鼓动性的结果,倒使她更急于送粮,更盼望它们早一天强壮起来。

"我们,不是更该把烤羊肉送给它们?"

"唉！你脑壳是铁打的？你晓得吧！它叫食铁兽！活生生把鼎锅啃了。我的脑壳就是铜铸钢打的,管什么经？"

果杉经不住晓青的追问,终于露馅了。是的,他在树上就想开了:要是明说有危险,晓青一定不干。别看她胆小,为了大熊猫,什么事都敢干。连"独眼"在那,也敢去。所以,这个憨直的人,也动起了心眼儿,尽量把事情说得轻轻松松,气氛造得融洽愉快,使她接受决定。开头不错,谁知最后还是只好把最担心的事全端了出来。

洞尕战红狼,震撼最大的还该算晓青。果杉提出的理由,确实难以反驳。她握枪站在树下,没按果杉要求的很好思索,这是因为她心里只有一个想法:总要将烤羊肉送进去。它们离开窝更好,没离开也要送。怎么送？只是有个模模糊糊的感觉。现在,被果杉一将一激,反倒有些清楚了,像她这样年龄的女娃,自有她想问题的方法。

"哥哥,你说洞尕聪明吗？"

提这个问题,太出乎果杉意料。明明看她心不服,可又说不出理,怎么冒出了这话？难道又像她自己说的,在要"阴谋诡计"？他还是小心谨慎为好⋯⋯

"你说嘛！"

"它是动物。动物不像我们人,会用思想。"

他想避开,绕道,生怕前面是块沼泽地。

"你说过雪狮最聪明,懂你心思,懂姑姑心思。真的,假的？"

这可是个敏感的问题,果杉不愿绕过去了:"那当然！几个月了你还没看出来？"

"洞尕呢？它对红狼,多机智！先是堵在洞口,不让它进,又吼又叫,警告它,威胁它。直到它扑上来,才不慌不忙,一掌,又一掌！你说呀？它聪明不聪明？"

"唔！这样讲嘛……也能讲聪明。"

晓青表面上不动声色,可心里已敲起进军的鼓声,鼓声中有着欢乐:"雪狮凶吧？你说过,它威武雄壮,简直是只老虎。原先想叫它'雪虎',后来听姑姑说,已有个外国人,给狗起过这名字,你才改叫它'雪狮'。你还说过,它把一只马熊赶跑,在森林中救了姑姑,是吧？"

"这能假得了？妈妈会说假话？"为了捍卫雪狮的名誉,果杉从来没有让过步。

"我从来没说过这是吹牛呀！我是怕你忘了！"

"啧啧！你真会讲！净挑这些话！"

其实,他倒希望她扯这些闲经,只要不反对他做出的决定就行。

晓青真想哈哈笑:你等着吧！但表面还是平平淡淡地说:"它咬过你？你给雪狮咬过没有？说实话！"

这已有挑衅的味儿了。

"你瞎编胡造些什么？它为啥要咬我？是妈妈把它从草地上捡来的,它当时都冻得快死了。是我把它喂大的,自己馋得滴口水,把肉省给它吃。它是那样没良心的东西？"

果杉太阳穴又在一跳一跳的了,手臂挥得特别有力,脑壳也在帮助加强力量,摆动着。要是草瓦老爹见到,一定又要说:"是想斗角？你这个乱踢蹄子、乱摆角的小牦牛！"

他比晓青心里要求的说得还好。但晓青还是强忍着笑,说:"我咬过伟伟,你打过洞尕？"

果杉再憨,也明白了她的用意。哼,你兜了这大圈子,原来如此！那你等着吧:"雪狮是从小就捡来的,又经过驯养。野物野性,洞尕认你？等你养熟了,还差不多！"

晓青不让步了,既然事情已经挑明:"你怕它爬到树上撵我们,它来了吗？

它在窝里,对你吼了吗?像对红狼一样吗?"

这难不了果杉,他也自有道理:"那是它不愿意,是饿得没力气爬树。这证明不了它对你好。"

"它打红狼有力气,劲大有力!你说过,它聪明!只要聪明,就能分得清好坏。我们没伤害过它,为找它,两条腿跑得都要断了。给它送羊肉,还烤得香喷喷的。它干吗要咬我们,要打我们?"

果杉直摇头。晓青又说:"你说过的,星鸦比鬼都精。只要不存心伤它,你背支枪它都不怕。你用枪瞄准,没开枪,它也不怕。漂亮的大熊猫,还能比丑老鸦笨?"

这都是自己说过的话,果杉总不能反对果杉吧?尽管前面是沼泽地,他还是被晓青绕进去了。

"哥哥,要是洞尕和伟伟也和雪狮一样听话,懂你的心思,懂我的心思,懂姑姑的心思,我们能领着它们上山、进林子,带它们找竹子吃……将来,还能带到果城,带到成都,带到北京,那不好?大家都能和它们在一起耍、一起玩,不是太有意思了!"

在她高高鼻梁旁的两只秀丽小眼中,充满了遐想。果杉眼前闪起一片迷离的色彩,像是朝阳照在五花海上。霞光是诱人的,焕发着令人陶醉的壮美。

半天,他才喃喃说出一句:"就怕它们不听话……"

"会听话的。老虎凶吧?狮子还不猛?爸爸说过,马戏团的叔叔、阿姨,能把它们训练得表演节目。狗还会做算术。伟伟没人教,就会翻跟头,这是我们亲眼看见的。你说它多聪明!"

她的热情,像春天草场上的太阳,晒得人暖洋洋的。

"那要想法先把它们逮起来……"

"我们先喂它。你说过,它鼻子尖,对敌人和吃食分得特别清。混熟了,我们就想办法把它们领回家。那就不用天天给它送肉,也不用担心'独眼'。

草瓦老爹也能舒舒坦坦在家歇两天,他多累呀!"

话很实在,那要省却多少心思!她所描绘的前景是诱人的。

"它们会跟我们走?"

晓青猛然想起一件曾使她心花怒放的事情,两只小手一拍,高兴得像是搁浅的小船碰到一阵大风,马上就可扯篷扬帆,破浪前进。

"想起来了,想起来了!你一定也记得,姑姑碰到过一头醉熊猫,她就是用树枝,像赶羊一样,把它赶到了牧民家里……"

"嘿!那才叫精彩!牧民们谁不夸妈妈勇敢!他们谁也没有这样的胆子,还全都是男子汉。整个山原的人,有谁这样做过?"

豪情横溢,振臂挥手——果杉俨然是对着群山、森林、蔚蓝的海子,朗诵一首最响亮、最壮美、最感人的母亲之歌。

晓青被感动了。他引以为豪的妈妈,是她亲爱的姑姑。姑姑以自己的勤劳、知识、勇敢、善良,对牧民的情意,博得了牧民们的敬重。她也享有一份光荣。很自然,她想到自己的妈妈、爸爸。她脑海中妈妈的印象淡漠了,好像是从来没有真真切切看过妈妈的脸庞——被铁栅栏割成几块。至于爸爸,她心里也有支歌,和山原、森林、大熊猫交织在一起的歌。她自己嘛,也有自豪处,为大熊猫送粮,救护大熊猫。

"好吧!我给洞尕、伟伟送肉,你在洞外等我。"果杉改变了决定。

接着是场小小的争论。最后,当然是两人一道钻进了大熊猫在竹林中开出的绿色隧道。

先是弓起腰向里走。没一小段,突然哧溜一声,接着是竹竿的碰击声。

他俩被吓得一跳,浑身汗毛都竖起,直到看清是只慌张逃窜的老鼠才放下心来。那老鼠真肥,真大。

果杉停下了,犹犹豫豫地说:"还是把枪带着吧!防备,万一它不认……"

在洞口,晓青坚决要求把枪留下,怕洞尕闻出不友好的气味,认出凶器。

理由也充足,反正也不能向它开枪。果杉同意进洞送肉就很勉强,这毕竟是冒险。如果没亲眼见到红狼是怎样被打走的,或许不会这样放心不下。

"要带枪,你就在后面,离我远点!"

果杉当然不能同意,委婉地说:"你听着,只要它吼,我们就赶快往回跑,同意吗?"

晓青用力点了点头。洞里幽暗,生怕他看不清。

前面亮堂些了,离大熊猫的窝已经不远,但怎样努力,也看不清洞尕。他们不觉放慢了脚步,连大气也不敢出。果杉想起妈妈的嘱咐,若是晓青……他不愿想了,倒是很想说:就把羊肉放这里吧!但没有说。晓青一定会讲:要是红狼再来呢?思想一岔,手脚也就慢了。

晓青眼睛瞪得溜圆溜圆的,以为他发现了情况:"看到它啦?"

果杉摇摇头,又向前走去。他觉得今天竹枝、树茬、野草都有意在找麻烦,发出很大的声响。手里提的羊肉,也很碍事。

他第一次发觉,自己的手脚是那样大、那样重。他已经是轻轻地、轻到不能再轻了,但边走还是边磕磕绊绊发出声响。他羡慕起晓青,她像个猫一样,要是不回头,都能以为她不在后面紧跟着。一急,点子也来了。他回头对着她耳朵说:"风把竹林吹得呼呼叫时,就走快点;风小了,就走走停停。"

晓青明白是用风声做掩护,点点头。

好不容易又向前走了一小段,果杉衣角被晓青拉住。晓青对他使眼色,要他注意听。

一种很有节律的声音,在竹叶的簌簌中时高时低地传来。风又呼呼地吹,竹林中像响起千军万马。但他俩谁也没挪一步,直到风头过去,那时高时低的声音,又很有节律地响起。

"像是从鼻孔里出来的。"果杉听出点味儿。

晓青受到启发:

"对！像是打呼噜声。爸爸喝了酒,就好打呼噜。我睡不着时,特别怕听呼噜。"

"你这脑壳子！谁会跑这儿来打呼噜？"

"是伟伟在睡觉？"

"你真会想！总是把它当成人,和我们一样。不过,一对老小,要是真睡了倒好！对！睡得越沉越好！最好能像孙悟空那样,给它一把瞌睡虫！"

反正也没发现特别的危险,两人又慢慢向前移动。果杉的腰勾得太酸了,这时已经蹲下往前挪了。

这个洞真古怪,明明离洞口不远,却拐了个"之"字弯。箭竹又密得讨厌,像个屏风,遮得窝内什么也看不到。没想到转这个弯,还真够费劲的。好了,离洞口只四五步远了,他们的心突然咚咚地跳起来了。

洞尕和伟伟都在。

伟伟睡的姿态,就像果杉说的,雪白的圆肚皮,一起一伏,仰八叉的黑腿,前肢有只遮眼,还有只枕在颈下。它睡得那样自然、安逸、香甜,又是那样滑稽、可爱。起伏的呼噜声,正是它发出的。它还会打呼噜！

坐在一旁的洞尕,也正昏昏地打瞌睡。很像一位慈祥的母亲,正守护着熟睡的孩子。生活的重担,已使它垂下了眼皮。

竹子被踩压得更平坦了。在拱形、寮棚式的竹下,有块羊肉,是从草瓦老爹的圈套中拖来的,没有再看到羊肉了。

果杉示意晓青把羊肉放下。晓青却只顾呆呆地看着,她被深沉的母爱、天真烂漫的酣睡吸引,她想把一切都深深地印在脑里,连同伟伟脚板被细细的毛圈起的厚厚肉垫……

不知什么惊动了洞尕,忽地,它睁开了眼,把黑眼斑转向这边。同时,用后掌蹬了伟伟一下。伟伟只是歪了歪身,不理不睬,继续酣睡。

洞尕看到了果杉他们,放下前肢的同时,又用后肢蹬了蹬伟伟。这下用力很大,伟伟差点翻过来。但那只手背,还搭在眼上。洞尕沉闷地哼了一声,伟伟弹了一下,已翻身四肢落地……

"快走!"

果杉向后退,同时拉住了晓青。可是晓青没动,其实,要动也来不及了——

简直像是打闪一样,洞尕乘机向后一退,青竹哗哗直响,伟伟已躲进去。同时,洞尕稍稍一纵,已站到洞口,离果杉、晓青只不过五六步光景。它双目显得特别大、特别圆、特别有神、逼人,紧紧盯着他们。和对待红狼一样,既不前,也不后。见他们还待在那里,它不满意了,张嘴吼了。

这一声,不啻炸雷,响在他们的头顶。

果杉抢到前面,紧紧地把晓青按在后面。但晓青却举起羊肉,使劲地伸到前面,摇着、晃着,还轻轻地、温情地说着:"洞尕!给你,这是给你的。"

她把一块羊肉抛到了它的跟前。

洞尕抽了两下鼻子,目光柔和了下来。

晓青又扔了一块羊肉:"吃吧!送给你的。你昨天吃掉的,也是我们送的。吃吧,吃吧!"

是喷香的烤羊肉太刺激了它的嗅觉,还是要再审查一番?洞尕低下头,用黑鼻头在羊肉上闻着、蹭着,没有吃,连舌头也未伸出舔一下。

见到这样情景,果杉也抛出了羊肉,洞尕既未表示喜悦,也不反对。

果杉悬着的心稍稍放下。这时哗啦一声,隐蔽洞蹿出了伟伟,还未看到它怎样迈腿,它已扑到了羊肉跟前,张嘴就咬。

洞尕用前肢将它挡开,伟伟生气地耸动鼻子,掉回头,看也不看一眼羊肉。

果杉深深地舒了口气:这个冒失鬼!

洞尕还是庄严地站在那里,没有挪动一下脚步,也没有把目光从他们身上移开。

晓青碰了碰果杉,果杉看得真想笑。

淘气鬼伟伟,还是用屁股对着羊肉。可是,它把头低下,从两只前腿中弯过来,弯呀,伸呀,居然到了后胯下,两只黑耳朵快擦地,它反嘴咬了块羊肉,跑到一边去吃了。这模样和他们那天第一次在海子里看到的倒影像极了,只不过四条腿没有朝上。这家伙,竟有这样的本领!他们还没见过哪种动物有这样的本领哩!

伟伟吃着羊肉,很友好地望着他们。晓青异想天开,向它招招手。它没有理睬,倒是龇了龇雪白的牙齿。

洞尕站着,毫无友好表示,虽不凶猛可怕,但是很威武。像是一道无形的墙,或是一名卫士,不许他们前进一步。

羊肉都抛完了,若是它再不满意,果杉当然不愿把脑壳伸给它。他硬拉活扯,将晓青拽离洞口。

到了外面,果杉一屁股坐到地下,像是跋涉过千山万水,累得半天也不说一句话。晓青却仍在回味着伟伟、洞尕的种种情态,忽见果杉使劲摇了下身子,打了个冷战。

"哥哥,你怎么啦?"

"里面衣服汗透了,风一吹,真冷!"

山原的暮春,还是寒冷的。走长途的人,一般还要带着冬装,以防突然降临的暴风雪。

晓青也感到内衣有点冷黏黏的。

"我们回家吧,走走就暖和起来了。"

他们毕竟完成了任务。拜访了大熊猫,送了羊肉。和洞尕、伟伟的相见,虽然开头它不太友好,后来也不热情,终归没给一巴掌,也没把他们轰走吧!还能要求怎样呢?

走了一段路,果杉身上暖和起来了。那些夸张的话语,随着夸张的动作,哗哗地淌出了:"我的妈耶!下次考试,要是解释'魂飞魄散',我能答得最好。洞尕一吼,我真吓惨了……"

晓青笑得眉眼挤到了一起:"现在找回来没有?"

"是伟伟帮着找回来的。伟伟,调皮角色,从肚子下伸过头来,使劲咬肉。嘿嘿嘿!我一高兴,飞出去的魂,又回到我身上了。"

离得老远的,一匹雪鬃银马已映入晓青的眼帘,晓青说:"草瓦老爹等我们哩!"

果杉低声说:"轻一点,我们一下站到他面前,让他吓一跳!"

他们岔到林间一条小路去了。可是,等他们蹑手蹑脚走到白马身边,却根本没有草瓦老爹的影子。灌木丛下,躺着只青色毛衣的野兽,头上有个弹孔,已结了紫色血块。两只又粗又大的角,引得晓青伸手摸了摸。果杉说:"是岩羊。草瓦老爹今儿上高山了。一定是把'独眼'撵到那边去了。"

晓青几乎忘了还有个凶猛野兽"独眼"的存在,这全是因为有草瓦老爹。他是位无事不晓、无所不能办到的神,他在庇护着大熊猫,也庇护着她和果杉。

"你怎么晓得的?"

"岩羊不住森林,专在大岩裸山上活动,越是陡险的地方,它越喜欢去。一群几十只,跑起来,踢得石头乱飞,骑马也追不上。"

"好大的胃口,生的就想啃!"铜钟一样的声音,突然响在耳边。

刚转身,已和草瓦老爹撞了个满怀。谁知他什么时候已悄悄站在身后,老猎人就有这样的本事,走起路来神不知鬼不觉。

晓青的小拳头,像雨点似的敲:"不干了,不干了!你有意吓人!"

这副惊喜交织的撒娇,乐得草瓦老爹笑得打战战:"呵呵!没见到花野鸭起翅,就听到它们嘎嘎叫!老草瓦识音,晓得他们今天有了喜兴事,慌得手忙脚乱找礼品——庆功嘛！迎接我们的小英雄！"

真鬼,这个草瓦老爹,什么事也别想瞒了他。果杉晓得下面有好戏,却故意装憨:"老爹尽拿话馋人,不就是只岩羊吗？羊肉谁没吃过？只比家羊少点腥膻嘛！"

"你这个乱踢蹄子的小牦牛！"他一转脸色,"别像过去的头人,嘴馋,又想吃现成！溪耳的山,对勇敢、机智的猎人,从来是慷慨的……"

果杉急了,按捺不住,跃跃欲试:"在哪？是花尾巴、秃屁股,还是长角、尖嘴的？"

"你自己去找嘛！,在那棵云杉上坡,靠左边,有蓬六月雪……"

果杉已提起枪,真像个小牦牛,一炸尾花,跑走了。

晓青想去,却被草瓦老爹一把拉住:"别去掺和,等着看他的本事。"

枝叶一乱晃,两只野鸡拖着长长的尾巴,扑着翅膀,飞起来了。

晓青可惜得直跺脚、握拳:"它们飞了！"

话音未落,冒出一缕烟,野鸡抖动了一下,降低了高度,紧接着传来了枪声……两只野鸡都各向一方,滑落了下来。

"这叫打起不打立。小牦牛学聪明了,先轰起它们,想要个双数。"这是草瓦老爹的评语。

晓青懂了:野鸡躲在草棵棵里,有遮挡,不好打,又发挥不了滑膛枪射击面大的优点。等它们飞起,一枪能兼顾两只。这时,果杉手里提了只鸡,还在走走瞅瞅寻找那一只。晓青急了:"你跑过头了,往后,往后！它落到那棵歪枝子下！"

"你别乱勒缰绳,他找的方向对。野鸡中弹还要飞一段,血流完了,才一头扎到草棵里。看似它落那里,其实还在前面！"草瓦老爹说。

果杉继续向前,不一会儿,已欢天喜地提着两只野鸡跑回来……

两只野鸡肥得滴油,满身花里胡哨的羽毛。果杉趁鸡体未凉,拔下几根长尾羽,挺好看的。

归途中,兄妹俩津津有味地叙说了今天的冒险和发现。草瓦老爹对洞尕、伟伟的命名,用"小牦牛的脑壳被太阳照亮,小花儿吸了一夜雨露"来赞扬。说起红狼么事从竹林南边又折回,他说那是"洞尕的聪明,那边陡险,猛兽要想从那进攻,它就跑不快,冲不猛"。听到"聪明"两个字,晓青回过头,得意地对果杉挤眼睛。

晓青担心红狼回去结伙,再来攻击洞尕。草瓦老爹发表了一通"战术"演讲:"单个的红狼,见到小查修的反毛都会吓得跑。它厉害在结起群来,二三十只一帮子,能成为森林、山原的霸王。豹子、马熊见到都躲。它们敢攻打野牛。晓得吗?野牛也成群,一只有六七百斤,公牛拼起命来,一脚能把红狼踩成泥,扬角能把它挑上天。公牛总是在外圈保卫牛群。结群的红狼可不在乎,头狼指挥,占领上坡,偷偷前进。包围形成,专攻一头,左右前后,车辚辚转地往上冲。

"想想吧!野牛个头大,红狼个头小,还没沾着红狼的边,自家已冲上撞上。公牛逃跑了,往山下冲,谁知正中坡两边红狼的埋伏,个个都从横里攻,咬不到,抓一爪,还专抓牛眼睛。野牛想停,收不住脚,下冲的力气太大了。红狼哩!干起仗来又刁又猛,第一个受伤,第二个再上,只要能动弹,不要命地冲锋……终了,野牛眼瞎了,血流完了……

"对洞尕,它们只有挨打的份了。算它一群两百只吧,有什么用?还得一个一个往洞里钻。洞尕呢?精灵得像神,稳稳当当站洞口,来吧!来一个,给一掌,呵呵!"

草瓦老爹还告诉他们,在溪耳的森林比现在还要茂密的时候,洞尕和人很亲近。在一个白雪皑皑、严寒的冬天,老祖母早晨起来,看到一只洞尕睡在火塘边。老祖母没惊动它。晚上它又来了,仍依偎在火塘边。早上,老祖母起来挤奶,它又慢慢走出去。它爱干净,从不在家拉尿屙屎。几天下来,老祖母发现它肚皮上烂了一块,是被别的野兽抓的。她请老爷子来看,老爷子给洞尕敷了几次草药。伤好了,洞尕走了。第二年秋天,老祖母病在床上,洞尕又来了,守在她床前,直到老祖母去世。

晚上,冷秀峻叫果杉去看看查修。这两天牧场上太忙,未抽出空去看他,也未见到他出来,不知他身体怎样。

果杉刚走到查修的木屋子,一股刺鼻的酒味扑来。

"来呀!查修兄弟,这样好的酒不喝,亏呀!酒逢知己千杯少嘛!没有海量还能称上牧民?"是个陌生的声音。

"你……你这个大老王……这点酒,还不够装我一个肚角……"查修的舌头已不太灵活了。

果杉皱了皱眉头,推开门进去了。昏暗的灯光下,昨晚问路的那个满脸胡楂的大汉,和查修各霸桌子一边吃喝。桌上已有三四只空酒瓶。

"呵,果杉兄弟,你、你……真稀客!我正想……去看看你……"

见果杉眼光在客人身上转,连忙说:"大老王,这就是我向……你称赞过的……保、保护大熊猫的小英雄!果杉兄弟,这位大老王,是我查修的客……人。兄弟,别看我……在这又黑又矮……木屋,我这位……兄弟,住的……是高楼大……房子,是州上,政府的一个头儿,他专管买我们的牛、羊……"

大老王站起来,亲切地拉果杉坐下,把果杉的手紧紧攥在他滚热的手心里:"小兄弟,他酒喝多了,别听他胡嚼,什么头儿尾儿,都是为无产阶级革命事业服务。你很不简单嘛!为了保护大熊猫,天天在山上顶风冒雨,像个无产阶级的后代嘛!"

他又往后仰了点,仔细地打量了一下果杉的体格:"嘿!好壮的身子,牧场就是滋养人!"

还从来没有人用这么多时髦的名词夸奖果杉,乍听起来,耳朵有点别扭,脸上有点燥热,但心里却舒坦。那个人攥住他的手,湿黏黏的,让他感到不太舒服,几次用力才抽回。

果杉的心理活动和小小动作,并未瞒过客人。大老王乐了:"哈哈!没想到小小的年纪还挺谦虚的嘛!其实,这有什么好害羞怕臊的?你做了好事嘛!我们对好人好事从来是要表扬的!"

这更取得了果杉的好感,但他不知道该说什么好,只是低着头。查修也斜着眼,拍了拍他的肩膀:"果杉小兄弟,你……你来……"

果杉这才想起了自己的任务:"查修大哥,你的腿……"

"哈哈哈!小兄弟,查修的腿……腿……哈哈!断、断不了!你……放心……"

"哎!查修兄弟,果杉不是有意的呀!这说明他立场坚定。是豹子害人虫嘛!能不开枪?这是勇敢!要是让别的娃儿碰到,不尿裤子才出鬼哩!"大老王赶快站出来为果杉解围,又说,"看你这一身灰呀土的,是刚从山上回来?"

查修也连忙说:"我小查修再……再糊涂,也、也不……会怨……果杉兄弟……对……对,听讲,你和晓青——也是个了……了、了不起的女娃……找到,找到了大熊猫……"

在陌生人跟前,尽受人夸,又找不到话回报,就像光收人家礼物,没有回赠那样难受。现在,他轻松了,可以用大熊猫的种种,作为报答。于是,他把这两天来的发现,有声有色地说了遍。说得客人眼听圆了,查修酒也醒了。大老王又连连夸奖、赞扬他勇敢、机智,"一不怕苦,二不怕死"……

"是五花海,再上去的那片竹林?对呀!那真是片好竹林,好地方,我去过。等过两天,我腿好了,也跟你们一道去送羊肉。这几天,就全靠你和晓青辛苦了!"

果杉已走出了门,查修又撑了出来:"果杉小兄弟,草瓦老爹碰着'独眼'了?"

"'独眼'尽躲着草瓦老爹哩！今儿,把它撵到了大梁子那边！只要它敢来,草瓦老爹一定请它吃'烫嘴'的！"

"哈哈！小兄弟的话,就是高。'烫嘴'的,大老王,你听到了吧？'烫嘴'的,子弹不是滚热的,是烫的,烫得'独眼'脑壳开花！是我们溪耳的草瓦老爹！不过,果杉兄弟,只要'独眼'还在,我还要帮着草瓦老爹去长眼。你跟他讲,叫他慢点开枪,要是他一枪给了'独眼'个'烫嘴'的,我小查修就要失业了……"

果杉和晓青又去送了一次羊肉,洞尕表示了友好。淘气包伟伟,竟然还为他们表演了精彩的节目——翻跟头。

可是,等到他们再去时,却只有空空的窝,洞尕、伟伟的影子都不见。开始,以为它们出去走走耍耍。到了该回家的时候,还没有等到它们,这才发现,窝里有异样……

急得兄妹俩团团转,四处找,哪里有它们的踪影？

泪水涌上了晓青的眼眶,她站到山原上,大声呼喊:"洞尕,你在哪里？"

绵绵的山岭,莽莽的森林,都齐声帮她呼唤:"洞——尕,你——在——哪——里——"

十三　半个蹄印

夜色,正悄悄地追赶着灰暮,一钩新月,挂在雪山顶上。

牧场上的喧嚣和部落里的闹腾,遥相呼应,编织着繁忙、欢乐、热气腾腾的春夜。

篝火在牧场上架起了,在莽莽苍苍的原始森林中,东一团西一团燃烧着。男人们吆赶马群,手持套马杆来回奔驰,将那些还留恋着嫩草,热衷于嬉戏、追逐的公马,撵回群;主妇们则忙着挤奶、接羔、烤肉,还要安顿孩子……恨不得能多生出两只手来,这正是牧场上最繁忙的时刻。

马的嘶鸣,牛的哞叫,羊的咩咩,爷爷呼喊野耍的孙子,老奶奶们召唤着还不进笼的鸭公鸭婆……生活鸣奏着小夜曲。

骑在马上的冷秀峻,踏着月色,听着这动人的乐曲,从牧场上回来了。山岩上的瓦屋,既没有闪现灯光,也没有淡淡的炊烟。

她满怀着愉快,开始引火、揉面……

饭都快做好了,还不见果杉、晓青的影子,也听不到黑娃敲击山路的蹄声。她有些急了,往高岩走去,准备迎接两个孩子。

她急的,并不全是因为天已黑了,两个孩子还没回来——生活在山原中的人,常时如此,就像住在大城市的人们,匆匆奔忙在路灯下的马路上一样。山原是他们生活的海洋。再说,洞尕和伟伟的情况也很好,已基本稳定在那片竹林。她知道,在小五花海那边沟尾,还有几片箭竹长势好的林子,当这边竹林被吃得差不多时,还可诱导它们向那边转移。

今天,她有些急不可待,主要还是因为胡蜀锦的复信来了。好消息在胸中蹿动,她急于要告诉两个孩子。这也是一种奖赏,是对他们勇敢、机智地保护大熊猫的奖赏。

其实,两个孩子所做的,已远远超出她的希望,使她惊奇。

由追踪食铁兽怪物,发现了逃荒的母子大熊猫,她以为这是偶然,因而把希望寄托在草瓦老爹、查修和牧民们的身上,没有给两个孩子应有的信任。可是孩子们冒着极大的危险,终于找到了大熊猫,它所闪耀起的光彩,一方面使她吃惊,另一方面又使她目眩。虽然还说不清自己错在哪里,但必须信任他们,这对救援大熊猫,对培养孩子,都将发生积极的作用。她做出了一般母亲很难做出的决定,虽然"独眼"的凶残,山野的恐怖,跋涉的艰辛,她都是了解的,而且还有着亲身的体会。

孩子们不负所望。晓青出于孩子的天真、富于幻想,竟用烤羊肉,消除了洞尕的愤怒。她赞赏孩子们的淳朴——"我们没有伤害过大熊猫"——也从科学的角度给予肯定:晓青在不自觉中,刚好运用了"食物诱导法",这在动物驯化中是最常用的。果然,孩子和大熊猫之间建立了一种信息的联系,虽然是很微弱的,但毕竟已有了开始。或许,科学的原始阶段,也就是这样起步的吧!

儿子的变化,像春天的小树苗,早晚不一样。似乎是森林的绿荫,山原的劲风,哗哗的溪水,洗刷了他原来的乳腥,而散发出了男子汉的气息。他不再总是嚷嚷"妈妈,我的袜子在哪里?""妈妈,我能把数学作业放下午做吗?",而是很有条理、充满信心地安排学习、上山和家务。他也不再因为一枪打了两只野鸡而沾沾自喜,反倒以为那是很自然的事,还应该做得更好。

是因为有了晓青的存在,他不再感到是家庭中最小的,处处应该得到优待;还是因为作为哥哥,有了种自然的责任感?责任感,对一个孩子的成长犹如阳光雨露。

是晓青的好奇、敏感，促使了他对所生活的世界，重新认识、探索。他原来眼中的山原、森林、牧场……一切都是熟悉、自然的；但现在，他必须思考，而且还要合情合理，才能回答妹妹一串串的问题。

晓青呢，她已不再是个弱小、单薄、成天像个躲在角落的耗子，不再闪着愁闷、怀疑、提心吊胆的目光。细小的眼睛中，虽然常常还是探询的，却有着坦率、真诚。无限的山原，壮伟的雪山，不尽的林海，正拓宽她原来纤细、敏感的心田。

就连她自己，似乎也正起着一种变化，埋藏在深处已枯竭、荒凉的某个角落，正经历着春风细雨，开始滋润……

一阵急促的马蹄声，冲破夜幕传来。黑娃和夜色还裹在一起，只有凭着牧场上一隐一现的篝火，才依稀辨出它的行踪。

果杉、晓青下马后，一言不发往屋里走。冷秀峻敏感到出了事。果杉像和谁生气，紧紧地抿着宽厚的嘴唇。晓青还未说话，眼眶已经湿润："洞尕、伟伟都不见了……"

这个突然的消息，使冷秀峻也惊怔住了，显得无法接受："别是躲在另一处？你们去了几次，它觉得不安全，在竹林中又另做了个窝……"

"没有！都找过了。"

等到两人把前前后后的寻找说了一遍，冷秀峻也感到确实出了问题，事情又偏巧出在草瓦老爹昨天病倒了。他显然是劳累加上受了风寒，已服了药，但毕竟是近七十岁的人了！她想问：是不是"独眼"又窜回来了？但又有顾虑。

果杉却说了："就怕是'独眼'来了！它闻不到草瓦老爹的气味，胆子大起来。一会儿我们就去找老爹！"

"一听说这事，他就是趴在马背上，都会去的。不能对他说，老爹年纪大了……"她想了想,又安慰他们,"说不定是洞尕和伟伟耍远了。也许,你们明早去,它们正夹道欢迎哩!"

两个孩子知道,她只不过是宽他们的心。但现在,又没有别的好办法。果杉忽然想了起来:"妈妈,等会儿我去跟查修大哥说说,请他明天去那边查查'独眼'的行踪,看看是不是它又溜回来了。"

晓青说:"只听雷声响,不见雨滴落。那天你回来,说他要跟草瓦老爹上山,又说要帮我们送肉,到现在连影子都不见!"

果杉不满了:"牧民们说,朋友是风,没有风,篝火是烧不旺的。不兴人家来朋友!来了朋友总要陪陪!"

"这样吧!果杉去说说。他愿去,更好;不去,就算了。再说一遍,一定不要让草瓦老爹知道这事,叫他也别讲!"

这两天,查修正陪着他的客人,从这个牧场到那个牧场,帮他买羊、买牛。他说那个大老王是州上搞采购的,可牧民们都不太高兴,因为这个采购员贪得很,把价格使劲压,还说这是为了支援"文化大革命"。另一方面,又总是把好酒和难得的海味往干部家送,不像个正经路子。冷秀峻虽然知道这些,却不愿对孩子们说。

果杉跑去找查修回来后,很兴奋,说是他的客人走了,明天他就上山,跟踪"独眼"。

冷秀峻发觉晓青吃得很少,不像前几次回来,总是狼吞虎咽,吃得很香。她想让他们轻松一下;同时对下一步寻找大熊猫也有好处,因而说了胡蜀锦的来信。

大熊猫救灾小组到达了灾区后,立即兵分两路。一部分同志发动群众,深入原始森林,已救出了一批处于绝境的大熊猫。饥荒引起了疾病,救出的个体,大都需要适当治疗;因而无法长途运输,只好就近修建了临时治疗站、饲养场。

207

胡蜀锦带了部分同志，深入更边远偏僻的地区——几乎没有人烟的森林，继续调查。背着被子、携锅、粮食，吃在野外，住在野外。夜晚，找到山洞算是运气，常常只能在大树下蜷缩，听着野兽的嗥叫，等待着黎明的到来。

一天，胡蜀锦和同志们碰到了大雨，气温陡然下降，雨也成了雪，衣服和被子都湿了，幸而找到了一处半壁山洞。但是，却怎么也引不起火来，树枝潮湿。头上的岩缝滴水挂冰，敞开的宽阔洞口，寒风呼啸。在这样的黑夜，火是温暖，火是生命！

胡蜀锦要大家不要着急，先活动活动，免得冻僵了。他又冲入黑暗，凭着多年野外工作的经验，硬是手摸鼻闻，剥回了一堆桦树皮，再狠狠心将仅剩下的肥腊肉——唯一的油脂——割成一条条，和树皮放在一起，才架起了火……

他们就是这样跋山涉水，发现了灾区的面积远远大于原来的预计，几乎包括了整个岷山山系。而且，证实了他更大的担心——箭竹也有小面积开花。

但是，要找到那些已挺过严冬又还没有摆脱困境的大熊猫，治疗、运送……困难重重，需要大批受过训练的专业人员。经过了这么多年的动乱，要马上集合必要的人员，谈何容易！

鉴于这些情况，林业部同意老铁和胡蜀锦的建议，举办短训班，讲解救援的基本知识，组织更多的人员深入各个灾区。

林业部的决心很大，不仅拨了专款，而且派专人来到省里，解决具体困难，协助工作。这也鼓舞了省林业厅的同志。特别是瘦削、矮小的老铁，简直就是像经过太上老君炼丹炉的造就，见空就钻，百折不挠，终于为胡蜀锦争来了一些必要的条件，并由他亲自来主持短训班。胡蜀锦到短训班讲课，才见到了冷秀峻前后寄来的两封信。显然，第三封信还在途中辗转。

他同意冷秀峻的看法，这对母子大熊猫是生存竞争中的强者。熊猫妈妈很可能是刚成年的壮体,约八九岁。它不仅挺过了严冬,而且已向新的食物基地迁徙,如果没有特殊的例外,它们应该能够活下来。

竹子开花是周期性的自然现象,从开花、结籽、新竹成林,往往需要七八年时间。以他的观点,考古中也有部分材料证明,大熊猫的祖先是食肉动物。那时,它们广为分布。北京周口店猿人化石发掘中,同时出土了伴随"北京猿人"存在的很多动物化石,这些动物化石表明:当时,在祖国的北方,大熊猫是很繁盛的家族,它和剑齿象组成了占统治地位的动物群落。由于气候、地理、人类的发展壮大等各种因素,大熊猫才逐渐被挤到川、陕、甘一个狭窄的地区,食物也逐渐变异,专一食竹了。食物的专一化,也成了它们日趋减少的原因。

但是,大熊猫毕竟还存留下来了,并未灭绝。这对母子熊猫在溪耳的出现,证明每到竹子开花,大熊猫成批死亡时,确有一部分能及时转移到新的食物基地。能将这对大熊猫保存下来,就不仅是保存了两个个体,而且对科学研究有重大意义。仅仅勾画出它们迁徙的路线,就是可贵的资料。

关于食物,不同产地的大熊猫,已因历史的原因,适应了某一种竹,有的喜食华橘竹,有的则偏爱箭竹或方竹。有的兼而食之,既吃华橘竹,又食方竹或箭竹。这样的地区,只要各个竹种不是同时开花,并无多大关系。灾荒主要出现在单一竹种的地区。

从这对母子大熊猫粪便,知道它们还吃箭竹、方竹,这就保证了它们能够生存下去。两个孩子从沼泽地捡回的粪团,说明它们还吃木贼和其他的植物。

至于溪耳有华橘竹零星分布,而并未观察到它们采食,可能是那里的华橘竹很快就要开花。开花前的竹子营养成分已发生变化,大熊猫能"品评"出。

他充分肯定给大熊猫投食的做法。在野外,他曾发现它们摄食过毛冠鹿、野羊、水鹿等动物。至于是猎杀还是偶尔捡到别的动物食后的残余,这还没有充分根据,但烤过的牛、羊肉,它们一定喜欢取食,一定能促进它们早日复壮,这是毫无问题的。他将在短训班上介绍这个经验。但是,应控制牛、羊肉的投放量,不宜过多。他特别希望两个孩子能捡回它们吃了烤羊肉后的粪便,并要求冷秀峻做个初步化验,尽快寄给他。

有这样的事例:在动物园中,老虎、狮子能将投食的鸡、鸭连骨头都消化了,但投食稀饭,排泄物仍是粥粒和水分,几乎没有消化。

老铁说,他代表林业厅,感谢两个孩子的发现,感谢教育、培养、指导他们的冷秀峻。

胡蜀锦提醒他们注意:大熊猫的栖息地,正常情况下,是选在有水源的附近,而且是流动不息的活水。

他还提了两个要求:一是希望两个孩子,在可能的情况下,为这两头熊猫做上标记,以利今后跟踪研究;再是随时将观察到的情况作记录。并随信寄了份"观察提要"。

他也有忧虑,以常规估计:大熊猫仔是去年九十月降生的,至今也不过三十来斤重,尚难以独立生活,这就为它妈妈增加了负担;而且,这段时间,也最易遭到豹子、红狼等凶猛野兽的攻击。

他相信冷秀峻,相信猎人草瓦老爹,相信两个孩子的智慧和勇敢,一定能救护下这对母子熊猫!

老铁说,一旦能挤出时间,他们将到溪耳,实地考察胜利度过饥荒、顽强生活着的母子熊猫。

冷秀峻说完了信的内容,果杉懊悔得直跺脚,说是未能在洞尕、伟伟不在意时,给它们留个记号。冷秀峻也自责没想到这层。晓青呢,倒是说了让他们意外的话:"我认得它们,到哪都认得:洞尕的黑眼眶子,像两块墨玉版,黑得莹莹亮,和爸爸拍的照片上的大熊猫不一样⋯⋯"

"像个梯形。不过上、下底都不是直线⋯⋯"果杉证实。

"伟伟更好认。一望它眼,就知它淘气,走起路来,像个鸭子,两边跩;跑起来,真像个足球往前射⋯⋯反正,只要我看到,一眼就能认出它!"

冷秀峻相信这一点。人与人之间相处也是这样,要认真地说出某人特征,很困难;但只要听到他的咳嗽、说话声,或是朦朦胧胧的身姿,就能认出。

既然胡蜀锦把这对大熊猫看得特别重要,它们在今天的失踪,更使三个人心里像长了草。

冷秀峻很想明天和两个孩子一道去鄂尔斯姆那边,可是,牧场上又实在离不开。溪耳的草场都夹在森林中,成带状分布,每块不大,且分散地区广,仅仅是骑马跑路,一天也很难走完两三个牧场,何况亚朗牧场还有两头病马。一匹马上千元,牧民们经不起这样的损失;又正值母羊产羔的晚期⋯⋯

盘算来盘算去,只好将希望寄托在两个孩子的身上,再是查修⋯⋯她当然担心"独眼"回来,但似乎也没有万全之策,只能反复叮嘱果杉、晓青应付紧急情况的办法。指望明天一早,他们到达竹林,洞尕和伟伟好端端在那里,一切只不过是场虚惊⋯⋯

果杉和晓青怀着侥幸的心理钻进了洞尕寓的通道。晓青机警,头天学着草瓦老爹在洞口设置的拦路竹,好端端架着,说明洞尕或伟伟没有回来过,这是预料中的事,可又不情愿⋯⋯有种异样的声音,使希望再度升起。果杉看了晓青一眼,就急手忙脚向前拱去⋯⋯

一阵杂乱的扑腾,随着两声刺耳的嘎嘎,气得果杉差点没把手里的枪砸过去——又是偷食的丑老鸦,在低空盘旋、惊叫!草瓦老爹设置的圈套,已不知去向。

哪里还有洞尕、伟伟的身影?窝巢显得无比空荡。洞尕丢弃的烤羊肉,已被星鸦啄得一片狼藉,露出带血的骨头。

靠南边那个洞口的拦路竹,也还像昨天那样架着,没有倒下。所有的一切侥幸,都在星鸦的叫声中,烟消云散了。

晓青在粪堆处捡了个粪团,它和以前见过的不一样,外面有黏糊糊的肉红色。她包好粪团,准备带回去,然后就和果杉钻进了那一条竹林隧道……

他们的心只记挂着洞尕和伟伟,慌慌忙忙寻找。倘若能在窝巢中多待片刻,再仔细观察一下,就会发现另一种粪便了。昨天,他们也犯了同样的错误。因为缺少知识,否则,就会发现在烤羊肉上,留有另一种啮痕,它和大熊猫留下的有明显区别……

他们原以为这条绿色隧道很长,谁知没走一小段路,坪地已完,箭竹稀疏、矮小,只是一条兽径。山突然陡下,全是乱石,出现了岔道。主兽径通向一条窄窄的水溪,溪边有明显兽迹。看来是洞尕每天带领伟伟来饮水的地方。

岔道从陡坡处即离开主兽径,向只有零零落落三两棵瘦小竹子和稀疏的草棵折去。岔道杂乱,留有依稀的路影,乍看,很难认出是野兽践踏出的。几块被踩翻的石头,露在长满绿苔的石头中,特别醒目。这幅情景在他们眼前,幻化成了洞尕、伟伟慌忙逃走的一幕。正是根据这一点,他们断定洞尕母子出了问题。

是山林中那个恶魔的罪行?

红狼?

他们亲眼见过洞尕打红狼的一掌、又一掌。草瓦老爹的话也还响在耳边。窝巢里更没有搏斗的迹象。但是如果它们正在溪边喝水呢?就像在这片只长稀疏草丛的地方,狼群就能充分发挥灵巧、集群的优势……

"独眼"?

哪里也没找到血迹、残骸。还能有种怪兽能一口把洞尕和伟伟都吞掉,连骨头渣都不吐？

要解开这个谜,只有循着兽径,往前追踪。

小兄妹俩简单商量了几句,立即加快了脚步。

山体,在这里很特别,是条蜿蜒曲折的小山沟。右边是窝巢竹林所在的坪地,一直向上不断升高。左边,是突兀而起的高高山峰,峰顶一片银色,像戴着雪冠。山坡沟谷的低洼处,残存着厚厚的积雪。寒风一阵阵向山沟窜来。

一具血肉狼藉的动物尸体突然横陈面前,晓青差点踩上,吓得尖叫一声,跳了起来。

像是被谁有意藏在深草棵,才发现得如此仓促。

它已被撕咬得支离破碎,形体不算大,黑色的血污将它染得看不出面目。但从蹄子看,它是食草动物。兄妹俩虽然宽了心,却还是被这幅残酷的景象惊得呆立许久,千头万绪在脑子里翻腾……

连依稀兽径的影子也没有了！刚才,沟边的雪地上,还清晰地印着洞尕和伟伟的足迹。过了小水溪后,岸上还有它们踩翻的石头。烦躁,像马鹿虱子往身上蛰,果杉一反常态,不吼不叫,却一屁股坐下,捡起小石子,狠劲地砸着。晓青愣愣地站在一边……

不一会儿,寒气就很难耐,这条山沟真冷！晓青不觉打了个冷战:"哥,我们往回走点,顺着沟边找找。说不定还能在哪个雪窝里发现它们的脚印……"

谁也不晓得它们会往哪边走,果杉赌气一呼隆站起,也不招呼晓青,自管自大踏步往回走。

"哥哥！在这边！"远处,响起了晓青抑制不住喜悦的呼喊。

跑得上气不接下气的果杉,看到雪窝边的足迹,懊悔得用拳捶脑壳:"嗨！我真是头蠢牦牛！咋没想到它们要顺着水走。"

草瓦老爹早就和他说过,水鹿被猎人追急了,常常是跳起窝到哪处深草、灌木丛处;或者涉水、游水,消灭足迹,迷惑猎人。他还说,很多动物都有这样的本领,要不然,早被猎人打绝了!

洞尕就是在岸边制造了假象,又领着伟伟回到水溪,在水中蹚了这样远的地方,才上岸往这边雪山上跑的。要不是这个不懂世事的小伟伟,一脚滑进了雪窝,留下了痕迹,他们还真不知要找到何时呢?

是的,伟伟没有跟着妈妈的足印走,错拐了一脚,踩进了雪窝,一头滚落进去。它急得又喊又叫,翻身打滚,积雪乱飞可就是上不来。直到妈妈探出前身,它才抱住它的前腿,慢慢爬上来了——他们猜测着雪窝旁曾发生的种种景象。

"洞尕真精!"晓青感叹,"它们也急慌了,是谁追它们呢?"

是呀,哪个把它们追得这样急里慌张?果杉心里一愣怔,头脑也清醒多了。他轮起眼,细细察看着这一窝雪。这片山坡,全是大小不等的黑石头,是个风化流石坡,扇面一样展开。若是有什么蛛丝马迹,只有这块雪窝窝边能发现了,它就像张显影纸。

果杉终于在践踏得一团糟的雪窝边发现了另一种足迹——但不完整,严格说只是半个蹄印……机灵的晓青,当然也随着他的目光看到了。

"哥,你不是说过,雪狮在雪地上踩下的是梅花印……"

残缺不全的足印,确实还能看出一两个梅瓣儿的样子。

"雪狮能跑到这里来?"果杉想到是误解了晓青的意思,又赶快说,"狗跑到这荒山野岭干啥?"顿了顿,又说,"红狼也是这样的足迹。它们是舅甥一对!"

晓青也想起动物图谱上,把狗和狼放在一起,都是犬科的。民间传说历来认为狗是狼的舅舅。这一想不打紧,岩上的雪窝,翻滚的痕迹,溅扬的雪团……顷刻之间,成了红狼和洞尕搏斗后留下的硝烟残云。

她用力晃了晃脑壳,竭力驱赶那些无比灵巧、勇猛、飞跃腾跳的红狼的形象,迈步在流石坡上奔跑,想寻找一丝可疑的迹象……然而,什么也没有,连洞尕的足迹也没有了。它像是带着伟伟,突然飞到了天上,躲在云后……

若说这个残缺的足印是大熊猫的,可它明明还留有两个梅花瓣子;若说是红狼追踪,却又没有发现它们作战的痕迹。这是怎么回事呢?

这半个足印,苦恼着小兄妹俩。连山沟沟也和他们作对,阵阵袭来的阴冷、寒气,使他们多站那儿想一会儿都不行。果杉决定,再在小溪沟的两边找找,若仍然发现不了什么,就只有往小五花海那边去了。他虽然没到过那边,但知道它的方向。洞尕一定要向有竹子的地方跑!它们总得有吃的呀!妈妈说过,动物有种寻找食物的本能。胡蜀锦的信中也说到,洞尕为什么会迁徙到溪耳……

果杉提出了个假设:"会不会是那天的红狼,转到坪地这边,等到洞尕和伟伟出来喝水时,突然扑去……"

"那怎么没打起来?"

果杉一路上已反反复复想过这问题:"它是打前哨的,专门将洞尕撵出来,往红狼群埋伏的地方撵……就像狗把兔子往猎人枪口撵一样。红狼经常用这种法子。"

晓青听得细细的眉都竖起了:他说得像哩!要不,在这有吃有喝又隐蔽的地方,洞尕么事要跑呢?而且是慌慌张张、急急忙忙……

"哥,我们快走吧!"

果杉开始留路标了,因为他听说前面那个陌生的地方,山形异常复杂,森林也要大得多,密得紧,而且充满了恐怖。

洞尕母子被红狼包围的幻影,总是离不开晓青的脑海,而这些,又和它们与她、果杉相处的情景相互交织……

那天,他们又从竹下的隧道钻到洞尕的别墅。在空地中央的洞尕,听到响动,已经将身子转过来。伟伟急忙中,乖巧地躲到妈妈的肚子下,猛一眼,像是洞尕长着两个头——从颈脖到胸前,又伸出一个,两片黑眼斑中黑咕噜的圆眼,黑宝石一般闪闪发亮。

伟伟一下蹿出来。晓青看得清清楚楚,洞尕抬起前腿拦了一下,可没有拦住,但它也未去追赶,或吼叫,只是眼光里露出不满和警惕。

伟伟迈着毛茸茸的短腿,往他们扑来。这一下非同小可,果杉不知如何是好,想拦到晓青前面保护她,已经迟了……晓青伸出双手,居然去迎接。只刹那间,他张开厚厚的嘴唇笑了——

伟伟在晓青手前,摇头晃屁股,还把左前脚在她小胳膊上轻轻拍了两三下。转过头来又到果杉跟前,用头碰了碰他的腿。果杉手足无措,本能地一缩腿,脚尖刚好勾住了伟伟的下巴,勾得它立起了前身,差点翻身。

从洞尕的喉咙里传出了一声细细的不满的哼唧。

伟伟却很大度,又转到晓青身边。果杉解嘲说了句:"嘿嘿!'受宠若惊'这个词,今天我才懂。"

晓青向伟伟嘴里塞东西,一个将嘴东躲西闪推让,一个执意要给。突然,伟伟改变了主意,一张嘴就咬住了晓青的手。

"哎哟!"

大约是这声惊叫,伟伟一松口,晓青忙抽出了手,可是已留下了两个红红的牙印。

伟伟这时却把晓青塞到嘴里的东西嚼得格巴响……其实,在伟伟从洞尕肚下蹿出来时,晓青已从它步态上看出了它喜滋滋的神情,像见到老朋友似的。或许因为女孩子心细,或者是和伟伟已有了种说不清的"感应"吧!她想都没想,就伸出双手去迎接它。即使现在被它咬了口,她也以为那是友好的表示。她又伸出手去,在它头上轻轻地拍了两下。奇迹发生了——

伟伟竟应声往下一低头,翻了个跟头。刚翻转过来,圆圆的屁股头子,差点砸到晓青脑壳上;蹲着的她急得往后一闪,扑通,仰面跌倒……

哈哈哈……

乐得果杉忘情大笑。

伟伟不知是觉得闯了祸,还是被笑声惊住,惶惑地站住。

"鬼伟伟!"

晓青爬了起来,伟伟懂事地走到她跟前,用舌头舔她手。晓青又从衣袋掏了块糖,送到它嘴边,伟伟嚼得更得意。

晓青高兴了,不觉想摸摸那两个竖起的绒绒的黑耳朵,手刚触到伟伟头上,它又一低头,只见黑的白的脊背、肚皮,在眼前缭乱,一个前滚翻的动作已做完了。

逗得果杉心儿痒痒的,他也伸出手去,拍伟伟脑壳,但伟伟没有低头,更别说翻跟头,倒是斜睨了他一眼。

晓青非常不满,用肘拐了他一下:"你想把它打成脑震荡?"

果杉自知手脚重了,讪讪地问:"你给它什么?它听你的话。"

"糖果!"

果杉顿时想起了老熊掏蜜,想起了蜜矿,蜜矿附近大熊猫的粪便……连忙把妈妈让带着"增加热量"的糖果全掏了出来,放在地下。伟伟不睬,只顾去舔晓青手上剥了纸的糖。急得果杉赶快剥好两块糖,放在掌心,一下送到伟伟的嘴边。可伟伟一偏头,仍是给他个不屑一顾。

"伟伟,你这家伙!怎么这样偏心眼,小家子气,我糖里又没下毒药!"

果杉真动气了,晓青乐得咯咯笑。

伟伟又向晓青手掌中的糖块伸嘴,果杉却一下把她手臂拉回,硬是将自己手中的糖送上。伟伟往东躲,他往东送;伟伟向西闪,他往西塞。大概是盛情难却吧,伟伟终于张开了嘴。

果杉也想要伟伟吃完糖来个前滚翻,可是刚伸手示意,伟伟却掉头给了他个"屁股照面"。他哪里肯干?用手抓它,又按它屁股,伟伟眼看难以走脱,把屁股顺势往下一落,前腿一撑——

嗨!来了个后滚翻!

两个人乐得又是拍手,又是笑,伟伟却歪歪趔趔跑到妈妈身边。

这时,他们才想起这儿的主人是洞尕,才想起它又勇又猛,立刻稍稍收敛了一点。要不,简直要把伟伟当个杂耍小演员了。

"哥,你看到了吧!它脚底板都长了黑毛,又粗又长,这和豹子的不一样。我在动物图谱上看到它的脚板和猫一样!"

"对!一点不假,干吗它要在那地方也长毛?"

"唔,还能像我们人,走冰岩时,要用牦牛毡子绑脚?为了把滑!"

"也许是,你真会想。"

既然发现糖果有这样的妙用,晓青又想用它和洞尕改善关系,增进友谊。不过,它毕竟在山野有了长期的经历,不像去年才来到世界的伟伟——天真、淳朴、轻信。若是有一丝不友好的动作,它立即驻足注目,闪烁起警惕的目光,甚至是在得意非凡时,也往往能立即冷静下来,倾耳搜索竹林世界的各种音响。

果杉兄妹刚走出稀疏的林子,眼前耀起一片刺目的光芒——是阳光照耀在还覆盖着积雪的山坡。它到现在还未融化,面上有层薄薄的半雪半冰的壳。

果杉原想绕过去,但他不熟悉路径,而积雪又成带状横卧。只有越过它,才能到达对面的林子,再顺坡下去。他先试了一下,雪不太深,倒是印有不少野兽的蹄印,可是没有一个像是洞尕和伟伟的。

踩碎薄薄冰壳的扑哧声,雪被挤压的吱吱声,在旷野很刺耳。走着走着,果杉停下了:"晓青,这片雪带子从这头铺到那头,要是洞尕从这里过,能不留下足印吗? 有这样的雪壳,起码是好几天没有再刮过风雪。"

在这方面,晓青太缺少经历,刚才她还惊奇——在果城,中午都只穿衬衣加罩衫了,鄂尔斯姆珠宝的海子边,早发的杜鹃也已绽蕾吐艳。这儿还是一片银白,积着没踝的雪。虽然阳光刺眼,可包围他们的却是冷光寒气。

果城下场雪,孩子们全像过节似的,在雪地里追打嬉戏。雪一停,过不了天把,全融化了。这儿就不一样。她懂得果杉的意思,这是验证一下他们设想的好地方。

"你往那头,我往这头,找找看吧!"

晓青跑到陡坡,又折回头,果杉还站在那头山崖上探头缩脑的。她跑过去,只见崖下的雪有被什么擦抹过的痕迹。它宽,像是画报上见过的滑雪道;依稀看到崖下的积雪中有个新鲜的雪窝,但要分辨那上面有无足迹,目力达不到。

滑雪道上,有没有一个可疑为足迹的痕印呢?

山野千奇百怪的事情,每天都能碰上几桩,既然猜不出、估不透这个雪道是谁留下的,也只好作罢。

到达林边,雪地边缘上点缀着几片带着毫刺的绿叶,簇拥着一朵嫩黄嫩黄的大花。晓青见它像莲花似的一瓣衬托着一瓣,乐得用双手在它边上捧着:"雪莲! 雪莲! 好大的雪莲!"

果杉早就看见了:"你说得也对,也不对!"

陶醉在发现中的晓青,禁不住偏转脸:"怎么不对?"

"我头次看见也把它当雪莲,好多牧民也是这样叫的。草瓦老爹说,它是土雪莲,真正的雪莲生在——"果杉抬头指了指耸立蓝天的雪山银峰,"那上面。妈妈说,它的真名叫绿绒蒿! 这名字一点也不好听,不配做它名字。你想要,就采下来吧! 我们要赶路。"

晓青说:"我们给它改个名字,叫'绿雪莲'。它开在雪地边边上,白雪把它衬得多么漂亮!采下来就不好看了。"

"等找到洞尕,我们写信给植物学家,建议给它改名'绿雪莲'!"

进入了林子,晓青还忍不住频频回头,看那傲然挺立的又硕大又丰满的嫩黄花朵,把无限的留念留在雪地边缘。

她还憧憬着跟随草瓦老爹去雪山银峰采摘真正的雪莲,探索冰雪世界。从远处看,那里不是冰,就是雪,满山遍峰焕发刺目的银光。到了近处,很可能是从未见识过的,一片生机盎然的世界……

"要是草瓦老爹没生病……"

果杉没立即搭话,很明白:只要草瓦老爹一到森林,就能把事情估摸得八九不离十,还能找不到洞尕和伟伟?还能判断不出是谁来掳走了它们?可是,他病了,妈妈又不准对他讲眼下的情况。

"老爹的病会好的。这两天,有查修大哥对付'独眼',我俩还找不到洞尕?"

是出于对洞尕母子担忧,还是对查修这些天来一直未上山,不关心洞尕的事情,有反感?

"查修说得好听!现在,恐怕还在家睡大觉哩!"

"你别不相信人嘛!他亲口对我讲的,今天一定去那边看看'独眼'的动静。在五花海,不是他来救我们的?"

"咔嚓!"

清脆的树枝断裂声。

是从森林深处传来的。这片树林,多是高大、粗壮的冷杉、铁杉、云杉、红杉,杂树很少。

又是两三声"咔嚓"!

兄妹俩紧张地互相看了一眼,都在问:"是谁?"

过了一会儿,晓青小心翼翼地试探着问:"是砍柴的?"

果杉摇摇头:"谁到这个原始林子砍柴?发疯了?"

果杉已端起了枪,森林里却沉寂了下来,贴在黛色树干上的蛇壳地衣,潮湿的苔藓,风的呼哨……都立即显目入耳,四周一下陷进了冷涩、凝重。

喊哩喀喳——一阵杂乱的树枝断裂声突然又响起。

果杉和晓青循声向前追去,断枝的脆裂声不断在前面连串响。

果杉时时停下,侧耳倾听,竭力想判断出这声音是谁发出的,哪个要在这里掰断这么多树枝?

是烧火取暖煮饭?这是在森林中跋涉者常有的事。

他们停下,对方也不再掰树折枝。仿佛是专等他们快失去耐心时,又突然响起一两声,有时还噼里啪啦乱来一气。

果杉终于发现:对方像是有意在引逗,使得他们不断向前。

是谁呢?

晓青说:"别是查修来寻开心?"

果杉想了想,说:"不像,么事他要在这样原始林子装神弄鬼?"

是洞尕和伟伟?那倒有趣极了!

它们会掰竹子,当然也会掰树枝,而且还能够上树。大森林常常改声变调,这树枝断裂声似乎一会儿在上,一会儿在下,还难以准确断定是在树上掰,还是在地下折。但干吗要这样捉弄人呢?以伟伟的喜好,它若是见到他们,早就跑来要糖吃了。

是"独眼"?它倒是又能上树,又能落地走。可他们不是草瓦老爹,有何畏惧?也不需要故意把他们引到别处下手,这里就很荒僻!

是红狼引诱他们进入伏击圈?

不!它们还没有掰树折枝的本领!

是在雪窝边留下半个蹄印的家伙?

谜——神秘,恐怖,更何况他们是在寻找走失了的大熊猫,这就更增加了诱人的色彩。

果杉和晓青小声嘀咕了几句。两人横下一条心,非要把这事弄个水落石出不可。

兄妹俩整了一下衣服,系紧鞋带,果杉轻轻发了口令,就一前一后,在森林里猛跑开了。

开头,对方像是被闹蒙了,等到摸清他们的意图,也以噼里咔嚓回报。

但果杉的这一着还是奏效了——

有个影子在林子里一闪。果杉惊呼:"哎呀!是这家伙!"

十四　雪山倩影

洞尕将伟伟推入通道,催它赶快先走,就转过身来,堵住通道入口,面对着那个穷叫狂吼的家伙。

它沉静地站着,一声不吭。对这个拖着长舌头,爱叫爱闹的家伙,像是犯不着和它讲理;只是当它张牙舞爪,准备向前扑来时,洞尕才咧开嘴,让对方看到它尖利的牙齿。

伟伟在洞外轻轻叫了声。洞尕慢慢扫视一遍这个已经住了多天的家:青青的竹子、卧穴、伟伟玩耍的空地、喷香的羊肉……它非常留恋这里的幽静和丰美的食物,这对于挨了几个月饥荒的母子是多么难得和可贵! 然而敌人已经逼近。

它并不害怕这个丑陋的怪物。瞧瞧那副短兀的嘴配上的长舌头吧,要多难看有多难看。还披了层枯死的鸡屎藤缠绕着的皮毛,一眼看上去就知是个胆怯、卑下的奴才。洞尕怎么会怕它呢? 不,绝对不会!

但是,生活的经验告诉它:这个丑物不是单个的,它的身后总是跟着主人,主人又总是把有一张黑洞洞嘴巴的长杆子提在手里,那嘴巴不算大,圆溜溜的,似是无底的黑暗的深渊。

从这个黝黑的嘴里,能突然闪电一样快速、雷一样轰鸣地伸出一条长长的血红血红的舌头。

只要被这条血红的舌头舔中,一切都完了,这才是它所害怕的和要百倍小心防备的。更何况它还带着儿子,儿子是它生命中的希望。

伟伟还未满周岁。若是安泰的年月,还该是时时躲到怀里吃奶,现在饥饿却使儿子更喜欢喷香的羊肉、竹子……它毕竟幼小,需要保护,它容易受到攻击。

洞外,又传来了伟伟对妈妈的呼喊。

洞尕狠狠心,决定割舍这个温暖的家。它向通道中倒退,以防敌人乘虚追击。窝巢刚在眼前消失,那家伙果然扑到了洞口。气得洞尕凶狠地吼了声,它才没敢追来。

出了通道,失去了绿色城垣的保护,它们立即暴露在荒凉的山野,被危险包围。对逃荒生活,已有经历的伟伟,看清了妈妈的眼神,悄悄又快速地跟在后面。

妈妈虽然已教过该怎样选择路径,但它还是没有耐心细细分辨风向;空气中偶尔飘来的香、辛、酸、腥各种气味,又引得它东张西望。

还未下到沟底,敌人已经追来。它汪汪狂吠,虽不撕魂裂魄,却像钢针一记记刺激洞尕的心。这叫声能引来一群红狼,也能召唤来更可怕的黑洞洞的嘴巴。

妈妈叫伟伟在前头跑,伟伟斜刺刺往下冲,不管是踢翻了石头,还是滑倒跌下,它都按妈妈的要求,迅速前进。危险使它坚强。跟着妈妈,已不止一次被残暴的敌人追击过,妈妈的智慧和勇猛是绝对可以信赖的。

洞尕殿后,边跑边警戒着跟踪而来的敌人。只要它逼近,洞尕立即回身,龇牙咧嘴,做出战斗姿态;敌人顿时停步不前,气焰一落千丈。经过几个回合,对方识趣了,只是叫,倒不快速追赶了。洞尕知道,它奔跑起来的速度很快,只要有这个想头,能在瞬息之间追上它们。

奔跑不是洞尕的长处。大熊猫从来只喜欢悠闲地散步,在林下、竹丛中漫游。世界的美好,原来是让人欣赏的,并不是要你成天像个赶路的过客。

头脑冷静的洞尕,希望尽快摆脱这个丑物的追击。它发现,一切的努力都未奏效,敌人始终跟在它们身后叫着嚷着,像是决心要让整个山林雪野都知道:大熊猫母子在这儿!

洞尕指引儿子向森林中跑,只要到达绿色世界,就有了保护。

丑物的主人到现在还未露面,但确实存在。他不时从隐蔽地发出一种尖厉的啸声,于是丑物马上飞跑,拦住洞尕它们的去路,逼得它们只好退到没有遮拦的荒坡上。

洞尕决定做次艰苦的努力。这是一段费劲的上坡路,但如果再不行动,就要被逼到一条长得望不见头的乱石沟。眼看伟伟的速度慢下了,自己也感到喘息又粗又重,胸口闷得慌,然而,它还是竭尽全力,向敌人猛冲去。

那个只顾撕裂喉咙叫唤的丑物,未曾料到这点,慌忙回头就跑。跑一段,站住,掉转头乱叫一气,再跑……看到伟伟已进入森林了,洞尕才转回身。

儿子在树丛中等着它,洞尕却在林边停下,通过树隙眺望敌人的行动。果然,丑物惊慌的叫声召来了主人。他大声斥责,指手画脚,驱使它再追……

尽管这样,洞尕还是轻松起来——森林里充满了野猪、獾子、水鹿、獐子……各种气味。丑物和它的主人要寻到它们母子的踪迹,已不是那样容易的事情了。

洞尕并未让儿子休息,又领着伟伟向前走去。它尽量挑选树木稀疏的地方,为的是不留下痕迹。伟伟已累得不想动了,但它还是毫无怨言,默默地跟在妈妈的身后。

洞尕有些奇怪:丑物的主人,似乎出现得晚了一点。这是为什么?难道它叫得还不够卖力?为了保护儿子,做妈妈的心眼特别多。

扑棱棱!

伟伟已闪进妈妈的肚下。右前方的草丛中,六七只血雉连飞带跳惊跑了。一只背毛火红、尾尖上缀着个白花的小狐,用尖嘴紧咬着还在扑翅蹬腿的血雉脖颈,高昂着头,闪着狡猾的目光,向它们得意一笑,迈着矜持的脚步,不可一世地从前面走过。

伟伟想冲上去,教训这个吓得它虚惊一场的家伙,却被妈妈拦住了。

隐隐约约传来一两声那个怪物的嘶叫。洞尕想:它已追到了林边,让它的鼻子忙一阵吧!

还没走出一小段路,前面响起了阵阵打蓬子的声音。刚惊飞的几只血雉,正在一小块空地上嬉戏。

一只雄雉展开双翅,垂下粉红色的尾巴,边扑打,边尖声歌唱,旋转舞蹈。头上耸着黄色的羽冠,脖子上花毛蓬得像朵花,每根羽毛都在激动中震颤,颈花就似转动的风车。时而,转到很有兴味观看的母雉中,用蓬刺的颈脖,摩挲这个,蹭刮那个。受到挑逗的母雉,兴奋得咯咯叫。

它们根本没有发现洞尕母子俩已经走近,依然忘情地嬉戏。也好像根本就未发生过几分钟前的那幕——赤狐对它们的偷袭、猎杀。伟伟对这些不顾生死的血雉不满,使劲吼了一声。

可是,它们根本没跑。有的血雉,偏头看了看它,粉红尾巴的公雉,却狠狠斜睨了它一眼,意思是:赶快滚开,不要在这儿搅和!

妈妈也催它快走。

伟伟感到很委屈,一路不安生。一会儿用头撞撞妈妈的肚子,一会儿又故意岔到边上,等待妈妈一声声的叫唤。搅得洞尕只好示意它看看枯草抽出的绿芽,云杉长出的新绿,蜜蜂忙着采蜜,蝴蝶在花间飞舞,香獐、鹿、麂子都迈着轻盈的步伐。雪融化了,小溪欢快地唱歌……一切都展示出青春的活力和冲动。美景激得伟伟兴高采烈,无形中陡增了力气,一路小跑起来。

前面,有个闪光耀亮的水凼。伟伟跑得口渴,洞尕也感到唇焦舌燥。但它还是决定不喝那水。大熊猫从来是不喝这种毫无生气、带有腐酸味的静水的。

伟伟把嘴伸到水边,清凉的潮润立即带来了舒坦,可是刚想喝水时,却皱起了鼻子,水的酸腐气太难闻了。它不像小溪的水,甜滋滋的,挟了花香。

这时,洞尕看到儿子水中的影子。那明亮的眼神,映出一颗晶莹的心灵。儿子多么漂亮!眉宇间已透出股英俊。

洞尕不觉向前走了一步,它更吃惊了:水里映出的,是个失去光彩的老太婆——只有层松皱皱的皮,裹着突兀的骨棱。眼神暗淡,眼圈发灰……它退回来了,似乎不愿也不敢再多看一眼,害怕动摇自己的信心。

在没有吃食、寒冷、厚雪覆盖的流亡路上,它从来没有气馁过。它相信自己有无穷的勇气、忍受千般困苦的坚毅,还有无限的母爱。这些,鼓舞它领着儿子挺过了冬天,活到现在。

仅仅只有一年啊!它的青春已像跳动的篝火被大风熄灭,但儿子成长了!

那时,洞尕感到腹中的小生命渐渐不安静了。它在坪地上寻找个安静的又干燥、又温暖的"产房"——一棵几百岁云杉下的树洞。背靠一块巨石,前有竹林屏障,两边是它走出的通道,既安全,又有应急的去处。树洞从来没谁住过,弥漫着树脂、枯草的清香。

它等待着希望和幸福的到来,但灾难却不期而至——竹子开花了。这是饥荒和死亡的黑色信号。

竹子的味儿已变得很难入口了,大熊猫们发疯似的追逐着四处逃窜避荒的竹鼠。由于竹鼠也专食竹子,与大熊猫争粮,因而只要碰到机会,大熊猫总是全力捕杀它们。

竹鼠的生存本领是善于掏洞营穴,从根部将竹咬断拖入洞中享用。大熊猫却有将它们从迷宫式的洞中掏出的特殊技能,何况竹鼠现在已因寻食跑到了地面!

幸而不久,淡黄的竹花,结了黄灿灿的竹实。竹实饱满,香甜,可口,这才为洞尕带来了短暂的慰藉。

新生儿出世了,这个宝贝,鲜艳粉红色的一团,还不到拐棍竹一个竹节长。

它刚来到这个世界,紧闭着双眼,已兴奋得举胳膊蹬脚,大喊大叫;它用清亮的啊啊声,赞美着森林、溪流、阳光和母亲。

洞尕连忙把还没有手掌大的孩子抱到了怀里,忍不住亲了又亲,疼不够。它柔软光滑的身子,浑身没有一根黑毛,像是杜鹃花般粉嫩的肉疙瘩。它长着扁嘴,没有乌黑的眼圈,没有油黑的双耳,没有墨玉般的鼻头,没有黑肩、黑腿,一点不像妈妈!

可是,它正在自己怀里乱拱。是的,这是它的儿子,是它生命的延续!别看它生得小巧,可是那嗓门又高又亮。是对这个世界感到不满,还是满怀无限激情?它总是大喊大叫。一小时之内,竟呼喊了130声!

洞尕不知如何疼爱才好,搂着它吃奶,搂着它睡,只要给以足够的抚爱,它会甜甜地睡上20个小时。

做母亲的幸福感,暂时冲淡了迫在眉睫的饥荒的威胁。

一周后,伟伟开始安静些了。哭声也变粗,老嗯嗯地叫。尽管仍然双眼紧闭,但眼眶周围已蒙了层灰色的影子,两只半漫圆的耳朵,也开始变色。当洞尕发现这点后,是多么惊讶、激动,从现在开始,它才有了大熊猫的俊美特征!

又过了几天,儿子的眼圈、耳朵呈现褐色了,鲜艳的粉红逐渐从胛部、双肩和前腿失去光彩,隐隐布上了黄昏的暮霭。接着,暮霭又弥漫到两条后腿。

洞尕惊异地发现,上天为它腿上着色,是从外侧开始的,然后才是内侧、四只脚掌。就像夕阳快落之前,粉红色异常鲜艳,鲜艳得透明,然后才是灰色的暮霭,黑夜的降临。

它的嘴唇、鼻孔,也开始像黑豆似的可爱了。

眼圈却正发生奇异的变化。开始是圆圆的,并不大,只圈住了眼,但它逐渐蔓延,加深,直至成了两块墨玉板。

一天早晨醒来,它突然发现,儿子的四只脚掌已经乌黑,长出了短短的黑毛——至此,它已完成了大熊猫形象的塑造:白毛纯洁,犹如炽烈刺目的太阳;黑毛乌黑,犹如漫漫的长夜。苍穹和大地,白天和夜色,在它身上交相辉映,在它身上闪闪发光!

上天为伟伟装饰完毕,才是它来到世界满月后的第八天,也就在这天,它一直紧闭的双眼,竟微微地张开道缝,窥视这个陌生世界和亲爱的妈妈!好像是在没有穿上华丽服饰之前,羞于看望这个世界,看望妈妈。

70天后,伟伟的两条前腿着地了,这才能抬头看着妈妈。满了100天,才能在它胸脯上爬动,但一双后腿还软绵无力。它只能趁儿子熟睡时出去寻食,昼夜不停,还要百般防备山野中窜来的仇敌……

终于,儿子能够四肢着地,站立,歪歪趔趔学步了……

然而,严重的灾难来了。一次寒潮,带来了风雪。竹子枯萎了,像被开水煮过,叶子焦黄,风一吹就纷纷落下,竹竿只要一碰,就闷声折断。

饥饿开始降临。松鼠、地鼠……连猴子都来争食落在地上的竹米。尤其是那些可恶的野猪,它们一拱一大片土地,掩埋了竹米,吃的比糟蹋的多。

生活把难题摆在面前,它已有了孩子。天气渐渐寒冷,暴风雪一场接着一场,把大地盖得严严实实……

阵阵狂叫,惊醒了沉浸在幸福和辛酸的回忆中的洞尕,继续面对严酷的现实:那个丑物,虽然很不顺利,但还是追来了。

洞尕领着伟伟,赶紧上路。丑物的叫声是可怕的,但倒也使洞尕能随时了解它的动态。不久,它已判断清楚,敌人已堵住了一切的好路,硬逼得它和伟伟向高山走去。

或许,它们的伏击圈,就设置在那里?

它原本是喜欢清静的高山的。但是,上坡对于它和伟伟说来,都很困难。体型大,腿短,不善于快速爬坡,更别说在又累又饿、后有追兵、前有堵截(很可能)的情况下。然而,它当机立断走这条险路。在险峻中求生存,求摆脱。

洞尕从顺着山体向下滑动的风中嗅到了一股干寒,心头一喜;但那股下滑的风,时时停下,变转方向。在奔走中,它耐心地等待着下滑风,一次次地校正方位,终于分辨清楚了,干寒的气息来自山脊上。

丑物的叫声稀落了。可以猜想:它在紧张地寻找。洞尕早已一改常时行走规则,为敌人布下了疑阵。

果然,一片洁白的雪地,在林边出现了,它要儿子在一旁稍稍休息,自己半点不沾雪地,沿着林边察看地形,选择突围方向。

当它看到一块山石通向陡崖,陡崖下又是厚厚的积雪时,它多高兴啊!

……

它终于摆脱了丑物的追踪。又依据丰富的经验,找到竹林。按照风送来的信息,在不远的地方,还应该有更好的竹林。

伟伟太疲倦了,双肋已经松下,黑黑的眼眶,飘着淡淡的灰雾。做母亲的心软了,忍不住帮它挑选了一些笋、嫩竹。这里箭竹的笋发得很少,拐棍竹根本不发笋,味道也很怪。

温暖的风在脸面上拂动,身上也清爽爽的。洞尕坐下了,四肢是那样的无力。听着伟伟吃竹子的咔嚓声,它顺手扳了两根箭竹,边吃边侧着耳朵,倾听四周丝微异常的声响。

伟伟的吃竹声零落了,一副抓眉蹙额的愁苦样。伟伟还太小了,乳牙不坚固,要它仅仅靠吃竹生存,太艰难。它走过去,想哺乳。伟伟却偏转头去,炫耀似的大口大口吃竹子,有意嚼得脆崩响,似是告诉妈妈,它长大了!

一股刺鼻的臊腥,惊得洞尕陡地站起。四周没有可疑的影子,但从风中细细品味,这种腥臊是从仇敌身上散发出来的。不是那个丑物,是比丑物更加凶残的一群红狼,少说也有四五只。不多天前,它一掌又一掌让它们的两个同伙尝到了教训;然而,现在离开了绿色的屏障,在这荒野里,形势将逆转……

伟伟不安地偎到了妈妈的身边,用眼神默默地询问着:它们是找到了我们,还只是路过?

洞尕没有回答,却决定迎着这股腥臊走一段路,然后再决定行止。那边森林下的灌木丛茂密,如果仇敌真是冲它们母子来的,那个战场倒是十分有利于防卫,不利于敌人奔跑、攻击。否则,则可以迅速判明情况,及时摆脱。时间是宝贵的。

腥臊气味越来越重。伟伟瞪着惶恐的大眼,不时瞅瞅妈妈。它很平静,只顾往前走;这股令它们紧张的刺鼻味,终于逐渐淡薄,消失了。

这是一股在山野流窜的强盗,看来并未发现它们;但是,它们将会被发现,因为它带着伟伟,沿途留下的气息,也是浓重的。在休息吃竹的地方气息就更浓了。

它示意伟伟和它距离远点,在稠密的灌木林里兜几个圈子。如能碰到獐子、水鹿、香獐,还要设法和它们多玩一会儿。只有这样,才能将气味混在一起,然后它们再迅速离开这片林子。

在灌木丛中布完疑阵,洞尕决心向大片竹林的地方摸索。它们走得精疲力竭,最难忍的还是饥饿,五脏六腑都往一起揪。伟伟走起来,已摇摇晃晃,像个醉汉,可是却一声不吭。

前面有段陡坡要下,洞尕决定先休息一下。对大熊猫说来,下陡坡比上坡更难。

洞尕侦察一番周围,没发现异常,才决定将伟伟留在上面,自己先下。它开始转过了身子,和从树上往下爬一样,后腿先下,屁股朝下。它的颈脖粗短,不可能取得广阔的视野,但它将头勾下,一直弯勾到胸前,从胯下往后观看形势,窥测路径,然后放置好脚掌,咕咚一声,滚了下去,稳稳地下到了坡下,也做完了示范动作。

伟伟刚下完一半坡,已感到头昏脑涨,浑身无力,眼前一黑,就什么也不知道了。

幸而洞尕在下面接住了儿子。伟伟觉得眼皮有千斤重,怎么也睁不开,妈妈只好焦急地等待它恢复……

淡淡的月色,伴着母子艰难地前进。洞尕终于看到了箭竹。它迅速地打量了一下山势、映满一天繁星的海子、零落几片不算大的竹林,最后选择了一处虽小但茂密的竹林,打算栖息下来……

然而,第二天的下午,还是那个丑物又出现在通道口,跳脚大叫。仓皇之间,洞尕跟在伟伟身后撤退。刚到竹林外,伟伟就惊叫一声,洞尕也不禁倒吸一口冷气,浑身一颤——一张可怕的黑洞洞嘴巴,正向它们张开,眼看通红的舌头,就要长长地伸出来了……洞尕迅速伸手抓回伟伟,又缩进通道,不顾一切向丑物冲去,给了它狠狠的一掌。可惜,它偏了下头,打在前胛上,但这已叫它趴倒在地下。

洞尕领着伟伟,从这边通道冲出来了,往左边跑去。没一会儿,那个丑物清醒过来,又恶狠狠地叫着追过来;它的主人提着有张黑洞洞的嘴巴的长杆子也跟后出现。洞尕只好和伟伟再折向另一片竹林,粗气还未喘平,丑物又追来……

丑物和它的主人配合,将洞尕和伟伟撵向荒野,不给它们喘息的机会,不让它们吃上一根竹,也不让它们往森林的深处去,只是一个劲地逼迫它们往乱石、杂草的荒山上走——那是一条绝路啊!

洞尕奇怪透了:那个丑物的主人,明明时时将黑洞洞的嘴巴对着它们,但那条血红的灼热的舌头却未伸出。只要伸出，完全能够舔到它们身上，偏偏却不伸出。难道仇敌动了恻隐之心，可怜它们母子的悲苦……不！他们分明是往死里撵，往绝路逼，这一定是更狠毒的阴谋！

一腔热血，顿时在洞尕周身流动，冲激着它高贵、强悍的心灵，燃起了它战斗的渴望：与其在山崖上饥渴倒毙，倒不如和仇敌的鲜血洒在一起……

伟伟忐忑不安地叫了一声，洞尕一惊。儿子就在身边，它还不能凭着自己的本领，在山野中生活。要保护它！

它们就这样被追得离开了箭竹，离开了森林，在只有杂草、积雪的荒山上，顶着凛冽的寒风流亡。那个丑物和它的主人总像个影子，时远时近地跟在身后……

奇怪，不知什么时候，那个丑物不见了，它的主人也没了影子。这些，都好像发生在丑物猛烈地叫了一阵、追了一阵之后。洞尕看了看西天，太阳已滑到雪峰下。

不管它们将要耍什么阴谋诡计，现在有片刻喘息时间也很宝贵。洞尕选了个避风的山窝，把脑壳藏在岩石的后面，严密地监视着来路的方向，坐下了。

暮色刚刚降临，洞尕决定冒险，从早已选好了的路径，领着伟伟悄悄向森林走去。无论是寻食、避敌，都不能离开森林啊！

扑鼻的潮湿，绿叶的清香，浸肌透骨，洞尕又被生的欢乐陶醉……它们母子沉沉睡去。

窜进鼻息的异味惊醒了洞尕。东方已经露出曙光，晨风开始迈步，将森林中浮悬淡雾推开。那令它从酣睡中惊醒的怪味，就是灰白的雾带来的。洞尕急促地吸了两口，脑壳一炸——是"独眼"身上散发出来的异味：腥、骚、膻、臭的混合怪味。

它追踪过它们，逼它们走入了绝境。在万般无奈的情况下，洞尕才冲到了溪耳,泗水渡过白马溪,求助于人的庇护。是伟大的人的气息,才使它们摆脱了"独眼"的纠缠。

谁知,在这时候,在这地方,又碰上了它!它比红狼本领更大,无论是在树上或地下,比丑物和它的主人更凶猛……真是祸不单行!

从"独眼"的气息中,洞尕已分辨出它是在饱食后的酣睡中。洞尕连忙推醒伟伟,立即离开这个危险地带。

天色已经大亮,朝阳从树隙中喷进了森林,洒在伟伟身上,洞尕心里有些喜滋滋的:按照经验,丑物也该出现了。让那个丑物碰上"独眼"吧!

然而,没有多久,新的仇敌的出现,使洞尕知道:它高兴得太早了……

十五　森林刁客

果杉和晓青追踪神秘的扳树折枝声,一阵猛跑。

"哎呀!是你这家伙!"

果杉又惊又喜的腔调,使晓青误以为碰到了老熟人——

"难道真是查修?"

等她也看清时,不由得又惊又奇:"彩面孔,蓝眼睛,朝天鼻!"

满目是金黄色的飞物。它们在绿色的树冠、黛色的树干间飞跃腾跳时,或张臂降落,或拳起身子往上直蹿,或转体倒背,或连续跃进。又长又蓬松的尾巴,时而甩直,时而舒卷,时而左摆右晃,一刻也不安宁。

有只毛色特别艳丽的粗壮家伙,双腿一蹬树枝,顺势往前一跃,在张开四肢的同时,侧过头来,向晓青做了个鬼脸。这才让她在瞬息间,看到了它的面孔、眼睛、鼻子。

是因为她的一声惊呼,吓得它打了个愣怔,还是做鬼脸时分了神?它抓住的细枝咔嚓一声,断了⋯⋯

"不好!它要跌断腿⋯⋯"

晓青猛跑两步,下意识想去接住它。

未等她跑到跟前,它的长尾巴猛一甩,偏转了身子,已在跌落中伸手抓住另一根树枝,往上一猴。端正正坐了上去后,它又向她看了一眼,耸耸肩膀,似乎是自嘲:"好险!"

接着,树冠上响起尖锐响亮的咯咯咯叫声。霎时,这个树头,那个树杈,群起呼应。突然,响起一阵呼啸,它们风驰电掣地在森林里消逝了,走得无影无踪!

晓青感慨万分:"真是大森林的刁客!"

果杉也止住追赶,将信将疑地问:"你认识它们?"

晓青一撇嘴,眉梢往上一挑:"这还用查字典?看它们这副漂亮的面孔,浑身披挂的金黄长毛,玉米棒似的长垂尾巴,活泼伶俐的样子,谁不知道这是我国的珍贵动物金丝猴!"

果杉张开厚厚的嘴唇,笑着打趣:"不简单!真不简单!我都被它骗了,还以为是谁在有意逗耍我们哩!"

"它们,恐怕早就看见我们了,欺我们人小,故意在前面引逗。单身行人碰到它,能哄得你团团转。即使明明看清是它们,它们也能耍起百般花样,让你看得不想走。是爸爸告诉我的,说它们是大森林的刁客。"

黑眼珠悠悠转了几圈,晓青像猛然想起:"你不是跟我说过,金丝猴在树上怎样、怎样吗?开头有响动时,你怎么就没想起来?"

果杉讪讪地说:"其实,我是听草瓦老爹说的。和你一样,我也是头次在森林里碰到它们。"

既然这样,晓青也不再穷追了。她低头在地上寻找到了几根断树枝:"这是什么树上的?"

果杉拿到手里,一看断痕是新的,冒着白色的树浆。树皮几乎被剥光了,但不是撕扯下的,是一个白皙印痕挨着一个白皙印痕,印痕潮润润,显然,这是采取了一种很特殊的剥的方法。枝上的嫩芽也被剥光了,只剩下一个唯一的紫色芽桩。他摇了摇头,又抬头看了看树,见满树都已冒出花蕾般的、紫红色嫩叶芽,有的还展开了薄薄的叶片,这才说:"可能是从这树上掰下的枝,它叫假稠李。叶芽儿好看。"

"不知这是指甲抠的,还是用牙啃的。我爸爸说,金丝猴是把树枝掰断,拿在手里吃。它经过的地方,总是要丢下很多树枝。猎人说这是:丢下棍子,留下影子。只要捡到这样的树枝,就能追到它们。走吧!看样子,这段路也可能刚好是往小五花海那边去的路。"

追踪金丝猴,当然很诱人;可是,这时的果杉,头脑还算冷静,他抬头望了望西去的太阳,说:"不行了,还未找到洞尕和伟伟的影子,我们要赶快回家跟妈妈说。也不知查修大哥碰到'独眼'没有。再晚,天黑前走不到绊马的地方,这条路又不熟。"

记忆中的一个影儿,突然在晓青脑海冒了个水泡,正想抓住,却在倏忽之间消逝了。是有关眼前的,也关系到正在寻觅的大熊猫……但怎样努力,都未能将它从记忆中再抓出来……她只好悻悻地离开这片金丝猴玩耍的森林。

当他们的马儿刚到门口,月色中,已站着从家里迎出来的查修:"果杉小兄弟,晓青小妹子,你们辛苦了!"

果杉从马上往下纵的时候,劈头就问:"查修大哥,你看到'独眼'了?"

"这还用问?我小查修再笨,经过草瓦老爹的点拨,还和'独眼'交过手,闭着眼,用鼻子也能闻到它的气味!"

雪狮也早已迎上来,用嘴在小主人腿上乱亲,尾巴左右乱甩,又把热烘烘的嘴往果杉手上凑。

"去去去,到一边去!"果杉不耐烦地挥挥手,把雪狮撑开,又急着问查修,"它在哪?到鄂尔斯姆珠宝这边来了?"

"你也能认出它的踪迹了?"

果杉一跺脚,气急败坏:"唉!一定是它把洞尕、伟伟撑走了!"

"翅膀越飞越硬了,眼是越炼越明了,你这个小山鹰!"查修赞扬说。

正在后院忙活做饭的冷秀峻,端了菜到前面:"你查修大哥也才回来一会儿。果杉,快和晓青洗个脸吃饭吧,总改不了这个急性子。"

晓青已端来了洗脸水,问:"查修大哥,你见到伟伟和洞尕往哪边去了吗?"

查修将脖子一挺,有点气粗:"光管'独眼',我都恨老娘在我心果子上,没多锥几个眼窍儿,还顾得及大熊猫?你们也没找到?"

"你不是追'独眼',到了鄂尔斯姆这边吗?"

查修用手抹了抹脸,像是擦掉一层灰尘,然后才宽厚中带着得意地说:"我能让它在这边?当然要把它撵走!撵出森林,撵到光秃秃的大山上,叫它滚得远远的!嘿!我的牦牛靴子底都快磨穿了!"

听了这些,果杉带着歉意,给查修大哥端来了饭。一路上对"独眼"的种种担心,总算可以一笔勾销了。

晓青悄悄问:"姑姑,草瓦老爹的病好了吗?"

"他也在问你们,我说你们给洞尕送羊肉去了。他说,娃儿们够累的,不要挂念他。他的病已好了,只是还要养息两天,不能上山。你们等会儿去看看他,一句也别提洞尕走失的事。"

饭桌上暂时沉寂了。查修一边低头吃饭,一边不时抬眼,在两个孩子脸上转悠,总是疑虑地搜寻着什么。

过了一会儿,还是冷秀峻问起洞尕的情况。大熊猫突然走失,她心里存在着一大堆的疑问。

这像给皮球开了个眼儿,积在果杉肚里的气,全都迫不及待地往外冒。晓青也不插嘴,直等到他鼓胀胀的肚子瘪了,才做了补充。

查修急忙说:"你们去小五花海的路不对,要是还沿着鄂尔斯姆海子边走,到了五花海,再往上走两个海子,就能往左边的山沟岔。那是条到小五花海的大路,近多了。"

果杉连忙分辩:"洞尕不是往那边走的。到现在也还不晓得,它是不是往小五花海去呢。"

"要说竹林子,在那一带还只有小五花海周围有几片。"冷秀峻说,"这对大熊猫能找到五花海边的竹林,也能找到小五花海那边。这边还有条小路可以走……"

"哎呀!小路太险!都吊在崖边边上。去年还摔死两匹马,走不得。"查修又是摇头,又是摆手。

"那是因为雪崩才出的事。这季节,那条山沟暖和,雪化完了。你们骑的是会走山路的黑娃子,不必担心。要担心的,倒是野兽,大熊猫的天敌。果杉,你看清雪窝边那个蹄印了?"

"蹄印不全,但清清楚楚。哥哥和我还研究了半天。"晓青抢了话头。

果杉说:"留下的两个蹄瓣子,和雪狮在雪地上踩的印子,一个模样。"

"哈哈!我说你这个乱摆角的小牦牛,狗往那儿跑干么事?连屎都找不到吃!"查修笑着,用指头在果杉脑壳上敲。

果杉气得抬手挡开,差点没跳起来:"我什么时候说过是狗去了?不兴是红狼?狗狼舅甥嘛!"

查修连忙亲昵地拉住他:"这是我小查修心急了,嘴快了。还是果杉兄弟读过书,脑壳比我聪明。我刚才就没想到。对极了,一定是红狼!上次还没给洞尕打怕?这些家伙,真是狼性不改,贼心不死,还想阴谋得逞。"

冷秀峻又问两个孩子:"雪窝边,再也没找到这种蹄印了?"

两人都说找来找去,根本没有再发现那种蹄印了。雪窝也就那么一点大嘛。当然,也可能是被洞尕、伟伟践踏掉了。

冷秀峻也想不透:"既是红狼,不会单个溜。"

查修原想接上话茬的,但看到他们三人都在默默思索,忍住了。

"有没有野狗?"晓青小声问姑姑。

冷秀峻还未来得及答话,查修开口了:"条把条野狗,洞尕根本不放在眼里,还是红狼厉害。那是个小雪窝子,又不是一块肉,它们干吗都要到那上面踩个印子？"

晓青、果杉都不愿往这方面多想，后果太可怕了！

查修得知小兄妹俩明天还要往小五花海寻找，自告奋勇说，他明天也起早，还去跟踪"独眼"，防止它再窜回来；同时，也保证小兄妹俩的安全。

查修走了后，晓青和果杉去看望草瓦老爹。果杉一路都在想，怎样应付老人的问话，又不能把真情说穿，这真是个难题。雪狮却没这么多心思，只是欢快地拦前跟后跑着。等看到草瓦老爹的木屋灯都熄掉了，他俩一想，时间已很晚，老人又有病，也就没去打门。

往回走的路上，两人心里都有些怅惘，也更激起对老人的想念。要是能把这些事都向他一摆，只要老人黧黑的脸上雪白的长寿眉跳几跳，就能拨开乌云，让太阳把一切都照得亮亮的。

冷秀峻详详细细向果杉、晓青说了去小五花海的小路，又交代了绊马的地方。听晓青说到山沟阴冷，她嘱咐多带点衣服："你们要留意，别再往高山上走了。这季节大熊猫也不喜欢高山，不会往那上面走，高山气候变化大。"

晓青总觉得心里梗着什么，可一时又说不清。果杉却说只要像今天这样找下去，明天一定能找到洞尕。她不相信，但又提不出令人信服的理由。

冷秀峻想，既然已经找到了线索，形势已不像昨天那样紧迫了。以红狼习性而论，既然已经发现了大熊猫，又是在那样有利的地形，不会还要跟到森林里再发动攻击。从时间推算，最少已是两天前发生的事，若是真的那样，该发生的事，都已发生过了……还是等他们明天回来后，再看情况吧！

黄澄澄的太阳，罩了个大大的晕圈，在一片挺拔的白桦林后，将奇妙的朦朦胧胧的雾样的色彩，漫向山野，徐徐升起。

这是寻找洞尕和伟伟的第三天了。

果杉绊好马后，有了个新主意："妹妹，我们直奔小五花海吧！要是在那找不到洞尕，我们再往昨天那边去。省得再像寻魂似的东转西绕。"

晓青觉得很有道理。

这条山沟的雪确实化完了,山石上点缀着一些不知名的黄色、蓝色小花。大概是远处横了个山梁子,挡住了寒风的肆意侵袭。

走完了一段夹在崖缝缝里崎岖的羊肠小道,眼前突然涌来一片锦霞。晓青以为看花了眼,抬手揉了揉,锦霞更耀眼了。她以为又是海子水波幻化的阳光,再闭目摇摇头,这才相信,高大的云杉、冷杉、珍珠松、槭树下,满坡满坡地被鲜花挤满了:"啊!我信了,真有花的海洋!"

果杉也看得心旷神怡,他在溪耳这么多年,对大山的神奇,也算有过见识,但也还是头次见到这样一望无际、团团锦簇的山坡:"好家伙,这里的杜鹃花都长成了大树!"

一群群的鸟儿,从他们头顶掠过,往花海飞去。开头,谁也没有在意,直到有几只就落在眼前的花朵上,大口大口啄食粉红的杜鹃花,晓青才急得吆喝:"阿嗤!阿嗤!"

可是它们充耳不闻,毫不畏惧,只管连连啄食,啄得花粉儿像雾样飞散。

晓青噘起小嘴,怪果杉既不帮她吆喝,也不去追赶。

"没用!你想把它们全饿死?它是食花鸟,专吃花的。"

"还有专吃花的鸟?"

"你读的那些书,又不够用了,世界上最小的鸟——蜂鸟,比蜂子大不了多少,是专吃花蜜的。我们这里还有种叫太阳鸟的,长着个蓝喉咙,也是专吃花的。金丝猴也吃花哩!"

"你脑壳里这些,还不是从姑姑那里贩来的,姑姑就读了好多好多的书。"

"嘿嘿,哈哈哈……"果杉开心地大笑,惊起了几只刚想落到杜鹃花上的鸟。晓青看清了,这种鸟也像朵花,浑身朱红的羽毛,眉特别鲜艳。落到粉红的杜鹃花上,稍不注意,真以为是挺出的花蕊哩!

"它叫什么名字?"

"红眉朱雀。在这季节,要想在大山密林找到杜鹃花,就得跟它跑!"

"红眉朱雀也酿蜜?"

果杉又乐了:"不晓得。不过,从来没听说过有会酿蜜的鸟。"

"该吃花蜜的大黑蜂,偏偏要吃鱼;不酿蜜的鸟,偏偏吃花,真古怪!"

晓青的话使果杉想起了他们发现的蜜矿,黄澄澄、晶莹的大块矿蜜;想起初次进入大森林,晓青提出的各种古怪问题。他曾嘲笑过她无知,其实,有很多问题是他从来没深想过,根本答复不了的。看来,还得多读书,多动脑筋,还要学会观察。

这一留心,就有发现——成群的野蜂在杜鹃花中嘤嘤,熙熙攘攘,繁忙不堪,果杉说:"看,都是沿着那条空中走廊飞!"

这句没头没脑的话,晓青是懂的:"嗨!真傻,么事我就忘了蜜矿边的事呀!对,这附近一定有蜂窝!"

"顺着它们往回飞的线路追。飞得慢,振动响的,是采了花粉回窝的。这不是岩蜂,它们的腰带纹金黄金黄的,是野蜜蜂。"

果杉的大手很有气势地劈下,第一次找到洞尕和伟伟,就是蜜矿的功劳啊!那条似有若无的空中走廊,现在已给了他俩灵感和新的希望。说不定,洞尕和伟伟早已被这个蜜库引来了,正大把大把地抓蜜往嘴里送哩!

几乎每走一步,都要惊起鸟儿。除了红眉朱雀,还有两块明亮脸膛的山雀,腰上裹条黄带子的柳莺,叫声嘹亮、动听的钩嘴鹛,长尾巴的山椒鸟……可能是花儿引来了虫,虫引来了鸟吧,蜜蜂似乎知道他们的心思,仍是各尽其职地奔波。

"哥哥,这棵杜鹃,花是又蓝又紫的!"

果杉走到晓青那边,看那花朵也和其他的一样,一簇簇组成个大花团,浓淡不一的深蓝、浅紫,交互辉映,阳光照得花片中的脉络像密如蛛网的血管。红色的液体,似乎在缓缓地流动。

"摘几朵带回家,问问妈妈它叫什么名字。这种杜鹃很稀罕,我还没见过。"说着,果杉顺手就掰了两枝,往晓青手里塞。她愣了一下,没有马上接:是因为他的话太坦率,还是花的奇美?

他俩沿着蜜蜂来去的空中走廊向前寻找,头顶上是杜鹃又厚又大的叶子,花的霞云,高高针叶林碧绿的树冠。身边是花映的绯红淡雾,争相吐蕾展叶的野花、野草。人一会儿像是在迷蒙的海中浮沉,一会儿像是在云雾中穿行,心里充满了春天的温暖、芳香,连脚步也轻轻盈盈……

这些专门制造甜蜜的大自然精灵,像是有意引导他俩去游历一重又一重奇妙的境界。晓青渐渐发现,粉红一片的杜鹃花,其实单个看,色彩各异,有桃红的,紫红的,泽红的,还有只淡淡地染了点红雾。那叶形,团团的,似枇杷叶的长椭圆。叶色有墨绿的、闪着银色光辉的,叶背长出细细的毫毛。

果杉正抚摸着光滑的树干,晓青看到七八尺高的树冠上,缀满了刚绽的花蕾,像娃娃嘟噜着粉红的嘴。

"真高!比刚才见到的都高!果城只有长得膝盖头高的映山红。冒过了我们头的,也算大个了,没想到还有巨人!"

"妈妈说过,在云南,还有二三十米高的杜鹃,在世界上称王了,名字就叫'杜鹃王'。我国有几百种杜鹃,这个山坡上算个小芝麻粒!我再让你看个稀罕的,喏,往那边瞅……"

他个子高,能从身边的杜鹃花丛探出头去,可晓青就只能看到眼前的绿叶、红花。她往高处走了几步:真的,黄灿灿的花,在粉红的世界,犹如早晨铺天朝霞中,在白桦林后的一轮橙红的初阳!

她伸手掰了一枝。右前上方,也回应了咔嚓一声。她以为是回音,没在意,又伸手要掰,那边响起更脆的树枝断裂声。她心里一喜,难道金丝猴也来到这里?

爸爸曾说过的一句话,雷电般闪现、映出:"大熊猫和金丝猴是好朋友,它们常常住在一个森林里，各吃各的粮，各住各的空间。"

对，这就是前两天发现金丝猴时，在心里刹那间蹿出的影子，但那时是朦朦胧胧，一下没抓住，就跑得无影无踪了。现在却清晰极了，连爸爸说这话时笑眯眯中隐藏着神秘的表情，都浮现在她的眼前。

大熊猫喜欢吃甜的，这是千真万确，要是再冒出个金丝猴，嗨！那不是……晓青一双小手紧紧地按住狂蹦乱跳的心口。

一棵阔叶树上有团黑色的活物，它正在缓缓往下移动，笨拙得很，半天才磨过身子。晓青眼都瞪圆了，脖子伸得老长，还踮起了脚……等到那活物露出长脸，吓得她往下一缩，从杜鹃花下钻到果杉身边，一句话也说不出来，只是用手势要果杉别作声，赶快往那边看："黑熊！"

果杉倒很沉得住气，接着是摇摇头，苦笑："蜜的香甜，引来的是这家伙，唉——"掩饰不住的沮丧、懊恼，都在深沉的一声"唉"中淋漓尽致地吐出了。么事没想到蜜更会引来老熊呢？差点拿了黑熊当大熊猫，他又说，"有它在，带着伟伟的洞尕是不会来的。"

晓青只顾紧张地盯着黑熊的一举一动，果杉又要她看不远的一棵树，那上面有粗树枝搭起的一个巢。说是喜鹊窝吧，太大了，也太简陋；说不是吧，谁又能将凉棚搭到那上面？

"是黑熊搭的窝！"

"它想在这里住家，过日子？"

"这是它的自由。我们管得着？快走，趁它还在树上。"

两人借着杜鹃花的掩映，一溜小跑，往斜里岔去。出了这绯红色的如梦的世界，晓青顿时感到眼前空了，心里也空了，禁不住一步三回首，留恋起这片绿色铺起的花的海洋；留恋着已消失得无影无踪的梦幻般的喜悦，和激动人心的恐怖的战栗。

在前疾走的果杉，放慢了脚步，为了抹去刚才的阴影，有意将话题扯开：

"这条沟暖和,坡上杜鹃花开得早。溪耳的才破蕾,不要几天,你站在家门口,就能看到草场边上盛开的花,像一圈圈花环。妈妈讲过,在溪耳的杜鹃就有四十多种。先从山下开起,慢慢往山上开。一层层开。有回,8月了,妈妈带我翻亚郎山口,那上面的杜鹃花,还像火一样。还有种杜鹃鸟,清早就在杜鹃花上飞,在杜鹃花上叫,越叫花越红。可惜,我们今天来晚了,以后能看到的……"

到了向小五花海去的山谷了。这边山沟虽不及主沟鄂尔斯姆宽阔,但两边的森林却更加茂密。一进入林子,便感觉地下铺了厚厚的泥炭藓、干枯的树叶;稍干的地方,像柔软的地毯,也有一脚下去,滋咕冒水的。荚蓬、花楸、各种杜鹃、荆条,长势旺盛。还有岷江红杉、紫果云杉、冷杉、水青树,铁杉粗得两人加起来,也环抱不了。树上挂满了地衣,寄生着凤尾蕨……这一切,使它显得无比幽深。

山谷里也躺着一颗颗蓝宝石——高山海子。与鄂尔斯姆比较,要小得多。零零星星,像是主人不经心失手跌落的,溅得这里一块,那里一颗,色泽浅淡。山谷里溢满了它们和两岸森林互相辉映起的云烟氤氲。

他们心里牵挂着洞尕、伟伟的命运,也无心多浏览,只是急匆匆往小五花海赶。林缘和海子边的一条小路,异常难走,前面又要过栈道了。它悬在崖边,不知是哪位好心的猎人或采药人修建的。看着树棍铺就的栈道,已生满褐色苔藓和灰白、橙红的树舌菌,连果杉都却步了。他怕树棍已朽,踩断了,就要跌到几丈深的崖下。

"我先探路,你在后边看我踩的是哪棵树。"

"要是你……"她把可怕的话留住了。

果杉一边说"不要紧",一边小心翼翼地走上栈道。刚走四五步,咔嚓一声,一根树棍断了。晓青冒了一身冷汗。直到他已走到对面,她的心还在怦怦跳。虽然果杉已探明哪些树棍比较安全,晓青还是胆战心惊。想到此行的任务,她咬了咬牙,才横下心迈步走。

过了栈道不远,前面又横起了一条深沟。下沟吧,流石、腐叶、腐草往下直滑,很难走;从上面过吧,只有独木桥——一棵大云杉横在上面。晓青看到独木桥中间,有两三摊粒状黑粪,其中一摊新鲜得发亮。她问果杉。果杉说:"香獐子留下的,它挺喜欢走这样的小桥玩耍。"

既然它能来回跑,晓青也就放了心。

果杉说:"还是我先过。你别看下面哗哗淌的水,只注意前边就不怕了。"

"我不怕,我先过给你看。"说着,未等果杉反应过来,她已走上了独木桥。真怪,原以为是不可逾越的鸿沟,哪晓得却轻轻松松地过来了。果杉连声称赞。确实,山野已教给了她很多本领,使她勇敢。

野兽的粪便、足迹多了起来。有硬蹄子趵起的深痕,有兽身推挤倒的小灌木,有用嘴拱翻的新土。看样子,野兽也爱走好路,不愿在林子里被绊绊扯扯。

果杉竖起耳朵,端起枪,两眼在山林中扫来瞄去。

"嚙哟,这头香獐子有多大肚皮?"

晓青的话,让果杉看到路旁堆起的粪堆,也是黑褐色,一粒一粒的。他笑了:"亏你想的!它和香獐子的粪差不多,可它是山驴子拉的。山驴子大名叫明鬃羊,草瓦老爹逮到过,养驯给老奶奶们推磨哩!它一个抵上四五头香獐子大……"

说着说着,他停下了,在地上寻起什么。走了一圈,又抬头看看山上:"它喜欢在山崖上跑,吃嫩叶、青草,怎么会走到这样深的林子里来?"他在自问,"是被凶家伙撵来的?"

晓青无法回答,果杉也没寻到佐证。前面,又有两团粪,显然是食肉动物留下的,食草动物粪中的植物残渣剩络,一眼能看出。

"像雪狮的。"

果杉白了她一眼:"它么时辰跟来的?天天陪着妈妈,从这个牧场跑到那个牧场,有分身法?"

又碰到了最敏感的问题,晓青连忙解释:"我是说像狗拉的屎。"

这倒是事实。他用眼向山坡上看去。那里的灌木丛、蒿草中,有条路影子,宽宽的。只能是比狗大得多的家伙走出的路。

是"独眼"?

从粪看,倒像是红狼。两只红狼并排走出这样宽的路影?很难说。

两人更急于往小五花海去,似乎洞尕和伟伟已出现在视野中,甚至都看到了青翠的竹林。到了那里,也许伟伟会用一连串的跟头表示欢迎。

他俩又忽略了一次重要的研究机会,这两团兽粪是能提供更多的情况的。果杉和晓青都已知道,无论是"独眼"或是红狼,粪便中一定会裹杂着兽毛,而这两团粪光溜溜的。

如果他们不是这样火急慌忙,树干上的印痕,被踩碎的紫色小花,被碰断的小枝,也会告诉他们更多的信息。

大自然建造的奇妙绝伦的小五花海,吸引小兄妹俩;竹林下的通道口,却更牵动他们的心。伟伟、洞尕在这里!

他们已很熟悉在高箭竹林下,如隧道一般的洞口。只有大熊猫才能走出这样的通道。

晓青抢先钻进去,一边弓腰前进,一边轻声地呼唤着:"伟伟,好伟伟!是我们来了,是晓青和果杉来了!"

回答她的是阵阵竹枝、竹叶的瑟瑟声。

两人的心在粗重的喘息中怦怦跳动。

晓青盼望着前面出现亮光——那里,有洞尕建造的窝巢,有伟伟翻滚压伏的竹子,有它翻跟头、嬉戏的运动场……

亮了。前面亮堂起来了。她似乎都看到了阳光中密密斜射的金线。金色的光芒,驱除了两天多来心头的阴影,融化了焦急、忧虑,燃起新的希望,涌进一股蜜流……

阳光来得这样突然,这样强烈,使她头晕目眩。

通道走完了,一片开阔。

她的心,也陡然像无垠天空中飘忽的几缕云丝……

——通道走完了,竹林也到头了。没有洞尕,也没有伟伟。只不过是洞尕领着儿子,曾经从这里直穿而过!

这片竹林是如此之小,竟留不住伟伟、洞尕!

刚出洞口,果杉也被弄蒙了。看到泪水在晓青眼里直转,他更急得手足无措,想不出半句适当的话来说,他茫然地看着四周,忽然眼睛一亮,急忙拉拉晓青:"你看,那边竹林下……"

晓青二话未说,边用手背擦泪边跑。那边竹林下,也露出一个斜斜的通道口,新的希望,又在失望的沮丧中升起。

钻完了空空的通道,又出来了。

晓青再也忍不住涨满的泪水,低低饮泣。

果杉心里的火一下蹿了起来。他最怕她哭,也顶讨厌她哭。原来就猫爪乱挠,又还加上她哭!他想吼一通:"你能把伟伟哭出来?和你们这些女娃子办事,就是讨厌!"

正在这时,见她手一松,攥得汗津津的糖果撒了一地,有两三颗还冒着热气——是她为伟伟准备的礼物啊!果杉的一股无名火,像被阵大风吹熄。过了一会儿,才说:"别急,这边竹林子小是小,可是多哩!你看,这边还有竹林。海子那边,也有竹林。现在,还难断定它们是在哪安家哩!来,坐下,我们也歇一下。"

他们觉得要认真来认识这片世界。

挫折已说明:这里虽然也是森林、山谷、竹林、海子……但和见过的根本不一样。

雪山的银峰,几乎就矗立在正前方。明晃晃的冰川浩荡而下,像是猛然跌进深渊,顿时失去耀眼的银光。他们看到的,只是缓缓的山坡。那上面似乎应该有个巨大的海子,接纳雪山冰川的融水,而山坡,就是海埂了。

好像是为了印证他们的猜想,一条巨瀑从海埂中央偏右飞下,形成小小的深潭后,分出无数的细流,漫坡而下。整个山坡,像块布满裂缝的大冰坂。

日积月累,泉华筑起一道道坝埂,形成了星罗棋布的高山漫坡海子群。大者,半亩;小者,只有碟子般大小。牧民们说,鄂尔斯姆女神临出嫁之前,不仅留下一串宝珠,还将自己儿时的珍藏,倾囊撒在这条山谷。因为是孩子的玩意,宝石大小悬殊,映成夏夜繁星般的海子群。

"小五花海呢?还要往上走?"晓青问。

"不!这就是。"果杉将大手往坡上一指。

开头,她没闹明白,机灵的眼睛几下一转悠,说:"它不是一个?"

"你看嘛:这些海子和大五花海,不一样在哪里?"

多数的海子里,都挺出碧绿的树,有云杉,有红柳,有蓓蕾透红的杜鹃;还有很多她认不出的树、花、草……犹如陈列无数盆景,风格迥异:苍郁遒劲的,清秀俊逸的,小巧玲珑的……蓝色海水辉映,光泽陆离,焕发出别具一格的五彩斑斓……

"没想到,没想到。真的,要不是我亲眼看到了,你说得怎样活灵活现,我也想象不出。"晓青由衷地赞美这片神话般的世界,"哥哥,我想起来了,是因为这地方太美了,牧民们才编了那么多的神话!你说,是吧?"

果杉认真地点了点头。

"这样漂亮的地方,洞尕不会带着伟伟走的,它们一定会留在这一带!"

"当然!它们自己美,一定会爱美,留恋美!"

果杉说完了,连自己也有些吃惊,甚至有点懊悔。不知什么道理,自己也无法说清,像他这样的"男子汉",是羞于像女娃子那样,开口、闭口美呀美的。男子汉不轻易说"美",实在到了该说"美"的时候,用"漂亮"这个词儿,已经到顶了。可现在,却一点没费事,一连串的"美"冒出来了!好像是小五花海的涌泉,流进了心间,不由得往外喷出!

"这两边的竹林,长得也和大五花海那边的不一样。也像这里的海子,一块一块的,大大小小散落在两边,虽不是大台地,也算是小坝坝上,一级一级地,只要我们耐着性子……"晓青已站起来了,边说边走,"顺着这边一个个竹林找!"

又是一个不断经历希望—失望的寻找。有的竹林,明明长势茂盛,洞尕却根本没有涉足,有的虽有它走过的通道,仍是匆匆而过。

这是为什么?

晓青面对着小五花海的奇特布局不断思索,果杉却在林子里寻找答案。

不一会儿,果杉回来了:"像是往那边去了!"他用手一指,"洞尕领着伟伟,穿过小五花海,到对面的竹林去了。"

往上,往下,都要跑很长一段路,才能绕到对面。果杉决定沿着泉华累积的海子埂,也像洞尕那样,横穿过去。淡黄色的海埂,有无数的小孔,像是一锅煮沸的沙被冷凝。看上去,似乎一踩就垮,等到她的脚踏上,才知道它还是硬硬的,并不像砂地一脚一个窝。

海子中奇形怪状的绿树,引起了晓青的不解:淹在水中的,刚触到水面上的,都被裹上一层淡黄的硬壳,像她见过的珊瑚,但新枝新芽,却从中透出无限生意。

果杉告诉她,这是因为水中的钙质多,遇到障碍物,就会附着,结成泉华。从这点说,也像珊瑚虫那样昼夜不息地一点点堆积,终于塑造成这些千姿百态的海子,珊瑚般的树枝。妈妈说她曾领着几位叔叔来考察过,只要在这海埂挖下去,就能发现总有很大的树枝……

他们像是在迷宫中寻路,前面是窄窄而直立的海埂了。果杉脱掉鞋袜,要背晓青蹚过去。可她却说:"我也要尝尝凉水的味道。要不,将来有人问我,带有泉华的水,是热是凉呀?我咋说?"

果杉还是不答应。晓青急了:"哥哥,等我长大了,跟着爸爸研究大熊猫,那时想到没跟着洞尕、伟伟一道下小五花海——这样美的地方,不懊悔个死才怪哩!"

他没话说了。不,真凉,凉得牙根发酸;可是,似乎又有股甜甜的涓流,从泉华传到脚心,浸到全身。近看,水清亮亮的,咫尺之间,它又蓝莹莹的。她问过姑姑,姑姑说,这是因为高山紫外线强,再加上水中所含矿物质浓淡不一,它就折射出这些五光十色、如花似锦的色彩。

她不断回头看刚走过的地方,水不浑,底土上也没留下脚印。这大约也是洞尕走过,却未留下痕迹的原因。

快走完这一个接一个的小五花海了,山坡却猛然跌落下去,形成一个断崖式的陡坡。一座玲珑剔透的小塔,屹立其中。

"珍珠塔?"晓青脱口而出。

"对,就是上次对你说过的。"

晓青跑得水花四溅,绕到塔下。这里没有水,可她也没顾得穿鞋。

塔有一人多高,可数的有七八层。一颗颗珠玑,似泉华,色白而坚硬;或层叠而上,或挨肩接臂地伸展,形成镂空、多窍的塔体……虽然它披上了层风尘的灰白,但更引人想从孔中窥视其莹莹玉骨。

塔身镂空的孔,太小了,又曲曲折折,晓青什么也没看到。她又退后几步端详,有所发现,说:"这塔,原来大概是棵小云杉,被淹到水里了。"

见果杉也微微点头,她的信心受到了鼓舞:"云杉慢慢被泉华裹起来。后来,上面的海埂渐渐积起来了,流下的水也愈来愈少,只能是水珠不断往上溅。终于,有一天,海埂自动关闭,这里也就干枯了。"

"说得像。你看,大塔下面,还有小塔哩,那也是小树形成的。"

确有几座尺把高的小塔,在四周拱卫。它们保留了更多的树的原貌,依稀带有云杉横枝的风韵。

两只红嘴蓝羽毛、挺着长长尾巴的鸟,从森林里奋力飞出,激烈地叫着。对面的森林,立即应起它们尖锐、短促、频繁的叫声,接着飞出四五只这种红嘴蓝闪闪的鸟儿。它们越过小五花海。这边冲出的两只向前迎去。晓青以为它们要干仗,谁知这两只摆动长尾,转过身子,作为领航,向不久前冲出的地方飞去。

森林遮去它们的身影,可是却传来猛烈而嘈杂的叫声。

"这种鸟凶得很,敢和毒蛇、野兽干仗。不晓得今天碰到了谁。"

晓青赶快穿起鞋袜,打起绑腿,又开始了艰难的寻找。她在心里默默地说着:洞尕,你可不要随便跟野兽干仗!

竹林下确有大熊猫钻出的通道。晓青提议先找面积大的竹林。果杉钻到高处,选定了左上方的一片。

还未转完竹林外围的四分之一,已发现了通道。他们虽然还是小心翼翼,虾着腰向前钻,但满怀的希望中,却有了阴影。等见到前面突然亮了起来,心儿又是跳个不停——亮光中有种熟悉的,绿茵茵的色彩,她真怕再是邻近竹林所映,不由得放慢了脚步。

——是的,真的是大熊猫的窝巢!虽然被压服、扳歪的箭竹面积不大,似乎是匆忙中随便做成的,但竹子被掰断很多,吃剩的竹梢堆成了小丘。令人想到那副拼命吃得狼吞虎咽相。两摊粪团也证实是大熊猫的,它们集中在右角,而且,还有小粪团,说明伟伟和妈妈在一起。

果杉兄妹悬起的心落下了,终于找到了洞尕和伟伟的踪迹!从粪团的新陈判定,也不过是天把前留下的。

两人又从另一条通道走出去,分头找遍了这里的所有竹林,只有洞尕留下的通道,却没有了洞尕和伟伟。

晓青想起一件事,一声不响,站起来就跑。果杉莫名其妙,但也跟了过来。她跑到有窝巢竹林的通道口："这个洞口不大一样，你看看。"

果杉只觉得洞口大些，其他什么也没发现。晓青在竹竿上找到了挂扯的一绺毛，毛是白色的，沾点污黄。

"是洞㞋的。"果杉说，"伟伟的要软些，也没这样长。"

"是进去时挂下的。"晓青指了指挂扯住兽毛的竹枝。两个毛头都向里。

"你是说，它从这边通道口进去的？"

她没搭话，只顾钻了进去。到了窝巢，找到了头次来时看到、却未注意的东西："这里也有兽毛，你看。"

伏地的竹枝竹叶上，散乱着单根的、成绺的黄土土的兽毛。两人都捡了几根。它比在洞口取下的，要稍短些，又弯曲卷转，颜色黄多了。

"不是洞㞋的。"果杉很肯定。

"像不像伟伟的？"

"这得问你，你和它最要好。"

"不像！"

"哪里不像？"

"我说不清。只是往伟伟身上摸，它的柔毛中像有股……"她在寻找适当的词，"我说不准，反正有点……叫刚劲吧，不像这种毛。"

"你是说，洞㞋和野兽干上了？"

"我们都想想：这些毛，不是被挂扯下来的……你看这毛根子下面——有回，我看爸爸头上长了根白头发，就把它拔了下来。爸爸把它往下巴上一放，根上有滴胶样的东西粘住了皮肉，装成白胡老头和我玩。后来，又夹到本子里，还说什么'多情应笑我早生华发'。以后，我看到他从本子里取出那根白发，长长叹了口气，举起酒瓶对着嘴就喝。我拿过白发来，往下巴上贴，想引得他开心，可怎么也粘不上，一看，头发根的那一点点软的胶样东西，干掉了。喏！这地下的毛根根，就像。"

"你是说,它们是被拔下来的?"

晓青点了点头。果杉抓耳挠腮,皱着个眉,想开了。她又说:"洞尕一巴掌就打倒了红狼,不能把它毛也顺势拔……打下来?"

"这毛不红呀!"

她无法回答这个问题,两人更认真地搜查了这个寮棚似的巢,再没新的发现,但心里已明白,洞尕和伟伟又是被野兽撵走的。否则,么事要匆匆离开这有吃有喝又幽美的地方?

出了这片林子,又向林缘一带寻觅,找来找去,也没找到洞尕离去的踪迹。晓青和果杉决定:一个向坡上,一个向坡下,分头去寻。

"哥哥,在这!"

果杉以为她见到了伟伟,高兴得从坡上一阵风似的跑了下来,到了跟前,只见她用脚尖一指:两撮粪,和他们在路上看到的一样——还为究竟是狗还是红狼留下的争论过。

不远处,稀疏的竹林和灌木丛中有条大熊猫走过的兽径——他们对这种兽径已很熟悉。

事实已清清楚楚:这个野兽,一路追击洞尕和伟伟。

难道是从鄂尔斯姆一直追到这边?

它是森林中哪个恶魔?雪窝边的半个蹄印,林下、灌木丛路影处的粪便,这边洞尕窝巢中又留下的几根兽毛……似乎是要尽了奸诈、狡猾,有意藏头露尾,不让你看清它的真面目。

他们想呀想呀!脑壳都想得发涨,越想越糊涂。

"嗨!它才真正是森林中的刁客!"

骤然响起一声紧似一声的野兽的尖叫,让森林的深处充满恐怖,充满挣扎。

他们的心,陡地悬起,勇猛地向那边冲去。

十六　恐怖的高山草甸

尖厉的挣扎叫声,使森林充满了令人毛骨悚然的恐怖,那里正在进行一场残杀。

不顾一切,奋力奔跑的晓青和果杉,在听到一声裂喉般的喊叫后,森林顿时寂静了下来,和那叫声骤起一样突然。风在森林中穿行,在树冠上拂动,带来山原上飞瀑的嗡嗡声,好像一切都未发生过。

晓青见果杉还是往前冲,也跟了过去。

果杉默默无语地站住了,表情复杂,目光又有些震惊后的茫然。

地上只有一摊鲜血,似乎还在冒着丝丝的热气,沾着血污的兽毛,杂乱地掉在地上,粘在草上、树枝上。

是谁这样凶狠、残暴?

又是谁遭到了荼毒?

从留下的踪迹,他们辨别不出。沾血的黑褐色兽毛,也并未提供更多的线索,只能大致推测出:这次的偷袭开头并非十分成功,被害者发现了强敌,逃跑未成,做了反抗。强敌虽一次未能击中要害,但最后还是得逞了。猎获物滴下的血迹只延伸了几步路就消失了。它叼走了猎物。

晓青拉住果杉:"回头把那团粪拾起,带回去给姑姑、草瓦老爹看看,能不能认出是什么野兽。"

果杉用疑疑惑惑的眼神,在她脸上寻找答案。晓青又说:"要是红狼的粪,怎么没有兽毛?两撮都没有?"

回到原处,晓青用树枝把那撮粪拨到纸里。这时,很自然地又提起原来的话题:"这个森林中的刁客,是哪个恶魔呢?"

"一直追着洞尕,不让它安逸,连小五花海这样好的竹林,洞尕都待不住,还要跑。这家伙够狠、够凶的!"

果杉终于从心底承认了这个严酷的事实。

"我敢肯定,在鄂尔斯姆竹林打洞尕坏主意的,一定也是它!"晓青说。

果杉拍拍脑壳:"雪窝边的足印也是它的!"

"一切一切的祸根,都出在它身上!"

越是想不清楚的事,越是往脑壳里钻。

晓青又想起一事:"洞尕和伟伟,在这边窝里只住了一夜,我数过粪团。"

果杉相信她的话,女娃儿的心,就是要细一些,这使他想起另一件事:"走!我们再去看看,粪团中都是竹节,还是有别的。"

"我看过了,和我们在沼泽地看到的差不多,粪团中间又夹了草。"

果杉的心,往下一沉,深深叹了口气:"它又挨饿了!那家伙追得紧。"

"在这片竹林,倒是吃了不少竹子……"

果杉猛然站起来,手臂往上一扬:"这说明,那家伙夜里没追洞尕……"扬起的手臂僵在空中,"可是第二天早上,它又来了!"

他的手臂,终于有力地劈下了:"对!对极了! 这家伙坏得很,只是白天追,晚上就休息了。第二天再追,不让洞尕安逸,追得洞尕找不到竹子吃,追得洞尕只顾逃命!"

"单对单,洞尕不怕它,一巴掌就能把它打倒!"果杉思默了一会,才说,"在鄂尔斯姆,两只红狼来攻,洞尕并没跑呀! 可是,在这边,就像你讲的,虽然能一巴掌打倒它,但洞尕还是跑了呀!"

"我想,它不是一个……"

"草瓦老爹说过,只要洞尕守在竹林窝里,红狼开来千军万马,它也不怕!相反,跑出来,那才上当了。竹洞是洞尕的城堡。"

"会不会是个更凶的家伙,和它一道来了呢?"

果杉一扬脖子,眉毛鼻子都挂着嘲讽:"你这城里人的脑壳真会想,还能是它俩一同出来打猎?'独眼'当主人,红狼当狗腿子?嘿嘿!那倒是妙极了,寓言故事上都没这样写过。"

晓青鼻翅一鼓,嘴角一翘:"我跟你讲过是'独眼'和它一道来的?草瓦老爹说,森林里还有猞猁、金猫、艾虎,它们都是厉害的家伙。还有青狼呢,它不凶?它们什么时候跟你下过保证,决不攻击大熊猫?"

果杉张了几次嘴,可就是像被鱼刺卡了嗓子。

"草瓦老爹说过,洞尕还怕狗哩!"

晓青语气已缓和多了,刚才,她是被果杉说"城里人的脑壳"惹火了。

几只嘴像剪刀叉开的交嘴鸟,在他们头顶上,又是闹,又是叫。风,一会儿从背后吹来,一会儿又悠悠拂面。太阳在小五花海上,闪起无数的光斑。若隐若现的彩雾,悬浮在海子群水面上。

两人研究的结果,都认为追洞尕的森林刁客,不像是单个的。它倒不一定十分凶猛,一下就能把洞尕打败、吃掉,连伟伟也都还能受到妈妈保护嘛!但它却比狐狸还狡猾,想把洞尕饿垮、累垮……然后再扑上去,和洞尕决战。

它是躲在洞尕的附近?洞尕的嗅觉、视觉都灵敏;特别是那个鼻子竟能在短短的时间,就区分出晓青、果杉和红狼,能不发现它?如果说那家伙是第二天一早再来逼洞尕,那么,它的鼻子也应很尖,才能很快找到洞尕。

哪种野兽有这样灵敏的嗅觉呢?

他们唯一的办法,是赶快追上去:击溃那家伙,再找到洞尕;或者是先找到洞尕、伟伟,保护它们。

果杉说:"这次再找到洞尕,一定要想个好办法留住它们,我们也不用再跑断腿。"

"我想了个主意:反正伟伟和我好,我抱着它在前走,慢慢引洞尕到了家,先关到羊圈里养,养熟了,再放院里由它跑。"

"它愿离开竹林?恐怕不行。"

"用糖逗嘛,洞尕也馋糖。"

他们一边说着话,一边沿着大熊猫走出的兽径,往前追去。

兽径兜个大圈子,然后一拐,往山梁下去了。山梁下不多远,森林断头,草场相连,这边是阳坡了。溪耳这一带的山,就是怪,阴坡长森林,阳坡是草场。

晓青在心里自问:洞尕么事要走出森林呢?竹林是大熊猫的堡垒,森林是大熊猫的庇护所,不是发生特殊情况,说什么它也不愿离开这两个地方。

洞尕真的走出了森林。这片草场,只靠林缘地带草势茂盛,往下去,就是裸石和矮草。它虽然一直往下走,但那路,总是斜切过去,仿佛是无限留恋森林,随时准备回到它的怀抱。真的,它兜了个大圈子,又回到了森林。晓青也松了口气。

她高兴得早了,洞尕带着伟伟只在森林中走了很短的一段路,再次出了林子,折回草场。兽径旁有星星点点的箭竹,它还匆匆吃了十来根。

连果杉也承认,这中间有蹊跷。

大熊猫兽径左方,又有条似是小兽走过的路影子——几棵小草被踩歪了,有三两片小树叶被翻转,银色的叶背很显目。果杉在路影子上找到了几团粪。粪是黑褐色的,形状古怪,像一粒粒算盘珠子。他还从来没见过,也没听说过,哪种野兽会拉出这样的粪。

粪珠发亮,是留下不久,还是水露的浸沾?

这又是一个新情况。难道追击洞尕、逼洞尕走出森林的那个无比狡猾的家伙,就是它!

果杉做了路标,两人成散兵队形,循着算盘珠子粪,开始追踪。

晓青见果杉向她招手,从地上拾起一根树枝,就悄悄跑了过来。果杉要她看自己的发现,晓青却把手中的树枝递给他。果杉小声地问:"你见到它们了?"

晓青摇了摇头。树枝上的皮,几乎被啃剥光了。青白色的印痕湿渍渍的,和昨天拾到的一样。

"我才拾到它的影子。"

不久前他俩上过当,但那是错把黑熊当金丝猴。现在却又希望着这次真的是金丝猴,金丝猴能领着他们找到洞尕。上当的教训并没忘记,两人也就都把这希望藏在心里。

"你看看这边。"果杉要她往边上走点,"这是鹿耳韭,橐吾的根被刨起,吃掉了。"

一大片林下覆地的矮草、苔藓,都被掘起一窝一窝的新土。

"是野猪掘的?"

果杉肯定地说:"不是!野猪的獠牙、长嘴,一拱一个大深窝,这里的土窝都浅,也小。它蹄子硬,要留下足迹的。你看,只有掏土的爪痕。"

正说着,晓青寻到了一个蹄印,似乎很完整,大致像个半圆。果杉瞪着眼,端详了半天:"还真能是'独眼'来了?这蹄印倒有点像,它的爪子平时收在软垫子当中,要用就拿出来,和猫一样。"

"查修大哥不是说已经把它撵走了吗?"

"它也能再来呀!"

"不对!豹子是食肉动物,不会来吃草根,从来没听爸爸说过。"

"洞尕也吃肉嘛!饿极了,什么不吃?"

"我们再往前找找看。"

259

不管怎么说,果杉已将猎枪作了番检查,端到手里。

走完这片亩把大的矮草地,又是灌木丛了,被翻掏过的新土,也随之消失,也没发现明显的兽径。

树上有个影子,在晓青眼前晃了一下。她立即拉住果杉,伏到灌木后面,向树冠中搜索。等她找到了目标,却又好气又好笑:"唉——!"

果杉这才看到,浓密的云杉树冠中,挂下了一根根中间粗、两头细的长瓜、长果。细看长瓜上,蓬松着的是黄金色的毛:原来是尾巴!

继之,才从树冠缝隙中露出一星半点皮毛。如果他们没有在森林中和它们认识过,怎么也难以将这些片段在脑海里补齐,勾勒出它们的全貌。

"真是些猴精!"果杉笑骂了一句。

一个发现,带来了一连串的发现。这片林子的树上,大都垂下了"长瓜"。

"怎么这样静?林子里。"

晓青的自言自语,一下提醒了果杉:金丝猴一向不老实,不是掰枝断树,就是在树上蹿来跳去,嬉戏玩耍,满脸猴相。昨天,它们的恶作剧,还浮在眼前。么事今天这样乖?如此毫无生气?躲藏得这样深?难道有种莫名其妙的恐怖在笼罩?

和那拉算盘珠粪的野兽有关?它撵走了大熊猫,又来对付它们?

眼睛逐渐适应了树冠下层的浓绿、幽深。

"哥哥,看这边这只。"

果杉顺着她的手指,看到一只金丝猴两手抱着头,伏在膝盖上,一冲一冲地打瞌睡,偶尔一惊,睁开眼看看四周,未发现异常,又再昏昏伏到膝上。

"我小时不想睡午觉,爸爸说:'金丝猴中午都睡哩'!"

果杉眨巴眨巴眼:"唔!好像牧民们也这样说过。"

他俩正想绕过这片地方,免得又节外生枝,忽然,"嘎叽"一声。

只这一声,喧嚣自空而起,叽哇哇地叫,枝叶哗哗响,金丝猴腾跳……闹成一团糟。好家伙！这里、那里，都是金丝猴的身影,总有几百只。

果杉以为是他们走动惊起的,不知是该快跑,还是就地伏下。晓青却拉起他,隐到小树的后面。

看那许多金丝猴的目光,都集中到一棵冷杉的主干上端。但那里并没有什么特殊,和所有的树干一样,泛着苔藓的幽绿,挂着各种蕨类,附着地衣。

有只大猴腾地一下跳起,在树干上点了下,同时用右前爪掏挠一记,又惊叫一声。围观的猴子,也都不自觉地将身子一挫,迅速跳开,落到不远的树枝上。

原来那是个树洞,就在它掏挠的瞬间,从树洞中似乎也伸出个东西,回击了金丝猴。洞口附近的二三十只猴,都紧紧盯住洞口,严阵以待。

是黑熊？不可能,洞口不大。

是大蛇？

不多一会儿,那里慢慢伸出个头来,虽然有点偏侧,但圆形的轮廓,白毛,黑黑的鼻头还是展现了出来……

果杉从晓青拉住他胳膊的手猛地使劲,还微微颤抖,感觉出了她心里的冲动。是呀,这个侧面似曾相识,他不禁轻轻地惊呼:"是伟伟？"

晓青没出声,她紧张得气也不敢出。

黑黑的腿也攀住了洞口。

"脚底板长了毛。"她像在对自己说。

他们在鄂尔斯姆逗伟伟玩时,曾发现伟伟脚底板长了粗长的黑毛；还说过是为了便于走冰川,把滑。

"像是也有眼圈。"果杉说。

正说着,又是那只大金丝猴扑到洞口。正当它在跳跃中甩直长尾巴时,却被洞中伸出的掌打了一记。

就像正在飞行的飞机,舵杆被突然一拨,机身立即摇晃、颠簸。——金丝猴猛地跌下,在空中又是扭腰,又是摆头,简直手足乱舞,好不容易才抓住树干,但还是连滚带爬,落到地上……

围观的猴群立时吱吱叫,在树上腾跳,摇枝呐喊,大声恫吓,扮鬼脸、做洋相……啥样都有。

果杉感到脑壳上被砸了下,那东西刚好从前面降落。扁圆的果子?落到地下,碎了——喷,是粪粒,像黑褐色的算盘珠子。接连又掉下几粒,砸到肩上、背上。他抬头一看:哎呀呀!一个红屁股正对着他,那双贼眼还勾探着看哩!一副玩世不恭的恶作剧相。

气得果杉一举枪,它却噌地一下跑了。

就这时,洞内的"伟伟"突然蹿出,站到洞上方的树枝上,瞪起两眼,示威似的盯着炸了营的猴群。

看清楚了它的面目,果杉失望地叹息了一声。

它们相持了两三秒钟,那只大猴对它叽里咕噜转眼,似是在紧张思考,以"叽嘎"一声作结束,率先逃走。

整个猴群,这才很不情愿地慢悠悠向前移动,丢下那个胜利者,茫然不知所措地站在那里。

"我还以为……它真像伟伟,脸盘也是圆的,两只耳朵,形状也不差上下。只是刚才侧视,没看到耳壳有白的一圈。眼圈倒是小些,又是白色,不过,它有伟伟一样的黑鼻头。只是嘴上,不该长胡子,尾巴也太长了,拖着一个一个环……伟伟长白毛的地方,它偏偏长的是栗红色的毛……"

"你别比了,它们名字只差一个字。"

晓青打断了果杉的议论。

"还能真是一家子?是小熊猫?"

"对,就是小熊猫。"

"难怪了!"

果杉早已信服她认动物的本领,因为她有本小画书——动物图谱。

"其实,它们不是一家子。有次,爸爸和北京来的一位张伯伯说过,我们国家有小熊猫,它只是模样和大熊猫像,真正的家族是北美洲的浣熊。那熊特别爱干净,吃东、西总是先要放到水里洗洗,还喜欢到水里游泳、捉鱼。张伯伯是研究地理和动物的关系的。他说,在太平洋东、西两岸生长着同一种动物,这很可能。因为北美洲和我们原来是连在一起的,后来太平洋也像小孩一样渐渐长大了,才把这两块地方分开了……"

"要是能逮个送给张伯伯,他一定高兴。"

"也会给你拍张照片!"

"我才不稀罕照相哩!"

小熊猫拖着长长的、一节黄一节白的尾巴,向横枝那头走去。小兄妹俩恋恋不舍地将目光收回。他们的疑团已基本解开:算盘珠子样的粪是金丝猴的,半漫圆的足迹也是金丝猴后脚跟留下的。掏掘新土,吃了鹿耳韭、橐吾根的,也是金丝猴。

金丝猴和小熊猫也是好朋友,当然不会欺侮逃难的大熊猫。

洞尕的兽径,把他们带出了林缘草场,到了石山。这儿只有黑褐色的巨石,石缝里长出几棵矮巴巴的小草。

这是异常艰难的追踪。不,应该称为寻觅。因为在这光秃、荒凉的裸石山上,留不下大熊猫的一点踪迹。无踪可追,只能凭着经验、想象,四处寻觅。

心情沉重的小兄妹俩,更感郁闷。果杉几次无话找话,想逗晓青高兴;然而连自己也提不起劲来,只好作罢。路也显得更长,山也显得无比连绵。

洞尕和伟伟可怕的命运,简直像魔影一般,在他们脑海中浮荡。

森林离得愈来愈远了。

事情很清楚,追击洞尕的仇敌,已采取了种种办法,不让它回到森林,逼着它在没有吃、没有喝的山冈上,疲于奔命!

洞尕,你在哪里?

伟伟,你在哪里?

只有肆意横扫山原的风,冷漠的砾石。连湛蓝的天空也空荡单调。倒是遥远的天际,飘来了隐约的鸟鸣,旋律欢快、音色脆亮。

他们快要彻底失望的时候,终于又发现了洞尕的踪迹——几棵草边,留着它和伟伟的粪团,三团大的,一团小的。

两人仔细地研究了粪团中的残留物,暂时的喜悦也随之消失:多是杂七杂八的草,只有很少的竹节,粪团数目的稀少也说明,洞尕和伟伟处于极度饥饿状态。

晓青懂得随着饥饿而来的,是精疲力竭和虚弱,眼发花,腿发软。

前无去处、后有追兵的洞尕已陷入异常危险的境地。

沉浸在纷杂思绪中的果杉,感到眼前有些迷茫,像是有团灰雾飘过,等到眼前一暗时,突然惊醒:"哎呀!"

晓青以为他发现了什么,但他只是圆瞪着眼环顾四周。山野上并没有野兽的踪影。不知什么时候,飘来了阵阵的雾。右边,遥远的山,还是一片阳光;左边,飞驰的云雾已使远处的森林跃跃欲动。

大朵大朵的云花,在山谷中翻涌,云雾随风从正前方来,如江河奔流,海潮扑面……这幅顿增山色的云遮雾揽图,暂时扫去了她为洞尕的忧虑,敞开心扉,接待云海的壮美……

"快跑!"

对于果杉的命令,她以为听错了:"你说什么?"

"快跑! 还愣着像个呆羊!"

不管她愿意还是不愿意,果杉已生拉活扯,将她拽走,在浓浓淡淡的雾中,循着来路猛跑。

晓青不知发生了什么事,但已从他恐慌、急红了眼的神色中,感到了发生严重的情况。

是"独眼"驾着腥风黑雾来了?果杉脚步慢了,颓丧地停下:

"糟糕!走晚了。"

飞驰的浓雾将他俩裹挟,四周一片迷蒙,望不到来路,也看不清去处。

等到喘息稍平,迷惘的晓青问:"你看到什么了?"

果杉没有好气地用手一指,说:"你不也看到了!"

她瞅瞅四周,又看看云雾扑打着的他的脸,还是茫然:"什么也没有呀!"

"这是什么?"他用手在四周画了个圈,像是在和谁生气,吵架,真像一头被困在圈里犟劲摆角的小牦牛。

晓青闪动精明、探索的眼神,又在四周找了一遍,除了迷迷茫茫的水汽,还是什么也没发现。

"不就是雾吗?"

"你还要跟'独眼'来个迎头撞呀!"

晓青轻拍胸口,定了定神:"金钱豹从来不离开森林,它跑到这光秃的山上喝风?"

果杉气得一跺脚:"我不是说'独眼',是讲这雾就够受的了。"

"咯咯咯!"晓青乐得一阵笑,"哥,你刚才真把我吓惨了,以为是'独眼'来了,或是别的洪水猛兽,谁想到你指的就是云呀雾的。这有什么了不起!我们果城春天杏花、桃花开了,雾把它们全都帐起,看起来像粉红的纱幕。秋天橘子黄了,雾把它们香味都收起来,送到这,送到那。果城的雾就是没有这样浓,这样重,是薄薄的,淡淡的,像透明的纱,而且只早晨一会儿有。我正想在这厚厚的云里呆呆,欣赏欣赏腾云驾雾的味道哩!"

"你这城里人的脑壳!"他明明看到,雾中她把视线对准了他,射出不满,愤怒,但还继续说,"就是你这城里人的脑壳子!不知山林的深浅,看这雾?哭都来不及,还欣赏哩!一说一大串子,作诗哩!等会儿,你就该哭鼻子了。"

这不明明是吓唬人吗?从来,只有人赞赏云海的变幻莫测,哪听到过对它的诅咒呢?晓青气呼呼地,一扭身。果杉也气得涨红了脸,满肚子在鼓小包包,一屁股坐到地上,给她个脊梁背。

平时,看天上的云:羊奶子云,一朵一朵乳白乳白的;锦鳞云,像红鲤鱼的身子,早霞夕照,铺天映地的;就连乌云翻滚,惊雷频动,也很有气势。

不过,来溪耳还未见到过眼下这样的,风将云雾扯成灰白、浓黑的一道道浪迹,从身边急涌而过,使她产生了像是在大海上乘风破浪的幻觉,等到风把云揉成一团又一团的像海水般汹涌,她又感到有些不胜颠簸的晕眩……

不知过了多长时间,穿上姑姑叮嘱带上的备用毛衣,还是感到寒气往身上钻。她看一眼果杉,他仍然闷头坐在那里。她有些不安了,洞尕、伟伟凶吉未卜的关头,还有很多的路要赶哩!

"走哇!坐这里过年?"

"往哪走?我愿坐这里吃云,喝风,成神?"

"往前追更好,退到森林找也行。反正已发现洞尕的踪迹了。"

果杉抬起了头,用手画了个弧线:"说得好听,往哪走?云雾裹得混混沌沌,你能看清方向?是上天还是入地?"

晓青还是不服气:"雾刚来时,风是迎面吹的;现在,背风走就是了。还能连大致方向也摸不到了?"

"你以为山里像城市,顺着朝阳路、东风路走到头,转向南风路,中间再拐到北风路……"

晓青被这赌气的话,逗得忍不住笑出了声。

"你别笑!"他站起来了,"连草瓦老爹都怕在山上给雾缠住。山上的风,是转转风;这个坡和那个坡不一顺,沟头沟尾倒着来。你依哪个?别看晴晴朗朗时,山谷山梁清楚。其实,山套山,沟套沟,在山嘴、山脊上拐错一个弯,那就不知错到哪里去了。牧民们都称它'雾魔',魔鬼,魔鬼一样的雾,懂吧?"

晓青觉得情况有些复杂,转而一想:"我们在这里等雾散掉好了。"

"你晓得它什么时辰散?是一小时,两小时,还是半天一宿?再讲,这还是云雾,算客气的,但它也是个娃儿面,说变就变,雨、雪、冰雹,说来就来,说到就到……"

晓青的脸变色了,眼珠也转得不灵活。她已感到这里的雾和果城的很不一样,它凝重、厚实,像是无边无际的黑浪往身上冲,往脸上砸,冲得砸得你站不稳,看不清五步开外的山石。果杉赶快刹住车,没有说出七八月的炎夏,还有牧民在山口被雾缠住、冻僵的事。

"那我们怎么办?"晓青语气已明显改调。

他没有立即回答,心里涌起一连串的问题,又不自觉地摸了摸揣在怀里的火柴——这是牧民对每个刚能听懂话的娃儿、就要讲解的启蒙知识,在寒冷的冰雪冻僵一切的黑夜中,火就是温暖,火就是生命——它还在,被焐得热乎乎的,心也稍稍定了点。

"只好坐这里等。"想了想,他又说,"我们吃点干粮吧!没水,只好干啃了。"

干嚼,不管玉米面饼,或牛肉干都难以咽下。有水时,一点不觉得,没水想水时,那股滋味,真是难受得说不出。晓青默默地使劲嚼着、咽着。

风势未减,云雾还是匆匆跻身而过,没有鸟叫,没有虫鸣,只有风在耳边呼呼叫。四周依然一片混沌!

她多么希望风能停一停,好让云雾止住,太阳出来。她焦急不安了。

果杉也坐不住了,搓手、顿足、挥臂……像是个被困在陷坑里的牦牛,浑身力气无处使。虽然看不到太阳,但从金丝猴午休习惯估摸,时间已到下午两三点钟光景。他心里想,若云雾在四点钟前还不散去,麻烦就大了!八点钟,天会断黑的。

"都怪我,没早点警觉。到这边山时,已看到有些雾,没在意,谁想,不知不觉它……"

果杉这样诚恳,晓青感到不是滋味,说:"哥哥,要怪,只能怪那个一心想伤害洞尕母子的坏家伙!你别急,我也不急……雾总会散的。"

果杉想起牧民们说的:早晨的雾不过午,午后的雾,要断黑,若真是这样……最急的是妈妈,她会急疯的……在哪过夜呢?这里的气候,纵使炎夏酷暑,守夜的牧民也要穿皮袄,燃篝火,还冻得打战战。更别说这个季节,又在这四处不沾边的秃山上,别说柴火,连草也找不到一堆,篝火也燃不起来。

时间随着身边的云雾流逝,晓青愈来愈感难耐,原来观云看雾的兴致一点都没了,连想想那时说的话,脸都红。她也不是没想到果杉也盘算的事,但总觉得那些危险还是遥远的,即使来了,还有哥哥,哥哥会有办法的。

现在怎么办呢?在这里等,总不是个事,呼啸的风,把身上的一点点热气都吹走了。果杉坐到她前头,为她挡风,可她还是冷,冷得不自觉往哥哥身边靠。

"哥哥,我记准了:森林就在这边,路不远,它又大……"

果杉懂得她的意思,也曾这样想过,但他毕竟在溪耳生活了这么多年,晓得山野的复杂无情。看似简单的事,做起来,则往往叫你碰钉子。他也记得,森林就在左边,沿着直线去,也不过是翻两道沟;然而,溪流、陡崖,能让你直线走吗?就算它们都很友好,让开一条路,可是,在这样混沌一片的天地,怎能保证走的是直线呢?他想起和小朋友做过的游戏:

二十步开外的墙上,贴了张纸,纸上画了靶环,最外一环有碗口大。参加游戏的孩子,用手帕蒙住双眼,然后向前走,走到墙,用手上的棍子戳环。游戏的名称叫"打靶"。事前,明明把靶环牢牢印在脑里,可是,要打个十环,那是多么不容易啊！能打个四五环就要轰动,因为脱靶的太多。

那仅仅只有二十步！

不到万不得已,还是不要冒险好。

蒙蒙的沉重的雾,使他们像等了很长时间。晓青又小声地说:"森林不是很大吗?"

果杉还是没吭声;当然,绵亘的森林,一定比靶纸大得多……

他又继续和晓青原地跑步取暖,但寒冷借着风威,愈来愈不留情。他感到晓青瑟瑟发抖,自己也是咬紧牙关,才没让它们撞击。形势迫使他忘记了对自己的告诫。

"好！我们慢慢摸着走。能走到森林更好,走不到,找个山洞也比在这儿强！"他站起来,做出了决断。

等到他真的要走,晓青反而犹豫起来。她从果杉对雾魔的形容,作了种种推测……

果杉此时反而大模大样,无所畏惧地说:"也没那么可怕。我们烧起篝火,在森林里过夜,不也挺有意思——在冥冥的天、混沌的地的中间,跳动着通红通红的篝火……我还正想体会、体会这样富有诗意的生活,以后作文也能写得生动些。我们有枪,又有干粮、火柴,怕什么？要是野兽来了,打上一只两只肥货,往火上一烤,吱吱冒油才香呢！"

这才是说宽心话哩！晓青懂,心里却暖暖的,也兴高采烈地说:"我会烧火,架起的柴,能烧得像放鞭炮;说不定,洞尕和伟伟也会跑来烤火哩！"

没走一小段路,果杉感到比想象的还要艰难:三四步外,什么都是模糊一片,真要步步留心。心里正嘀咕,感到脚下的石头猛地活动起来,他一屁股落地,流石哗哗直淌,像坐上了滑梯……

"哥哥！"云雾带来的,是晓青焦急的喊声。

"我在这儿,在这儿！你慢慢下,当心……"

话未落音,又是一阵流石响。他明明听到响声在左边,伸手却抓了个空:"晓青,晓青!"

没有回答,只有挥不走、劈不开的浓雾。

"晓青——!"

"哥!我在这儿。"

"你别动,一动也别动。我来。"

晓青哪里敢动,她跌坐在一块大岩上。岩前,是飞驰的云雾,左右全是流石。只要她一动,拳头大小的流石,就像小河淌水哗哗响。她试着拾了个石子往前摔,可是听不到它落地的响声……她乖巧地慢慢翻转身,平趴在流石上。

"晓青!"

"哎!你慢点,只能从我后面来!"

云雾将他俩隔断。就像雾天的航船,靠汽笛导航一样,他们只好一喊一答,慢慢靠拢。

晓青看到果杉朦朦胧胧的身影,要他蹲下,又要他用枪托试试周围,才慢慢爬了过去。果杉听说前面是个大陡崖,石头抛下去半天都听不见个响声,吓得张着嘴,半天说不出话。

两人像是在黑夜里走路,一步一步摸索,猎枪居然成了探路的棍子。接受刚才的教训,果杉不让晓青离开一步。大山不断要他们改变方向,也不知道拐了多少个弯,绕过多少陡崖……唯一的好处,是身上暖和起来了,不,是浑身冒汗!

雾,灰白的、铅色的、乌黑的雾,仍像魔障一般,将天地的一切,都抹杀了。听不到一声鸟叫,看不到一只奔走的动物……唯有他们兄妹两人,在茫茫的雾海中,踽踽而行。

真是雾魔!叫你摸个空,抓个空,又还撞不开,但它却紧紧将你缠住,像个胡死赖！果杉按捺又按捺,却被窝火烧得更心焦！

晓青拉了拉他:悠悠的风,带来了几下"嚼——达,嚼——达"声,又随着飘忽的雾,消失了。消失得无影无踪。

停了停,再也未等到那种声音。没走几步,却又听到了。

"像什么？"果杉问。

"像牛在反刍,倒草！"

"像哩！"她的证实,使果杉乐了,"还能是有放牧点？"

晓青趴到地下,用手紧紧抓住草,就像它长了膀子,可能哧溜一声把希望带走:"草,遍地是草,哥哥！"

似乎是阳光洞开无边的雾,露出满天的星斗。果杉赶快蹲下摸。确实,地下都是草。怎么竟走到了草场啊！他甚至在雾中,也认出了开紫花的是碎米荠,像蒿子样的野胡萝卜,冷水花……一股熟悉而醉人的草香,是的,这是草场上的气息！他甚至嗅到了淡淡的牛粪马尿味。

"嘿,真浑！"果杉扬起手臂,大手往下一劈,像是突然发现了陆地的船长,"怎么走到草场都不晓得？心里只急着雾,却把脚下的草忘了。你看,连小灌木都有了。"

晓青的高兴,还用得着说！可她又有些犹疑,担心是场空喜欢:"有草场、牲畜;我们去时,在山上怎没看到？"

"呔！为了找洞孔,不怕长出四只眼,还管他牧场牛群？再说,这样的大山里,哪个弯弯沟沟,藏不住一片草场,一群牛羊？"

说着,果杉扯起了喉咙,对着迷蒙的云雾:"啊——嗬！"

他开始喊山了,粗犷,豪迈,震撼山谷。

"你先别急着喊,往前走走,搞清了再喊嘛！"

"管他哩！只要有畜群,就会有牧民。它就是灯塔,是我们在大雾中看到的灯塔！对,是绿色的灯塔！"

"啊——嗬！啊——嗬嗬！"

极度兴奋的果杉，在朦朦胧胧的云雾中心急火燎到现在的果杉，猛然看到了希望，看到了光明，兴奋得眉毛都打战战，满脑壳又黑又短的头发，也都挺直，好像全身的力气，都在那呼喊中喷发出来，喉咙也颤悠悠……

只有云，只有雾，只有又呼啸起来的风！

晓青也涨粗了喉咙喊，出口的声音却是那样尖溜溜、细苗苗的。仍然无人答应。

气得他又是怨天，又是尤人："这些放牧的，丢下畜群不管，躲到哪个旮旯里打哈哈去了？下次到我家，别想我端茶给他喝！"

他喊累了，只能依着晓青的话，再往传来声音的地方走。尽管如此，踩在松软的草上，心里还是挺安逸的。

一阵不安的蹄声，接着是沉重、杂乱的奔跑声。他听出了畜群的庞大，听出了只有山谷才有的回应……

蹄声，却缓慢了，逐渐恢复了平静，连一下蹄声也没有，好像都在驻足引颈瞭望……大约是雾天，迷路，它们也不敢乱跑。

一阵狂喜袭来，果杉提步就要追；可是，就在他刚刚跨步欲跑时，心里顿了一下，刚好晓青也拉住了他。他猛然醒悟："晓青，当心，站我后边。牦牛认生，给它顶一角，在肚子上开个大窟窿，可不是闹着玩的！"

蹄声已说明是牛群，只有它的跑动才这样沉重，缓慢。

羊的体重是轻量级。

马的蹄声奔放而铿锵有力。

果杉捡起小石块连连砸过去。有两声，好像砸到它们的身上，发出了沉闷的扑哧声，惊得牛在跳动、奔跑。

他想起了晓青第一次到牧场，看到披着黑得泛红的长毛的黑牦牛、花牦牛，满是憨态。她很想和它们亲近，蹑手蹑脚往边靠。离得还有两三丈远哩，那头小花牦牛却一下瞪红了眼,低头挺脖,向她冲来。吓得她跑得小辫子都甩直了……

这下可好!连走也不能走了!谁知牛群对他们友好不友好?

不过,心里倒踏实多了。不管怎样,有畜群,就有放牧的。哪怕这鬼雾迷它个一天一夜哩!

"哥,你闻到一丝丝臭味了吗?"晓青忽然抽动了几下鼻子。

"不错,一阵阵的,像个什么怪味,臭烘烘的。你再闻闻,现在就没了。"

果杉好像还先于晓青发现。

这个话题还谈了一两次,就都失去了兴趣。臭呀,香呀,与他们现在的处境有何相干?

不管是风紧风慢,牛的反刍倒草声,简单像是音乐一般,在耳畔飘忽着。心情愉快的小兄妹俩,不时说上几句闲话,再砸几块石头,叫它们骚乱一阵,乱跑一气,等待着牧民吆喝畜群的声音……

眼前突然亮了,云雾变色,转为昏黄。像是曙光霁色漫过。一阵疾风,竟吹来了花花的阳光。

陡然,太阳仿佛也万般心急,黎明刚露,就一下跃过了中天——魔障般的云雾,去时比来时更快,快得使人眼花缭乱……

等他俩思想刚跟上大自然的急骤变化,满怀的喜悦和希望,却化作了恐怖、惊慌——

果杉刚目触到眼前的景象,心已往下一沉,嗓子都直了:"不得了!"

那些山野的闯将,反应只比他稍稍晚了一两秒钟,首领已发出了"哞!哞!"的警报声。

还算果杉冷静,拉起正惊愣的晓青:"跑!"

晓青的腿脚有些发涩,果杉头也不回,大吼:"拼命跑!"

思索、判断闪光一般完成,晓青知道情势异常危险——误将野牛作牦牛了!

野牛也已起步,山谷中响起纷杂错乱的蹄声……

果杉回头,瞟了一眼首领哨牛的位置。

在它发出号令时,果杉已认出在群体中特别高大壮健的哨牛。遇有情况,它总是选择冲锋的道路,身先士卒。还不算太迟,它们正在排队。

果杉一把将晓青推到前面:"往山上跑,绝不要回头!只顾拼命跑!"

幸好他们刚刚下到沟尾,返身就是上坡。

蹄声已经急促,不多一会儿,已成急雨乱打,奔腾跳跃,席卷而来。

顷刻之间,蹄声就像在后脑勺上敲。

果杉禁不住回头看看:首领正扬着两把利剑似的弯角,奋蹄奔窜,率领身后逶迤至山谷草甸一字长蛇阵的"勇士",个个都扬角挥剑,衔尾急追!

晓青的脚步显然慢下来了。

怎么办?

只要给它们追上,那就会粉身碎骨!

果杉转过身子,毫不犹豫地放了一枪:"砰!"

首领只稍稍打个愣,然后回以一声震动山谷的长吼,一字长蛇阵霎时骚动,"勇士"个个争前,掀起更猛烈的追击。

果杉一看事情不妙,急得脑壳上冒火星。这一急,却使他想起草瓦老爹曾讲过的话,马上对前面的晓青说:"分开。往上跑'之'字路!千万别往山下跑!不管出么事,都别回头,别停步!"

晓青刚张嘴,他已将她一把推开:"听哥哥的话!"

说完,他就往一旁岔去,边跑,边装填子弹。等到子弹装好了,他又回头,对着首领再开了一枪。

首领循着枪声,抬起了血红的眼对他看了看。

果杉站住,拼命吼了声:"我在这里!来呀!"

首领一摆头,撇转蹄子,迎接挑战,向果杉扑来。

它的黑褐色的臣民,随之改向,真如一条眼镜蛇,紧跟首领蜿蜒游动。

眼看野牛群全都扑来,已撇开了晓青,果杉却来不及高兴,又装填了颗子弹,再拼命左折右扭往山上跑。

跑着跑着,他感到胸膛闷得像要炸开似的,腿也发软,而野牛群正起劲,轻快又洒脱,阵势也更加严明……

他想起:它们是上千斤重的家伙,人们常说"牛劲",我小果杉就是把两只胳膊放下,也跑不过它们!得想办法,要是给追上了,非把我挑到角尖上当猴耍……

一边跑,一边想,一边瞅着地形。

摆脱了牛群追击的晓青,开头并未敢停下,但没一小会儿,腿却不听使唤,一软,就跌坐了下来。这时,才看清战场上的形势:

野牛首尾相衔,一个跟着一个。前面的都是盘角的大家伙,中间倒是夹了些短角黄毛的小东西,后面又都是大家伙。身上的毛虽然没有牦牛的长,可野性十足,往山上跑时,一蹿一蹿的……

她从心里佩服果杉的精明:又肥又大的野牛,虽然上山时劲头足,勇猛,但毕竟受到限制;而果杉挑的,全都是陡险的地方。他身子灵巧,又蹦又跳,这就给牛群的追击带来了困难。如果开头是往山下跑,那它们真能像风一般卷起他们兄妹俩。

"坏了!"她惊叫一声站起。

——果杉在"之"字形的斜路上跑,首领已率群跟上,眼看首领的角都快触到果杉的后背了!他不往上拐,却一下停在岩上,纵身往下一跳……随之,向山下咕噜噜滚去……

首领没刹住脚步,等到刹住,已跑过了头。它猛吼一声,掉转身子,往山下飞奔。牛群也立即改变队形,个个就地右转,出发,奋力冲锋陷阵……

霎时,山呼海啸,雷鸣电闪,山坡上全是野牛腾跳、奔驰的身影!那千蹄怒击,敲得大山也在震动、颤抖……

晓青哇的一声,号啕大哭,不顾一切,向果杉跌落的地方跑去。

"哥哥——!"

十七　突破重围

"独眼"散发出的怪味腥臊,刺醒了酣睡中的洞尕。它领着伟伟慢慢走了几步,突然折回头,迎着"独眼"的怪味走去。对于儿子惶恐的眼神,它只回头狡黠地一瞥。

它领着伟伟净拣没有草根、灌木的路猛跑一阵,才折转方向。伟伟似乎已经明白:这是有意要让那个丑物和它的主人,黑头瞎脑撞上"独眼"。

朝阳从树冠射进了林间,原来乳白色的淡雾,在斜斜的一圈圈光柱间,像烟云蒸腾。绿茵茵的林中,到处是金色、紫红光环的闪耀。彩色的鸟,耸羽立冠,高踞枝头欢乐地鸣唱,歌唱春天的温馨,歌唱鲜花沾露初放。

伟伟兴奋地用爪在一个洞边掏抓。洞尕将头伸过去,一股香味直透肺腑,搅得饥饿的肚肠咕咕响。几天来疲于奔命,从未吃过饱餐,偶尔想起喷香的烤羊肉,也只能作为美好的回忆,连瘦黄的竹子,也未能尽情地吃过。

洞里躲藏着一只竹鼠,伟伟黑眼圈中的双目,被兴奋、饥饿燃烧得红红的。洞尕的心软了,应该让儿子吃点东西,和仇敌作战也需要增加点力气……一想到仇敌——"独眼"、红毛贼、丑物、有黑洞洞嘴巴的长杆子……这些恶魔顷刻浮到眼前,个个张牙舞爪……谁知凶祸在哪里等待它们?又怎晓得将在哪里展开大战?

做母亲的心定下了,它在四周缜密地勘探一番,细细分辨从洞中嗅到的气息,判断出是只又肥又嫩的大竹鼠。不过,它住的地方离洞口还远。

嘴角挂着馋涎的伟伟,有些迫不及待。妈妈让它明白:别看竹鼠长得肥嘟嘟的,它可不笨,在地下打了很多洞,总是把竹子拖到洞里吃。还破坏地下竹鞭,掏嫩笋。你从这个洞口抓它,它就溜到那边去了。需要先摸清出口,才能开始行动。

洞尕走了一圈,依靠灵敏的嗅觉,用石头堵住了几个洞,只留下了一个通道最长的洞口。它召唤伟伟,要它守在这里。

洞尕走到这边,用它长毛的厚掌在地上拍打几下;又走到那里,拍打了几下。

拍拍打打,好像是随心所欲,漫不经心。其实,就像渔家在船上打着敲竿——撵鱼入网。

过去,洞尕常用锐利的爪,很快就能把竹鼠的洞挖得见到太阳,生拉活扯将它从洞中掏出来;今天,它没有力气,只好运用了新的办法。

伟伟看到妈妈向它发来的信号,立即全神贯注,紧盯洞口,做好了捕捉竹鼠的准备。

洞尕轻手轻脚,边思索,边走向它的目标。然后,坐下,举起两只前掌,猛地敲打地面,像是在擂动一面大鼓。大地发出了鼓的震动,嘭嘭声忽而急速、忽而缓慢地在森林中响起。

睡得迷糊糊的竹鼠已被洞尕的第一声拍打惊醒,可它实在不愿挪一下睡得舒坦极了的身子,因为危险还远,又不直接。它刚想再睡回笼觉时,另一处又响了。接着,它发现所有的通道,都已不成为秘密。

它不仅彻底清醒了,连浑身的毛都竖起,抬起了头,侧耳倾听,唯恐拍打声,又响到剩下的最后一个通道……它等着,紧张得眼睛眨也不眨,声音久久未响,它才松了口气。

然而,头顶突然轰隆起惊雷。它被吓得腾地跳起,本能地一头钻到安全的通道。那频频擂动的雷声,震耳欲聋,恐怖已夺去了它的一切思维,只顾拼命逃跑……

地表的微微异动,激起了伟伟战斗的冲动。它将身子往后一挫,做好前扑的姿势。可是,眼盯得发涩,两臂举得发酸,还是没见到猎物露面。

它刚松了神,洞口猛地蹿出灰影。它手忙脚乱地扑上去,抓住了竹鼠的后腿,这家伙却猛地往上一蹿。伟伟急中生智,将整个身子压去,它感到胸口下的竹鼠又咬又蹬,那副掏土打洞、锐利无比的爪子,像利刀从肚子上划过,伟伟疼得一哆嗦,竹鼠却一下子蹿了出来……

洞尕过来了,本能使它立即想去捕逃出来的竹鼠;可是,它忍住了,只是在旁冷眼观看。

伟伟知道妈妈已来到身旁,它没有喊妈妈帮忙,却又冲了上去。

竹鼠一见跑不掉了,反而回过身来举起前爪,龇牙咧嘴地对准伟伟。伟伟一愣怔,两下僵持住了。

伟伟伸出左掌要打,竹鼠举爪迎上。伟伟一闪,竹鼠见它中计,立即掉头往右冲。伟伟却以迅雷不及掩耳之势,右掌迎头劈下。竹鼠只来得及瞪起恐怖的眼睛,已怦然倒下。

伟伟扑上去,张嘴就咬。竹鼠吱的一声叫,惊得伟伟一愣,但却没有松开,只是等待它挣扎,竹鼠却像个棉花团软塌了。

伟伟用两只前掌,扒在竹鼠的胸膛上,将爪刺进皮,猛然使劲——嗨!撕开了,露出了嫩嫩的肉。喜悦,像电流传遍了全身。

它刚扯下一块肉要吞下,却忽然停住了。一撇嘴,随之送到妈妈鼻下。洞尕嗅了嗅,香味诱得它眼角一眯,示意伟伟再闻闻。伟伟一副愁苦相,洞尕只好先尝了一口,鲜香四溢……直到这时,伟伟才开始吃竹鼠肉,还狡黠地朝妈妈笑笑。似乎是在说:只因妈妈吃过,才如此香甜。

吃完了竹鼠,又吃了点竹子。可是,竹子太少了,只好再添点草。洞尕催促伟伟上路。它想去寻觅新的竹林,只要是在这绿色的世界中,总是能找到

279

竹子的,饥饿已使它顾不得是哪种竹子了。

起风了,微微的气流,将森林中似乎凝结的淡雾,拂成缕缕的白气,绕过树干,挂到枝头。金色的晕光,随即在林中铺洒,点染着总是吃个不停的松鼠,用舌头卷食嫩叶的黄麂……连鸟儿们也忙得顾不上歌唱,落到林下寻食。

一阵滋嚓声,惊得伟伟撒腿往回跑,慌急中绊上树兜摔了个跟头。

洞尕用下颏点了下。伟伟抬头,只见一只挺着美丽的茸角的水鹿正望着它,嘴里还含着未咽下的草,两只耳朵像雷达似的左右转个不停。想必是刚才被伟伟跌倒声惊得,现在已明白了这场误会是由它造成的,似是有些抱歉地低下了头。

伟伟走到水鹿跟前。水鹿友好地顿顿右前蹄。伟伟伸手就想摸摸它那油亮的、花枝般的茸角,水鹿吓得一跳,举起前蹄,一溜烟跑了。

一只香獐从它们面前仓皇横穿过去。它的屁股太大了,跑起来像是蹦似的。刚走几步,一只小兔像箭似的射来,以至于只看到是个黄褐色的小团子。要不是伟伟让得快,说不定一下就撞了个满怀。

虽然什么异常的气味也未嗅到,但洞尕已敏感到森林里不寻常,弥漫了恐怖。它要伟伟隐藏到大树下,自己却在灌木丛中倾听各种音响,分辨风带来的气味。

这可恶的风像是有意作对,只顾一个劲从前方吹来;不像常时,一忽儿左,一忽儿右,将周围的各种气息不断带来。还有讨厌的雾气,把昨夜的各种气息,搀在新鲜的空气中,使它鼻子辨别不出异味。

按照常规,大熊猫们在这样的天气,这样的时间,是不作远行的,但"独眼"逼得它们匆匆远离是非之地……

没有发现危险的气息,洞尕感到奇怪。前两天这时候,丑物早已到了——它也有副灵敏的鼻子。但今天,它还没出现,或许是碰上"独眼"了吧?说不定,此一举,竟能摆脱了这个无赖!

——这是透过笼罩心头阴影的一丝明亮的希望。

还未拐过前面的深草荡,左侧闪过了一线红得发紫的背影。洞尕心头一惊:红毛贼来得这样突然!

但它没有躲藏,只是紧走两步,靠到伟伟的身旁,以便在必要时作为屏障。它要尽量装得若无其事地走路,以探清究竟陷入了怎样的困境。

右侧,也出现了红毛贼鬼鬼祟祟的身影。甚至感到身后,也有难以察觉的觊觎。它已判断出敌方至少有五只,口袋形的包围已经形成。何时扎住袋口,发动闪电般的攻击,那只是时间和地点的问题。

不好!前面是块空地。刚才深草遮住了视线,隐藏了这块空地。

它无论如何没有想到:一发现敌情,已经落入了重围。

都是那可恶的丑物、凶残的"独眼"、讨厌的雾,把它们母子逼到这种境地!

一阵阵的战栗袭来,撞醒了洞尕的心。母亲的心是善良、慈祥、博大的;一旦危险逼近儿子,善良和仁爱立刻化为熊熊的怒火,燃得热血澎湃,鼓荡起战斗的激情。

"啊——!"

像怒火从深处喷出,要冲决地层一样的吼叫,低沉地在森林中滚动,林间一片轰响。

伟伟浑身一颤,世上还有哪种声音,比母亲的召唤更有力量!

洞尕龇开嘴,伸舌在上下牙板上左右一抹,似是磨砺从皮鞘中抽出的雪亮短剑。浑身一抖,怒发冲冠,昂首挺胸,气宇轩昂,旁若无人地向前走去。

伟伟早已做好一切准备,俨然少年武士,双目炯炯,紧随妈妈左右。

洞尕没有估计错:五只红毛贼,已断断续续追随这对母子三四天了。森林里混合了各种野兽的气味,昨天又猎杀了一头毛冠鹿,它们才没有紧跟急寻。

今天一早,它们又嗅到了洞尕的气息,透透迤迤地搜寻。刚好洞尕和儿子是顺风前进。它们乘机从下风处,做好了包围圈。

可是,战场一直不够理想,猎物总是在灌木丛中行走。它们跟踪、等待,终于发现了这个好战场。

这块空地,足有二三十步宽,只长着稀疏的小草,山体在这里露头,连一棵大树也没有,倒是满地阳光灿烂。巧在深草刚好将这块空地隐蔽。

洞尕在草中穿行时,无法发现这不利的地形以及埋伏在四周的兵力。等到它发现前面一览无余,转身想走,已经迟了。

尾随的一只善于奔跑的红狼已从背后开始偷袭,就像张网捕鸟的猎人,总是猛然用虚张声势的恫吓,将鸟往网口赶一样,埋伏在空地两旁的重兵,也将一哄而上,将洞尕母子包抄、夹击到空地的中央。

洞尕原想借助于深草的掩护,摸清敌情,谁想遇到这种局面!

后撤吗?它不是没闪过这样的念头,但随即打取消了。它深知这些红毛贼的把戏。很显然,只要它往后一退,那个断后追击的就会闪电般扑来,两旁的伏兵瞬息一拥而上。其结果首先是儿子遭殃。

这是洞尕宁可洒尽自己的热血,也不愿出现的事情。

怎么办?

决定只能是一个。它低沉地怒吼一声,就领着伟伟,势不可挡地往前闯!

红狼们被这一声拼死的气概震慑住了!

这是警告:滚开!你们这些专耍阴谋的家伙,我早已看透了你们!

伏击被识破,还有什么优势呢?

别忘了,讲究战略战术,一向是红狼们作战的灵魂。

它们也清楚:已有准备的洞尕,不仅双掌有力,而且牙齿尖利,蛮劲无穷。尤其是在它愤怒的时候,不管谁挨上它哪一样武器,也是非死即伤。更何况是带着儿子的母亲,那爆发出的力量,简直是无法估量!

它们不知所措,眼睁睁地看着洞尕领着儿子,迈着坚定的步伐,豪气贯天地在空地上走着。

那股威武勇猛的不凡气概,向山野一切宣告:挡我者死!要想活命的,站远点!

幼稚的伟伟,毕竟没有经过这样的阵势;看一眼直愣在两旁敌人的愿望,时时在诱惑着它。洞尕已敏感到了伟伟的情绪,苦于不能分神给儿子任何的提示,只能更加抖擞,以凛然大气去感染它。

伟伟的脚步迈得庄严了。

风强硬起来,森林卷起苍莽沉重的涛声。没有鸟的啁啾,没有小兽们的喧嚣嬉戏,只有一只在蓝天高傲滑动的雄鹰,用尖利的叫声,应着山原林涛雄壮的音响。

这块危险四伏的空地,眼看已在洞尕的身后。只要再跨上两步,就可到达灌木丛。相对说来,那是安全地带,矮杜鹃、沙棘、花楸挤得严严实实,连忍冬上青白色的长花蕾,都已看得清清楚楚。

担当哄赶洞尕进入伏击圈和断却退路的红狼,眼看猎物就要从嘴边溜掉,暴躁得不顾一切地向前冲来……

两旁埋伏的红狼,也做出了攻击姿态。

偏偏在这个节骨眼上,伟伟忍不住回头看了一眼——那血红的舌头,尖利的犬齿,气势汹汹的攻击阵势,不禁使它产生了一刹那的恐慌,脚步也乱了。

这一恐慌不打紧,只听哗啦一声,两旁的红狼,闪电般地冲出,扑来!

像是惊雷疾电,洞尕脑门轰地一响,但它还是控制住了举止,没有一丝慌乱的流露,从容地跨进了灌木丛,然后迅速地将伟伟揽到自己的腹下。

——它还太小,没有力量在这样稠密的小树、荆棘丛杂中开路。就是它自己,不在万不得已的情况下,也从不轻易进入这样的环境。

因为它不像竹林,竹竿都是滑溜溜,挺直的,又还带有柔性;再密的竹林,也会在她身旁披靡,不仅挂扯不到皮肉,反倒会将她的皮毛擦得发亮。但这样的灌木丛就大不一样了,硬茬桩、尖棘刺对谁都是毫不留情的。只要洞尕一走过,它们又会将路封到能封的程度。

洞尕对那些红毛贼,连眼角也不瞟一下,只管走着自己的路,又尽量往里多走一段。多走一步,就多一分安全。同时,却尽心悉听着它们奔跑的脚步,判断它们的行动,计算着逼近的距离……

身后的树枝哗哗响了,洞尕还是往前走着。那只冲击的红狼确实凶悍、暴烈,刚才靠着一股冲力,冲进了灌木丛,枝茬毫不留情地绊住了它;但它跟在洞尕所开出的那条不断被枝叶自动半封闭的路影中,一个劲往前,扑向猎物。

只差两三步了。它哼了一声,猛然跃起,直取猎物薄弱的背部……

说时迟,那时快,洞尕猛然转身,眼中喷火,亮出两排钢牙,对准它的脑壳,张开斗大的嘴……

红狼吓得一闪,脑壳没被咬掉,但已扭折了脖子,半翻转地跌下。洞尕提腿就追,踩住它的尾巴。红狼一低身子,像个老鼠似的忍着疼痛,狠命一挣,从灌木丛下钻走了。

灌木丛外的四只红狼,顿时失却了威风。像是面对着蜷成一团的刺猬,丢手不甘心,想吃无处下口,热锅上的蚂蚁一般,走来走去。

但红狼毕竟是红狼。它们没等洞尕走多远,又兵分两路追击,将洞尕和伟伟,围困在灌木丛中。

当危险暂时过去,洞尕顿时感到全身骨节像散了架,毛都汗湿了。这比经历一场大战,还要使它疲倦。刚才,每个细胞都处于极端的紧张之中,这是比意志、比智慧、比气概的决战。

洞尕坐下了,伟伟像个做了错事的孩子忐忑不安地望着妈妈。洞尕没有责备它。它知道：要儿子从容应付这样严峻的形势那是奢想，即使是堂堂男子汉，那也不是都能做到的；就连自己现在想起来，也后怕。但它相信，经历了这样的一场考验，儿子会坚强起来。

山原雪野本来就不是懦夫生存的地方！

洞尕将伟伟揽到怀里，让它紧紧偎着自己，以无限的抚爱，安慰它受了惊吓的心。

伟伟的两颗滚烫的热泪，滴在妈妈起伏的胸膛上。

缓过劲来，洞尕开始考虑出路。红狼的一切行动都未逃过它的注意：它们死死守在这里，是不想放过猎物，只是苦于还未寻找到办法，将它引出这片灌木丛，或者突破这片灌木丛。这种僵持，既长久不了，也危险万分。

红狼忽然不安地骚动。

一串破碎的叫声，在森林中响起。

洞尕猛然坐起。伟伟也站在它的身边，凝神倾听。

像破锣摔打似的连续不断的叫声，是那熟悉的嘶哑、混浊。

洞尕的心紧缩起来，真是祸不单行！那个丑物没有撞上"独眼"，却又追上来了。一点不错。连它那身乱七八糟的黄不黄、灰不灰的毛都看到了。

有个影子往棵大树后一闪，洞尕看到那是它的提着有黑洞洞嘴巴的长杆子的主人。

它正准备应付强盗和无赖时，响起了红狼们纷乱的脚步声。

难道它们先要大战一场——为了抢夺面前的猎物？

那倒有意思。等它们打得难解难分时，不是有很多悄悄溜走的机会吗？让它们打得头破血流、尸横遍野吧！

然而，那个丑物却将一瓢冷水浇到洞尕的头上——它的叫声响了，激烈，但却往后退了一节。

真是个赖货！

洞尕正在失望中愤愤责骂丑物的怯懦时,它却又冲上来了,真的冲上来了,叫得嗓门更大。

——原来,它的主人赶着它往前走,那张黑洞洞的嘴巴也张着,为它壮胆。

奇迹发生了:红狼们一溜烟地跑了,像阵风似的遁去!

——啊!它们也害怕那张黑洞洞的嘴巴?

喜悦和惊奇,在洞尕的心灵交织。只一会儿,丑物就冲到了灌木丛跟前,对着它和伟伟又蹦又跳又叫。

伟伟气得鼻子打哼哼,洞尕根本不想睬这个赖货,反正它也钻不进来。尽管如此,心里还是被那逐渐低弱的叫声,吵得很烦躁。

一声尖利的哨声响起,丑物陡然拔高了音调,黑洞洞的嘴巴竟向它们张开了。霎时,像有股强大的电流,将洞尕烧灼得一跳,仿佛那火红的舌头,顷刻就会伸出。

它想也没想,爬起来就跑。在所有神经被灼痛得麻木的瞬间,它甚至忘了伟伟的存在,只有逃命的本能。

恐惧、烦恼、焦躁的流亡又重新开始。丑物忽而紧、忽而松地跟在后面追击。洞尕想出了很多的办法,但都未能甩掉那个无赖和它可怕的主人。

洞尕决心不再离开森林,绝不离开这绿色的世界。这里有潺潺的流水,翠嫩的竹子、青青的野草、盛开的鲜花、鸣叫的小鸟、友好的水鹿、香獐……离开了森林,只能意味着死亡。如果说敌人非要攫取它的生命不可,那么,它也要躺在这块土地上,保护儿子。

丑物也使尽了花招,要将洞尕和伟伟撵出森林。但丰富多彩的森林世界,总是向洞尕提供了周旋的余地。

它终于摆脱了丑物的纠缠,那是经历了一场激烈的心灵搏斗的结果:它决定和伟伟暂时分开一段。自从伟伟来到这个世界,还没有让它像现在这样,离自己这么远。

然而,现在却要叫儿子自己走出一条路,虽然那段路并不很长,但在妈妈的眼里,它已是无尽的。为了摆脱敌人,只有这样。否则,它们不是被敌人消灭,就是被疲劳、饥饿击倒! 再说,未来的路,终归是要儿子自己去走的!

伟伟向左边的森林走了,它自己则走一条更迂回的路线,以便甩掉敌人。

提心吊胆的洞尕的眼前,总是浮出伟伟遇到不测的幻影。总算森林之神保佑,它终于见到了儿子正站在铁杉下眺望着妈妈。儿子完好无损,洞尕忍了又忍,才未扑上去将它全身亲个遍。

是的,这段长路,是儿子自己走的。是它在丛莽中开路,渡过小溪,绕过乱石,登上了这个山包——幸福的喜悦,在母亲的心头洋溢。

苦难中也有短暂的欢乐啊! 就像夜空中还闪烁着明星,如磐的黑暗,暴风雨中还有着闪电。苦难中的欢乐,也就更加甜蜜。

它们总算取得了一段轻松的时间:不是在敌人的追赶下,心慌意乱地急急向一个又一个的山包奔去,倒是又恢复了悠闲的徜徉。

森林中明亮得多,啄木鸟的敲击声,是悦耳的音响;橙翅噪鹛歌喉清脆嘹亮。洞尕停下脚步,兴致浓烈地观看了松鼠的表演——摇尾舞。要不是它的阻拦,伟伟能一连翻上五个跟头。

欢乐,总是短暂的。风突然变向了,山谷向上升腾的气流,顷刻将好心情化为乌有:

红狼,又是红狼! 刚嗅到它们的气息,洞尕就发现了左右都有异样的声音;鬼鬼祟祟,蹑手蹑脚。

红狼虽然从深草丛匆匆撤走,却一直没有放过它们,只是用若即若离的行动作掩护,筹划新的部署,要给它们致命的一击。

洞尕估计:前面一定又有块空地,它们还是要玩伏击的把戏。因为山脊平缓,土质层肥厚,全是生机勃勃的植物世界。尽管没有深草丛那边稠密,但在这样的地方,它们仍然无法施展凌厉的攻击。

洞尕决定不走了,抢先占据了有利地势——和伟伟背依着高大的岷江红杉。刚想等待地形进一步明朗,已传来粗重的哼唧。灌木、蒿草中,唰地一下冒出了红狼高昂的脑壳,五条流着涎水的血红舌头。

一点不错,还是那五个贼!连那个被它踩伤尾巴的家伙,也神气活现地盯着洞尕,似是打量该从哪里下口,才能消仇解恨。

开头,洞尕还不怎么在意,暴露出的敌人,总比隐藏着的好办。再说双方之间还有着一段距离。在这遍地是蒿草、小树的山脊上,它们不容易一下冲来。

事态却比洞尕想的复杂,红狼已将包围圈形成。它们一声不吭,坚决地一步步向前。洞尕终于明白了,在这树木、蒿草不算稠密、也不算稀疏的山地,它们虽然不能纵横驰骋,展开暴风骤雨式的攻击,却完全可以步步为营,收缩包围圈,然后开始东一口、西一口的蚕食!

你看:它们个个瞪着血红的眼睛,将贪婪、奸诈的目光射向它和伟伟。

洞尕当机立断,用脚拐拐伟伟。伟伟明白是要它避开危险,向安全地带转移。它不干,想和妈妈一道战斗,一道撤退。洞尕虎起脸,狠狠在它屁股上击了一掌!伟伟一个趔趄,跌倒地上,打了几个滚。

伟伟惶惑,委屈!自来到这个世界,妈妈还从来没这样责罚过它!自己错在哪里?

妈妈的目光是严厉的,毫不留情的,不,是冷酷的!是生死搏斗的时刻!

伟伟满腹委屈地服从了。它贴到树干上,将硬爪放开,紧紧抓住云杉粗糙的树皮,使出了浑身力气,迅速地向上爬着。

狼群一阵骚动。首领哼了一声,个个奋勇向前,快速向猎物逼近。

洞尕已听出,伟伟爬到的高度红狼们已很难够到,但母亲的心总是希望安全系数更大些,决心为它多争取一点时间。

尾巴受伤的那只红狼,已领先逼到洞尕面前五六步的地方,正想等待信号,担当先锋攻击……

只听洞尕大吼一声,腾空向它扑来。

红狼深知不是对手,只得头一缩,钻进了小树棵。

包围圈上的四只红狼,立即又蹿又跳,从左、右、后面向洞尕包抄而来。谁知洞尕并未追击,却已迅速转身,对准当面之敌,又是一个猛扑。在这样的灌木草丛中,洞尕在行动上永远占着优势。

红狼根本未料到这一点,只好慌忙后退。

其实,洞尕只是虚晃一枪,几乎在敌人退却的同时,已一反常态,借助冲力跃上了树干,迅速地往上爬着。

这一着,更出红狼的意料:因为大熊猫由于身体肥重,从来不能像猫那样跳起上树,只能在树下立起身子,抱好树干,放出硬爪,一步一步,慢慢吞吞地向上爬。电话维修工,就是学着它们的样子,带着脚扣,一步一挪上电线杆的!

但洞尕付出了沉重的代价。它在冲上树干时,冲力大,要紧紧抓住树干,必须使用更大的力量;而这力量,主要落在硬爪上。为了不致掉下去,洞尕的硬爪几乎都要折断。"十指连心",刺心沁骨的疼痛,每上一步,都疼得它咬牙冒汗。它紧紧抱住树干……

红狼不会上树,暴躁地咬树抓皮,来回乱窜。树上树下的相持,并不长久,红狼解围而去。它们还是循着来路,往山坡西侧,悻悻地消失在山下的丛莽中。

登高可以望远。洞尕直等它们在山林中惹起的一星半点的晃动消失在远方,才慢慢下到树根。硬爪火烧火燎地疼,它喘息了一会,发现周围没有什么动静,才招呼伟伟下来。

伟伟看到树上斑斑点点的血迹,惊叫起来。洞尕知道那是自己脚掌上留下的,但不愿再看一眼,只是要儿子快点下来。

伟伟刚落地,它就催促赶快向前走。

机灵的伟伟,已从妈妈微微发抖的腿,明白了一切。想让妈妈歇歇,屁股上又挨了响亮的一巴掌。

伟伟腾地蹦起,它从来没见过妈妈今天这样冷若冰霜的脸,这样狠心连连打它。它不知道世界上发生了什么事,满肚子辛酸和委屈。

洞尔也感到自己的反常,是因为脚上的伤痛,还是这种前堵后截的危险局面?它不是不明白儿子的一片好意,但也可能正是儿子对妈妈的深深眷恋和脚上的伤痛,引起了悲哀。

它很清楚,将有很长时间不能爬到树上,临风一览山野的浩瀚,枫叶的火红,海子上蔚蓝的浮光。藏在肉垫中的爪,这是它的秘密武器——尖锐、锋利,可以抓瞎敌人的双眼,撕开它的皮肉,往往出奇制胜。掌,更是钢铁一般,然而现在这两件武器都已黯然失色。

但如果和生死存亡的战斗比较起来,那简直算不了什么。敌人在经历了挫败后会更聪明,仇恨也积得愈深……

儿子,它亲爱的儿子,心肝宝贝的伟伟将怎么办?

洞尔毫不留情地驱赶着伟伟前进,一句温情的话也没有,一丝抚慰的举动也没有。它决定亲手割断由自己血肉建起的母子间的爱的纽带。只有这样,才能保护伟伟。

充满紧张危险的逃亡路上,不知什么时候,天已变了,寒风在森林里呼号起来,干冷干冷的。

太阳早被云层掩去,先是大片大片的乌云;接着,是层层叠叠的铅灰色云,不久,层次分不出了,灰得天地都快连成整体,像个冰窟。

暴风雪要来了。

这座隐在森林中的山,从远处看去,像匹昂头的骏马。其实,它是一波一波地渐渐拔高的,波谷是缓缓的坪地,波峰是小小的山包。

到达第五个山包时,洞尕走到伟伟的前头,停下了。这里林子已经稀疏,都是要几个人才能合抱的古杉、铁杉,稀巴巴才见到棵把棵阔叶树。灌木、野草比山坡下的都矮一截,枝上挂着渔网般的菘罗。它往一堵大崖前走去。伟伟偷偷瞟了妈妈一眼——只有严峻和深思。

洞尕眺望着云层下绵亘的雪山,它虽然已失去阳光下的晶莹,但更显得巍峨、苍劲、肃穆、庄严。

洞尕转向俯视山野的雪山女神,凛然屹立,满腔的壮烈悲愤,已驱走了那股淡淡的生离死别的哀愁。是的,在这四面被围陷入绝境中的希望,只能是奋战和拼搏!

呼啸的风挟带来了一阵狂叫。丑物终于又追来了。

洞尕要伟伟先走。它受伤的前脚留下的血迹,为追踪的敌人留下方便。再强劲的风,也吹不走它的气息,但已无可奈何。

洞尕已从山势,和偶尔下滑的气流中,判断出山体即将断头,那里将是个陡峭的石壁;因而,在遇到第一个可以斜插下山的路口,她就示意要伟伟向那边岔去。伟伟刚往那边拐去,就惊吓得跳起,回头往妈妈身边跑。妈妈威严的神色,迫使它又依着原路,向前走去。

洞尕已看到那个黑洞洞的嘴巴,正在下坡向它们张开,丑物的主人站在那里。

多阴险、毒辣的一着!那家伙早已来到下坡,防止它们突围,硬是逼着它们往一条绝路上走——是的,前面一定是断崖,不是被追得累死、饿死,就是要在那里摔死!

洞尕愤怒地哼了声。

丑物渐渐逼近了,叫声也愈来愈凶。

一阵哗哗响,森林里噼里啪啦,顷刻之间,比雨点还密的冰豆,铺天盖地而来！砸碎了嫩芽，打穿了树叶，落在地上跳着，蹦着。

今天的一切，都来得猝然，来得又凶，又猛。

冰豆打得眼都睁不开，它的威风还正在劲头上。大雪也乘势飘起。雪片大得鹅毛一般，满天飞舞。

洞尕倒希望雪下得越大越好，最好是再能雷鸣电闪，山崩地裂，将那个丑物掩埋，还有那张黑洞洞的嘴巴。它们是耐不住大风雪的。

但此时它们却追得更加起劲，丑物叫得更加凶猛，像一堆被风吹旺的大火。

是要认真对待了，必须想出脱身的计谋。这样大的雪片，将很快把血迹遮去，天又是如此灰蒙蒙，正好给了它遁逃的机会。

它决定在前面那个上坡返身回击丑物，冲出一条路来。

突然，身后没有了叫声，只有呼号的寒风。回头一看：怪事！丑物已扭头，夹着尾巴逃走了。它的主子，拖着有黑洞洞嘴巴的长杆子，也神色慌张地溜了，跑得比丑物还快！

洞尕正在庆幸这样轻易脱身，那颗盛满苦难的心，一下就沉到了无底的深渊——

更大的灾祸降临了！

它只来得及通知儿子赶快往树边跑，就见一道黑影，嗖的一声，从树上向它前面只七八步远的伟伟扑去。

伟伟被这突如其来、凶猛的攻击，吓得一缩脖子，钉住了。

洞尕猛吼一声，像出弦的箭，往那个快要落下的黑影冲去。

砰的一声，那家伙被撞到几步开外，带翻了伟伟，它也跌坐到地上。

洞尕不等对方醒来，就地跃起，狠狠瞥了伟伟一眼，同时伸出铁掌和爪，直指敌人剩下的那只闪着凶光的眼睛。

伟伟在一阵恐惧过后，随之而来的是热血冲动。它决心勇猛地冲上去，帮助已经受伤的妈妈。但妈妈疾如雷电的一瞥,使它清醒了,明白了是要它向树根移动,赶快上树。有了不久前的一课,它服从了。

"独眼"一摇头,闪开,同时用它惯常的敏捷、神速、凶悍,反攻为守,张开大嘴,迎向伸来的铁掌。洞尕只将手往下一压,"独眼"见中计,在腾跳中已将目标移向洞尕的喉管。

洞尕一见不妙,乘势低头,脑壳擦着它的下巴,然后猛力向上一抬,咯嘣一声,"独眼"被抬起了身子,往后一仰。这一记上牙磕下牙,不磕断它的门牙也要崩坏它,洞尕因而松了神。

"独眼"毕竟是豹中的恶魔,就在它牙酥头晕、快要跌下的瞬间,硬是扭转了身子,在洞尕背上狠狠抓了一把。

洞尕疼得一哆嗦,甚至听到皮肉被撕裂的声音。但"独眼"跌倒在一边,这多少给了它一点欣慰。

"独眼"简直不容洞尕有片刻的思索,起身一纵,扑向已到树下的伟伟。洞尕哪能容忍,一弓身,从斜边攻击"独眼"。

刚才的两个回合,已让"独眼"充分领教了洞尕不好惹。其实,这个山林的世故精,开头躲在树上,就是知道带仔大熊猫们"拼命三郎"的精神,而且由于它们体大、力大、掌凶、牙狠,历来是不付出代价就难以取胜的对手;更何况常常是两败俱伤,还未必能如愿以偿呢!

它等待最佳的时机,猝然而又稳稳地直取伟伟,谁知那个尖鼻子丑物,打乱了它的计划。它现在还是把主要目标放在伟伟身上,一来容易得手,二来乱了洞尕的阵脚,使它有后顾之忧,或许能露出破绽,再伺机给以致命一击。

但是,洞尕又勇猛地攻来了。它不敢掉以轻心,只好回头应战。

洞尕虽然拼命,想到刚开始上树的伟伟,还是冷静地让开了这一短兵相接,也未追击。"独眼"扑了空后,再转过头来,已看到洞尕据守在树下。

"独眼"将长尾一甩,又纵身跃起,决定在腾跳中将伟伟一掌打下;可是,它看到了洞尕向它肚下伸来的、沾满血污的利爪——那是能开膛破肚的尖刀——它慌了,只好往边上一闪,落下。

随着伟伟步步爬高,"独眼"愈加疯狂。洞尕岿然不动地守在树下。"独眼"已将它撕开几个伤口,洞尕前胛的黑毛,背、腹洁白的毛上,都在流淌着鲜红鲜红的血。

洞尕岿然不动,坚定地守在树下,无论"独眼"使出什么花招,它就是不被诱开,顽强地守在儿子的身下……

十八　火烧亚郎山口

向导是个热心人,一听说"大熊猫救灾小组"的人要去溪耳,立即牵来了五匹骏马。

分配马匹时,却引起了小小的骚动。老赵只站在马下,不肯跨上,愁眉苦脸地一会儿用手按按马背,一会儿又跑到马头前瞅瞅。胡蜀锦忍不住问了声:"怎么啦!老赵?"

"唔……这……这马……"

快嘴小罗看他一边支支吾吾,一边不时自顾腆起的肚子,乐了:"你是怕马驮不了你这个胖子?"又指了指在他身边的同伴,"你看人家大林,三根骨头五根筋,骑在马上,连马都嫌不压舱,老是耸肩蹬腿的!哈哈,你把肚子里的脂肪匀点给他,不就都合秤儿?要不,到了溪耳,达布人不把我们当马戏团的才怪呢!哈哈哈!"

经小罗这么一说,连胡蜀锦也忍不住笑。这支队伍的配搭实在有些蹊跷,胖子、瘦子、快嘴……昨晚一点没想到,往起一站,竟成了滑稽戏,比有意挑选的都巧。这一路,少不了笑话。

向导不仅热心,还是个忠厚人,就连刚才大伙取乐,他也只抿了抿厚嘴唇。他跨下马,走到老赵跟前:"你骑我那匹马。别看这马的身架小,跑起来一阵风,又服人。像你这样富态的,也压不垮它。不是我小心眼儿,有意给你这匹马,是我那马性子烈,不太服管。"

"我就骑它。不换,不换!"老赵也不口吃了,连忙跨上马背,动作并不慢。

晨曦撩开大山的黑幕,漫过中天。等到马腿走热了,向导在前挥了挥手,两腿一夹,五匹骏马在山道上卷起一阵风,雨点般的蹄声,在山谷里掀起很有节律的声浪。

直跑到红日东升,万山镀上金色,雪峰点丹,向导才让马放慢脚步,翻身下马:"胡老师,前面不能走马了。"

向导已略知胡蜀锦的经历,又眼见他举止行动,明白是经过山野的磨难,那黝黑中透出红晕的脸色,就是雪山林野给的奖章,所以他也和训练班的学员一样,尊称他胡老师。

"已经到了夹缝山?"小罗问。

老赵没等向导开口,抢过话头:"留下的路,就要靠两条腿量了。"

四人中,只有老赵在十多年前走过一趟这条路。

骑手们都下了马,解下背包。

堵在眼前的这座山,没鼻子没眼的,全是黑压压的大石头。不长树木,连草也都老态龙钟,勾腰伏地。传说有次大地震,又摇又晃,大山裂了个缝缝,这条曲曲折折、跌宕起落的夹缝缝,年深月久,成了通向溪耳那边的通道。

小罗大大咧咧,满不在乎:"我看,马还能走嘛!"

"你是怕我顾惜马?回头转来,你就不会说这话了。"向导正在收拾缰绳,又对胡蜀锦说,"胡老师,看你这些手下……"他把"都像没走过山道的"省略了,"你可不能由着他们的性儿。蜀道难,在天下出了名。这个夹缝山,更不比一般。"

"你别先来个长大山志气,灭咱们威风的话。说书本,咱们没胡老师读的多;可这路,难不倒我和大林,就怕'一胖三喘'啊!"小罗不知天高地厚,只图嘴快活。

"山上空气稀薄,你真得省点氧气,少说点话。"老赵就怕人说他胖。

向导要走了,还不放心地问胡蜀锦:"干粮、火种……?"

胡蜀锦抓住他粗糙的大手,谢了又谢:"都带足了。我亲自检查了,连马灯都带了。"

向导回去了。胡蜀锦领着小组上了路。只拐一个大崖,几个人像立即掉进了又深又窄的深巷。两边都是龇牙咧嘴的万仞高崖,头顶只有一线蓝天,不时有小石子、碎沙沙往头上掉,令人心里陡生压抑、气闷,真像被夹在石缝里。

光是夹缝也还不说,难走在一会儿上,一会儿下,又要爬壁,又要走窄窄的栈道。没有半个小时,老赵已满头大汗,喘气也粗了。胡蜀锦也感到,在计划时对道路的艰险有些估计不足。

前天上午接到冷秀峻的第三封信,老铁和胡蜀锦都因两个孩子投食成功而受到鼓舞。那对母子熊猫不仅稳定在五花海边,逐渐适应了箭竹,而且身体正在康复,甚至于还和两个孩子建立了一定程度的信息联系……这与他们在救灾中看到的惨不忍睹的景象真有天壤之别。

据灾区的不完全统计,已经发现了六七十只大熊猫的尸骸。这个数字,与估计的我国现存的大熊猫数字相比,太触目惊心了!

更令人担忧的是:灾情面积还有扩大的趋势。

即使没有这样的灾难、损失,作为一个物种,大熊猫已面临濒临灭绝的危险。历史的发展已说明了这点。胡蜀锦在上封信中,提及它曾是我国北方动物群落中的优势种,南到缅甸也发现了它的化石。我国第一部诗歌总集《诗经》中就辑录了诗人对它的赞美。历史的烟尘将它们从广袤的地区淹没了,只剩下这最后的一片狭长地区。

从生物学的角度说,并非某一物种还有几十只存在,就不能说是灭绝。因为根据它们的生态习性,自有一条无形的危险的界限,只要超过这个界限,它们就无法恢复、壮大种群,而只能苟延残喘。

由于大熊猫主食竹子,以及岛状的分布,繁殖中的诸多困难,森林大面积的消失,等等,它的生活区域还在不断缩小。峨眉山大熊猫的消失只是近二三十年的事,这还不是警钟?!

难道这个稀世之宝,竟真的要在我们这代人手里灭绝?

这个阴影,像魔鬼一般,啃啮着胡蜀锦的心,烧灼着老铁和四川省林业局、国家林业部的一些有识之士。

在来训练班的五天前,胡蜀锦带着一位助手,仅仅在一条山沟里就发现了三只大熊猫的尸骸!

头天,胡蜀锦在全部由于开花枯死的拐棍竹中进进出出,没有发现一头死了的大熊猫,而且竹籽已破牙扎根,生出小小的竹苗。他和助手一边作样方调查,一边还有丝丝的喜悦涌上心头。这种不平常的情况引起了他的注意。在一切的工作做完后,他们又向最近的一处森林转移。森林断头了,只有沉默的山原在荒凉中陪伴着他们。一块大崖,留他们住了一宿。第二天下午,刚走进堆满乱石的山沟,就看到了一头大熊猫的尸骸。它已腐烂了。胡蜀锦还是和助手一同作了解剖,那股钻脑子的臭气,熏得他们五脏六腑都要往外翻。助手没有说二话,干呕了几次,还是坚持。他知道老师的脾气,要做的事,刀架在脖子上也要做。尸骸的胃肠空空,从磨损得很厉害的牙齿判断,是只老年大熊猫。

胡蜀锦要助手休息一会儿,自己将骨架、头骨从腐肉中剔出,搬到水沟里洗净,用纸包好。这都是珍贵的科学资料。

不远,又是一只大熊猫的尸骸。解剖中,发现胃肠里还残留着少量的草筋。这是只成年的。

给他印象最深的,是在傍晚时见到的一只大熊猫尸骸。趴在地上,像是已经爬行了很长时间。前肢已抓住一丛草,但就在它已将草含在嘴里时,极度的饥饿、虚脱,却使它猝然死去,上下牙板还压着草。多顽强的生命力!这只也是成年的。

这些现象,说明了什么呢？助手一次次催促老师休息,但胡蜀锦彻夜坐在篝火旁,苦苦地思索。

由于滥伐森林,森林的面积缩小,而且被割成很多互不关联的小片,像是大岛被海水冲蚀,又分裂成几个小岛。大熊猫离不开森林,这就使它的岛状分布带来的生态上的诸多矛盾更为尖锐。所以当竹子大面积开花后,灾情相对集中、深重……

"兔子,兔子！"小罗又叫又拿枪,吵着要大林给子弹。全队只带了两支枪,他硬是从老赵肩上要过来,自己挺神气地背着。

两只黄褐色的小动物,在山崖上不慌不忙地挪动着肥嘟嘟的身子。

胡蜀锦手一摆:"别浪费子弹了！"

"嘿嘿！你这个麻雀嘴,在哪见过这样肥、这样大的兔子？"老赵笑了。

"不兴兔子有你这样胖？"小罗不服。

大林憨厚,怕他俩再争起来,忙说:"那是旱獭。说兔子也错不到哪里,也有人叫它雪兔。"

小罗还是跌倒也要抓把泥:"就是嘛！是个兔子相嘛！嘿！钻洞了！"

两个黄褐色的家伙,果然一先一后钻进土丘的洞里。

"它有水獭皮贵重？"

小罗问了一连串的问题,直到上陡坡。

队伍中又只有单调的脚步声了。胡蜀锦的思绪又扯到大熊猫上。

大熊猫不会在原栖息地等死,只有迁徙,但由这片森林到那片森林之间,却是荒漠、可怕的"死海"。森林遭受破坏愈严重的地区,"死海"的面积也就不断增大。

伟伟和洞尕,突然跟随着女儿晓青和果杉,跳进了他的脑海……

从地图上看,洞尕从最近的、有大熊猫分布的森林转移到溪耳。以直线距离算,少说也有两三天的路程。那么,是种什么力量,使它们挺过了严冬,又安全转移到溪耳?

竹子开花是自然规律,大熊猫在几十年一遇的灾难中,尽管能吃的竹子的面积逐渐缩小,但它们还是生存下来了,这是由哪些因素决定的?

洞尕和伟伟,不是提供了很多值得深思的问题吗?

在防止由于竹子开花引起大熊猫死亡的工作中,首要的当然是要保护它赖以生存的环境——森林下的竹林。其次是改变竹种的单一化,即在同一地区,引种数种高山竹类。这些措施都是行之有效,而且要立即着手做的。

还有个重要的问题:岛状分布,为大熊猫的生殖流的畅通,带来了无法逾越的障碍。因而,在一个产区内,种群退化、遗传基因的枯竭……也是大熊猫濒临灭绝的重要原因。

洞尕和伟伟的长途迁徙成功,在这方面是否也有重要的启示呢?

果杉、晓青给它们投食的成功,对正在展开的救灾活动,不是能提供很好的经验、教训吗?在这方面,他们是一无所有啊!何况,将处于虚脱状态的大熊猫作长途运输,已证明不是好办法。在途中死亡的,已有了几例。

能否趁这次救灾活动,将抢救后生存下来的大熊猫,选其壮年、健康的,再放到其他产区,进行人为的生殖流的交换,以便更快地复壮种群呢?

从眼前说,由于动乱中的原因,对这次救灾工作抓迟了,但还是应该努力减少损失。更重要的,是预计箭竹也将大面积开花,那就不仅是一个岷山山系,而且是整个大熊猫的产区,尤其以箭竹为主要种群的邛崃、秦岭山系,问题将更加严重。考虑到即将到来的救灾,对伟伟和洞尕的研究,也是具有很大意义的。

所以，前天收到冷秀峻的信后，他和老铁交换了意见，决定由他亲自去溪耳考察，并组织力量保护好这对母子熊猫。

"胖子，你怎么不走啦？"

小罗的一声喊，打断了胡蜀锦的思绪。老赵正堵在前面，哼哧哼哧地喘气。山缝到这里，突然成了鸡肠子——窄得老赵却步，嘟嘟哝哝："那……那年，我走时，它比……比这宽……这几年……么事挤……挤到一起了……"

"哈哈！"小罗乐得又蹦又跳，"大山也像你，几年不见，发胖了！"

大林帮老赵取下了背包，胡蜀锦将它拿过来，要大林轻装走到前面。这又是段上坎子的路，到了窄处，老赵只有侧着身子才能慢慢地通过。

其实，老赵的年龄比胡蜀锦还小几岁，刚踏进四十，跟大林相仿。两人都来自基层林业站。小罗早就表示过奇怪：在肉食紧张的这几年，大林瘦得只剩几根筋撑骨头，可这个老赵吃了啥，长得这样皮绷肚胀的？

要老赵加入这个小组，胡蜀锦不是没有犹豫过。前天，老铁刚在训练班询问谁去过溪耳时，老赵第一个应了声。因为他知道那里的牛羊肉多，还有奶皮子、黄油、乳酪，都是这年头的稀罕物。再说，还有个朋友在溪耳，牧民们豪爽异常。只不过坐汽车、骑马的一趟转悠，不愁捞不回满满一袋子好东西。但一听说要步行翻过夹缝山，还有雪山口子，当天要赶到溪耳，他就头皮发麻，决定舍弃那些诱人的美味。但已经迟了，整个训练班，他是第一个应声的，也是唯一去过溪耳的。

他急了，诉说着过夹缝山的种种艰难，雪山口子又如何变幻莫测，还有下山的种种古怪……总之，那是条充满恐怖、险阻、怪异，绝不能走的路，除非发疯了！

他对胡蜀锦的了解太少了。和荒漠的山原雪峰有着深厚交情的胡蜀锦，开朗的额头平平坦坦，圆脸上有着孩提般的淳朴，对老赵的警告只是宽厚地笑笑。胡蜀锦没有被说服,还引起另一个人怀着极大兴趣争着嚷着要参加这个组。

这个人就是小罗。他是今年才招工的知识青年,二十三四岁的年纪。城市碟子大的天,使他爱幻想的头脑,总盼着到奇特山野去旅行。训练班的名额到达他那个市的林业局时,有的人不愿意去受这份罪,小罗却自告奋勇要参加"抢救国宝"的工作。现在听说要过雪山,到神奇的达布人中间去,那颗爱幻想、爱冒险的心灵激动得打战战,哪里还想到艰难困苦!

胡蜀锦倒是欢迎小罗参加,他总是想吸引一批年轻人到这工作中来。他们的事业总有一天要大发展的,要磨砺年轻人成为骨干,而山野本身就是最好的老师。

细心的老铁倒是有些不放心,他深知川西雪野山原的乖戾。是他软硬兼施,才勉强使老赵同意。冒失的小罗,显然是个不懂山情世故的毛头小伙子。这叫胡蜀锦怎么办?所以,他又亲自点了大林。大林人挺精明,也厚道。在林区工作时间长,看他出步迈脚,就知是个惯走山道的人。不过他那里的山,比起这里来,只算个土包包。

依胡蜀锦的意见,打算用两天时间全部步行。老铁还是张罗了一部车子,将他们送到夹缝山下,又托人借马,寻了向导,把他们几个人送到马也不能行走的地方。这样,即使是把困难预计得严重些,也可在当天的下午三四点钟到达溪耳。

现在,胡蜀锦看着这一行四人却没有这样的乐观,凭他丰富的经验,眼前的老赵,就是小罗后半路的影子。

不久,小罗的麻雀嘴果然只稀稀落落地喳喳了。

随着山势升高,路愈来愈险。过栈道时,老赵总是担心铺就的木板承担不了他的分量,战战兢兢。

突然小罗惊乍乍地叫了声:"听!你们听听!"

老赵吓得靠到石壁上。

头顶的山原传来很有节律的踏踏声,像是浪潮起伏。

大家都靠到石壁上,将头仰起:只有一线窄窄的灰色天空。天变了。

是下雨?不像。仔细分辨,踏踏声中还有着细碎和不合拍的嘀嗒声。

马群?像哩!是急速的奔跑,忽而左忽而右的快速转移,仿佛是一只有经验的公马,正按着牧马人的意志,领着马群在飞奔。可这边几十里的大山全是荒漠,从未听说有人烟,更没有人来放牧。

几个人正在默想、猜测的当儿,那奔跑的蹄声已愈来愈近,震得这条夹缝也响起了回音。灰色的天幕上,突然飞过了一只只青黑色的野兽。

只有震耳的蹄的敲击、瞬息越过的矫健身影。

"岩羊!哦——哈!"

大林猛然吼了一声,像是喊山似的,又对着天空飞蹿的山羊,猛吼!

正越天堑的羊群中,有只失足,落下了。它像个被风刮掉的树叶,在夹缝上空翻转着,撞到这边,又碰到那边……

"不要吼了,大林、小罗!"

一见大林的吼声有这样的奇效,小罗还能不浑身是劲?可被胡蜀锦制止了。

砰的一声,岩羊跌在前面几步外的沟下,血肉模糊一摊,只有那对大角,倒是完好无损。

羊群也已全部过去了。

小罗来劲了,想下沟去扛猎物,一看那陡劲,又缩了回来。大林已溜到下面。

"肉就不要了,只把头割下就行,倒是个好标本。"胡蜀锦说。

大林还是把它拖了上来。

"嘿!只见你人瘦,力气不小啊!"

小罗伸出了大拇指,又忙着去摸那角。

胡蜀锦一再说,不要背肉了,大林还是舍不得,到底把两条腿砍下。

胡蜀锦也不好再说什么,只是催大家上路。他心里有种隐隐的不安:按岩羊的生活习性,在这样的时间,一般说来不大可能作这样集群的快速移动。是受猛兽惊动,还是天气有骤然的变化?

他对山原雪野气候的变化无常,已多次领教,深知厉害;而这片广漠的地区,又是他没有走过的,不能不作慎重的考虑。

小罗对大林的这种奇特狩猎方法表现出了极大的兴趣,话也稠得像牛皮糖,拉也拉不断。可是,没走一段路,夹缝山就叫他闭上话匣子,只顾喘气了。在刚才这场意外中,老赵唯一的兴趣是探起身子,在大林割下的岩羊腿子上闻闻。虽然吃不得,但那鲜味也解馋。

胡蜀锦竟对老赵产生了一丝同情之心。胖子上山,付出的能量大,心脏负担更重。他要老赵将背包给他,可老赵说什么也没同意。

令他担忧的事情果然来了:下起了雨点。他看看手表,已快到十点钟,于是要大家休息、吃干粮。

那时的粮食供应"配搭"的花色丰富,除了米、面粉,还有地瓜干、玉米面、豌豆、蚕豆……粮站简直像是中药铺。训练班也特殊不了。老铁下了死命令,他们才带了面饼,没有那些杂七杂八的豆儿干儿的。

一歇下,小罗又有了劲,和大林捡来了柴火,架火烤肉了。想到这可减轻负担,增加能量,胡蜀锦也跟前跟后忙活。只有老赵靠在石壁上不想动,但肉烤好了,他却吃得比谁都多。

大滴的雨点陪伴他们上路了。

溪耳也在落雨吗?在想象中,瘦弱的晓青和那个花牦牛般的果杉(他还没见过面呢!),正躺在竹林下大熊猫的通道中,跟淘气的伟伟耍着……没想到这样快就要见到女儿,该长高了吧!山原会让她强壮起来,豪爽的牧民们将把她的心胸开拓得宽大。她那副看待世界的犹疑、戒备的神情，就像是她妈妈在监狱中投下的阴影……

不，还是不想这些吧……是的，是那个坚强的洞穴，和它可爱的伟伟，将他拉到女儿的身边。他没有想到，父亲的事业竟这样影响着孩子的志趣……是冷秀峻，还是森林、伟伟教她聪明起来了？她的智慧的窗口是怎样启迪的？秀峻，分别已十多年了，她还是溪水般清秀的眉目？十多年的风霜，给她留下了什么痕迹？……

不！这也不想……可是，见到她，该说些什么呢？好像有无数的话说，又好像一句也没有说的必要，就像这么多年的音讯渺茫，又彼此都清楚所走过的路。他不是时常感到她的存在吗？尤其在困难的逆境中……

不！不！怎么越是决定不想的事，越是顽固地浮上脑海呢？他记得一位心理学家说过：喜爱回忆过去是心理老化的征兆。难道自己也"心理"老了？不！这怎么可能？事业才刚刚开头。在一定的意义上说，大熊猫是他事业上的女神！是的，值得称作女神……

老赵不走了，只顾扶着石壁大口喘气，分不清是汗水还是雨水，在他脸上流开了一道道的小溪。大林已走过去，默默地将他的背包取下放到自己的肩上。

"这鬼路！老赵，还有多远？"小罗张嘴喘气，勉强问了句。

"快……快到头了。到……到头，还没到顶。"

"到顶离溪耳还有多远？"小罗又问。

"还有雪山口子……要过。过了雪山口子，天晴，运气好，能看到溪耳那边的……森林。"

雨滴变成了雹子。开头还只芝麻、绿豆大，渐渐有蚕豆、鸽蛋大小的往下砸了。

"鬼下蛋！"老赵恐惧地说。

那些鬼下的蛋在石缝壁上跳着、蹦着,还顺势带下碎石、沙子。小罗吓得不断抬头望,生怕掉下个大的砸破了脑壳。

"别分神!要紧的是脚下。"

胡蜀锦一声喊,小罗这才注意到缝口宽了,路已偏到右边的山壁,下面是万丈深渊,不禁倒吸一口冷气,半天缩不回舌头。

雹子给胡蜀锦带来了更大的担忧。这里流传着一句民谚:

一山有四季,
四季不同天。

这和气象部门戏称的"三层楼"天气很有相似之处:低山大太阳,中山下雨,高山飘雪。他和老铁商量时,这点倒是没有多考虑。在这样的季节,又是一天的路程,碰到下雪的概率总是很小的。但由雨到雹子的变化,已使他感到这个很小的概率大约要落到他们身上了!

夹缝还未走到头,雹子已裹着干雪粒子往下砸了。胡蜀锦果断地下了命令:精简一切不必要的东西,放在山岩下,几天后回来再取。好在这里存放东西比保险箱都安全。能走到这儿的人连想都不会想到"偷"字,有恶习的人也走不到这儿。

他检查了每个人的背包,除了必要的仪器、御寒的衣物,实在没有什么可精简的。尤其没想到,老赵连棉衣都没带,大约是他自己也知道背不动。胡蜀锦不禁皱起了眉头。最后只留下了伸出两只大角的岩羊头。

刚走完夹缝,咆哮的风挟着大片的雪就往脸上扑打,噎得嘴也张不开,只好低着头。山原已一片银白,风雪弥漫,能见度很低。

"老赵,你先看看路线,这里可不能走错一步!"

说着,胡蜀锦就将小罗、大林拢到一起,为老赵挡着风雪,好让他仔细察看。老赵缓过气来,说:"这段路,问题不大。夹缝,完了,还有个浅浅的山沟,顺沟走,一直到雪山口子。过了雪山口,路、路就难认了。"他又喘了会儿,才坚决地说,"胡、胡老师,我看,还是打、打回头路吧!"

胡蜀锦用眼光打量了大林、小罗,说:"你们看哩?"

小罗的嘴好像都丢到夹缝沟里了,一句话也没有。倒是大林不慌不忙地发表了意见:"打回票,下山路,看样子省力,可向导已走了,不到天黑透也走不到居民点。往前走,尽管有风有雪,天黑前也能到。主要的还是那对大熊猫。我不晓得它们的脾气,但野物野性,两个娃子也管不了它提腿抬脚,这才是大事。今天打回票,明天还要来,说不定,雪比今天还深。"

"还来干吗?不就两头大熊猫吗?死了几十头,还在乎那两头?人还不如大熊猫值钱?"老赵的脸涨得通红,一点也不口吃,坚决说完。

"你这是什么话?怎是两头大熊猫的事?也不是我们几个人的事……"大林也来气了,但老实人一动气,原来满肚子的理,反倒说得又干巴又涩。

胡蜀锦做了个手势,不让老赵再说了,转过脸来问小罗:"你的意见呢?也说说。"

小罗躲不掉了:"我……我,还是该朝前走的,这雪,太大了……"

"好!我们三个人的意见还是一致的。退回去,不会比朝溪耳走轻松。大林说得对,整个救灾工作起步晚了,但还是要尽力去做。那对大熊猫的情况,很可能要给我们正在进行的工作,提供很多有益的启示。世界上,当然人是最宝贵的。有的科学家花出毕生精力研究苍蝇,总不能说他的命不比苍蝇值钱吧?因为,研究苍蝇,是为了人类的利益。同样,研究保护大熊猫,也是为了人类。"

胡蜀锦压制着激动声调,缓缓地,但更显得有力而坚定。老赵简直不敢正视他炯炯闪光的眼睛。胡蜀锦拍了拍他的肩:"老赵,你的责任就是带好路,真走不动,我和大林搀着你。小罗,来,把背包给我。想领略雪山奇妙的人哪能怕走雪山呢？相信我的话,只有吃了别人没有吃过的苦,才能欣赏到别人无法欣赏到的美。照你这样的身体,两个来回的风雪扑打,就能和山原雪野交上朋友的。失去机会,谁还能再给你创造这样好的条件？你说要下雪了,老天爷就照办？"

"没问题,胡老师,我能走到底的。"小罗已经昂首挺胸了。

不管怎样说,胡蜀锦还是夺过了小罗的爬山包,加到自己的肩上。

一行人,又踩着积雪,迎着呼啸的风,在迷漫风雪中,艰难地向前走去。

好在没一小会儿就下坡了。小罗感到轻松多了,要不是风大雪密,他真要嘲笑老赵一番:吓唬人！不也就下山了吗？你这个被肉坠倒的胖子！

不久,他明白了:在山原上,下坡意味着要上更长的坡。

雪一个劲地随着风势往脖子里钻。风使汗透的内衣往身上贴,把人往后拉。胸膛里像闷着一团火,憋得冒不出烟似的,把热气往外挤,汗水往外拧,前胸被吹得冰凉,后背汗水顺着脊沟淌……真是一股说也说不清、讲也讲不明的辛辣酸苦的味儿……

突然,大林把老赵往后一拉,又把小罗一拦。他俩还没明白过来,只听骨碌碌,又嗵的一声,一块面盆大的石头砸在两步开外！

胡蜀锦抬头看了会儿,什么也看不清。他搬起砸下的石头看看,才放大喉咙对吓呆了的老赵说:"是暴风雪带下的风化石。你走大林后面,把队伍距离拉开点。小罗,走时留心听上面的动静,要有碎石子下来,千万当心,宁可走慢点。"

这真是,说到危险,啥都到了,雪野山原好像有意给他们颜色看。

行进愈来愈艰难。先还是时时警惕流石,到后来是防不胜防。时而哗啦啦一阵碎石往下淌,时而是三两块你追我赶往下落。到最后,连大林也被闹得有些麻木。幸好都是从山两边来的,滚到这里,已是强弩之末,没多大威风了。但若是挨上,那也轻松不了。

一行四人依然顶风冒雪往前一步步走着。其实,想停下也不行,没有一席遮蔽之地。脚步停下,风就像锥子般往身上扎。老赵心里痛苦地想着:"我的亲妈耶!这像是头牛,非给鞭子抽倒趴在地上,才能不走嘛!"

他正想着,直感到肚里有团东西往喉咙涌,明知事情不好,想忍一下,却哇的一口,将烤羊肉喷在雪地上。

大林赶紧上去扶住他。小罗也凑热闹似的呃呃干呕起来,直呃得抱着肚子,也还是什么没有呕出来。

又是鼻涕又是泪的老赵,对询问他的大林说:"只觉脑壳空空的,腿脚飘飘的……"

话一出口,已被风吹得拐了弯。

"这风把人脑壳都吹空了,老是昏昏沉沉想瞌睡。"

"我也是。"小罗苦笑一声。

风刺得人站不住,只好一步步地往前挨。胡蜀锦安慰他们:"是高山反应,雪山口子大概不远了。下山就好了。实在憋得慌,就走慢点。"

老赵心里连连叫苦。千不该,万不该,不该为了贪点牛羊肉,说自己到过溪耳。十几年前,自己是个小伙子,现在呢……现在肉没吃成,说不定还要把这一百多斤的身子,丢在雪山上。

风雪突然强劲,刚才还见到雪的飘落,现在已是滚滚的雪流,像无尽的恶浪,沸腾着雪堆般的浪花,愤怒咆哮,肆无忌惮,气势汹汹,打着旋旋,直往身上冲撞,撞得人眼睁不开,气吐不出,腿迈不动,摇摇晃晃……

虽然在漫天的暴风雪中,看不到雪山雄姿,但胡蜀锦还是感到两旁矗立的雪山的存在,从脸上像被刀片刺刮的严风狂雪中,还是知道到了雪山口子了。他憋足劲,猛走几步,到了队前,从背包中取出冻得硬撅撅的绳子,像登山队一样,将每个人连起。然后,他背转脸,问了老赵路径的方向,就要大林搀扶着老赵压阵,自己在前面开路了。

在走动之前,他又转回头来,贴着小罗的脸说:"尝尝暴风雪的滋味吧,小罗。心要沉得住,才能仔细体会它的味儿。人的一生,想碰到这样的暴风雪,能有多少机会?混混沌沌过去了,那要懊悔一辈子,将来向儿孙都说不清……"

小罗注视着他的脸,感到有无数的火苗在跳动,灼得自己的脸都热——他是为了什么呢?或许这就是常听到的"批判":小资产阶级感情!或许也就是被称为"臭老九"的原因……不,又不全像,因为他从这些话中感到了温暖、鼓舞……他就这样晕晕乎乎、乱七八糟地想着,脑壳里和这山原一样:咆哮、翻腾……

风雪渐渐成了喘息的江河,将他们溺在里面,翻滚、搅拌、窒息、击倒、撕碎……刚才是不走也得走,现在是不停也得停,走三步,就得停两步,气喘不过来啊!

连大林也感到头有些晕眩。如果小罗现在还有兴致回头看一下,一定要说他和老赵是最好的结合,如果没有这个胖子坠住,这样的狂风,说不定真要把他这个瘦子刮走。

绳子像条纽带,将四个人的命运都拴到了一起,使每个人都感到集体的存在,从中汲取温暖、力量。谁要是稍一失足,或一个歪趔,全队的人都得停下。刚才,胡蜀锦已下了死命令:不管出现什么情况,谁也不准自动从主绳上取下自己的挂钩。

否则,在这风雪尽裹的荒原中,孤独、寂寞、无名的恐惧……都得将你抛入深渊。

"看呀!看!那边!"

小罗挣着、摇着绳子。

大崖后露出隐隐现现的小棚子一角,老赵已陡发牛劲挣扎着往那边走去,带得大林跟跟跄跄。小罗立即响应,这真是一根绳上拴的蚂蚱,一动都动,拖得胡蜀锦也只好往那边去。后卫变成了前锋,胡蜀锦却成了压阵的。

老赵刚往棚里钻,一阵乱扑乱腾,吓得他往后一仰。头上、腋下、腿脚处,都有毛茸茸的活物钻动。他腿一软,跌在地下。

大林眼疾手快,一把揪住一只。

好家伙!一群野鸡,总有七八只。飞出的被风雪刮得团团转,跌打滚跄。还有四五只在棚子里仓皇乱钻,不知是因为老赵、大林堵了门,还是明知出去也是难以活命?

小罗进到棚里,心急得痒痒的,想去逮,可就是伸不出手,腿也发软,竟一屁股跌坐到老赵的身边。

胡蜀锦眼睛跟着还在乱钻的野鸡转,叫大林把手中的那只也放了:"贝母鸡,既稀有,又珍贵,属于保护之列。这场暴风雪,把它们撵到这里了!我还没见过这样的大群!"

说是贝母鸡,老赵的脸上好像有了生气,张了几次嘴,喘得没吐出个字来。

这个棚子很简陋,但坚固。石块码了尺把高墙脚,依在崖边。柱子粗实,看样子,埋得不浅。四周的草墙、顶上的草棚,都用牦牛毛搓的绳子,像网络一样襻得严严实实。

狂风暴雪,将它吹得哗哗响,撕开了大洞小眼,抖个不停,但还是没能掀掉它。从这一切看来,是山民们有意在雪山口子建造了这座棚子,以备遭到不测的暴风雪袭击时,有个临时避难的地方。

仅仅是这样简陋地一隔,棚里已成了另外的世界。像是狂风激浪中的一艘笨拙的船,虽然还在颠簸,但舱里已没有了风的肆虐、雪的狂暴,显出一派温馨、宁静,连那几只贝母鸡,也躲在一角不动,只是向他们瞪着警惕的双眼,眼珠晶莹得像是闪亮的宝石。

可惜,没有柴火,燃不起熊熊的篝火。风、雪也从大洞小眼中往里钻。但这种休憩,是令人无比惬意、舒坦的。尤其是苦于高山反应的老赵、小罗,现在气也喘匀了,脸色回潮似的现出红润。他俩已掏出所有的衣服,抵抗外面寒气的袭击,内衣汗湿得冰凉。

胡蜀锦已经从贝母鸡华丽羽色的不同,区分出了它们的性别。他用逐渐暖和过来的冻僵的手指掏出了一些仪器,作了记录:"大林,你堵到门口,我来捉!"

大林刚往门口一站,贝母鸡就不安地骚动。还未等它们明白过来,胡蜀锦已疾如流星地扑过去,抓了一只公的到手。剩下的又飞又跳,四处寻找可隐匿的缝隙。有只一头钻到小罗背包跟前,他伸手也没逮住。

胡蜀锦称完了手里鸡的重量,测量了必要的数据,作了记录,又伸手逮了一只,动作灵敏、熟练得像是老偷鸡的贼——直看得小罗生了妒忌。同时,他不明白,这位胡老师明明白白也累得够受,就是咬着牙关不吐苦。这也罢了,何以一见这些贝母鸡,既无法吃,又背不动,还立即有了精神,来给它们称呀量的?大概,"臭老九"们,都有些怪……

到最后,大林也来帮着抓了,反正这几只鸡是不愿出门的。

"大林,你、你一定要逮两只带走,俗话'虫草鸭子贝母鸡',大补的,你瘦成精,正需要。"

老赵心里很难受,有这么多的贝母鸡——有钱也难买啊!可又没劲捉,没力气背。

胡蜀锦却在用铅笔敲着本子,兴奋地说:"真的,还没见过这样多的贝母鸡,也从来没得到过这么多的数据,我在山里也跑了十几年了。"

说着,他又返身钻进愤怒地咆哮的暴风雪中。大林茫然地站在门口,见他在四周找了个遍,才返身回来,也就放心了。

"可惜,可惜飞出两只。要想一下活捕这么多,不花一两个月时间,办不到。真得感谢这场暴风雪。"胡蜀锦说着,转身指着小罗,"小罗,还得感谢你,你不发现这个棚子,我们也就发现不了这群贝母鸡!"

虽然他们都参加了训练班,对珍稀野生动物有了个轮廓的认识,但要改变几千年来形成的"野物就是人嘴菜,不吃是个怪"的观点,还没那么容易。当然,对胡老师如此高兴,也就难以理解了。在他们眼里,科学家的严谨、认真、事业心,自然也就成了怪癖。

胡蜀锦看了看表,已快一点钟了,比预计的时间,足足延迟了两三个小时,于是就动手整理包:"都收拾一下,马上出发,还有几个小时的路程。"

可是,老赵和小罗,动也不动。

"再歇一会儿吧!我、我脑壳,到现在都还晕。"小罗央告着。

"不行!我们还是快点走。这样的暴风雪,越下雪积得越深,路也越难走。看样子,雪山口子还剩一半。过不了这口子,困在这里,只有等死。过了这口子,雪深了,也要陷进去……老赵,起来!"

老赵的眼皮也不睁一下,只是无力地垂着头。胡蜀锦急了,去拉,他只是把眼露开一道缝,哼了两声,又像一堆烂泥瘫下去。

胡蜀锦一见这样,急了,脸色比这天气还要严峻,射着逼人的眼光:"快起来!你们是想等死?夜晚气温要降到零下三十摄氏度的,石头都会冻开裂。起来!"

尽管他喊破了喉咙,老赵只是不动。小罗几次想撑起来,却无力地瘫倒。胡蜀锦火了,走过去就用脚踢他们的屁股,他俩仍然无动于衷。胡蜀锦急得头上沁出大滴汗珠,两手解了衣扣,又一个个扣起。

大林瞪着惶恐的眼睛,看着与刚才判若两人的胡蜀锦。胡蜀锦对他吼了声:"拉!把他们拉起来!"

他去拉老赵,这一百六七十斤重的身子,可让他使出了吃奶的力。刚拉起来,又坐下了。小罗倒是走了几步,可大林被他坠得摇摇晃晃。

胡蜀锦沮丧极了,站在他俩面前,一会儿又看看门外的暴风雪:"大林!

无论如何得让他俩走,要不,四条命都得抛在这里!"

"胡老师……这里是待不得……"

"这些人,怎么死到临头也不晓得呢?"

胡蜀锦急得心像猫抓一样,可又无可奈何,他又去踢老赵,老赵哼唧了两声:"你……你们……走吧!我……不行了!"他用手指指头,"撑不起……"

胡蜀锦心头一惊:是因为过度疲劳,再加上这高山反应在作怪?

严重的高山反应,可以使人昏迷的,这大概就是牧民们说的"雪魔"。他后悔,刚才不该休息,若是硬撑着他走,再挺一会儿,只要到下坡,情况就自然会好转。他也想起了,有经验的山民,过雪山口子时,从不歇息,都是一鼓作气……

今天,自己怎么疏忽了?

大林的高山反应虽然好些,但也觉疲倦不堪。对这样的暴风雪,他是头次见到,还不知它的真正厉害。在搀扶老赵时,对他的艰难体会得多些,大林惶惑地说:"要是有些柴,引堆火,过夜也好……"

胡蜀锦眼睛突然一亮,默默地站了一会儿,从背包边解下了马灯,对大林丢下一句话:"你把他们的背包甩到门外!"

他冒着风雪走到了混沌的世界。

不一会儿,棚里冒起了烟,眨眼伸进了火舌,直舔大林的脸。他提腿往外就跑,刚好和胡蜀锦撞了个满怀。

"火!"

"失火了!快起来!失火了!"

火舌借着狂风,呼呼地蹿,噼里啪啦地响。

小罗被猛然的惊吓推了起来。

老赵睁开眼,就像个球样往外滚。

还未等大林和胡蜀锦动手拖,他们都已到了门外。

火舌的攒动、扑面的炙烤,又将他们逼到原来的路上。

胡蜀锦和大林在烟火中,匆忙地将几个包捡了出来。

人在死亡的威胁面前,有种神奇的力量!

胡蜀锦不容他们多想,就吼起了:"把包背上,还按刚才的序列,走!"

随着他的话音,轰隆一声,火苗四溅——棚顶倒了,暴风雪将它们撕成一个个火团。这些火团,驾着狂风,冒着通红的烈火,在山原雪野上滚动,在半空中飞腾……

"我的亲妈!差点就不花钱,火葬了!"小罗吓得耸肩缩颈。

老赵只是瞪着个蛤蟆眼:"谁?哪个?这是耍子?人命关天……"

大林什么也没说,只是佩服地望着胡蜀锦顶风冒雪的背影:他就是个强悍的山民啊!

胡蜀锦却在想着:回程时,一定要动员几位牧民来帮助,将这个棚子再修建好。

多少年后,老赵不管在哪里,只要见到胡蜀锦,总是大喊"救命恩人",拉着他的手不放。一年后,小罗写了篇《雪野火球》,发表在杂志上,以其真挚的感受,和雪山的奇异风光,获一等奖。这些都是后话。

历尽了艰辛,总算过了雪山口子。风雪也似乎失却了一些威风。随着下山,加上高度的差异,老赵和小罗感到轻松多了。其实,经过了雪山口子那场搏斗,还有什么能难倒他们!

正当队伍中稍稍显出生气时,胡蜀锦却站住了,聚精会神地侧耳倾听。然而,只有风的呼啸、雪的乱舞。

只一会儿,他像是又听到了什么。可是,等到驻足倾听,那种奇特的、使他特别敏感的声音又没有了:"你们没听到?有种响声。"

大伙都摇了摇头。

这次,胡蜀锦确确实实听到了那突然一爆的声音,还辨清楚了大致方向。

是的,它还拖了尾音,那是大山的呼应？在这样的暴风雪中,响起它的声音,那意味着发生了不平常的事情……

他下达了简短的命令:"跟上我,快速前进!"

十九 恶魔岭

英武的雪狮,似乎懂得主人的心思,迈着轻快的脚步,一直在前开路。它不像别的狗,总是三步一回首,要观察一下主人的表情,得到进一步的指示。它信心十足,从不主动回头,好像主人早已在这森林丛莽中为它画了一条路线。

但是,它凭着聪颖的耳朵总是和主人保持着一定的距离。一旦主人有了些微不寻常的举动,它就回头,心领神会,改变方向,寻求新的路径。它又能恪尽职守,不被森林中的各种美味诱惑,一往无前。

果杉心花怒放,连晓青也连连夸赞起雪狮。这无异于给他心里倒了一罐蜜。自从他们寻觅洞尕、伟伟以来,这是妈妈第一次亲自批准带着它来助阵啊!

草瓦老爹说过大熊猫怕狗,又因为冷秀峻繁忙地在各个牧场之间奔波,单人只骑,碰到山野中的猛兽机会多,果杉才从未提出要将雪狮带到荒原。但每当遇到复杂的情况,他就想起了雪狮,心里不无遗憾。

冷秀峻这次要他们带上雪狮,是因为昨天在雾海中误入野牛群,差点出了大娄子引起的:

野牛的学名,叫牛羚,或扭角羚。由于它青色的体躯庞大,可达千斤,且角形怪异——角基部愈长愈向内靠,而角尖则愈向外弯——力大凶猛,其蹄和皮毛又属珍品,因而,古籍上早已将它列为稀世珍宝。当今很多人难得一见,不查字典读不出音的兕,就是它。很多古玩文物上都留有它的肖像。《本草纲目》称它为兕犀。由于它有舐盐的习惯,县志上又称之为食盐兽。但当地的人,多称它为野牛、野水牛,这当然和它的体色、外形很有关系。

由于牛羚的生态特点介于山羊和羚羊之间,不仅在研究动物进化方面有较大的科学价值(甚至有人观察到它闯入牧群,和牦牛交配,生出怪兽。这对利用杂交培育新种,其意义是不言而喻的),而且还因为它体大肉多,皮毛珍贵,是项重要的野生动物资源,已被列为国家一级保护动物。

那个偷走过麋鹿,又来川西采猎了大熊猫、小熊猫的法国传教士阿曼德·戴维,曾将它介绍到国际社会,引起了一支支探险队前来攫取,该资源受到了极大的破坏。

旧社会,各地土司、头人,强令奴隶们每年都要交纳牛羚。猎人们就利用它的嗜盐习性捕猎。你只要在川西的大山中走,总有人告诉你,哪里有"牛井"、"牛井沟"或"盐井"。这是因为它们舐盐有时间、地点性。时间多在端午和中秋之间。每当月白风清的夜晚,牛羚成群结队,奔拥至有盐的"牛井"舐盐。猎人或做栅圈关捕,或在要道安上尖刀。像是被种神秘的力量所驱使,它们个个前仆后继,义无反顾,或尽陷囹圄,或都冲过尖刀,开膛破肚,尸满山坡……

果杉只知道野牛生活在雪山脚下一带的高山上,不知道羚牛的栖息地是随着季节变化的。猎人总结出"七上八下九归槽,十冬腊月梁嘴上",就是出于对它生活习性的透彻了解。它主要吃草、竹叶、树叶,行踪当然也就受到高山植物垂直分布的制约。

二三月高山还在冰冻雪封之中,低山已有青意。

四五月,正是河谷地带春草萌生之时,大自然的时钟,指挥它们要撵草追青。没想到,他们在大雾中,迷途误入河谷地带,加之它们也吃草,行动和牦牛很有相似之处,致使果杉错上加错,误将野牛当牦牛。

其实,羚牛群和牦牛群的活动,区别很明显,可惜果杉不知道。譬如,他和晓青都闻到了"臭味",已是个警号。以性格说,牛羚从不主动向人发起攻击,但果杉一误再误,竟又喊又叫,还甩石头,这怎能不激起也被大雾弄得惶惶然的它们奋力反抗呢!

谁不怕野牛阵?

算果杉没有白喝溪耳的水,他还知道点皮毛影子,晓得猎人说的:羚牛是"上山一条线,下山一盘散"。所以,他拖着晓青往山上跑,趁着哨牛起动,牛群要尾后的时机,逃脱了猛然而来的袭击。

他还未被吓昏头,记起了草瓦老爹的话:它会迎着猎人枪声反扑。所以才用枪声将它们引到自己的方向,让晓青脱险。要不然,只要再追个一两分钟,晓青怎么也难逃厄运。

他也正是利用了野牛"下山一盘散",在紧急关头跳到崖下。牛群果然就地往下冲,一字长蛇阵改为横排,让他只要对付一两头牛的攻击,而躲过了牛群的报复。

看到果杉跳下石崖,又直滚山坡,遭野牛践踏……晓青又哭又喊,跑向出事地点。谁知果杉却坐在崖下,靠着石头,只顾喘气,累成了一摊泥。那滚下山坡、被踏得稀烂的,却是他的衣服包着背篓……

晓青又哭又笑,将雨点般的拳头砸在果杉身上:"你好坏,好刁!有意吓惨我!"

果杉苍白的脸上却笑不起来,只是嘟哝了句:"你嫌我骨头还没散架子?"

两人静静地歇息下来,闻到股臭鸡蛋的味。晓青刚想问,果杉苦笑笑:"其实,这次要给野牛踩烂了,也得怪我,真是个笨牛。"

晓青的眉梢掀开了,一副莫名其妙的样子。

"凭这臭味,就该想到是野牛。"他无力地抬起手,指了指远处响起的哗哗水声,"大概就是这条臭水,流到了下面。"

"臭水？和城里臭水沟一样？它和野牛有什么关系？"晓青寻根刨底了。

"这说起来话长。"他大概已经稍事恢复，像个老人精"野牛好生一种'害臊'病"。

"什么，什么？'海枣'病？你又胡编瞎造了！"

果杉的两个嘴角都得意地翘起，又恢复了幽默中藏着的狡黠："'海枣'？还拐枣呢！是害羞怕臊的两字！"

晓青一听，眉眼都笑弯了："嘻嘻！它也像女娃儿、男娃儿，见了生人不敢抬头，经不得大场面？它刚才可把血红的眼，瞪得像灯笼，猛冲猛闯，简直是个黑脸金刚，哪有一丝丝害羞怕臊、羞头辣面的样儿？"

果杉把鼻泡一鼓，伸出指头点点她脑壳："你这个城里人的脑壳，尽钻字眼儿。谁跟你说它的'害臊'，是像你们女娃怕羞？这是种病！妈妈说，是种传染性的皮肤病。野牛好得这种流行病。得了这病，奇痒，痒得它又蹦又跳，连睡觉都痒醒了。到最后，皮破了，肉烂了，它痒死了。妈妈又说，野生动物自己就是高明的医生，它不仅会找草药吃，还能找到这种臭水喝，在臭水里洗澡……"

"啧啧啧！在脏水里越洗不是烂得越快？"

"叫臭水，不是脏水。你仔细闻闻这味儿，带有硫黄味，消炎去毒，专治它的害臊病！不信你回去问问我妈。"

晓青也想起了，爸爸的来信中是说过，大熊猫喜欢喝哗啦啦淌的活水，羚牛爱喝臭水。

天色已近傍晚，夕阳正在青色的天幕上着色染彩。山区的傍晚虽然是漫长的，可是，走着走着，天就黑了。他们摸黑通过了恐怖的杜鹃岭，赶到了绊马处。

但是，他们到家后，屋里还是黑洞洞的。两个又累又饿的孩子做好了饭，冷秀峻还没回来。等到牧民把她送到家，她也累瘫了。今天有匹母马难产，先是守候,采取了一切办法,小马驹子也只娩出头,却伸出一只前腿,只好做手术了……要不是惦记着两个孩子,牧民们说什么也不会放她走。

正是这次危险的经历,使冷秀峻决心要他们把雪狮带上:碰到这样浓雾的机会并不少,有了雪狮,起码不会迷路,不会再和猛兽遭遇;再是,根据这两天寻找洞尕、伟伟的情况看来,孩子们必须做好必要的准备,谁能料到是山林中哪位住客盯上了它们?即使是为了寻找它们,有了雪狮的帮助,也会轻松起来。

但晓青和果杉却没有一口应承,原因很简单,冷秀峻的安全比一切都重要。直到冷秀峻说,她明天将在近处的牧场,不需带雪狮,晓青和果杉才欢欢喜喜地同意了。

今早一出门,雪山顶上就挂着云,果杉担心要变天。雪狮倒是兴奋地用尾巴在他裤脚上扑打。等到太阳出来时,却是那样的红,红得像要往下滴火。天空也是一片鲜艳,果杉的心定了。可是不多久,高天却漫起了薄云,阳光又变得昏黄。

他们依然沿着昨天的路,继续寻觅洞尕和伟伟的踪迹。开头雪狮帮不了什么忙,因为它从来没和它们交往过。

直到十点左右,果杉才在森林中发现了洞尕和伟伟走过的兽径,天色也阴沉下来。寒风摧动林涛,幽绿的森林中充满了波浪的扑打声。

雪狮终于有了明确的目标,它兴奋地喷鼻,晃动尾巴。没多久,果杉被闹蒙了:雪狮竟在林中兜起了圈子,就像个旱鸭子划船,总是打转转。急得果杉一会儿怀疑它得了偏头风,一会儿怀疑它崴了脚,不知究竟犯了哪样毛病。

他越是急,越是躁,晓青倒越是乐,瞅着他眯眯笑:"你呀!你这个牦牛脑壳……"

不久,果杉恍然大悟,又是拍掌,又是拍后脑壳子:"我算服了,洞尕真聪明,领着追它们的家伙,藏猫猫哩!"

雪狮两个圈子一兜,上路了,一边嗅,一边向前跑。路边发亮的粪团,终于使小兄妹俩放下了压在心上的石头:"是洞尕的!"

"还有伟伟的!"

"这粪团新鲜,恐怕是今天才留下的。管他是红狼,还是'独眼',都拿洞尕没法儿!"

晓青把手按到了胸口,长舒了一口气:"让我心焦得一夜做噩梦:一会儿是'独眼',一会儿是红狼,还有不认得的怪东西,都龇牙咧嘴咬洞尕……"

欢乐、欣慰让他们忘掉了对打得哗哗响的冰豆、飞驰压来的浓云的顾虑;甚至,连正威胁着它们生命的饥饿,都没放在心上,只是一个劲地跟着雪狮跑。只要找到了洞尕和伟伟,一切都不怕!

远山已被铅色云遮去,森林里迷迷蒙蒙,飘着细碎的雪花。但他们今天的心却稳稳实实,因为有雪狮啊!

雪狮突然站住了。不远处,在冰豆和雪片织成的迷蒙中,似乎有个影子一晃。

晓青心头一惊,虽然已被大森林的风雨洗刷过这么多天了,还是激得汗毛都竖起——像是曾遇到过的阴森一幕的再现……

两人眼光急速地碰了一下——那是什么东西?

那边发出了呜咽一声。尾音刚拖出,就被卡断,传来像是野兽被卡住喉咙似的挣扎声。

奇怪,雪狮却没有碰到猛兽的表现,反倒凝神注视左前方。怪异地将尾巴翘起,轻轻晃了两下——这是兴奋和得意。果杉真被它今天的屡屡反常闹得不知所措。

小兄妹俩还未用眼神将意见交换清楚,那边树丛中微微响了,雪狮已像离弦的箭,冲了出去……

"汪汪汪!"

嘈杂的狗叫声,树丛晃动,蹿出了一条灰不拉叽、土不溜秋的狗,高声大叫,满身谄媚,迎接着雪狮……

"是反毛!"果杉惊叫。

晓青心里却卷起一阵狂风,这个反毛!猛然间,犹如电光石火交错,山野间的一幕幕场景蜂拥而至,万头攒动……她按着怦怦跳动的心,定了定神,告诫自己……

"查修大哥!"

果杉高兴地叫着,向那边走去。可是,却只见两只狗在意外中相遇后的嬉戏……

"你又装神弄鬼地吓人啦!"

果杉这句话,很见效,树后转出了查修。

他一手卷着手中达布人的白毡帽,露出满头漂亮的卷发,一手提着猎枪,边走边说:"果杉,你这个花牦牛,眼尖得像锥子,刚想和你闹着玩儿,就被你给撵出来了!"

"查修大哥,'独眼'到了这边?"

"什么事都瞒不了你,你这个聪明的家伙!当然啦!不是'独眼',怎能把我查修引到这边?我的心都给了洞尕。要不然,在这样烂牛屎的天气,我到这鬼都怕来的地方?八匹骏马也拉不来!"

晓青打量了反毛,又审视查修,随后有点漫不经心地问了问:"你怎么把狗带到山上了?"

查修连忙用手摸了下脸,顺手抹掉了雪水,眼珠一转:"你们不也是把雪狮带来了?"

"昨天被大雾迷了路,姑姑今天才叫带的。"

查修哈哈大笑:"你们怕迷路,我小查修就不怕?我比你们还多一怕——'独眼'!"

果杉抢过话头:"'独眼'过来了,那你昨晚怎不给我们打个招呼?"

"哈哈!我回到部落,你早就梦到女神峰了。今早我上山,你还只有两个鼻孔眝着呢!再讲,有我查修在,跟不跟你说都是一回事,我还能让'独眼'碰你们一根毫毛?那真要我拿大腿赔哩!你说,是吧,晓青妹子?"

他向晓青送了个讨好的笑。她没领情,也没拒绝,像是在另一个世界神游。直到收回眼神看他,也是茫然的,完全是陌生的,似乎是头次认识。查修觉得有些没趣,连忙说:"还不回家?雪越下越大,山上的雪还要大。这天气,山头上落雪,部落里还出太阳。"

"不!我们要找洞尕,大雪一盖,它们更找不到吃的,又还有'独眼'在追它!你没看到洞尕?"果杉说。

"洞尕,找不到……"查修赶忙又把话一转,"不,不,我是说,这样的大雪天,要把踪迹都盖掉。你们找不到,说不定还要碰上'独眼'。"

果杉感到他脸上藏着阴郁:"那你去哪?是追'独眼'?"

"不,不!我小查修没草瓦老爹的本事,这样的大雪天,我……我肚子疼,回部落。"

说完,他就吆喝反毛,抽身要走。

他们说话时,晓青蛮有兴趣地观看着反毛和雪狮在耍。雪狮正把反毛推倒,在它颈项乱拱乱咬。反毛像是被搔得痒痒,又晃身子,又蹬腿,急了,翻身起来,用蹄子掏挠雪狮的大脑壳。雪狮躲让。两个都半立起身子,四只蹄子乱成一团……听到主人的吆喝,反毛不情愿地离开雪狮,要跟查修走。晓青才像回过神来,转头就跑,到了查修前面,伸开双手一拦:"你别走!"

又尖又硬的话,真像牦牛扬角顶人,连果杉都吓一跳。查修猛地一怔,愣了神;很快,只眨眨眼的工夫,立即对拧眉冷眼、呼吸急促、双手微微颤的晓青眨了眨眼,眯起了笑:"晓青妹子,我小查修已救过你们一次,'独眼'不敢再伤害你们……"

"不！你别花言巧语了。我找你要洞尕，要伟伟！"

这斩钉截铁的话，已是将角抵到了肋下，压得查修的眉往下一落，但随即还是宽厚地伸手想去拍拍她的肩。她一拧身子让开了。查修稳了稳神，也不计较："洞尕、伟伟又不是我家羊圈里的牲口，你想要，我就让你牵走。它野在森林、大山，你们不是也没找到？我小查修有么样本事，能把它们拴住，牵给你？"

查修脸上丝微的变化，都未逃过晓青的注意。那些似乎顺理成章的话，更未产生任何效果。如果说有作用的话，倒是反而证实了她的看法，坚定了她的斗志。她将眼一瞪，带着强大威力的目光，直射住查修；同时，左手往腰上一卡，右手一指："别净拣好听的说。你以为我不晓得？都是你装神做鬼！跟你讲吧：昨晚黑夜头，我们过杜鹃岭，明明是你带着反毛，却装着黑熊吓我们！你骗不了我，就是你！你还赖吗？"

纵然怒火填膺，她的话，采取的战略战术，仍然无不透出精明。

惊愕在一边的果杉，只顾瞪眼、眨眼，忙不停地看看查修，又瞅瞅晓青……这时，夜过杜鹃岭的一幕，也浮上了脑壳——

夜色渐深，小兄妹俩在弥漫着淡淡的芳香、杜鹃盛开的花丛中匆匆赶路。突然，路前晃过一个影子，又是喊喳几声响。晓青紧紧地拉住了哥哥的胳膊，果杉也头皮一炸。刚才还令他们心旷神怡的花影，充满温馨、宁静的森林，顷刻之间都晃动起了无数可疑的魔影……

大凡在走夜路时，一心坦然，有享受不尽的乐趣；一旦起了疑心，摇曳的枝条，婆娑的花影，顿时都成了牛头马面的凶神，不管是多少年前听过的怪异故事，都陡然浮上脑海。不要说他俩是孩子，白天又亲眼见到黑熊在这儿住家，即使是惯于走荒漠的老猎人，心也会忐忑跳动不安……

"谁？"

声音虽小，但晓青的问话，却清清楚楚地响在岭上。森林中太寂静了。

"别作声！恐怕是黑熊。"果杉紧握猎枪的手,碰了碰她,"你别抓我胳膊。"

"不！像是人。"晓青说得很肯定。虽然在夜晚,但那个影子一晃遁入路边林子时,夜空却将他弓腰、扭头的轮廓衬出了。

正说着,林子里响起痛苦的呜咽声——恐怖,毛骨悚然的恐怖！

"哎呀……"晓青大叫一声。

果杉想开枪,手却抖得不听使唤。

沉重、缓慢的枝叶哗哗声响起了,一步步远去……

查修哭丧着脸："晓青妹子,你说哪里去了？我么事要吓你？无冤又无仇！难道我小查修对你们还不好？……我真浑,不该帮你们,做这累死了、吓死了、差点让果杉枪子崩了的浑事！我走,我走！"说着,就拨开了她。

这些天的蛛丝马迹已连成了一片,现象、思索、判断已经完成。这时的晓青还会买这账？她伸手拽住他的白布长袍,死死揪住："你赔！你赔洞尕,赔伟伟！你今天要不带我找到它们,就要赔出来。我饶不了你。我姑姑、草瓦老爹、我爸爸都饶不了你！你走不了！"

那咄咄逼人的气势,简直要一口把查修吞掉！急得果杉扯她衣袖："晓青,你！你讲话,怎,怎……"他觉得她太过火了。

查修也把脸放下了："瞎诬赖人可不行！照你这样说,是我小查修用刀杀了洞尕,用枪打死了伟伟？就是冷医生、草瓦老爹,全部落的人都来,能信吗？"

晓青不知哪来的力气,一抬胳膊,就将果杉划拉开,手指都要戳到他鼻尖："牦牛脑壳！"又转向查修,"你以为,你的阴谋诡计别人都不晓得？你坏极了,刁似鬼！哼！你别急,我非剥下你的、你的画皮不可！"

这些语言都是当时果城流行的政治术语,晓青情急中把它们都搬出来了。

"哥！你把他看住,别让他跑掉。我已侦察清楚了,就是他,绝对错不了!是他对洞尕、伟伟下了毒手!"

查修使劲将晓青推到一边,嘴里说着"我不跟你娃儿计较!我找冷医生去",拧着身子要走。

"哥！抓住他!"

晓青看呆若木鸡的果杉不动手,自己也拽不住他,急了:"雪狮,雪狮,上,咬他!"

查修倒是惊得一折身子。可是,雪狮也像果杉一样,只是看着熟人查修,瞪着茫然的眼,不肯下口。

晓青急得七孔冒烟,她是无论如何拉不住已放下脸的查修,也毫无希望在这时去指望果杉、雪狮帮助。焦急、愤怒将满腔热血都涌到头上,那股倔强的劲头,在体内急速地流动,寻找着机会喷射。

猛然,眼前有道光亮闪了下。她猛扑过去,闪电般地从果杉手中夺过枪,转身把枪口对准查修:"你敢走？敢跑？"

查修吓惨了,谁知这个野疯了的娃儿,会干出什么疯事!

这晴天霹雳的一场,将果杉震晕了,急傻了,气呆了！想拉晓青,又怕拉扯中触动了枪栓——她夺过枪,就打开了保险——枪子可不认人。他还没想出好主意,查修却像个斗败了的鸡,气焰一落千丈,连骨头都软了下来:"我、我、我不走！不、不怕你……你、你还不把枪、枪放下……"

这更出乎果杉的意料,短短的几分钟,把他脑壳搅得像锅粥。他对查修有好感,可事关洞尕、伟伟;晓青是这样认真、果断,反常得连他都害怕。

他从来没见过她这样……这些天一场接一场的历险,奇遇连着奇遇,已使他不断改变对她的印象;而现在,更叫他惊诧。

为了发起最后的总攻击,晓青也让自己平息了一下。

风在森林中吹起一声声尖厉的呼哨。鹅毛般飞舞的雪片,在林间飘荡着,飞旋起无数的曲线。绿叶上已积起斑斑点点的银花,地上也铺了层薄薄的雪,森林里明亮起来了,但四野却更加迷蒙。

雪狮经不住反毛的撩拨,又投入了和它的戏耍……

"哥!你想想,是谁才能把洞尕、伟伟从五花海竹林撵走?你想嘛!想嘛!"说着,她指了指反毛刚留在雪地上的蹄印,"你没在哪见过这蹄印?我们从五花海边竹林,跟着洞尕足迹追,留在雪窝窝边上的蹄印和这是不是一样?"

她端着枪,示意果杉走到小狗们刚刚耍过的地方:"你再看,我们那天看到的粪团,和这么区别?这是反毛拉的。"她又指着反毛,"这脑壳靠颈子边毛哪儿去了?给谁撕扯了?我们在小五花海洞尕窝里捡的毛,不是它的,是哪个的?

"你说嘛!哥,你说过,狗是狼的舅舅。你、我,都疑心是红狼,又不相信它会单溜。你想想,么样野兽,能把洞尕撵出五花海的竹林,能把它撵出五花海?又是一路撵,既不吃它,又不咬它,只是撵,撵,撵!

"把洞尕往石头山上撵,不让洞尕进森林,不让洞尕找吃的,不让洞尕找喝的。撵了几天几夜,夜里停下,早上再来,一个劲死撵!哪种野兽有这样聪明?哪个野兽有这样计谋?一直要把洞尕撵累死,撵饿死!

"你讲嘛!说嘛!大熊猫是国宝,是全中国的,不是哪一个人的,哪一家的。我们在森林里跑这么多天,鞋磨穿了,脚磨破了,脸吹皱了,差点没给'独眼'撕了,我没叫过苦……"

她直想哭。委屈、愤恨,为伟伟母子担忧、痛心……可她强忍着。

果杉心里也呼应起了荒漠的风。森林中遍布的荆棘,恐怖时的战栗,发现踪迹的喜悦,失却洞尕的焦急,寻觅的艰辛、烦恼……但一切又都发生得这样突然,让他这憨直、稚嫩的心灵经受不了……

对查修的好感,使他无法相信晓青的话;晓青有根有据的揭发,他又反驳不了。是呀!他也疑心过,是"独眼"还是红狼,才能那样去追、去逼洞尕呢?他总是在前面开路,因而对洞尕的处境,印象也特别深刻。不是有人指挥狗,在后面精心安排,狗也做不到这一点。他狠狠地盯了一眼反毛,心里似乎有些明白。

他告诫自己要谨慎,于是稳了稳神,把一对大眼,像草瓦老爹察看目标时那样眯缝起来,在晓青、查修、反毛的身上,轮着转圈儿:一个是满腔的愤怒、焦急、痛心;一个是说不出的尴尬相;一个是若无其事,醉心玩耍……有一点震动了他——查修气馁了,能说会道的两片嘴唇,丑陋地松垮在鼻下,鼻子却又扭歪了……

热血,在果杉胸膛里猛烈地涌动,他一个箭步,跨到查修面前:"洞尕呢?你说呀!"

他希望听到他的否认,可是——

查修双手一下抱住了头,蹲到了地上:"它,它死了!"

"啊——!"

果杉吼了一声,像头眼睛充血的牦牛,扬角冲了过去,抓住查修的肩,一下就把他提了起来:"真是你干的?你讲,你讲,谁死了?"

这个五尺大汉,在个孩子的手里,立即矮了一截,缩成一团:"……洞尕。"

"是你开枪打死的?"

"不……不是。绝对不是!"

"累死了?饿死了?"

"是和'独眼'干仗……"

晓青擦了擦满脸的泪水,走过来,拉开怒不可遏、令人害怕的果杉。

"哥,你让他讲,伟伟呢?"

"先是洞尕护着它,它躲到大树上。后来,后来,我就没看到了……"

果杉又冲上来,拨拉开了晓青,对着他的脸吼:"你不是有枪吗?怎么眼看着让'独眼'把它……你赔!你不赔不行!看你还有脸再到我家去吃、去喝……"

"先别讲这些。"晓青制止果杉,又问查修,"你讲,伟伟在哪?'独眼'在哪追上洞尕的?"

"在……在恶魔岭。"

"你说清楚点,从这儿怎么走?"

"从这山包子上,一直往前走,走到岭子快断头。"

晓青推了一下果杉:"快!我们赶紧走!"

"你……你们别去了,都怪我,是鬼迷了我!你们唾我、骂我、打我吧!可你们别去,千万别去!'独眼'还在那里,伟伟也脱不了它的手……风大、雪大……"

果杉气得一跺脚:"回头我们再算账!走,妹妹!"

查修上来就拉他们,不让他们去。晓青这才看到他满脸鼻涕、眼泪、雪水,心里不禁动了一下,鄙夷中浮起了一丝怜悯……是因为他的话中还透出了关切之情,人性并未泯灭;还是因为这副可怜相触动了恻隐之心?

果杉却把大手往下一劈,挣脱了他的拉扯。小兄妹俩吆唤了雪狮,风风火火地劈开漫天的风雪,丢下查修,一路小跑地向岭头奔去!

风,像是洞尕的呻吟!雪,像是伟伟的呼喊!一切纷杂的思绪,都化作了一个信念:快跑!早一秒钟赶到,就能早一点救下洞尕,救下伟伟!时间就是生命,就是洞尕,就是伟伟。

他们怎么也无法相信,憨态可掬、慈祥温驯的洞尕,已在和"独眼"的搏斗中死去……为了救伟伟,"独眼"的凶恶,已不可怕,他们没有细想将怎样对付它,但有个坚强的信念:小小的"独眼",一定能打败!

是什么伟大的力量,搓碎了查修的贪婪?

他久久地注视着在风雪中果杉、晓青英武豪迈的身影。不知为什么,他们的身影竟化作了洛桑姐妹山——巍然屹立的雪山女神!心头浮起了祖母曾将女神的故事和乳汁一同哺育着他的情景。

女神,拯救洞尕的女神!战胜恶魔的女神,善良化身的女神啊……

悔恨,无情地啮噬着查修的心。猛烈的风雪,也未能熄灭痛苦的烧灼;泉涌般的泪水,洗却不了耻辱。四顾茫茫一片,他的脑壳里也一片空空。他觉得这无边的荒原中,只有他孤零零一个人!是他无情于这个世界,无情于乡亲、部落……他用什么脸面再见冷医生、草瓦老爹,甚至是晓青、果杉……

他的思绪,也如这漫天飞旋的雪花,在空中留下飘忽不定的轨迹,织成了无法理出头绪的网。他无目的地在森林中踯躅,像个醉汉,跟在反毛的后面。眼前,浮现出这几天来各种各样的图景……

那个魔鬼,是什么时候缠上的?是和浓烈的、烧得脑壳膨胀的酒,一道灌进五脏六腑的……

开头,事情并不是这样。他确实想找到大熊猫,心里的秘密是希望以此取得草瓦老爹、牧民们的好感、信任,甚至姑娘的爱情。这是他最缺少的,又是最需要的。但是,那天,他着实被"独眼"吓惨了,又差点挨了果杉一枪。幸而,鄂尔斯姆的女神护佑了他。他的两片嘴唇,让他成了英雄。躺到床上,却是一阵阵的后怕。

这种煎心的恐怖、畏惧,将他原来的希望,通通化作了泡影。就像摧动骏马下山,起始,他享受着风在耳边呼啸的惬意,腾飞的快感。但当骏马跑得愈来愈欢时,他的心经不住了,懦弱卑怯一旦产生,惬意的快感也就成了眩晕的战栗。他勒转了马头……

正在这时,大胡子老王来了。他不仅带来了酒,带来了海味,带来了城市的五光十色,还带来了热辣辣的话。

是呀！这个大熊猫和他查修有什么关系？干吗要为它送命？要是被"独眼"撕碎，谁知抛在哪块荒野？

大胡子知道大熊猫的价值，这是查修绝对不知道的。他对查修从冷医生那里听来的知识，只是用鼻子笑笑，笑得轻蔑又狂妄："那是摆设，只供看不能吃的摆设。"

大胡子告诉他："一张完整的大熊猫皮张，是成捆成捆的钞票……无价啊！更何况，这还是一老一小的两张皮子。"

这不犯法吗？

大胡子笑得胡子抖："要想吃天鹅肉，就得有老雕的胆！

"你查修不是说过，大熊猫最怕狗吗？它不是因为竹子开花找不到吃食才跑到这边吗？你只要放狗撵，撵它个三天三夜不停脚，它们还不饿死、渴死、累死？先把老的撵开，那只小的，一只手也掐得死。你查修没放一枪一弹，谁能说你犯法？

"一个人钻进了这样的大森林、大荒漠中，不就像根针掉到草场上？只要做得巧妙一点，谁能发现是你带着一只狗干的？就是被谁撞见了，哪个不知道你是属小鸡，自掏自吃的？不带条狗到山上打猎，天上能掉下野物落到嘴？

"你有条能说会道的舌头，还怕讲不赢？死在山野上的熊猫，还不能捡回它的皮？这两张没有枪洞、刀伤的皮子，到哪找？

"你去追豹子，丢了命不说，一张豹皮，只值大熊猫皮子铜钱大的角！

"那个法子，却稳当实惠，不冒一丝风险。

"卖给谁？

"那是我老王的事。有帮子人，专从一条无人知晓的路，将麝香等珍贵东西运到国外。大熊猫皮只要交给他们，就能把票子拿到手。那时你查修也时来运转了！"

心中的天平急剧摆动，查修想了又想……

大胡子老王赶走了牛羊,却给他留下一句话,得到大熊猫皮张,就和鹿皮、羊皮混包成一捆,到州上找他。你查修要是丢了这个机会,就是个再也扶不起的软蛋。

他带着反毛,到了鄂尔斯姆。果杉讲的地点很清楚,他不费事就找到了洞尕的窝巢。反毛一闻到它的气息,就拼命吼叫,但不敢拢边。只是主人的威逼,它才钻进了竹林下的通道。查修也害怕洞尕的凶猛,听到洞尕已逃出了竹林,反毛也销声缄口,他才跟了进去。

这个无用的反毛,竟贪婪地啃咬起了羊肉;踢了它一脚,它也只是兜了个小圈子,又跑回来吃羊肉。查修看着这个很特殊的寮棚式的巢,心里泛起了一些异样的感觉。羊肉,经过烧烤的羊肉,散发着香味。这是果杉、晓青背送来的。一想到这两个娃子,有种莫名的力量,在他心头撞击……酒,令脑壳涨大的酒,还有那诱人的……

别看反毛丑,鼻子还是有用,很快它又追上了洞尕。说实话,查修还是头次看到大熊猫在山野中奔跑。洞尕很有节律的步伐,伟伟摇摇晃晃的姿态,在绿色背景的映衬下,黑白分明,精灵可爱。他像看到了耸入云端的雪山,蓝色的海子,广袤的荒原,密密的森林……是种什么印象?他说不清,只是感到在这幅图画中,有着他异常熟悉而又亲切的色彩、气氛。

是雪山下青青的牧场?高山峡谷,无尽的蓝天,海浪奔涌的山原?

是悠悠的畜群,奔驰的骏马,咩咩叫的白羊,花一般的牦牛?

是绚丽无比的高山草甸,原始森林,吐焰的杜鹃?

是盘旋在蓝天的云雀,啁啾的黄鹂,翱翔的雄鹰?

……

总之,是生他养他这块土地上,一切美好的集结。是他纵然在天涯海角,心里也无比怀念的故乡吧!

他小查修的想象力,还从来没有这样丰富过,也从来没想到过,严寒、冰雪、荒原、草场、部落,使他如此眷恋!记得,他头次想念故乡,是在前两年的游荡中。那时,他远离了家乡,在陌生人中撕破喉咙喊叫、斗殴、酗酒……当脑壳子清亮得像白马溪水时,他想念起了白马溪……这是他第一次发现故乡的光彩。

对于大熊猫的美好,与其说是草瓦老爹、冷医生讲的,倒不如说是晓青、果杉唤起的、描绘的,就像他突然发现了雪山、海子、森林的美丽。但让他懂得大熊猫实实在在"价值"的,却偏偏是那个大胡子。

大胡子把乌七八糟的东西都混到了浓烈的酒里,一瓶又一瓶地灌进了他的喉咙,去烧他的心,烧他的五脏六腑。等到脑壳发涨,眼前的一切都改变了颜色,都成了可以咬上一口、撕下一块……极端想吃到肚里、揣到怀里的占有欲。

他指挥反毛,一气不歇地追逼洞尕。当洞尕将踪迹混淆在森林中时,他比反毛还要焦急。重新看到洞尕带着儿子的身影,他心里又充满了发现猎物的喜悦。大熊猫在反毛的狂吠中窜逃的仓皇,使他产生了一种快感。快感和喜悦,驱使他穷追不舍。

但是,洞尕没有丢下伟伟不顾,尽管这给它增加了无限的负担,它还是护着儿子在山野中逃亡。

查修无奈了,他也说不清,究竟是因为想象中也无法由他亲手掐死伟伟,还是想尽了办法,也未能迫使洞尕丢下伟伟。他想方设法不让这对母子回到森林,逼着它们在荒原中逃窜……

然而,当洞尕带着伟伟,憨拙地倒着身子,往岩下蠕蠕爬行时,那副纯真、自然的模样,又拨动了他心中的另一根琴弦,产生一种孩提般的天真、欢悦……

一切都按大胡子为他筹划的进行,但大熊猫却不听大胡子的指挥。查修发现,无论将它撵得离森林多远,第二天还是要到森林中才能找到它们的踪影。绿色世界对它具有神奇的魔力,只要回到了森林,它总是重新获得了力量。

它并没有饿死在山野!追逼也更残酷地进行……

就说今天发生的事吧!

反毛在林中寻找大熊猫,突然它像发了摆子似的颤抖,往后退。任凭查修叱呵、威胁、脚踢都不肯上前。越打,它越往查修身后躲。

他猛地惊醒了,附近隐伏着令它生畏的野兽——不是马熊,就是"独眼"。除却它们,反毛不会吓到这种地步。

他顿时毛骨悚然,溜得比反毛还快。

直到反毛情绪正常,他也才平静下来。他犹豫了,别说"独眼"、马熊他惹不起,就是洞尕的凶狠,他也领教了。每当反毛慑于洞尕的威风,不敢上前时,他总是用黑洞洞的枪口,对准洞尕。洞尕对他的狠狠一瞥,每次都使他打了个冷战。

可是,老王为他描绘的前景——大把大把的钞票,一瓶瓶喷香的酒,美丽的波塔——发出了诱人的邪光!

虽然他还称不上猎人,但毕竟是在山林中长大的。他已从洞尕每天奔跑的路程愈来愈短,从它丢下的粪团数越来越少,判断出它已到了最后的关头。正在这时,风雪又来助阵,他决定将洞尕撵向恶魔岭,岭头的断崖,将是追踪的终点……

没想到应了句俗话"贼遇贼",红狼群出现了。对于这些山林中的强盗,他根本不在乎。它们还没有本事和他对抗,但要将它们赶走。若是它们得逞,他岂不是落得一场空!

计划成功了,洞尕和伟伟踏上了恶魔岭。他也一鼓作气地往前追!

地上的血迹,使反毛兴奋,也让他兴高采烈。洞尕,已受伤了,眼看大功即将告成。他算计怎样下到恶魔岭断崖下去捡大熊猫、剥下它的皮张时,反毛又发摆子了,像飘零的雪花一般。他刚撩眼往风雪弥漫的树冠上一瞟,刹那间浑身都冒出了冷汗——

那树丫上立的不是"独眼"是谁?

纵然在雪帘风幕中,那华丽斑斓的毛色,仍显出它威风凛凛的雄姿!

幸而它的全部心神都专注在洞尕和伟伟的身上。不知是还没发现他,还是没把他放在眼里。

查修转身就逃,刚跑了四五步,却又忍不住躲到树后等待机会。

他亲眼看到"独眼"像闪电一般凌空俯冲,发动了对大熊猫的攻击。他也明明白白看到"独眼"的目标是伟伟,但洞尕却冲上去了,拼死抵挡"独眼"的攻击。它背上被"独眼"撕开了裂口,鲜血向外喷涌。

这种残酷的拼杀,叩击着查修的心弦,使他暂时忘掉了一切,眼中只有"独眼"和洞尕的纵跃、撕咬……

伟伟爬到树上了。

他急得在心里大叫:洞尕,快跑,你还能跑得掉!

洞尕瞟了一眼往上爬的儿子,干脆据守在树下,连连回击"独眼"的攻击,但一步也不离开大树。

洞尕失去了机动权,也就失去了进攻的力量。凶残的"独眼"由于不能直取伟伟,将全部的愤怒、百倍的勇猛,全部向洞尕倾泻!它张开血盆大口,扯下一块块殷红的肉,撕开一个个伤口。

鲜血淋漓的洞尕,岿然屹立在树下,无畏地面对着"独眼"的扑杀,坚决不离开大树半步……

他恍然大悟:"独眼"会上树,只要能到达树下,就能轻而易举地攫住伟伟。

他似乎听懂了洞尕在艰难中发出的呼喊:"我的儿子,快爬树,上高点,上到细枝上……"

一股旋风从他心里卷起,唤醒了他沉睡的记忆,耳朵响起了另一种呼喊——"查修,我的儿子!"

那是什么时候,他记不清了,祖母一遍又一遍地向他叙说过……

是他五岁的时候,跟随着多病的妈妈,在草场上放牧马群。他的爸爸,已经在他两岁时抛下孤儿寡母离开了人间。

一天,马儿炸群了。顷刻之间,头马发疯般地带动马群在草场上东奔西窜,摧毁了帐篷,践踏着鼎锅、衣被,扬起漫天的尘雾,卷起了一股可怕的摧毁一切的洪流。

妈妈骑在马上,怎么也无法平息马群的疯狂。突然,她看到了尘雾中惊恐的儿子——他正趴在草场上玩,不知这个世界出了什么乱子。她大喊一声:"查修!我的儿子!"

她从马上纵身扑到儿子的身边,紧紧地将他揽到了怀里……

留在查修的记忆中,只有震耳的急促的蹄声……

等到牧民们赶来,把他从妈妈的身下抱出,妈妈已躺在血泊中……

那疯狂的马蹄,践踏在查修的心上;泪水,模糊了他的双眼。

风的呼啸,雪的旋卷,山谷的轰响……都带着尖厉的呼哨,奋力向他扑打……

二十　雪原蹄疾

眼前只有蒙蒙的山廓、树影。恶魔岭的海拔高度,毕竟比胡蜀锦一行越过的山口要低近一千多米,风雪没有那样狂暴,但对晓青说来,还是够邪乎的。然而,她似乎并没有注意到山野的肆虐、乖戾,也无暇顾及四伏的危险,心里只有洞尕和伟伟。

雪狮的确是一条好狗,它熟悉荒原、森林。就像这恶魔岭吧,乍看,山脊宽阔、平缓,其实路还是险峻的,仅仅是在白雪覆盖中找路,那就是个头等难题。雪狮却凭着种种感觉,轻松、胜任地领着小兄妹俩走在一条最佳的路线上。

雪狮的脚步放慢了,回头瞟了主人一眼——前面有情况。

果杉做了个明白的手势。它一声不响,甩直尾巴,像脱弦的箭射了出去。

啊!洞尕。洞尕坐在树下,背靠着粗壮、高大的铁杉,威严地注视着前方……

"它活着?"晓青欣喜地叫出了声,飞快地跑去,还轻轻地呼唤着,"洞尕!好洞尕!"

到了跟前,她站住了,庄严得像座雕像。

覆在洞尕身上的白雪,已被鲜血浸红。它高贵地昂着头颅,圆眼怒睁,似乎还在紧紧地盯着凶残的"独眼"。它的前掌抓着从"独眼"身上撕下的一块皮毛。它的胸腔已被撕开,身下是殷红的血块淤着鲜红的肝胆……

为了保护伟伟,它和仇敌决战到流尽最后一滴血!

高贵的心灵,使它永远高昂着头,挺直脊梁,英气长贯山野!

雪狮轻轻地鼻喷,惊醒了沉浸在痛苦中的晓青:"伟伟呢?"

果杉低声地说:"树太高了,树冠厚;风雪又大,我还没找到。"

雪狮又打了个响响的鼻喷!像是容忍不了刺鼻的怪味。它发现了凶猛野兽的气息。

果杉留给晓青一个眼色,就提了枪,全神贯注地警戒;同时,又给雪狮下达了搜索的命令。

好的猎狗,总是对主人的各种表情心领神会,也绝不轻易地叫一声,却用它的动作语言向主人报告各种情况。一般的狗,对虎、豹、熊总是怀有恐惧,只要嗅到它们的气味,要么逃之夭夭,要么畏缩不前。好的猎狗,却完全听命于主人,对再强大的敌人,也敢于发动攻击;因为,主人手中的枪,总是百般地保护它们。

凶猛的野兽,并非是害怕猎犬,倒是害怕它们身后的猎人,从黑洞洞的枪口喷出的火焰、子弹!这是血红血红的无坚不摧的长舌头。雪狮虽未受过严格的训练,严酷的山野,松潘狗的特性,已给了它很多宝贵经验。

就说眼前吧,它已嗅到"独眼"的气息,却没有丝毫的畏怯,倒是快速而又细心地在周围搜索。

果杉看到雪狮抬着头,在那边原地转,和晓青赶快跑了过去。

恶魔岭上都是原始林。由于铁杉枝杈多,结疤多,纵然偶尔有人来这里伐木打瓦板,也不会选中它们。所以,铁杉除非老死,多有几百年的树龄,干粗枝繁,互相交错。它们树冠庞大,若以单株算,也能占地数亩。更别说成林,真是遮天蔽日了。雪狮仰望的树冠,虽然已离洞尕牺牲处有一段,却还是这株铁杉。

"'独眼'!"

晓青虽然从未见过它，却一眼就认出了它！是一团亮斑，在飘落的雪片、黛色的树冠中闪了她的眼。金钱形的黑色斑块在橙黄的底毛上，特别显眼。

是的，是它伏在微微上翘的粗枝上，胁下和背上都有伤口，染着污血。只有一只眼皮稍耷拉的眼，另一旁却是可怕的幽深莫测的黑洞。不知是听多了，还是凭着印象，她居然看到它额上的黑点……

"是它！就是它！"

以它的机警、多谋，不会没发现他们；可是，它轻蔑得不屑一顾，只是用舌头舐了舐唇边，擦擦胡须，像个守在洞口的老猫，专心等待耗子。

顺着它的目光，终于在铁杉针叶的遮掩中找到了伟伟。

"伟伟，伟伟！我们来了！"晓青禁不住向它喊叫。果杉也帮着呼喊。

伟伟像是兴奋得要跳，树枝立即颤颤悠悠。它手忙脚乱地紧紧抓住树枝，才没有掉下来。

雪狮急得蹦一下，跑几步；再兜回来，又跳、又蹦。

果杉端起枪就向"独眼"瞄准。晓青眼疾手快，一把按下了枪口："不能放枪，你要把伟伟吓掉下来了！"

伟伟已被逼到树梢。不难想象，在洞尕牺牲后，"独眼"就上了树。受伤后的豹子，不仅狠毒，而且奸诈狡猾。以"独眼"的敏捷，在树上蹿跳攀缘的本领，伟伟根本不是对手。然而，洞尕坚持搏斗至死，为儿子赢得了宝贵的时间，使它终于抢先爬到了树梢。

小兄妹俩不明白，"独眼"为什么不攫取唾手可得的猎物，却伏在这里不动呢？难道它也受了重伤，爬到那里已用完了气力？再看那姿态，就如死了一般，难道它也死了？

怎么救下伟伟呢？爬树，"独眼"挡在那里。要伟伟跳下来？太高了，它会摔伤的。

还未等他俩想出个头绪，一声震彻山原的吼叫，惊雷般响起，随着风雪，把恐怖撒在森林。

别说雪狮被震慑得一低身子,连果杉、晓青也惊得一跳,只觉满面寒气逼来。树上的伟伟吐了声凄惨的哀叫。

"独眼"浑身一抖,站起来,往伟伟走去。

急坏了树下的晓青、果杉。他们又喊又叫,又是恫吓,又是怒斥。然而,"独眼"仍然不对他们投一正眼,只是威风凛凛地往树端爬去。

树枝随着它脚步颤抖,悠晃,伟伟愈来愈像在风雨飘摇、白浪滔天中的一叶小舟上。果杉、晓青吓得屏声息气,只是慌乱地张着手,心却挂到枝头:生怕伟伟抓不住那救命的小船。

"伟伟,挺住!挺住呀!"晓青用尽全身力气,在帮助伟伟。

"独眼"的身子太沉了,树枝响起了断续的吱吱呀呀声。它一边用那只凶焰闪烁的独眼盯住伟伟,一边固执地向前迈步,直到脚下树枝咔嚓一声断裂,它才无可奈何地止住了脚步,但毫无退后的意思。

果杉擦了擦沁出的冷汗,晓青露出了一丝笑容:"聪明,真聪明的伟伟!"

晓青明白了:伟伟有伟伟的智慧。爸爸讲过,生活在云南、海南岛的热带雨林中的长臂猿,夜晚就选择只能承受自身重量的细枝睡觉,当云豹、大蟒来偷袭时,细枝就作为自动报警器,叫它避开危险……

"独眼"可不就此罢休,新的形势只使它踌躇了片刻,终于向后退了。小兄妹俩心里叫好未了,只见它已停住,采取了断然措施;似是稍稍掂了一下树枝的分量,就猛然拼劲一压树枝,狂暴地摇晃起来。

树枝急剧起伏,细枝针叶疯狂地互相扑打,仿佛平地刮起飓风……

这一着奏效了。伟伟一会儿被掀上浪头,一会儿跌到波谷。它死死抓住细枝,用尽心计、力量,也无法稳住身子……

急得像热锅上蚂蚁的果杉,一会儿举枪,一会儿怒吼。

"'独眼',下来!有本事下来跟我干!下来!"

晓青站在树下,仰头望着伟伟,扬起双臂。那架势是只要伟伟掉下来了,不管怎样,也要接住它。

雪狮急得两头跑,一会儿用前爪抓树,怨恨自己没有爬树的本领;一会儿跑回来,对着独眼凶猛狂叫。

"哎呀!"

不好!伟伟腿掉下了,果杉冲到它下面,张臂猫腰。

还好!伟伟没有松开抓住树枝的两只前掌!它像个葫芦似的,吊在了空中,坠得树枝像弓样弯下。

"独眼"发疯了,用所有的仇恨摇动树枝……

"伟伟,你要抓牢啊!紧紧抓牢!"

受尽饥饿、恐怖、悲伤的伟伟,一声也不吭,只是死死用两只前掌抓紧树枝。而急剧弹跳的树枝,却时时要将它无情地摔下,眼看它就要支持不住了,它惶恐地向下瞟了一眼。

哗的一声,伟伟掉下了……

"唉!"心惊肉跳的呼叫。

"啊呀呀呀"一阵响亮的掌声,在风雪中爆响。

好一个伟伟,它掉下时却趁着树枝一弹的瞬间,在空中又牢牢地抓住了另一根树枝。这是旁边一棵铁杉伸出的臂膀。

果杉完全忘了对"独眼"的恐惧,高兴得没命叫,使劲蹦。晓青的掌声未落,"独眼"已像只猫样灵巧又悄无声息地纵跳到旁边铁杉的粗枝上。一直监视它的雪狮发出信号,果杉才发现它正准备飞身跃上两三米外靠近伟伟的粗枝。

这一惊非同小可,果杉举枪就放:扑哧一声,一团黑烟带着火焰冒出,霰弹只像冰豆般稀稀拉拉,无力落下……

是颗瞎火!

不知什么时候,雪水已渗进了弹壳。这种滑膛枪,最怕这一点。有经验的猎人,在雨天雾地,总是将子弹退下,放在身上最不容易受潮的地方。果杉哪里想得这么周到。等他明白了,心里也凉了一截。

但"独眼"却被这扑哧闷声一响和黑烟窜出的火舌分了神,产生了片刻的犹疑。仅仅是这片刻的犹疑,它已失去了冲力,丧失了跃进的勇气、信心,它沮丧地循树干往下。

晓青跑到伟伟的下面:"伟伟,快,快,快从这边下来!"

伟伟像是听懂了她的话,吁吁哼了哼,向树干处爬去。可是,它太慢了,慢得晓青要上树。这一急,倒是让她急出了主意,连忙从背篓中取出绳子,往树枝上抛去。

这段横枝已远离了主干,大约为了争夺一丝阳光和空间的缘故,繁枝茂叶雪松般下垂。巧在下面有个土丘,尽管这样,晓青还是抛了两三次都未挂到枝上。她定了下神,又用一段距离助跑,才搭挂上去了……

这边,果杉火急又装上一颗子弹,对准"独眼"再开一枪。枪声又响又脆,铅砂在空中划出了啸声。然而"独眼"及时上蹿,贴到了粗粗的树干上。子弹都嵌进树身。

这两下,滑膛枪所有的弱点都暴露了出来:射程短,猎人总是在近距离才开枪,尤其是对付猛兽,只在一二十步开外。果杉想起这点,气得差点没把枪摔掉!

由于在树上,"独眼"的敏捷、神速,受到了种种的限制,无法随心所欲。刚才这一枪,虽然没打到它,毕竟使它有所收敛;而那个毛头娃儿又在匆匆装填子弹,提醒它要慎重。

忽然它瞥见伟伟已抓住绳头,正缓慢磨动身子要下来,满腔的愤怒立即化作铤而走险,只听哧溜一声,它已落到最下层的一个树丫,对着正向它举枪的果杉,猛然张开大嘴,露出尖利密排的牙齿,长吼一声!

果杉还算清醒,对准它的大嘴,扣响了扳机——

谁知又是一颗瞎火,连扑哧声都没有。

"独眼"在果杉举枪,正欲扣动的刹那,将身往后一挫,贴到树丫上,只暴露出最小的面积。这时见枪未响,果杉手忙脚乱退子弹,再装填,已就势冲出,跃下树干,向果杉冲来。

真是条纯种松潘狗!刚才急得乱窜帮不上忙的雪狮,这时已悄无声息地飞速扑来。

面对凶相毕露、张牙舞爪的"独眼",果杉一时慌了手脚,本能使他往后一退,抡起猎枪。这一退,正中"独眼"下怀——在它的罪恶一生中,有的牧民,正是为它这手丧命。因为它已算计好了对手必然往后退让。这个"误差",其实正是它要下手的地方——它直取果杉喉颈……

就在这时,那只仅存的独眼余光,却瞥见一道影子,正从侧面猝然冲来。它略一偏头,就看到一颗大头颅上两道锐利的目光,锋利的犬牙,它只得改变方向。

果杉抡起的枪柄砸了个空。雪狮正待下口,见到"独眼"已弯转颈脖,偏头来对准它。但它还是拼命咬了一口,才就地一滚,感到背上像被火烧一般。

"独眼"和雪狮都滚翻在地,又以同样的灵巧站了起来。"独眼"久经搏斗,已神速调整好姿势,对雪狮展开了正面攻击。

雪狮很清醒,知道这种硬碰硬的短兵相接,它不是"独眼"的对手,因而就在快要被它扑倒的刹那间,灵巧地往旁一闪,躲开了……霎时间,蹄子踢起的雪雾,扑打卷起的旋风,扬起一片迷蒙……

果杉从一时的恐怖中逐渐镇定下来;刚才子弹丢了,只好再取出一颗,忙着装填。

只两个回合,"独眼"看到不能速胜雪狮,调转头来,又向果杉攻击。

雪狮哪能容许,跟后就追。

在那边的晓青,真是急得五爪挠心。绳子细了,伟伟本来动作就不快,这下更显得慢慢吞吞,有两三次还差点掉了下来。它是在勉力支撑着。

晓青要顾伟伟,但刚才短暂时间所发生的一切,她都看到了,感觉到了。见"独眼"又向果杉攻击,急得高喊:"哥,往这边来!"

伟伟已下到半中央了。晓青想只要再争取一点时间,就能抱住伟伟,然后和果杉一同逃离。

雪狮进逼"独眼",使子弹还未装好的果杉能够匆匆脱身。但果杉这一跑,让"独眼"看到了悬在绳上的伟伟。

战场上顿时错综复杂,人喊狗叫。

风在森林中号叫助威,卷起雪雾滚滚。

雪狮从身后展开的袭击激得"独眼"烦躁,怒火燃烧。它终于运用计谋,猛然收住脚步,让雪狮一头撞上它踢起的后蹄。还不等听到敌手跌翻在地的沉重声,它又向前追果杉。

果杉一看危险异常,拖了晓青就跑;四五步后,把晓青往前一拽,撒开了手:"别管我,快跑!"

他一转身,端起了枪,对准"独眼"。距离太近了,凶猛的"独眼"也愣住,眨了眨眼。

晓青回头,一见绳子上已没有了伟伟,急忙收住脚步。风雪中一个黑白影子在林下杂草中晃动。聪明的伟伟已乘机跳到地上,另辟蹊径,逃了。

她来不及说一句,就折转身子,向伟伟撵去。

果杉决心一人来对付"独眼",他抡起放不响的枪当作武器。

雪狮刚才遭到"独眼"狠狠的一爪,下巴被撕开一条血口,但它还是追上了"独眼"。接受教训,它只从侧面攻击。这种战略,威胁性大,"独眼"不得不时时停下认真对付。

眼看"独眼"已转身,准备跃起扑杀果杉。雪狮迅速冲上去,对准它肉滚滚的尾巴就是一口。

"独眼"疼得浑身一哆嗦,反身回敬雪狮一口。冲力惯性使雪狮躲让不及,又被撕下一块鲜血淋漓的皮肉,耷拉在臀部。但它更为勇猛,突然地回敬一口,在独眼后背,切开了两个血口……

果杉听到晓青叫喊,又见雪狮已经缠住"独眼",就火速往她那边赶去。

伟伟不听晓青的连连召唤,只是没命地向前跑。晓青在后面追,果杉又飞快地追赶晓青。

混战中,"独眼"付出了代价,也给了雪狮沉重的打击。它摆脱了纠缠,抖擞精神,再向果杉、晓青追来。

雪狮的耳朵,少了一只,鲜血泉水般从脸颊往下淌,右胁也被切开伤口,它疼得两眼发花,但还是撑起了前腿……

"独眼"似乎已明白,在这场混战中,核心是伟伟。它也改变策略,撇开了果杉、晓青,斜刺里直取在风雪中逃逸的伟伟。

果杉看到"独眼"已在斜对面超过自己,急得吼了声:"注意!'独眼'!"

眼前陡然一亮,天空顿时空阔,只有快速飞舞旋转的风雪,没有了憧憧的树影、笼罩的阴霾。晓青心里一惊:"糟糕!森林已经断头?"

这么多天的跋涉,已使晓青知道在这样的山岭上森林突然断头,意味着前面不是断崖,就是深谷。这真是前面无路,后有追兵!

"独眼"在林间雪地哗哗响的奔驰声,已像夏天雷暴雨卷来。洛桑姐妹山,突然从雪幕中矗立在她面前——啊!女神!

她似乎听到了女神的呼喊,热血冲击得她稚嫩的心充满了力量,充满了英武!

"独眼"的奔跑声从她耳边消失了,风的呼啸也消失了,眼前乱舞的雪片也消失了。她只看到奔跑的伟伟,只看到它焕发出的光彩,女神伸出的巨手……

似乎有着沉重的喘息,和一声尖厉的吼叫响在耳边,只见:伟伟头一低,双手一抱,就不见了;只有一个发亮的黑点,在白雪中往下滚动。

事态的急剧变化,使她来不及认真想一下,也一低头,准备往下滚去。可是,不知被什么拉扯了一把。她拼命挣脱,不顾一切地坐在雪坡上往下滑动……她什么都忘掉了,只紧紧盯住前面翻滚的黑点……

"晓青!"森林回荡着悲痛的呼喊。

果杉惊出了一身冷汗。他亲眼看到"独眼"在奔跑中,骤然纵身跃起,像柄弯刀,对晓青背后刺去;同时,他也听到一声熟悉的狂叫,雪狮拼命咬住了"独眼"的后蹄。

他从滚成一团的雪狮和"独眼"的身边冲过。看到正像流星一般往下滚动的晓青,于是也顾不得再看一眼奋战中的雪狮,就火急慌张地往雪坡下一蹦,让屁股跌落积雪上,用枪托作为舵杆,流星赶月般追赶晓青……

草瓦老爹在床上睡了几天,发热加上咳嗽。好在部落的人每天给他送水送饭,冷医生隔天也要抽空来看看,他自己煎了点草药,发发汗,觉得身上松快多了。昨天已起来走动,但年纪毕竟大了,浑身懒懒的,没有走远,只在近处晒晒太阳。

今天自觉有了力气,就信步出了部落,往坐落在高崖上的冷医生家走来。

他一直惦念着果杉、晓青。开头两天,他们晚上还常来看看他,说说洞尕和伟伟的各种趣事。这两天不见了两个娃儿的影子。他问过冷医生,她说是他们从山上回来得晚,怕打搅了老爹的休息。问起洞尕,她说还在给它们送羊肉。

走到冷医生家,却不见一个人影。他知道这几天牧场上事多,一个妇女要骑马来回奔跑,够难为她了。至于两个娃儿,想必是到鄂尔斯姆那边去了,说不定正在竹丛和洞尕、伟伟耍子。

他知道洞尕在危难时很恋人。他的祖母就曾收留过在积雪中找不到食吃,又冷又饿的洞尕……两个娃儿天天跑鄂尔斯姆那边,长久下去也不是个办法。他有些懊悔冷医生在询问关于捕捉洞尕的办法时,自己把口封得那样紧。

年轻时,他捕捉过活的洞尕。那时,溪耳的洞尕多。有一年,头人把草瓦喊去,指着他,对一群红头发、蓝眼睛的外国人说,要把他租给他们。经过讨价还价,蓝眼睛中的一个头儿,当场就给了头人一堆钱,余下的说是要等捉到了洞尕再付。

草瓦用木笼把洞尕捉到了。那些红头毛、蓝眼睛的人在运洞尕离开的时候,却用快枪逼着草瓦,说他是用钱"租用"的,要保证能把洞尕活着运出去。头人怕洋人,躲了起来。最后草瓦和洞尕一样,被快枪押送。

路上,草瓦才从翻译的嘴中晓得洋人要将洞尕运到远隔重洋的地方。草瓦明白,连他也给抢走了。

一天中午,那些洋人个个累得倒在林子里休息。草瓦偷偷打开了木笼,放走了洞尕,自己也遁入了山林。在外流浪了几年,才敢回到部落……

就这么一段事,前几年却吹来一阵风,说是老草瓦历史上有过"里通外国",出卖过国宝的罪行;要"清"他的"队"……这风虽然吹吹息息,可把老草瓦气得七窍生烟。原本就是一段伤心的事,这下,老草瓦更不轻易谈它了。

但突然来到溪耳的洞尕,冷医生、两个娃儿对它的关切和尽心,在老草瓦的心里渐渐起了波澜,更何况还有个跟踪而来的"独眼"!青春的血,又重新在他衰老的血管里鼓荡……两个娃儿真挚、淳朴、不畏劳苦,一心援救洞尕的心意,以及"独眼"的威胁,渐渐使他萌生了重操旧业,稳妥地保护好洞尕的念头。躺在床上的这几天,他想得特别多。

天上起了薄云,他并未在意。快到晌午时,他看到雪山上起雾了。这种雾,牧民们又叫它"雪泡子"。凭着多年的经验,他知道暴风雪很快就要压下来,首当其冲的将是高山区。他又往冷医生家走去,刚好冷秀峻回来拿点药物。

开头,冷秀峻还不敢多讲孩子的去向,直到他说出了厉害的暴风雪将要降临,她才急得和盘托出。老人刚听完,脸就变了色,他一边要她赶快到牧场,召唤几个人去找回果杉、晓青,一边火速赶回部落,拿起了枪,牵出了白马……

草瓦老爹冒着风雪,抄了条近路,踏上了恶魔岭,一步步向岭头走去。

森林被可怕的寂静笼罩。

白雪已将洞尕塑成一座不屈的塑像。老人虽然没有目睹那场惊心动魄的战斗,但已凭着猎人的眼睛洞悉了一切。他脱下了达布人插了花翎子的白毡帽,露出满头银发,在洞尕的面前默默地站了会儿,心里百感交集……

"晓青!果杉!"山原上响着悲怆、焦急的呼喊。

只有大山、森林在轻轻地呼应。

没有搏斗中的喘息,没有厮杀的吆喝,没有奔跑的脚步,没有爱的激荡,也没有仇恨的怨愤……

战场上寂静得难耐。林涛沉重地喘息,雪也稀朗了,在天空无声地飘舞。树冠上的积雪,不时地往下滚落,冒起缕缕霰雾。他从被践踏的雪痕上,寻找着果杉、晓青的踪影,寻找"独眼"、伟伟、雪狮……

希望在哪里?

一阵滞重的擦地声,将老草瓦引向崖边,是"独眼"!

好呀!你这个家伙,已闻到我老草瓦的气息了,真不愧还是那个"独眼"!

——老草瓦被顷刻涌向心头的爱、恨冲击得有些站不稳。是的,几十年的账,今天要一一清理了。新仇旧恨都要了结。任何事都该有个了结。

他从怀里掏出了那颗为"独眼"准备的子弹。岁月已将弹头磨得锃亮耀眼。换过多少次火药、弹壳,他记不清了,但这颗特意制造的弹头,却始终没有换过。这是从一截刀柄上截下的钢,又经他千磨万砺,才将它磨圆,磨出锥形的弹头。

"独眼"确实是先于老草瓦,嗅出了老对手的气息。它先是一惊,再是想抽出腿脚,可是它抽不出。

当它扑向晓青时,就被雪狮咬住了右后腿,结果只扯下她背篓上的篾片,让她挣脱了。从那时起,尽管它都快把雪狮的血肉从骨头上撕咬得干干净净,但雪狮仍然死死地咬住它的腿,毫不放松。

愤怒、凶残使"独眼"焦躁万分。它又扭过头来,在雪狮的头上撕咬,雪狮那硕大的头颅,又使它无法下口。结果,仍未能拽出腿来。它发狂了,硬是忍着钻心的伤痛,拖着雪狮走动:它想避开老对手……

草瓦老爹一步步逼近,他看到了血染的雪狮,露出了白骨的雪狮,紧紧地咬住独眼右后腿的雪狮。再坚强的心,见到这情景,也会顿时热血奔流……

他强按着哆哆嗦嗦的手,想让自己能静下来,可是,冲动他心灵的事一桩接着一桩,使这个强悍的山民像是在堵塞奔涌的大河,越堵,波涛越加澎湃!波塔、青春、草场、牧民、果杉、晓青……都涌到了他的眼前。

但豹子左眼中喷发出的邪恶、凶煞,右眼黑洞深藏的奸诈、阴险却使他清醒了。

它已站住,暂时放弃了逃窜的妄想,面对着草瓦老爹,喷出炙人的怒怨。

"草瓦老爹!"像是从遥远的山谷,飘来了查修的呼喊。

草瓦老爹什么也没听到,两眼紧紧射定仇敌,沉着从容,一步一步向前逼近。踩在雪上沉着从容的脚步声摄魂夺魄。

眼珠在唯一的血窝中,缓慢转动,"独眼"猛然扭过脖子,张嘴一口,只听咔吧一记脆响,它已咬断了自己那只钳在雪狮牙中的腿,在浑身一哆嗦的瞬间,已调整好姿势,将身子向后一挫,完成了攻击准备。

这一连串的动作,都做得干净、利落、准确。

草瓦老爹禁不住赞叹:"'独眼'威风不减当年!"

似乎就在这同时,它的身形已经弹出,草瓦老爹扣动了扳机:"砰!"

随着一声疯狂地怒吼,独眼已奋力跃起,张牙舞爪,直击老草瓦颈脖。

——老草瓦已充分料到它这一手,算准了这枪将射进它致命的心脏,也明明看到那里的血向外一喷,然而"独眼"毕竟是豹中的恶魔。

距离太近了,老草瓦躲闪不及,让过了"独眼"的利齿,却被它喷了满身血污,撞倒在地。

草瓦老爹在躲让时闪电般抽出了猎刀,在要跌尚未跌倒中,又将刀插进了"独眼"的胸口,由于用力猛,"独眼"又压在他身上,刀插进去了却抽不出来。

独眼拼命挣扎,用爪撕扯。老草瓦用尽全身力气,想用手将它掀开,可就是掀不动。他放弃了耗费体力的努力,顺手死死掐住它的喉咙,任它怎样挣扎也不放松。

查修远远看见草瓦老爹和"独眼"都倒在雪坑的血泊中,四周的积雪被血溅得一塌糊涂,不禁一边放声大哭,一边跌打滚爬跑来。

草瓦老爹听到哭声,猛地睁开了疲倦的眼睛,想推掉压在身上的"独眼",这次倒是推动了一半。他用手往崖下指指:"我没死,哭什么?"停了停,语气柔和多了,"去找果杉、晓青。快!"

猎人的眼睛,使他从雪痕中看出他们跌到崖下,想必是被"独眼"追的。

查修一边搥胸顿足,一边哭喊:"都是小查修的罪孽,溪耳白养了查修……"

他悔恨极了,如果"独眼"还活着,他一定要用自己的鲜血来洗刷耻辱。现在,他只能用哭号,倾吐心头的愧悔,只能疯狂地在雪坑中用手撕扯出"独眼"抠进老爹身上的爪子,将老爹扶到一边。

他懊悔自己在碰到草瓦老爹,挨了老人狠狠一个耳光后,没有当场就跟着一同来。他悔啊……

老人微微地喘息着。达布人白袍上的血迹,可怕地汪积着。查修坐下,让老爹靠在自己的身上。

老爹固执地指着崖下。查修走到那边。崖虽不十分陡,但却是个角度大的斜坡。厚实的积雪上,只留下了几道滚擦过的痕沟;天空飘荡的雪虽然已小多了,但坡下却蒙蒙如雾,又有个漫漫的雪坡遮住,视距短,看不到下面……

"果杉——!晓青——!"

嗡嗡嘤嘤声,也如雪片一样,在山谷中悠忽不定。

他回到老爹身边。老人打起哆嗦,大概是刚刚用力过猛,山原上又寒风嗖嗖。查修把自己的衣服脱下,披在老爹身上。他又要扶老爹往避风处去,老爹威严地坐着不动。

溪耳的孩子,在严冬也有自己的乐趣。除了骑马跟随父兄狩猎,那就算滑雪场是最欢乐的地方了。常常引得妇女、姑娘们心痒痒的,一撩厚重的皮大衣,投入享受流星般速度、腾空飞跃的嬉戏中。

这种滑雪,只要选择一面稍平滑的斜坡。通常是由大孩子先开拓一条登坡的路,爬到坡顶后,将一块小木板放下,坐上。别的孩子一推,他就哧溜溜地滑下去了。时而人仰板翻,滚成一团;时而,鱼贯而下,你推我搡,滚成个雪团,领子里塞满了冰雪。爆发出的阵阵哄笑,惊得高空翱翔的雄鹰都急急抖翅。如果没有哪个孩子跌翻,没有互相的打闹,一点儿风险也没有,还有什么乐趣呢?哪能自小就培育出牧民们勇敢、强悍的心灵?

本领大的孩子,绝不满足于这样原始的玩法。有的故意选个不高的陡坡作为跳台,满足一心在天空飞行的欲望;有的则选个路径曲折、锻炼灵巧的动作——做这种游戏的孩子,往往只手持一根短竿,像渔民用篙架起一叶飞舟……

今天在危急中,果杉从岭上往下滑行时,过去游戏的经验给了他最高的奖赏。虽然不是事先选好的地形,也没有垫在屁股下的那块板,但枪托作了撑竿,使他能敏捷地选择道路,紧紧地追踪晓青。

不知摔了多少跟头,也记不清滚翻了多少次,他终于努力停下了;来不及查看一下自己的伤痛,便跟跟跄跄向晓青那边奔去。

晓青躺在雪窝中。这面坡迎风,雪积得厚。原本冬天的雪就没化尽。

果杉又喊,又摇晃她。喊声焦急、悲伤,她微微地睁开了眼,看到沾满雪块、泪水的哥哥,才依稀地感到已发生的事。

她的脑壳还是木麻麻的,就像这无边无际的冷漠的雪原。她想说话,苍白的嘴唇翕动着,却吐不出声音。她想动动身子,又不知道手脚在哪里……她又闭上了眼。

对这点,果杉倒有点经验,他自己就曾摔昏过。晓青的身上,也没大伤,只有几处被挂扯破了。他取下她身上已压成扁怪怪的背篓。或许,是它救了晓青,使她没有受大伤。他坐下,让自己也喘口气,但气未喘平,寒冷已跟着向他袭来。

晓青慢慢撑着坐了起来。果杉沉重的心,稍稍轻松。她抬头往岭上看,满目耀眼的雪墙,却见不到恶魔岭岭头。身边是片积雪覆盖的平缓小沟谷,矗立的大山在四周肃立,他们很像是在一口深井中。

"伟伟呢?"

果杉似乎是没有听见晓青的问话,喃喃自语:"伟伟呢?"

"我看它滚下来了,像是抱头翻跟头。"

果杉明白了:她是为追伟伟滑下坡来的,不是被"独眼"扑倒的。

晓青拽住果杉的手,站了起来,极力回忆着最后看到那个黑亮闪光小球滚落的方向。渐渐,她感到力气又回到身上,抬脚试了试积雪,雪有没膝深。

她艰难地向左边走去,拐过一条雪垄,就见到那边一个黑点,在深雪中踽踽而行:"伟伟!伟伟在那边!"

欣喜,把一切的伤痛、寒冷、疲乏都驱赶了。

伟伟将头偏转到这边,露出两块黑眼斑,仿佛听到了她的呼喊,但却没有走过来。

"伟伟!"果杉放开了喉咙叫唤。

晓青提脚想跑过去,果杉拉住了她:"雪盖得这样严实,你晓得哪儿没坑、没崖?"

果杉走到前面开路,快速又准确地选择了落脚点:"你踩着我的脚印,慢慢过来!"

看样子,大熊猫在这样的雪坡上,要比他俩本领大得多。晓青想,这大概是它们很小就学会翻跟头的原因,要摆脱强敌的追赶,在这样的山原中,没有一两样绝招,怎行?

他们一边往那块移动,一边不断地呼喊着伟伟。听到熟悉的声音,看样子伟伟也急于往这边来;然而,又像没头苍蝇,只在那边打转转。

果杉心切,想一下跑到伟伟身边,自己却摔进了雪坑,只露出两个肩膀在外面。他们已经历了那么多的危险、艰难,现在这似乎只是小事一桩。

果杉没有敢乱动,只是用脚试探了周围:前面更深,好在后面坚实,像是个石坎子。他要晓青站那边别动,然后将枪递给了她,自己站在深雪中呼叫:"伟伟!来,往这边来!"

伟伟那边的雪也深,它像浮在雪上往前游,身子轻、面积大,让它占了便宜。它像个找奶的羊羔,吁吁叫了两声。它爬得很慢,只要果杉、晓青的声音一停,它就有些茫然四顾、恓恓惶惶的样子。

果杉觉得有无数的针往脚上刺。鞋子早已湿了,幸而牦牛毛绑腿不怕雨水,紧紧地护住双腿。

伟伟终于爬过来了。果杉一把抱住它,它就抽动鼻子,似是在啜泣,紧紧偎在他身上。

晓青抱过伟伟。它马上摸她的颈,把热烘烘的气息喷到她苍白的脸上。晓青满腹的酸甜苦辣都在往外涌,哽咽着喉头,伟伟也哼着……

她以最快的速度将为伟伟准备的糖果塞了它一嘴,说:"吃吧!吃吧!你饿坏了,乖乖,吃吧!"

她感到手上有些凉润,是伟伟脸上掉下的雪水还是泪水?它的双眼充满了晶亮……晓青再也忍不住了,索性让自己的泪水尽情地落在伟伟的脸上;俊秀的嘴角,却挂着欣喜的微笑。

哟!伟伟那黑亮亮的眼斑中,怎么是双布满通红血丝的眼?她慌了,用手在它眼前晃:在竹林中充满淘气、机灵,水汪汪的一对眸子,却眨也不眨。她连忙掏出手绢,擦了擦它的眼,再晃手,伟伟仍然毫无反应,只是无限怨尤地哼了两声。她的心陡然紧缩:"哥!伟伟看不见了,眼里都是血!"

她明白了它在雪原上为何四顾茫然。

果杉也急得像头要撞圈栅的牦牛,眼瞪得可怕:"你先把枪递来,拉我呀!"

他还站在雪坑中,爬又爬不上来。晓青来不及抱歉,一手抱着伟伟,一手将枪管伸给他。两人都使不上劲。晓青只好按果杉的话坐到地下,放下伟伟,用全力拉起果杉。伟伟哀怨地哼唧,又爬到她身上。

果杉也试了试,伟伟的两眼确实一点也看不到。他惊慌失神:"没伤着呀!"

"你想想,它害怕吧?'独眼'那么凶悍。它难过吧?妈妈死了。它急吧?被'独眼'逼到那个小枝头……又急又伤心,眼睛就瞎了!"

说别的都没用了,当务之急是赶快找路走出去。伟伟、严寒,都不容许他们在这里停留。估计天也快黑了。

他们试探找路，累得把刚刚恢复的一点力气都使尽了。坡太陡了，积雪又厚，哪一条路都上不去，只有设法脱离这个竖井式的山谷，他们才有可能找到路。

雪狮呢？他们直到这时才想起了雪狮。急剧而来的危险，凶猛残酷的厮杀，淋漓的鲜血……使他们麻木的神经中只记得伟伟。现在，他们十分需要雪狮，若是雪狮和他们做伴，凭着它的嗅觉，会找出一条路来的。起码，也可以送个信吧……

果杉吹起了对雪狮最富号召的呼哨。只有风在摆弄细碎的雪花。在他们根本没注意的时候，暴风雪已经过去了。留下的是静悄悄的尾声，银白的山原，灰白的天空，晓青怀中的伟伟……像是什么事也没发生，雪把一切都涂抹得干干净净。

兄妹两人无言相视。最难受的是果杉，英武、伶俐的雪狮哪里去了？

今天，是雪狮救了他们的命，也是雪狮救了伟伟！它和"独眼"的决死拼搏，才为他们赢得了时间、赢来了机会。不管从哪方面讲，它都不是"独眼"的对手，但它为了主人的安全，竟向"独眼"发起攻击。

果杉看到了它付出的代价：顽强不屈的奋战，喷涌的鲜血……看到它的最后一眼，是为救晓青拼死咬住了"独眼"的后腿……

他觉得羞愧：一个男子汉，竟没有保护住雪狮，倒是雪狮救了他！

雪狮，雪狮，你在哪里？是打败了"独眼"，还是战死在血泊中？

伟伟痛苦的呻吟，不容果杉再想下去。他默了默神，将大手举起，往下一劈："就这样：我们暂且躲到那个崖下，再想办法！"

这只是个半穹隆式的崖洞。洞口大敞，很浅，像是大山张开的嘴巴。他们挨到里面干燥的地方坐下，严寒立即无情地袭来。伟伟又在晓青的怀中抽搐。她想尽了办法抚慰，还是止不住它的哆嗦。这种哆嗦，很快也传染到她和果杉的身上。

冷啊！常说霜前冷，雪后寒。虽已是5月的天气，但在海拔这样高的山区，稍稍多坐一会儿，也吃不住寒气。他们将背篓中的衣服都穿上，也抵御不了寒气的侵袭。好在还有点干粮，不至于饥寒交迫。

果杉从山民那里得到的常识——在这样荒野中没有火，将意味着什么，更别说过夜了。夜里常是零下二三十度。

他不会不带火种的，也会尽心保存，这是溪耳每个孩子的启蒙教育。但火柴有什么用？在这四周茫茫的深井中，到哪里能找到柴火？森林在头顶，但攀不上去啊！

他感到现在的一切困难都应该由他承担。他是这里唯一的大人，也是唯一的男子汉。他想到妈妈，想到了草瓦老爹，也想到了可恶的查修，他们会来寻找吗？会的，一定会来的！可是，在这茫茫的山野，到哪找呢？

眼看天就要黑了……西天已露出一条淡淡的蓝天，像是飘忽的长河。长河两岸的云，已被阳光染成橙金，他却无法分辨出是晚霞，还是太阳尚未落山……

晓青一心和伟伟唠叨着。伟伟像是睡熟似的，带着满足抑或是过度的悲伤，不动也不哼。可是，果杉却不让晓青坐着，要她起来走动。晓青默默地按他的话去做，抬起冻僵的腿脚，抱着伟伟，在洞中慢慢活动。

果杉想得脑壳都疼，想得很多很多，可就是想不出解决脱离这种困境的办法。不知过了多长时间，连他也被疲乏、严寒征服，缩成一团。这时，山谷中像是飘来了喊声，喊声就像是空中想落不落的细雪。

他猛然地站起，不听使唤的腿却差点儿将他摔倒。他扶着石壁，慢慢挨到洞口："哎——嗨！"

喊山声，在山谷里轻轻回应。

没有应答声。他又喊。覆雪的山坡兜头压来了阵窜山风，把冰棍样的寒气塞了他满肚。这股窜山风，又在山坡上卷起了雪霰，迷蒙的一团，急速盘旋,忽东忽西。

他怀疑起是心太急了,引来了幻听。可晓青也说,像是人的喊叫。

果杉从身上解下子弹带,一颗颗地检查,努力判明究竟哪颗没受潮,他想碰碰运气。即使是妈妈和牧民们来找他们,茫茫雪原也没有目标呀!

他把希望连同子弹装到了枪膛,将枪口对着天空,盼望着听到它的呼啸!

"砰!"

震耳的枪声,乐得他想大叫。希望鼓舞了他,又连连放了三枪,两颗臭火,一颗闷响。

大山就是怪,特别是森林中,只要稍稍错动方位,就很难听到距离并不远的呼叫;呼声甚至还常常被改向变调。惯于山林世故的人,总是不断改变方向、位置,不断地喊叫……

又不知过了多长难耐的时候,传来了一声真真切切的喊山声,这是从对面的山上传来的。

果杉一蹦三尺高,差点没摔个仰八叉:"妈妈带人来了!"

他对着声音传来的地方,拼尽力气应答喊山声,想把阔嘴厚唇变成一支巨大的喇叭。

山上立即响应了。

果杉端起枪再放,又是颗臭子。他毫不顾惜子弹了,放了一颗不响,再装一颗,终于响了两枪。

怪!却在左前方的山排上,出现了人影。明明是对面大山传来的声音,却在另一处冒出了人来。一个、两个……四个。

那边为首的人喊:"哎——!"

晓青一下冲出了崖洞,在洞口跌了一跤,不知从哪来了股力气,一边爬起,一边响响亮亮喊出——"爸——爸!"

花牦牛果杉,对晓青瞪起铜铃似的大眼,傻了:"这也能混喊……"

对面,一声清脆、嘹亮的枪声,划破了天空,接着是深沉有力、浑厚洪亮的喊声:"晓——青!"

果杉连连蹦了起来:"哎——嗨!"

真怪,不知是应声哥哥开了个玩笑,还是山野有灵,左后方的遥远深处也送来了声音:"晓——青!果——杉!"

果杉乐得不知是擦眼泪好,还是干脆敞怀大笑好。

"草——瓦——老——爹!"

晓青哭了,举着手中的伟伟,又笑、又哭,呼喊着。是的,草瓦老爹特有的洪亮圆润的嗓音,在山原雪野中有股特殊的魅力,在哪也能一下听出。

山排上的声音,很容易送到几乎是直线的恶魔岭头。查修喊山没经验,还是老草瓦足智多谋,换了个方位,就把声音送到了这个拐了弯的谷底。

那边山排上确是胡蜀锦一行。他在山野的经验,使他从隐约的枪声中听出了不平常的信息。他看了看山势、地形,判断出了枪声来自何处,就借着下坡,一溜小跑往这边赶来。谁想到,在这里碰到的是自己的女儿呢!

他的位置,使他清楚地了解了他们的困境。从女儿举起的手上,立即认出了是大熊猫,他完全理解了孩子们。

从这边往谷底走,也不是件容易事。随着高度的下降,高山反应已经消失,小罗和胖老赵都有了精神。

大林抢着要下,胡蜀锦当然不同意,无论从哪方面说来,只有他才能胜任。大家拿出了所有的绳子,采取分段往下的办法,每段都先开辟出一个台阶来,然后再放绳子,再开路……

伟伟看不到对面山排上的人群,却听到了他们的声音,它在晓青耳边轻轻叫了两声。晓青用手抚着它的头,亲昵、欢快地说:"我懂了,你放心吧!我爸爸、我姑姑一定能治好你的眼,你将要开始崭新的生活,没有恐惧,没有悲伤,没有饥饿……都是爱你、疼你的人!就像我从果城来到了溪耳一样。你会给人们带来欢乐,人们需要你!伟伟!"

她说得对,像是美好的预言。

伟伟被救到溪耳,做了简单的护理、治疗,就被送到了最近的机场去了上海。许多眼科专家来为它会诊,治好了它的眼睛。它的历险奇遇,给研究抢救大熊猫工作提供的启示,在科学研究中的意义,以及它非凡的才能,使它终于成了一位世界闻名的明星。五大洲的报纸上,都在头版刊载了它神气十足的大幅肖像……

一阵嘈杂错乱的马蹄声,敲响了披着霞光的山原,冷秀峻和牧民们个个跃马扬鞭,在山林中急驰……

这场暴风雪,来得快,走得快,谁也没注意到,山谷突然弥漫起鲜艳的玫瑰红,像颗熟了的硕大樱桃,被一片皑皑的白雪衬托,晶莹可爱。

西天已洞开无际的湛蓝,如广阔的海湾,金色的、紫色的霞光,射向山原,投在巍巍的大雪山。

洛桑姐妹山——放光焕彩的女神,正微微地向山谷中的果杉、晓青俯视,露出庄严的笑容……

啊,女神!

1984年3月31日脱稿于合肥

1985年12月2日改于合肥

1996年春修订于合肥

后　记

《大熊猫传奇》初稿于 1984 年 3 月，合肥。修订于 1996 年春，合肥。人民文学出版社 1987 年初版。

1996 年中国青年出版社结集为《刘先平大自然探险长篇系列》（五卷本）出版。1997 年获中宣部"五个一工程"奖、国家图书奖。

2006 年收入"百年百部中国儿童文学经典书系"。

附录

刘先平四十多年大自然考察、探险主要经历

1974—1980年

- 参加野生动物科学考察队和筹备建立自然保护区的考察，主要区域在皖南的黄山和皖西的大别山。
- 1980年以前，这里一直是刘先平的生活基地，至今每年至少会去考察两三次。美丽奇绝的自然风光、深厚的人文底蕴，曾吸引了诗仙李白等长期在此漫游。目睹了生态的恶化、珍稀动物的灭绝、人与自然的矛盾，他于1978年重新拿起笔来呼唤生态道德，孕育了描写在野生动物世界探险的长篇小说《云海探奇》《呦呦鹿鸣》《千鸟谷追踪》及散文集《山野寻趣》等。1978年完成、1980年出版的《云海探奇》，被认为是中国大自然文学的开篇之作、标志性作品。
- 那时的野外考察异常艰难，在山里行走，只能凭着"量天尺"——双脚。根本没有野营装备，只能搭山棚宿营。使用的还是定量的粮票、布票……

1981年

- 4月，考察云南西双版纳热带雨林及访问昆明植物研究所。为热带雨林繁花似锦的生物多样性所震撼，从此走向更为广阔的自然，将认识大自然作为第一要务。5月，到四川平武、黄龙、九寨沟、红原、卧龙等地探险，参加对大熊猫的考察。之后，前后历时六年，参加保护大熊猫、金丝猴的考察。著有长篇小说《大熊猫传奇》、考察手记《在大熊猫故乡探险》《五彩猴树》等。

1982年

- 在浙江舟山群岛考察生态和小叶鹅耳枥（当时是全世界唯一的一棵）。

1983年

- 10月，在大连考察鸟类迁徙路线。11月，在广东万山群岛考察猕猴，到海南岛考察热带雨林、长臂猿、坡鹿、珊瑚。

1985年

- 7月，在辽宁丹东、黑龙江小兴安岭考察森林生态。

1986年

- 8月，在新疆吐鲁番、乌苏、喀什等地探险及考察生态。

1988年

- 在甘肃酒泉、敦煌等地考察生态。

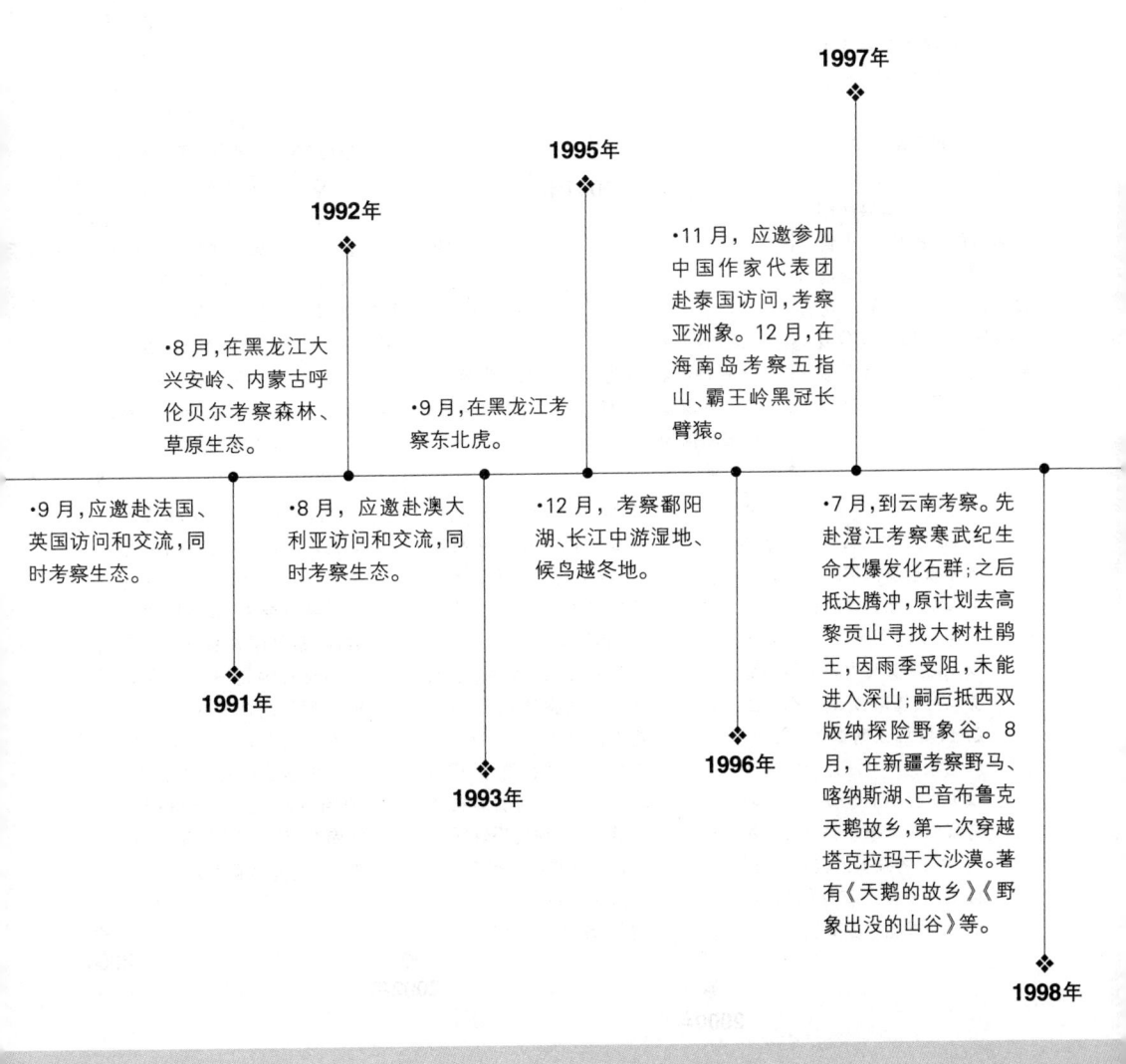

1997年

1995年

1992年

·11月，应邀参加中国作家代表团赴泰国访问，考察亚洲象。12月，在海南岛考察五指山、霸王岭黑冠长臂猿。

·8月，在黑龙江大兴安岭、内蒙古呼伦贝尔考察森林、草原生态。

·9月，在黑龙江考察东北虎。

·9月，应邀赴法国、英国访问和交流，同时考察生态。

·8月，应邀赴澳大利亚访问和交流，同时考察生态。

·12月，考察鄱阳湖、长江中游湿地、候鸟越冬地。

·7月，到云南考察。先赴澄江考察寒武纪生命大爆发化石群；之后抵达腾冲，原计划去高黎贡山寻找大树杜鹃王，因雨季受阻，未能进入深山；嗣后抵西双版纳探险野象谷。8月，在新疆考察野马、喀纳斯湖、巴音布鲁克天鹅故乡，第一次穿越塔克拉玛干大沙漠。著有《天鹅的故乡》《野象出没的山谷》等。

1991年

1993年

1996年

1998年

363

2005年

• 7月,横穿中国,由北线走进帕米尔高原,寻找雪豹、大角羊、野骆驼。路线是:甘肃河西走廊→罗布泊边缘→从北线再次穿越柴达木盆地到花土沟油田→回敦煌(原计划进入阿尔金山国家级自然保护区,未成行)→库尔勒→第三次穿越塔克拉玛干大沙漠→托木尔峰→伽师→帕米尔高原→红其拉甫。10月,在重庆金佛山寻找黑叶猴,到沿河土家族自治县再探黑叶猴。著有《走进帕米尔高原——穿越柴达木盆地》等。

1999年

• 4月,在福建考察武夷山等地的自然保护区及动物模式标本产地、小鸟天堂,寻找华南虎虎踪。7月,应邀赴加拿大、美国访问和交流,考察两国国家公园。8月,一上青藏高原,主要考察青海湖。9月,在贵州探险,考察麻阳河黑叶猴、梵净山黔金丝猴。著有《黑叶猴王国探险记》《金丝猴的特种部队》。

2001年

• 8月,应邀赴南非访问和交流,考察野生动植物。

2003年

• 4月,在四川北川、青川考察川金丝猴、大熊猫、羚牛。8月,应邀访问英国、挪威、丹麦、瑞典,由挪威进入北极圈。著有《谁在跟踪》。

• 1月,考察深圳仙湖植物园。5月,考察江苏大丰麋鹿国家级自然保护区。7月,二上青藏高原。探险黄河源、长江源、澜沧江源。由青海囊谦澜沧江源头和大峡谷至西藏类乌齐、昌都、八宿(怒江上游),再至云南德钦、丽江、泸沽湖。沿三江并流地区寻找滇金丝猴。10月,在广西考察白头叶猴。11月,至海南,再次考察大田坡鹿、红树林生态变化。著有《掩护行动——坡鹿的故事》。

• 3月,考察砀山。4月,在高黎贡山寻找大树杜鹃王,终于得偿心系二十一年的夙愿。一探怒江大峡谷,但因大雪封山,未能到达独龙江。6月,在湖北石首考察麋鹿。7月,再去江苏大丰考察麋鹿。8月,三上青藏高原,探险林芝巨柏群、雅鲁藏布江大峡谷、珠穆朗玛峰国家级自然保护区。著有《圆梦大树杜鹃王》《峡谷奇观》《麋鹿回归》等。

• 8月,横穿中国,由南线走进帕米尔高原,考察山之源生态、风土人情。路线及主要考察对象为:青海柴达木盆地、察尔汗盐湖→可可西里→雅丹地貌→花土沟油田→翻越阿尔金山到新疆若羌→第二次穿越塔克拉玛干大沙漠→帕米尔高原。10月,随中国作家代表团访问南非、毛里求斯、新加坡。著有《鸵鸟小骑士》等。

2004年

2002年

2000年

364

2007年

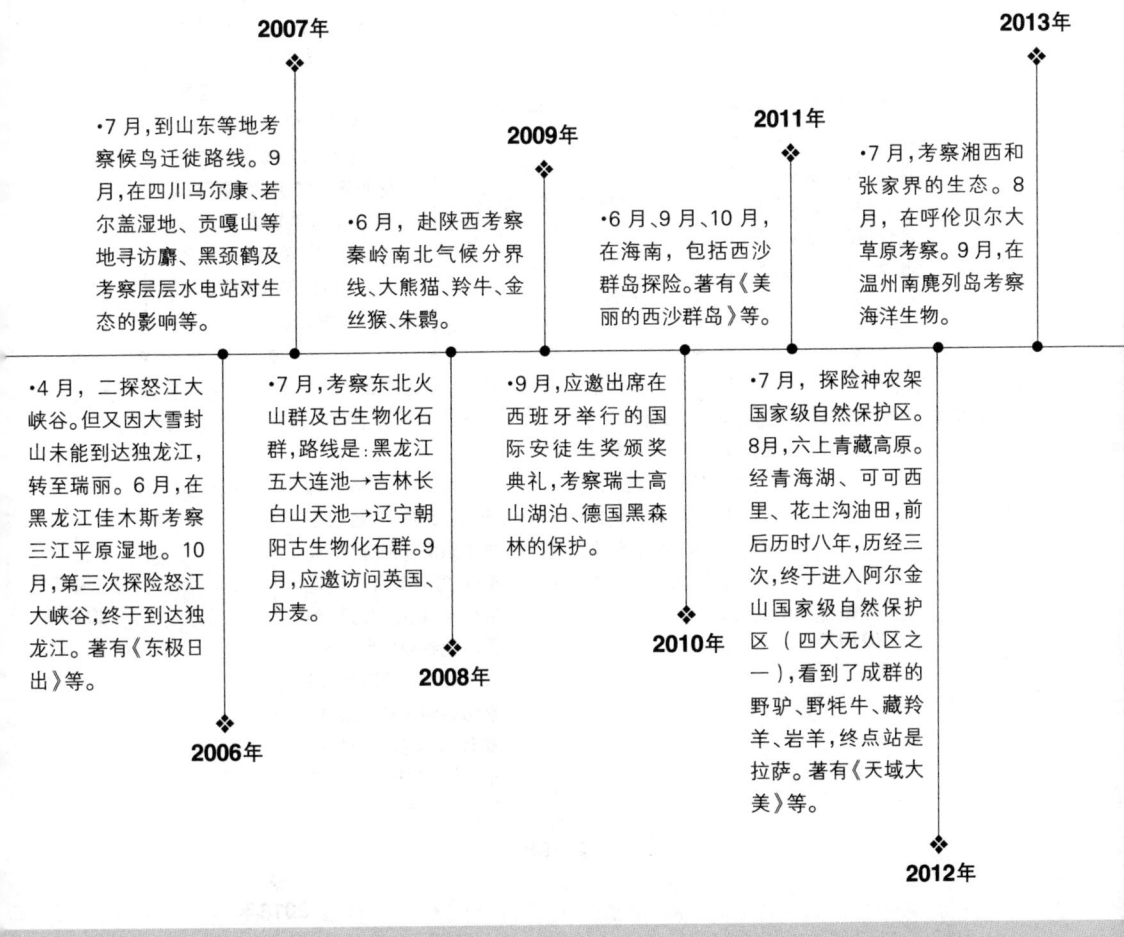

- 7月,到山东等地考察候鸟迁徙路线。9月,在四川马尔康、若尔盖湿地、贡嘎山等地寻访麝、黑颈鹤及考察层层水电站对生态的影响等。

2009年

- 6月,赴陕西考察秦岭南北气候分界线、大熊猫、羚牛、金丝猴、朱鹮。

2011年

- 6月、9月、10月,在海南,包括西沙群岛探险。著有《美丽的西沙群岛》等。

2013年

- 7月,考察湘西和张家界的生态。8月,在呼伦贝尔大草原考察。9月,在温州南麂列岛考察海洋生物。

- 4月,二探怒江大峡谷。但又因大雪封山未能到达独龙江,转至瑞丽。6月,在黑龙江佳木斯考察三江平原湿地。10月,第三次探险怒江大峡谷,终于到达独龙江。著有《东极日出》等。

- 7月,考察东北火山群及古生物化石群,路线是:黑龙江五大连池→吉林长白山天池→辽宁朝阳古生物化石群。9月,应邀访问英国、丹麦。

- 9月,应邀出席在西班牙举行的国际安徒生奖颁奖典礼,考察瑞士高山湖泊、德国黑森林的保护。

- 7月,探险神农架国家级自然保护区。8月,六上青藏高原。经青海湖、可可西里、花土沟油田,前后历时八年,历经三次,终于进入阿尔金山国家级自然保护区(四大无人区之一),看到了成群的野驴、野牦牛、藏羚羊、岩羊,终点站是拉萨。著有《天域大美》等。

2006年

2008年

2010年

2012年

365

2014年

- 3月，在云南、贵州考察喀斯特地貌的森林和毕节百里杜鹃——"地球彩带"。

2015年

- 3月，在南海考察珊瑚。8月，在宁夏考察贺兰山、六盘山、沙坡头、白芨滩、哈巴湖自然保护区。著有《追梦珊瑚》《一个人的绿龟岛》等。

2016年

- 7月，在英国考察皇家植物园和白崖。9月，考察黄山九龙峰省级自然保护区。10月，考察长江三峡自然保护区、恩施鱼木寨、水杉王、恩施大峡谷。

2017年

- 4月，在牯牛降考察云豹的生存状况。10月，在福建、广东考察海洋滩涂生物。11月，在黄山市徽州区考察中华蜂的保护状况。

2018年

- 2月，重返高黎贡山，终于亲眼一睹盛花时节的大树杜鹃王。3月，在当涂考察蜜蜂养殖。5月，到雷州半岛考察海洋滩涂生物。8月，考察长江三峡地区生态变化。9月，到昆明植物研究所考察。12月，在高黎贡山考察沟谷雨林和季雨林。著有《续梦大树杜鹃王——37年，三登高黎贡山》等。

2019年

- 4月，考察安徽芜湖丫山国家地质公园。5月、6月，考察黄山九龙峰省级自然保护区。7月，考察青岛滩涂海洋生物。8月，考察九龙峰省级自然保护区。11月，考察四川攀枝花苏铁国家级自然保护区、宜宾金沙江和岷江汇合处、重庆嘉陵江与长江汇合处。

2020年

- 10月，应邀去江西横峰讲课，同时考察那里的生态。